수레바퀴 Ⅱ

수레바퀴 II

발행일	2019년 5월 27일		
지은이	정 신 안		
펴낸이	손 형 국		
펴낸곳	(주)북랩		
편집인	선일영	편집	오경진, 강대건, 최예은, 최승헌, 김경무
디자인	이현수, 김민하, 한수희, 김윤주, 허지혜	제작	박기성, 황동현, 구성우, 장홍석
마케팅	김회란, 박진관, 조하라		
출판등록	2004. 12. 1(제2012-000051호)		
주소	서울시 금천구 가산디지털 1로 168, 우림라이온스밸리 B동 B113, 114호		
홈페이지	www.book.co.kr		
전화번호	(02)2026-5777	팩스	(02)2026-5747

ISBN   979-11-6299-722-2 04810 (종이책)   979-11-6299-723-9 05810 (전자책)
       979-11-6299-113-8 04810 (세트)

이 도서의 국립중앙도서관 출판예정도서목록(CIP)은 서지정보유통지원시스템 홈페이지(http://seoji.nl.go.kr)와
국가자료공동목록시스템(http://www.nl.go.kr/kolisnet)에서 이용하실 수 있습니다.
(CIP제어번호: CIP2019020266)

정신안 에세이

저마다의 짐을 지고 굴러가는

모든 영혼에게 바치는 위로와 공감의 헌사

수레바퀴 II

북랩 book Lab

오늘은 친구들이랑 운동하러 가는 날이었다.

월요일 아침은 바빴다. 나는 식구들을 위해 음식을 만들었다. 남편이 좋아하는 두부조림과 미리 담가둔 짠오이를 썰어서 냉수에 섞었다. 그리고 국 대신 얼음과 오이를 곁들였다. 감자와 가지, 호박을 돼지고기와 함께 볶다가 물을 조금 넣고 지졌다. 냉동실에 넣어둔 잡곡밥을 몇 덩이 꺼내서 보시기에 담아놓았다. 남편에게는 필요한 것들이 어디에 있는지 알려주었다. 그것들을 찾아서 전자레인지에 데워 먹게 했다.

나는 골프 가방을 점검하고 운동복을 챙겼다. 속옷, 겉옷, 모자, 신발, 화장품, 허리에 고정하는 허리띠, 손에 쥐는 압력기 등 필요한 것들은 많았다. 그리고 동네 한 바퀴를 돌면서 우리 멤버가 먹을 것들을 샀다. 내게 골프는 운동이라기보다 소풍이었다. 운동은 내게 어렸을 때부터 소풍 가는 개념이었다. 그것은 나의 일상을 벗어나, 집에 쌓여 있던 모든 것을 잊을 수 있는 일인 것이다.

이번 모임은 1박 2일짜리 소풍이 됐다. 이튿날 아침으로 먹을 쌀국수를 주문해서 챙겼기 때문에 단무지를 사야 했다. 급히 하나로마트에 가서 넉넉히 3팩을 김치 대용으로 샀다. 다시 빵집을 들렀다. 금방 나온 꽈배기와 넓적한 호두 치즈 크림빵을 샀다. 두 개의 팀을 위해 두 봉지를 준비했다. 다시 청과물집으로 갔다. 금방 배달된 싱싱한 참외를 샀다. 나는 달렸다.

모임 시간에 맞추려면 시간이 촉박했다. 집으로 왔다. 아침에 삶아둔 강화도 옥수수도 빨리 팩에 넣었다. 큰 검정 가방에 전부 챙겨넣었다. 짐은 많았다. 나는 서둘러서 전부 챙겨 주차장으로 갔다. 친구들은 이미 와 있었다. 반가웠다. 이슬만 먹는 친구 P의 차에 짐을 전부 차곡차곡 쌓아서 넣었다. 그리고 떠났다. 일단 차를 타서 합류하면 성공이었다. 자기 몸이 아파서 탈락한 팀이 한 팀이고 집안 사정 등 여러 사건 행사로 불참하는 팀이 한 팀이었다. 거동은 원만하지만 모두가 하자품인 몸을 끌고 운동하러 가는 것이었다.

한강을 따라 거슬러 올라가는 동쪽 고속도로가 꽉 막혔지만, 우리는 초등학생처럼 행복했다. 장마철인데도 비가 안 와서 공을 칠 수 있다는 것 자체가 특별했다. 모두가 기뻐서 떠들며 환호했다. 우리에게 있어서 집을 떠난 것 자체가 자유를 찾은 것이었다. 운전하는 P는 말했다.

－오늘 남편이 일찍 퇴근해서 어머니를 돌보기로 했어.

- 어머니 방 칠판에 철이 엄마 오늘 1박 2일 나들이 갔다 온다고 써놓고 왔어.

- 우리 시어머니(95세 치매 걸림)는 시도 때도 없이 철이 엄마만 찾을 거야.

친구 P는 시어머니가 이틀 먹을 맥주와 스테이크를 준비했을 것이다. 그 시어머니는 평생을 맥주와 스테이크로 식사를 했다. 시어머니는 시원한 맥주를 즐겼다. 어쩌다 당신이 몰래 맥주를 다 먹은 탓에 시원한 맥주가 없어서 미지근한 맥주를 주면 먹지 않았다. 그리고 시원하지 않다고 화냈다. 우리는 그 시어머니를 왕비라 불렀다. 그 왕비는 고구마, 감자를 피했다. 그것은 구황작물이라며 먹지 않았다.

친구 P는 기존 아파트가 재건축되자 새 아파트로 이사 갔다. 그런데 왕비님은 새 집을 낯설어했다. 왕비님은 아무 곳에나 오줌을 쌌다. 냄새가 고약했다. P는 왕비님의 이불과 요를 수시로 몽땅 빨아야 했다. 그날도 이튿날 또 그랬다. 그 다음 날도 또 그랬다. P는 참을 수 없었다. 일이 많고 힘들어서 짜증이 나고 눈물이 났다. 육십 넘은 사람이 노모를 사십 년 넘게 모시고 사니, 그도 우울증이 생겨서 슬펐다(나는 그 친구에게 말했다. 다른 사람 같으면 십 년 전에 울증이 생겼을 것이라고). 그는 울면서 어머니를 야단쳤다.

- 이렇게 해놓으면 어떡하냐고요?

- 날마다 지린네에 이불을 버려놓으면 어떡하냐고요?

그는 소리를 지르며, 울었다. 그 다음 날부터 시어머니는 오줌을 싸지 않았다. 그는 말했다.

- 늙은 노모라도 혼내야 제정신이 드는 것 같더라고.
- 그렇지만 가여워서 할 수 없었어.

그는 매사가 힘들었다. 귀한 아들은 귀한 며느리를 얻었다. 아들은 일을 야무지게 하지 못했다. 아들은 미국에서 대학 졸업은 못하고 수료만 했다. 그의 남편은 P에게 말했다. P의 아들에 대해.

- 돈만 많이 들었다. 졸업도 못했다.
- 당신과 아들은 국제사기단이야.

친구 P의 생각은 이랬다.

- 못난 아들을 내가 감싸야지 누가 감싸주겠는가?
- 모자라면 나누어 먹으면 되지 않겠는가?

그의 아들은 한국에서 일을 했지만 적응하지 못했다. 아버지 덕에 외국에서 일했다. 그때 여동생이 먼저 결혼했다. 그 아들도 동생처럼 결혼하고 싶었다. 친구 P의 아들은 미국에서 공부하던 친구의 소개로 며느리를 얻었다. 며느리는 훌륭했다. 훌륭한 대학에서 석사까지 받았다. 하지만 며느리는 부유한 가정 출신이 아니었다. 그는 C 오빠에게 딱~ 붙었다. 결국 결혼했다. 외국근무지에서 일 년을 살다가 적응하지 못해서 다시 한국으로 돌아왔다. 적당한 집을 마련해주고, 차를 사주고, 사업장도 만들어줬다. 애기도 낳았다. P의 며느리의 친정엄마는 강조했다. "우리 애가 연약하니 파출부를 대달라."고. 할 수 없이 파출부를 구해주고 비용을 P가 처리했다. 사업이 자리 잡지 못해서 생활비도 송금했다.

어느 날 며느리가 점심을 대접하겠다고 연락이 왔다. 아마 그때가 무슨 행사였던 모양이었다. P는 머리에 무심코 '점심식사 1시'로 입력을 했다. 점심 먹는 날, 이것저것 만들고 사서, 며느리의 집으로 12시 40분경 남편과 함께 갔다. 초인종을 눌렀다.

- 누구세요?

그리고 문이 열렸다.

- 아니 어머니 전화를 하고 오셔야지요.

- 이렇게 그냥 마구 오시면 어떡해요?

P는 어이가 없었다. 며느리가 먼저 밥 먹자했는데? 대충시간 맞춰 왔는데? 남편이 P에게 물었다.

- 아니, 시간 약속 안 했어?

- 아침에 전화 안 했어?

- 하고 왔어야지!

남편은 P에게 왜 그랬냐면서 혼냈다. P는 어쩔 줄 몰랐다. 눈물이 났다. 속상했다. 내가 뭘 그리 잘못한 것인가?

식탁은 느리게 채워졌다. 밥은 목구멍으로 들어가지 않았다. 그리고 좀 있다가 집으로 돌아왔다. 남편은 다음에 다시 조용히 며느리에게 말할 것이라 했다. 그리고 얼마 후 며느리의 집에 갈 일이 생겼고 먼저 도착했다. 오토락의 비밀번호를 눌렀다. 현관문은 열리지 않았다. 서운했다. 며느리가 비밀번호를 바꾼 것이다. 딸애는 며느리를 욕했다. 집에서 애기만 보는데 무슨 놈의 파출부냐고 욕했고, 올케를 못마땅해 하며 싫어했다.

어느 날 갑자기 며느리가 아프다고 연락이 왔다. 간염이라 했다. 입원해야 했다. P는 너무 힘들었다. 사위는 외국 근무로 외국에 있었고, 딸은 주말마다 애기를 데리고 친정으로 와서 쉬었다. 그의 딸은 대기업 회사일로 힘들었던 걸 주말을 친정에서 보내는 것으로 해소했던 것이다. 거기다 늙은 할머니의 엉뚱한 짓거리로 일어나는 사건 속에, P의 딸은 엄마를 보며 슬퍼했다. 그러는 와중에 며느리를 입원시키면 누가 애기를 볼 것인가? 손자는 오랜만에 P를 보면 울었다. 수시로 쉬러 친정에 갔던 외손자가 외할머니를 더 낯익어했다. P는 며느리를 그의 친정 쪽 병원에 입원시키고 공치러 가는 것이라 말했다. 우리는 이제 중노 할머니가 되었다. 노 할머니인 95세가 있으니 육학년 중간은 중노 할머니인 것이다. 그래도 내 몸을 쓸 수 있으니 각자의 집에서 중심 역할을 하고 있는 것이다. 아들네, 딸네, 남편, 시어머니까지 케어를 끝없이 하고 있는 것이다. 식구들은 이 중노 할머니에게 끝없이 요구하고, 무엇을 해달라고 했다. P는 가끔 말했다.

- 내가 아무래도 애들을 잘못 가르친 것 같다.

- 나는 지금 우울하고 슬프다.

- 아니야, 지금 정상이야. 다만 그 울중 증상이 너무 늦게 온 것이야.

- 이제 네 몸 좀 챙겨라.

- 너 아프면 널 도와줄 사람이 아무도 없잖냐? 그리고 네가 아파

서 죽으면 너네식구 멘붕이 와서 더 큰일날 거다.

　- 이제부터 너 이기적이 되어야 해. 그것이 널 위하고 너네 식구를 위하는 거야.

　- 그렇게 복잡한 집을 떠났다는 것만 해도 성공이다.

　다른 친구 H도 말했다.

　- 나도 못 올 뻔했다.

　- 갑자기 애기가(딸의 애기들) 아파서.

　H의 딸은 박사학위 과정을 공부했다. 그의 딸은 딸, 딸, 아들 이렇게 연년생으로 셋을　았다. 처음에 그는 어이없어했다. 낳으면 그 애기는 H의 독차지가 됐다. 셋째 아들은 남편에게 속였다. 돌도 안 지냈는데 애가 또 생겼다니 기가 찼다. 애기 돌보는 일은 쉽지 않았다. 정규직인 돌보미 아줌마가 있음에도 따로 시간제 파출부를 두었고, 자기까지 힘을 보태야 손자 세 명을 돌볼 수 있었다. 그에게 경제력이 있으니 이렇게 하지, 그렇지 않았다면 중노 할머니는 죽을 맛이었을 것이다. 더욱이 남편들이 이제 모두 퇴직자라 경제적인 문제는 쉽지 않은 일이었다.

　또 다른 친구 S는 몸이 힘들었다. 새벽부터 손자들 두 놈 챙겨서 한 놈은 학교 보내고, 또 한 놈은 어린이집 보낸 뒤 집 살림 챙기고 나왔을 테니 이미 몸이 천근만근이 됐을 터였다. 나는 몸이 부실해서 어디만 가려고 하면 허리통으로 안간힘을 써서 가야 하는데, 오늘은 고만고만해서 떠나니 무조건 성공인 것이었다.

　우리는 룰~루~랄~라~ 하며 고속도로를 달리고 달렸다. 장마철이라 운동할 수 없는 날이 많은데, 이렇게 천운이 우리를 받쳐준다면서 모두 신났고, 일박이일을 아무 탈 없이 행복하게 보냈다.

*

　　　　　아련한 추억을 생각했다. 나는 스물네 살이었고, 어느 시골 중학교 교사였다.

　그해 십일월 중순 어느 날, 이른 아침부터 학교는 바빴다. 장학 시찰이 있는 날이었다. 모든 교직원과 학생들은 긴장한 채 학교평가 점수를 잘 받도록 노력하는 날이었다. 담임 선생님들은 담당하는 반 학생들에게 용모단정을 외쳤고, 교실과 주변 변두리를 깨끗이 청소하라고 소리쳤다. 선생님들은 칠판을 잘 정리했고, 유리 창가에 화분을 놓아 아름답게 했다. 뒤쪽 벽에는 학생들의 작품인 그림과 글을 붙였다. 육십 명이 쓰는 책상과 걸상은 반듯하게 줄을 세웠고 청소까지 시켰다. 맨 뒤쪽 구석의 쓰레기통이나 청소도구함 역시 잘 정리시켰다. 장학 시찰 하기 전 주에는 미리 각반 대항 환경미화 심사를 했다. 그것은 학교방침으로 실시했다. 장학 시찰을 대비하기 위한 방편이었다. 수업 참관을 위해 학생들에게 골고루 질문하도록 연습도 시켰다. 장학관은 여러모로 학교와 학생, 그리고 선생님들이 잘하고 있는지를 꼼꼼히 살펴서 그 학교의 평점을 냈던 것이었다. 그것은 학교의 명예가 걸린 문제로 교장 선생님과 교감 선생님의 간판이 되기도 했다.

그날, 담임들은 바빴다. 최선을 다해 수업해야 했다. 장학관들과 교장, 교감, 주임 교사들 앞에서 자신의 교육 방법을 시험받는 날인 것이었다. 나는 그날 덜덜 떨었다. 그래도 용케 잘 넘어갔고, 학생들의 다양한 질문으로 수업을 잘 진행했다. 그래서 다행히, 가르치는 수업방법이 좋다고 좋은 평점을 받았다. 그날은 힘들게 하루가 지나갔었다. 마지막 참관 회의 때, 시찰단의 끝인사가 있었다. 그들의 말을 들으며 교육자의 사명을 생각했고, 나 자신을 되돌아봤다. '나는 과연 미래를 위한, 미래에 대한 교육자가 되고 있는가?', '학생들에게 입시 위주의 주입식 교육을 하고 있지는 않은가?', '나 스스로 진정한 교육자가 되려고 노력하고 있는 것인가?'를 반성했다.

시찰단은

- 국민정신을 드높여라

라고 강조했다. 나는 그들의 주장을 받들어 학생 입장에서, 항상 학생들의 편을 들고 함께 서서 반성해야 할 것이었다.

나는 열심히 수업을 했다. 내가 다니는 학교는 읍에서 제일로 큰 공립학교였다. 교직원도 많았다. 체육 선생님도 여럿이었다. 그런데 나는 국어 선생이었음에도 국어만 가르치지 않았다. 시간표에 따라 도덕 선생도 해야 했고, 한문 선생도 해야 했다. 수업은 많았다. 평균 스물셋이나 스물네 시간을 맡았지만, 도덕 과목, 한문 과목, 그리고 야간 학습까지 포함하면 무척 수업 시간이 많았다.

여자 선생님은 많지 않았다. 셋, 혹은 네 명 정도였다. 남자 선생들이 숙직을 섰고 여자 선생들이 일직을 섰다. 남선생의 숫자는 서른 명이 넘었다. 그들은 한 달에 한 번 정도 숙직을 하면 됐다. 여선생들은 한 달에 평균 두 번꼴로 일직을 섰다. 일직을 서고 나면 그 다음 주가 힘들었다. 보름 내내 쉬지 않고 학교생활을 하는 것이었다. 학교에는 처녀·총각 선생들이 적당히 있었다. 내가 처음 부임했을 때 그들은 적당히 짝을 이루었고, 적당히 친하게 지내며 함께 어울렸다. 그들은 나를 그들 편에 어울리도록 노력했고 나를 자주 불러서 함께 식사했다. 그러나 나는 그들과 잘 어울리지 못했다.

학교에서 일직을 하면 대부분 시험문제를 냈다. 그리고 시험문제를 등사기로 밀기 위해 철판을 깔고 기름종이에 철필로 옮겨 썼다. 그 기름종이를 소사에게 맡기면 그는 오백 장 정도를 프린트해 놓았다. 그것은 중간고사나 기말고사 시험지가 됐다. 나는 중3 담임일 때가 많았다. 어쩌다 군 학력 평가가 있으면 학력을 높이기 위해서 매주 시험지를 프린트했고, 학생들에게 그것을 나눠주며 시험을 쳤다. 국어과목 학력을 높이려 애썼다. 최고 점수가 많기를 바랐고, 최저 점수가 나오지 않도록 노력했다. 일직이 끝나고 집으로 돌아가려고 정류장에 오면 쉽게 버스를 탈 수 없었다. 시외버스가 많은 것도 아니었다. 제시간에 오는 버스는 항상 붐볐다. 그 버스는 손님이 너무 많이 타서 정류장에 멈추지 않고 지나가 버렸다. 내가 서성일 때 다른 학교에 있는 친구 교사 효가 일직을 끝내고 정류장으로 왔다. 우리는 서로 반갑게 인사했다. 우리는 버스를 놓쳐 택시를 잡았다. 운전자는 택시요금을 택도 없이 비싸게 요구했다. 친구는 안 되겠다며 택시를 놓아주었다. 다른 방도를 찾아보자 했다. 그는 한길 근처로 갔다. 지나가는 자가용에 손짓했다. 자가용은 쉭~쉭~ 지나갔다. 몇 번의 시도를 했지만 소용없었다. 그는 스스로 답답해하며 괴로워했다. 그가 나에게 자신을 따라 하라고 손짓했다. 나는 그 짓은 할 수 없었다. 억겨움이 일어났다. 나는 머리를 '설레'설레 흔들었다. 우리는 그곳에서 오랫동안 서성이며 차를 잡으려고 애썼다. 시간이 지나갔고 날은 어둑했다. 먼 곳에서 만원 버스가 느리게 오고 있었다. 나는 두 팔을 들고 흔들었다. 길 가운데서 흔들었다. 차가 섰다. 우리는 사람들을 간신히 밀치고 들어갔다. 만원 버스의 찐내와 땀내, 온갖 숨소리들이 나에게 달려들었지만 함께 집으로 올 수 있음에 감사했다.

매주 월요일이 되면 운동장에서 조회를 섰다. 학생들은 교복을 단정히 입고 키 순서대로 학년마다, 반마다 줄을 일렬로 섰다. 선생들은 맨 뒤에서 서성댔다. 누가 줄을 벗어났나를 확인했고 누가 장난치며 딴짓거리 하는가를 감시했다. 교장 선생님은 운동장 교단 위에서 그 주간에 강조할 사항을 말했고, 다시 학생들에게 교장 선생님만이 가진 교장 선생님의 철학을 말했다. 그 시간은 길고 길었다. 아이들의 몸은 그때마다 뒤틀렸다. 그들은 지루했고 힘들었다. 이어서 교감, 교무주임, 체육 선생들의 지시가 계속됐다. 그리고 행진 음악에 맞춰 교실로 들어갔다. 곧 수업이 시작됐다. 학생들은 눈만 칠판에 고정시켰을 뿐, 지친 탓에 모두의 의식은 꺼져 있었다.

사십 년이라는 세월이 흘러버린 지금도 나는 그 운동장과 일렬로 선 교복 입은 학생들을 분명히 떠올렸다. 대도시는 아니지만 읍의 한가운데 있는 중학교는 꽤 큰 학교였다. 각 학년에 8개 반, 총 24개 반이 있었다. 모두가 남학생이었다. 각 반은 60명이 넘었다. 학생들의 나이는 비슷했지만 더러 이십 세가 넘은 학생이 있었다. 시골에서 농사짓고 집안일 보살피다가 학교 갈 때를 놓친 경우였다. 그들은 순박했다. 초임 교사들과 나이대가 비슷했고, 선생과 제자 사이라는 것도 여선생일 경우에는 불편했다. 그럴 때는 주임 선생님들이 학생 배치를 따로 정해 체육과 선생님 쪽으로 배치를 해주었다.

선생님들은 통근자가 많았다. 도시에서 시외버스를 타고 한 시간가량 걸렸다. 나는 일찍 출근했다. 할 일은 많았다. 수업보다 교육청에서 내려오는 지침에 따라 해야 하는 업무가 많았다. 학생들의 실태 조사와 학생들 가정환경 조사 등 교육청에서 보내는 여러 가지를 문서로 작성해서 보내야 했다. 게다가 수시로 군 대항 학력평가를 실시했다. 각 학년, 각 반의 평점을 다른 학교보다 높게 받아야 했다. 국어, 영어, 수학 등 각 과목도 타학교보다 평점을 높이기 위해서 노력해야 했다. 그래서 휴일에 반 아이들을 위한 테스트용 시험지를 별도로 작성했다. 수능처럼 주요 과목에 나올 만한 문제를 제출해서 기름종이를 철판에 대고 문제를 냈다. 그리고 이튿날 소사가 등사기로 밀어 육십 명분씩 프린트해 놓았다. 나는 학생들이 내용을 충분히 익힐 수 있도록 그 시험지로 시험을 봤다. 많이 틀린 학생들은 남겨서 출제될 만한 것들을 다시 뽑아 그들에게 학습시켰다. 학교 대항에서 낮은 점수로 평점을 깎아 먹지 않도록 그들을 재촉하며 학습시켰다. 열심히 노력했을 때, 학력 대항에서 우수한 학교로 선택되면 최고의 기분이 됐다. 그때 학교의 분위기는 축제 때나 다름없었다.

학교 근무일은 많았다. 저축계 담당자로 전교 학생들의 저금을 환불 정리해야 하는 일이 복잡했다. 학생 수는 많았고 계산을 잘하지 못해 나는 무척 힘들어했다. 주번 교사가 되면 전반적인 학생 관리, 학교 관리, 그 주의 학교생활 목표 실천 방안 등을 각반 주번들에게 지시했다. 그리고 각 학급 주번들을 소집해서 전반적인 주의사항을 실천했는지를 체크했다. 그럴 때 수시로 교장 선생님의 호출을 받았다. 교장은 인상을 쓰면서 호통을 쳤다. 나는 최선을 다하며 노력하고 있는데, 그는 자기의 뜻에 어긋나 있음을 강조하는 것이었다. 처리할 일은 많았고 빠르게 요구하는 교육청 일들은 해도 해도 끝이 없었다. 날마다 해야 하는 서류작성과 서류처리로 교직원들이 지쳐 살던 기억. 교장과 교감이 초임교사들을 윽박지르고 피곤하게 스트레스를 줬던 기억. 날마다 그들의 호출이 두려워서 힘들었던 기억. 다행히 나를 잘 따르는 학생들이 내 주위를 맴돌면서 따뜻한 사랑이 오고 갔다. 그들은 하숙집으로 혹이 달린 땅콩을 메고 왔고, 털 달린 복숭아를 들고 와서 함께 먹었다.

그해 마지막 달 즈음 영어 선생님이 자기 동창인 남편을 소개했다. 그의 첫인상은 편안했다. 나름 집념이 있어 보였다. 그가 가진 것들에 대한 자만심을 드러내지 않아 좋았다. 그는 나와 무엇인가 정서적으로 맞을 듯한 사람으로 보였다. 그는 성실해 보였다. 거짓으로, 아니면 헛된 야망으로 사람을 힘들게 하지는 않을 것 같았다. 일단 그는 진실해 보였다. 그것이 마음에 들었다. 그날 우리는 부담 없이 저녁 식사를 함께 했다. 그날 나는 잠이 오지 않았다. 그 시절, 친구들은 이미 결혼을 했고 나도 해야 할 처지여서 심리적으로 편안한 상태는 아니었다. 나는 잠을 자려고 노력했다. 그리고 모든 것들은 인연이 있으면 이루어질 것이고, 인연이 없으면 이루어지지 않을 것으로 생각하기로 마음을 먹었다.

*

2016.7.8. 거대한 빙하, 자연생태계 알래스카 크루즈 10일. 프린세스 크루즈 크라운 호를 타고 여행하기로 했다. 오랜만의 여행이 될 것이다. 여름이 되면 어딘가로 떠나야 할 것 같았고, 대학의 캠핑처럼 먼 곳으로 가고 싶었다. 내가 살아있다면 이십 년 후에도 이런 마음을 가질 수 있을까? 그때는 거의 9학년이 될 텐데… 아마 그럴 것이다. 돌아가신 고모가 그랬다. 나이가 많아도 마음은 청춘이라고.

우선 짐을 쌌다. 여행 가방에 속옷, 겉옷, 수영복, 얇은 것, 두꺼운 것 등 사계절 옷을 다 준비해야 했다. 만일을 위해 고추장 한 통, 소주 한 병, 스낵 한 통, 씹을 거리로 껌과 사탕, 초콜릿, 읽을 책, 그 밖에 우산, 신발, 여권, 환전한 달러까지.

아침부터 서둘렀다. 짐을 꾸려 공항버스를 타고 공항으로 갔다. 여행사에서 설명을 들었다. 그곳에서 다른 사람들은 이미 선택 관광 티켓을 끊었다 했다. 우리는 그곳에 가서 끊는 줄 알았다. 사람이 많아서 이미 자리가 없을 수 있다고. 나는 딸에게 화가 났다. 여행사를 하는 그 애의 탓이라고. 하지만 어쩔 수 없었다. 그곳의 사정에 따라 해야 했다.

순서대로, 일정대로 우리는 비행기를 탔다. 비행기 속에서 읽는 책의 맛은 특별했다. 공지영의 『즐거운 나의 집』을 읽었다. 딸의 관점에서 쓴 글이었다. 딸이 아빠를 떠나는 연습을 했다고. 그때 나이가 9살. 엄마는 세상이 다 알아주는 베스트셀러 작가이며 세 번이나 이혼한 여자라고.

비행하는 내내 이 책을 읽었다. 감칠맛이 났다. 사실적인 일들이 문자화된 소설이었다. 가정 내에서 일어나는 사적인 감정들이 고통을 주고, 상처를 받는 것이 이해되었다.

시애틀 도착. 하늘은 맑고 구름은 투박했다. 먼지 없는 투명한 곳으로 보였다. 서울 경치가 먼지 낀 풍경화라면, 때가 낀 유리를 말끔히 청소한 창문처럼 투명한 시가지를 볼 수 있는 시애틀 풍경.

전망대는 높았다. 한쪽은 호수, 다른 쪽은 바다가 이어지는 곳이었다. 영화 「시애틀의 잠 못 이루는 밤」을 볼 때 도시의 규모가 뉴욕만큼 크다고 생각했는데, 그렇지는 않았다. 우리나라 안산시 정도의 인구수를 가진 도시였다. 땅은 넓고 인구는 적은. 항구엔 빌딩이 높게 서 있었다. 빌 게이츠 재단과 스타벅스 커피 문화가 생겨난 곳. 한국인이 좋아하는 코스트코 체인점이 그곳에서 발족했다는 점이 시애틀의 경제를 크게 움직이고 있었다.

첫날 묵을 호텔에 들어갔다. 호텔은 크고 웅장했다. 엘리베이터는 오래된 버튼식이었다. 한국이었다면 벌써 예전 모습이라는 이유로 교체됐을 것이었다. 가까운 곳에 큰 슈퍼가 많았다. 미국은 우리나라와는 달랐다. 대형 마켓이 많았다. 주변에 주민은 없고 공장과 호텔, 아니면 다른 종류의 숙박 리조트가 있었다. 나는 우리 동네의 조그만 슈퍼가 좋았다. 오밀조밀 필요한 것들을 손쉽게 살 수 있는 곳이 좋은 것이다.

시애틀 항구 출항. 프린세스 크루즈 크라운 호 탑승. 부대시설 안내. 스포츠 시설, 레스토랑, 대극장, 공공장소, 선상 카지노, 각종 라운지, 바 등 소개. 시애틀을 떠나면서 남편은 서쪽 끝에 솟은 레니언산, 눈 덮인 산에 흥분했다. 이 여름날에 눈이 쌓였다는 사실을 즐거워했다. 꼬마 아이들이 앞뒤로 돌아다니며 새로운 발견에 어쩔 줄 모르는 것처럼 난생처음 보는 그 광경에 환호했다. 망원경 속에 나타난 산 위의 구름 같은 눈은 그의 볼거리 중 유일하게 그의 만족을 불렀다. 다음 날은 하루 종일 알래스카를 향해 배가 항해했다. 가는 길에 보이는 것은 하늘과 바다뿐이었다. 검은 바다에 구름 낀 하늘. 밤새 비가 왔었는지 꼭대기 갑판에는 물이 질척했고, 일하는 사람들은 부지런히 닦아냈다. 나는 트랙을 뛰었다. 옷은 초겨울 옷을 입었다. 다른 사람들도 몇 명 뛰었다. 바람은 강했다. 배의 내부를 달릴 때는 유리 벽으로 외부와 단절되어 있어 몰랐지만, 유리 벽이 없는 곳은 내 몸이 바람에 날릴 듯이 심하게 바람이 불었다. 동서남북 어디나 검푸른 바다만 보였다.

조깅을 하고 뷔페 조식을 했다. 과일류, 빵류, 소시지, 햄, 수프 등이 치러졌다. 나는 단백질, 탄수화물, 비타민 등을 적당히 섭취하려 애썼다. 과식하지 않으려 했다. 식사 후 잠시 쉬면서 책을 읽었다. 신경숙의 『어디선가 나를 찾는 전화벨이 울리고』였다.

언젠가 이 문장들을 다 지울지도 모르지만, 이 책을 읽으며 대충 그들의 문장을 적고 싶었다. 그들의 문장을 적는다는 것은 그들의 문장을 따라 하는 것이고, 문장을 따라 하는 것은 웃기고 재미있는 일이었다. 그들의 문장은 나를 친구로 삼았다. 그들 문장 속에서 나를 친밀하게 만들었고, 나는 그들의 문장의 친구가 됐다. 그들의 문장은 나를 밀쳐내지 않았다. 나는 그대로 그들의 문장을 따라 하면 됐다. 그래서 나는 쉬웠고, 그들의 문장의 친구가 됐던 것이다.

2016.7.10. 전일해상. 회색빛 하늘과 구름, 바람, 바다만 있었다. 아무 감정이 일어나지 않았다. 하늘은 하늘이고, 바다는 바다였다. 자연은 나를 나로만 여겼다. 내가 자연을 찾으려 해도 그들은 나에게 교감을 주지 않았다. 자연은 자연의 세계인 겉모습만 보여주었다. 느껴지지 않는 것은 왜일까? 꿈에 그리던 딴 세상이어야 하지 않느냐고? 지도상에 나타나는 알래스카! 그곳은 특별한 곳, 별천지 세상!

그래야 했는데 하늘, 바람, 바다가 특별하지 않았다. 저녁에 떠 있는 달도 그냥 달이었다. 나는 실망했다. 이순신 장군이 싸워 이겼던 '한산도 달 밝은 밤에'가 생각났다. 남해 바다 한가운데 떠 있던 둥근 달. 나는 그때 감격해서 숨을 못 쉬었었다. 그 달은 컸고, 웅장했으며, 눈이 부셔, 내 눈을 태웠다.

'아! 아! 이순신 장군이 봤던 달! 그거야 그거.' 그렇게 느꼈었는데….

나는 계속 달을 보며 따라갔다. 감흥이 일어나지 않았다. 바다를 봤다. 하늘을 봤다. 저 멀리 바다 위에 서 있는 섬들이 보였고 곳곳에 떠 있었다. 섬들을 열심히 쳐다봤다.

2016.7.11. 쥬노 항 기항. 알래스카의 수도. 옛 건축물들이 타운을 이루었다. 관광객들이 상점에 들러 물건을 샀다. 화려한 보석들과 이상한 모양을 가진 보석들이 많았다. 그곳을 관광하고 연어 부화장을 관광했다. 연어들이 호수 물길을 따라 역으로 태어난 곳으로 가는 장면이 나타났다. 연어의 온몸은 상처투성이였다. 좁고 지나기 힘든 자갈밭을 몸으로 비벼서 물길을 만들고 튀어 오르면서 자신의 태어난 곳을 찾았다. 그곳에서 알을 낳고, 그곳에서 죽었다. 연어가 죽는 곳에는 흰머리 독수리가 있었고, 곰 발바닥이 찍혀 있었다. 그곳은 자연의 삶의 현장이었다.

나는 물길을 따라 계곡 폭포로 갔다. 그곳 역시 연어들이 튀어 오르는 그들의 삶의 현장이 재현되었다. 팔뚝만 한 연어들이 새까맣게 물을 거슬러 올랐다. 온몸에 상처가 나도록 자갈밭 사이의 물길을 거슬러 올라갔다. 그래, 그들의 삶도 쉽지 않은 길로 보였다. 연어의 본능이 자기가 태어난 곳에 새끼를 낳고 죽는 것이라면, 인간에게도 자기가 태어난 곳을 그리워하는 본능이 있지 않을까? 우리들 중에도 고향을 그리워하고 눈물짓는 이들이 많다는 것은, 어떤 자연계나 동물들의 본성이 있음을 말하는 것이 아닐까 생각해본다.

연어들은 온몸에 상처를 내며 어렵고 힘든 여정을 거쳐 바다에서 물길을 따라 호수나 계곡으로, 자신이 태어났던 곳으로 찾아왔다. 그리고 그곳에서 알을 낳고 죽었다. 연어의 마지막 삶은 힘겹고 험난한 고통의 삶이었다. 자신의 분신인 알을 위해서. 연어를 보면서 인간의 본능도 이해할 것 같았다.

요즘 젊은이가 결혼은 선택이라고 강조하는 것을 통신을 통해서 들었다. 애기 낳는 것도 선택이라 말했다. 과연 그럴까? 배가 고프면 먹을 수밖에 없는 인간의 본능처럼, 결혼하고 애기 낳는 것도 인간의 본능인 것이다. 단지 환경의 제약 때문에 결혼하고, 애기 낳는 것을 하지 못하는 것이리라. 우리가 배고프면 참지 못하고 먹을 수밖에 없듯이, 결혼하고 아이 낳는 것도 적당히 돈을 벌면서 자신의 이기심을 버리면, 더 좋은 삶과 본능을 따르면서도 충족하는 삶을 가질 수 있을 것이라 생각한다. 곤란하고 어려운 일들은 애기 낳은 후다 해결할 수 있음에도, 젊은이들은 그것들을 두려워하고 있는 것이다. 그래서 나는 그 젊은이들을 보며 안타까운 마음이 일었던 것이다.

저녁으로는 대개 정찬을 먹었다. 메뉴는 화려했다. 쇠고기, 양고기, 조갯살, 프랑스식 달팽이요리 등을 중심으로 전채식과 후식을 선택하면 되었다. 함께 간 여행자들과 돌아가면서 와인을 샀다. 우아한 와인과 즐거운 저녁을 여행자들의 삶을 말하며 함께 맛있게 먹었다. 매일 저녁 정찬을 먹다가 어느 날은 우아한 정장을 갖춰 입었다. 그때는 선실에서 모두가 모여 선장을 모시고 와인 파티를 했다. 화려한 꽃장식과 와인, 피아노 연주에 음악가들의 노래. 모두가 환상의 파티를 즐겼다. 또 어느 때는 세미 정장이나 각자의 취향에 맞는 옷을 입고 정찬을 했다. 끝나면 곧 대형극장으로 가서 뮤지컬을 봤다. 끝나면 다시 16층, 17층 꼭대기 선실로 올라가서 버드와이저 맥주와 피자 한 조각으로 어둠의 축제 분위기를 즐겼다.

낮에는 조용히 책을 읽고 쉬었다. 점심을 먹고 쉬다가 우리(남편과 나)는 수영복으로 갈아입고 위에 간편한 옷을 걸친 뒤 17층 꼭대기로 갔다. 한쪽 의자에 겉옷을 벗고 수영복 차림으로 뜨거운 탕에 들어갔다. 뜨거운 물거품이 몸을 감싸고 온몸을 데웠다. 밖의 기온은 알래스카의 평균 기온으로 13℃~21℃이었지만 사람들은 패딩 잠바를 입었다. 바닷바람이 차서 온몸이 얼었다. 우리는 뜨거운 열탕에서 곧 시원한 수영장으로 몸을 옮겼다. 목 아래까지 물이 찼다. 그 곳에서 우리는 수영을 했다. 물과 친하게 놀면서 친구 했다. 물이 나를 받쳐주면 나는 물을 누르면서 물 위에 떴고, 발과 팔을 흔들면 물이 나를 앞으로 밀어줬다. 나는 물을 밀었다가, 물을 끌어안았다 했다. 마지막 난간을 잡을 때 나는 물을 밀쳐보냈다.

그곳은 지상의 천국이었다. 하늘과 바람과 햇빛이 있었다. 그리고 나를 받아주는 물이 있었다. 나는 곧 자연인이 되었다. 자연인으로 두어 시간 놀고 나면 나는 부러운 게 없었다. 그곳에는 정치가 없었고, 법이 없었으며, 종교가 없었다. 진정한 진리는 자연과 같은 아무 것도 없는 이런 것일 것이다.

2016.7.12. 스케그웨이 입항. 알래스카 남부 인디언이 부르는 '북풍의 집'이라는 뜻이었다. 그곳은 황금을 찾아 떠난 자들의 물자 조달을 위한 곳이었다. 유콘 기차로 황금의 철로를 지나가며 주변의 아름다운 경관을 관광했다. 1898년 이 철로를 만들었으니 거의 백이십 년이 넘는 역사가 있는 곳이었다. 열차도 그 시대의 것이었고 사람도 그 시대의 사람 같았다. 키는 크지만 몸은 가늘었으며, 그 시대의 복장을 입었고, 그 시대의 모자를 썼다. 운치 있는 기차였다.

멀리 있는 산에는 눈이 쌓여 있었다. 가까이 있는 산에는 나무가 울창했다. 눈 덮인 산과 울창한 나무. 베리 종류의 꽃과 열매가 협곡을 따라 흐드러져 있었다. 도무지 이글루로 유명한 알래스카가 아니었다. 지구의 온난화 때문에 이런 것인가? 그곳은 사람들이 살 수 있는, 살만한 곳으로 보였다. 우리는 화이트 패스까지 이동했다. 그 철도는 돈이 많이 들었다 해서 황금 철도라는 이름이 붙었다. 그런데 지금은 황금이 아닌 여행자가 그곳을 방문하는 황금철도가 되었다. 연간 십오만 명의 여행자가 다녀가고 있으며, 한 사람당 십오만 원 정도의 관광 비용을 내고 있으니 연간 백억 이상을 벌고 있는 셈이다. 진정으로 돈을 버는 황금철도라 할 수 있을 것이다.

2016.7.13. 글레시어 베이 빙하 국립공원(선상 구경)은 야생지구로 직접 육지에 올라갈 수는 없었다. 바다 위에 떠 있는 다양한 빙하조각을 보고, 빙하로 이루어진 빙벽과 빙산들을 관광했다. 갑자기 '우르르 꽝' 하는 굉음이 들렸다. 천둥과 번개가 치는 무서운 소리처럼 들렸다. 모두가 깜짝 놀라며 숨을 죽였다. 그것은 웅장한 빙하가 깨지는 소리였다. 먼 바다에는 고래가 출몰했다. 고래는 바다에서 우리 주위를 돌며 모습을 보여주었다가 곧 숨었다. 꼬리를 흔들기도 했다. 빙하조각에는 작은 물새가 옹기종기 앉아 쉬면서 우리를 봤다. 나는 그 새들을 보면서 '뭘 먹고 살까?'를 생각했다. 나는 다시 수영장으로 갔고, 그곳에서 빙하를 보며 자연을 즐겼다. 지루할 때는 뜨거운 찜질방으로 가서 몸을 달구며 즐겼다.

2016.7.14. 케치칸 항 입항. 알래스카의 최남단 도시로 인디언의 토템문화를 가장 많이 볼 수 있는 곳이었다. 온화한 기후로 산이 온통 우림으로 되어 있었다. 그곳은 연어, 블랙베어, 대머리 독수리가 많았다. 나무들은 울창하고 거대했다. 우람한 나무는 이끼가 꼈다. 특이했다. 그들은 서로 수분과 영양분을 공급하며 공존했다. 자연을 관광하고 그곳에서 크랩 만찬도 즐겼다. 오후에는 쇼핑도 하고 잠언 시집을 읽었다.

이 시집의 시는 나에게 딱~ 맞는 것이었다. 제발 잔소리하지 않는 늙은이가 되어야 할 텐데… 애들만 보면 잔소리부터 나오니 말이다.

"살 좀 빼라."

"시집 좀 가거라.

"애기들 밥 좀 덜 먹여라, 뚱뚱해진다."

이것도 나쁜 습관으로, 차츰 나는 더 고질적인 악습관에 길들여지면서 그쪽의 달인이 되기는 것이었다. '이래시는 안 되는데?'라는 생각에 나는 수십 번을 '말하지 말자. 말하지 말자.'고 다짐을 하곤 한다. 하지만 사람만 만나면 상대방의 잘못을 지적하고 또 지적하며 고치라고 강요하는 것이다.

왜 내가 상대방의 삶을 바로 잡고자 하느냐고. 그렇습니다. 신이시여! 내가 사람들을 바로 잡고자 하는 열망에서 벗어나게 해주십시오. 신이시여! 남에게 도움을 주되, 도움을 주는 것을 생색내고 나를 드러내야 한다는 생각으로부터 벗어나게 하소서. 차라리 남을 도와주지 말게 하소서. 남의 의견이 틀렸거나 내 의견과 다르다 하더라도 그 의견을 들어줄 수 있는 마음을 갖게 하소서. 나와 다른 의견이라고 그 의견을 거부하고, 내 의견을 주장하면서 그 다른 의견을 증오하며 버리려는 마음이 들지 않게 하소서.

모든 것을 자기중심적으로 나만을 생각하는 마음을 버리게 하소서. 신이시여! 내 몸속에 있는 부정적인 마음의 씨를 버리게 하시고 아름답고 고운 마음의 씨만을 간직하게 하소서. 내 눈에 악의 씨가 보이지 않도록 해주시고, 곱고 예쁜 마음의 씨만 보이게 해주소서.

가족의 흠을 계속 들먹이며 그들을 괴롭히지 말게 해주시고, 내

흠을 남들이 나에게 말해서 듣더라도 상처로 남기지 마시고 사랑으로 남겨 주소서.

내 기억과 다른 사람의 기억이 부딪히더라도 그것에 대한 집착으로 상처가 남지 않게 하소서.

미운 사람이 미운 짓을 하더라도 곱게 볼 수 있는 마음의 눈을 가져지게 하소서.

나는 그 수녀의 시를 통해 기도하고, 반성했다.

2016.7.15. 캐나다 빅토리아 항 입항. 브리티시 컬럼비아주의 주도로 밴쿠버섬 남단에 위치해 있다. 1841년부터 영국인들이 정착했기 때문인지 영국풍의 건축물과 풍광이 보였다. 그곳은 정원의 도시인 부차드 가든이 유명했다. 장미, 백합, 일본식 정원, 진홍색으로 장식된 꽃길들, 아름다운 꽃들의 잔치가 정원 가득 펼쳐졌다.

폭포 분수와 초록색이 어우러진 진귀한 나무들. 옥외에서 울려 퍼지는 신나는 음악 멜로디. 그 앞에 앉거나 서서 그들의 밴드들과 함께 춤추는 관중들. 우리도 그들의 리듬에 따라 박수치고 춤췄다. 애기들, 엄마들, 할머니들이 모두 신났다. 그들과 함께 우리도 신났다. 마음속 깊이 일어나는 흥겨움. 그것이 자연적 즐거움이었다. 기쁨과 행복은 바로 그런 자연스런 율동이 되는 것이지 않을까?

2016, 7, 16. 미국 시애틀 항구 도착.

시내 관광 108년의 역사를 자랑하는 파이크 플레이스 마켓을 찾았다. 긴 골목에 상점이 들어선 모습은 중국풍의 긴거리 시장 같았다. 길거리에는 노점상이 다닥다닥 붙어 있었고, 먹을 것과 입을 것들이 한데 섞여 팔리고 있었다. 시장 내의 상점들은 각자 특성을 가지고 있었고, 특히 생선을 던져서 제자리로 옮기는 풍경과 그 생선을 손님에게 전달하는 모습은 익숙한 달인이라는 느낌을 주었다.

사람들은 그 풍경에 감탄했고, 그곳에 많은 사람들이 몰려 주문을 했다. 나는 그곳 주민들이 주문해서 먹는 또띠아 음식 만드는 과정을 식당 주인을 통해 세밀히 관찰했다. 그곳에는 세계적인 커피 회사 스타벅스 1호점이 있었다. 가게 앞은 사람들로 가득 차서 발 디딜 틈이 없었다.

2016.7.17. 인천 국제공항으로. 비행 시간은 길었다. 나는 잠을 자지 않고 한국에 도착하겠다고 맘을 먹었다. 그래야 쉽게 한국의 낮과 밤에 적응할 수 있을 듯 싶었다. 그를 위해 시집을 읽었다.

시집을 다 읽은 뒤에는 '마음은 모든 일의 근본이니 우리는 마음을 통해 세상을 만든다'는 『법구경 I』을 읽었다.

'이해'란 삶이 작용하는 이 근본 토대에 대한 이해를 의미한다. 이 이해가 그대의 에너지를 변형시키는 길이다. 이것이 정화의 길이며, 변형의 영원한 법이다. 혼란되지 않은 마음, 모든 판단을 넘어서 옳고 그름을 분별하지 않는 마음, 그 마음은 주시하고 이해한다.

엄청나게 중요하고 혁신적인 말이다. 붓다는 말한다. "옳고 그름을 분별하지 말라." 붓다는 "그저 주시하라."고 말한다. 오로지 그때에만 이해가 생길 가능성이 있다. 만일 분노를 이해할 수 있다면 즉시 그대는 자비의 비를 뿌리게 될 것이다.

나는 책을 읽고 나 스스로를 주시하고 관찰하려 애썼다. 그러나 쉽지 않았다. 만나는 사람의 이야기를 들으면 금방 그 이야기와 반대되는 말로 그 말을 반박했다. 그리고 상대방의 말이 아닌 그 사람에 대한 공격을 개시하는 것이었다. 뭐가 잘못되는 것일까? 나의 본성이 나이 들어서 망가졌기 때문일까? 참 별스러웠다. 항상 누군가를 기다렸다가 나타나면 짐승처럼 달려들어 공격하고 마는 동물이 되어버리는, 못 말릴 일인 것이다. 그래도 가끔은 그 잘못한 사실 때문에 순간적으로 혼란스러워진 마음으로, 스스로를 자책했다. 자책의 시간이 길어지면 혼란의 시간도 길었고 하던 일을 못했다. 상대방의 허물로 내가 손상을 입었다는 것을 느끼면 나는 더욱 강한 공격자가 됐던 것이다. 지금은 어떡하면 상대방이 하는 행동을 주시하고 이해하는 마음을 가질 수 있는가가 문제였다. 나는 노력해 보자고 다짐했다. 누구를 만나든 그를 관찰하고 주시하며, 나를 스스로 관찰하고 주시해 봐야겠다. 잘 안 되겠지만.

　　　　　　내가 지나간 추억을 기억하고 쓰는 것이 과연 좋은 것인가를 생각했다. 지금부터 오래전의 일들을 기억하며 그것을 쓰는 것이 나는 좋았다. 그러나 내가 이렇게 내 기억을 남겨 놓아 주변 사람들에게 피해를 주지 않을까 다시 생각했다. 그러다가 몽테뉴 수상록을 읽으며, 나는 부정적인 것보다 긍정적인 것이 많다고 생각했다. 그리고 나 스스로를 위로하며 쓰는 쪽으로 마음을 정했다.

　미셸 드 몽테뉴는 생몰년이 1533년~1592년인 16세기 말 사람이다. 그는 프랑스의 고등법원 재판관이었다. 그의 자전적인 이야기를 통해 당시 사람들과 현재의 우리를 비교하는 것이 나는 재미있다. 내가 쓴 것을 먼 후대 사람들이 자신들과 비교하면, 나같이 즐거워할 수 있을 것 같았다. 몽테뉴는 법률이라는 것만큼 끊임없이 동요하는 것은 없다고 했다. 그는 이웃인 영국 사람들이 정치 문제, 종교 문제에 관해 법률을 서너 번 뜯어고치는 것을 보고 수치와 울분을 느꼈다고 했다. 그는 그의 지방에서 사형을 받아야 했던 일이 합법적으로 되는 것을 보았고, 불확실한 운수에 따라 정의가 불의로 취급되어 투옥되었다가 다시 뒤집히는 경우도 보았다고 했다. 그 시대의 재판관이나 변호사들의 일은 모든 소송 사건을 자기 좋을 대로 처리할 다른 구멍을 찾아내는 것이다. 몽테뉴가 살던 그 시대나 20세기인 이 시대의 재판관과 변호사는 똑같은 부류의 사람임을 나타내 주고 있었다. 그는 성실한 마음으로 이 책을 썼고, 그 나름의 자각을 가지고 썼다. 무슨 호평을 사려고 하거나 자신을 장식해서 드러내려고 쓴 것은 아니었다. 자연스럽고 평범하게 자기 결점들을 그대로 나타 내고자 했다. 그런 점이 나는 좋아 보였다.

　그는 학문이 무식보다 나을 것이 없다 했고, 그 시대 대학 총장보 다 직공이나 농군 중에서 행복하고 현명한 사람들을 더 많이 보았다 고 서술하고 있었다. 학문은 인생에 소용되는 영광이나, 문벌, 직책 또는 미모나 재산 같은 것으로 취급하고 있었다. 그 당시 사람들이 말하기를 브라질 사람들은 모두가 늙어서만 죽었는데, 그것은 그곳 의 공기가 맑고 고요한 덕이라고 생각했다. 그런데 그는 그곳 사람들 이 늙어서만 죽는 이유가 아무런 학문도, 법도, 임금도, 어떤 종교도 없이 놀라울 정도의 단순함과 무지 속에서 살기 때문에 모든 번뇌와 사상, 마음을 긴장시키는 불쾌한 직무에 시달리지 않아 그들의 마음 이 명랑하고 고요한 덕이라고 본 것이다. 요즘 시대에도 도시의 젊은 이들이 시골의 늙은 어른들보다 더 일찍 죽는 것과 같은 이치로 보 였다. 학문적인 성취가 더 높고 경제활동도 활발히 하는 젊은이들이 스트레스에 시달리고, 정치와 종교로 일어나는 번뇌, 직무의 긴장 등이 그들을 죽음으로 몰아가는 경우와 비슷한 것이었다.

*

오늘 신문을 읽었다.
제목은 「기어코 '사드 訪中' 강행한 더민주 6명」으로 민주당 의원 6

명이 방중길에 올랐다. 그 제목을 읽고 속이 부글부글 끓었다. 어찌 이럴 수가 있는가? 한일 합방 때와 같은 시대가 다시 돌아오는 것이 아닌가 하는 생각을 했다. 일본은 청일전쟁을 일으켜 중국을 물리치고, 러일전쟁을 일으켜 러시아를 따돌린 뒤 한국을 합병하지 않았던가?

며칠 전 칼럼에서 대한민국의 선택을 읽었다. 대한민국은 길수록 사면초가(四面楚歌)다. 사드 문제와 남중해 문제로 중국은 마침내 아시아 맹주로서의 이(齒牙)를 드러내고 있다. 우리의 역사는 중국과 일본에 대한 굴종의 역사였다. 그 4,000년 세월은 핍박과 가난의 세월이었다. 그러나 2차 대전 이후 중·일에 의해 갇혀 있던 '감옥'에서 풀려나 미국의 인도로 세계로 나왔고 그 후 60년 민족의 역사상 가장 잘 사는 나라를 만들었다.

그런데 또다시 중국과 일본의 굴레가 우리를 엄습하는 것을 느낀다. 우리가 기억해야 하는 것은, 그 두 국가 안에 갇히면 우리는 죽고 그 두 국가로부터 벗어날 때 우리는 살 수 있다는 역사적 경험이다. 우리가 세계무대로 나오도록 손잡아 줬던 것은 미국이었다. 그러나 미국도 이제 더 이상 어제의 미국이 아니다. 이제 미국도 제 몫을 챙겨야겠다는 국가이다. 100년 전 '중국이냐 일본이냐'와 같이, 지금 우리는 '중국이냐 미국이냐'의 선택에 당면하고 있다. 더 민주 6명의 행동은 결국 한국이 중국의 속국이 되기를 바라는 행동이고, 한국이 사드 배치에 실패해서 미국은 궁극적으로 일본열도로 방어선을 물리고 아시아를 중국에 맡길 수밖에 없는 일이 되도록 조장하는 일이 될 것이다. 그것은 미국이 한국을 포기한다는 의미고, 우리는 중국의 예속국가가 되어 독립적 존재가 될 수 없다는 의미이다. 그런데 나라 안 사정은 참담하다. 파벌싸움에 여념이 없다. 나라의 위중한 상황을 고민하기는커녕 논의조차 보이지 않는다. 지금 대통령은 나라의 중대사를 국민 앞에 들고나와 국민적 공감대를 형성하는 지도상을 보여주는 것이 절실하다는 것을 강조했다.

나는 우리나라가 독립적으로 잘 살 수 있기를 바란다. 여당이든 야당이든 제발 국가가 손상되지 않는 범위 내에서 싸우기를 바란다. 그들은 똑같이 자기들의 패권을 위해서만 존재하는 사람들이다. 정치계 모두가 한통속으로 보인다. 누가 진실 되고 누가 거짓 되었는지 알 수가 없다. 그러나 북한이 일으킨 천안함 사건을 우리가 일으켰다는 거짓말을 참이라 말하는 야당(지금의 여당)을 보면서 '저게 인간인가?'라는 생각을 했다. 진실을 거짓으로 말하면서, 그것도 북한의 침공을? 아니라 하면서 북한을 찬양하는 야당(지금의 여당)들을 진정으로 이해할 수 없었다. 그렇게 집권해서 나라를 망가지게 하면서까지 패권을 잡으려 하는, 그 정치인들을 찍어주는 국민이 어리석은 것일 것이다. 눈속임을 잘하는 정치인들을 좋아하는 국민을 보면 나는 속이 터진다. 나는 사실 정치에 관심이 없다. 다만 국가가 소멸될까 걱정이 되는 것이다. 주변 국가들이 자기들의 이권을 위해 다른 나라를 침략해서 자기들의 속국으로 만들려는 야심 때문에 우리나라가 사라지면 어떡하나 걱정이 될 뿐인 것이다.

이 생각은 정말 500년 후, 아니 당장 백 년 후에 우리나라의 존재를 확인해보면 이 시대의 생활상이 나타난 이 글을 읽는 사람에게 어떤 점을 느끼게 할 것이다. 지금이 2016년인데 백 년 전이면 1916년이다. 그때는 일제강점기 시대였고, 모든 것을 일본이 강압적으로 통제했던 시기였다. 우리나라 사람들은 가난했고, 오직 친일파만이 부유했을 것이다. 지금은 역사상 가장 부유하고, 잘 먹고, 잘 사는 나라로 세계가 인정하는 나라가 되었다. 하지만 백 년 후는 어떨까? 지금 우리의 선택이 중요한 것이다. 어쨌든 나라를 위해서 모두가 결집하고, 자주적 독립 국가를 지켜야 한다는 것을 우리 모두 각오해야 하는 것이다.

*

여행자의 삶은 창조적이다. 나는 여행을 좋아한다. 일 년에 한 번 해외여행을 즐긴다. 그것도 여름 방학 내내 여행하던 습관이 남아 있어, 뜨거운 여름에 여행하는 것을 즐긴다. 여행하는 기간도 열흘 이상으로 잡는 긴 여행을 즐긴다. 서유럽을 중심으로 한 달하고도 보름을 돌아다녔던 때를 비롯해 동유럽, 남유럽, 북유럽 등지를 열흘 이상씩 다녀봤다. 여행을 많이 했지만 친구들과 부부 모임으로 함께 가면, 좋고 즐거운 여행으로 만들기가 쉽지 않았다. 함께 간 사람들이 자기 마음대로 행동하고 자기 본성을 고집하며 함께 여행했다. 그들은 자기식의 음식을 요구하고, 자기 마음대로 음식을 섭생하기를 바랐다. 아무리 좋은 세계적 음식이 진열되어 있어도 그들은 그 음식을 거부하며 자기가 준비한 음식을 즐겼다. 나는 그들의 어리석은 행동을 보면 낯이 찌그러졌다.

16세기에 살았던 몽테뉴 수상록을 보면, 그도 자기 나라 사람들이 여행을 하면 보이는 풍습이나 습관, 형식에 놀랐고, 자기들의 방식을 고집하며 색다른 방식을 아주 싫어하는 모습을 보았는데, 그는 그들을 어리석다고 평했다. 그리고 여행자끼리 모여서 결탁하고 합심하는 행위를 야만적 풍속이라 비난했다. 그는 말했다. "어째서 프랑스 풍속이라고 야만이 아닌가?" 가장 교양 있는 자들이 이런 문화의 차이를 들어 욕설을 일삼는다면서, 그 여행자들을 단지 돌아오려고 떠나는 자로 평했다. 나도 16세기 여행자처럼, 함께하는 여행자들이 자기가 고집하는 자기 음식만 먹기를 원하는 것은 여행의 참모습이 아니라 생각했다. 음식을 가지고 비난하고, 음식 먹는 법을 비난하며 그들의 문화를 야만적인 문화로 치부하는 것은 옳지 못한 것으로 보였다. 여행은 여행하는 곳에 따라 그 나라 사람들과 함께하며 그들의 풍습에 따르고, 그들을 따라 살아보는 맛이 참 맛일게다.

문득 '왜 사람들이 여행을 좋아하는 것일까?'에 대해 생각해 봤다. "인간은 호머 노마드다."라고 프랑스 학자, 자크 아탈리에가 말했다. 호머 노마드는 정착하지 않고 끊임없이 이곳저곳을 떠도는 여행자들이다. 인류 역사는 정착민이 기록한 것이지만, 역사를 이끌고 창조한 이들은 유목민인 것이다. 그는 인류를 세 부류로 나눈다. 비자발적 노마드, 정착민, 자발적 노마드로. 이중 비자발적 노마드는 선택하지 않은 노마드인이며 정치망명자, 난민, 추방자 등이다. 정착민은 농민, 공무원, 교사, 기술자들을 뜻한다. 자발적 노마드는 창의적인 직업인들로 IT 연구원, 음악가, 통역가 등이다. 세계는 지금 정착민의 시대에서 노마드의 시대로 가고 있다. 수렵사회에서 농경사회로, 농경사회에서 산업사회로, 다시 정보지식사회로 바뀌면서 노마드 시대로 합류한다고 그는 말했다.

그의 설명을 이해하면서, 어쩌면 인간의 본능에는 노마드라는 방랑의 욕망이 존재하지 않았을까 하는 생각이 들었다. 조금만 가만히 있어도 좀이 쑤셔서 참을 수가 없는 인간의 본능처럼, 노마드도 인간의 본능으로 여겨지는 것이다. 특히 요즘 사람들은 휴일이 되면 집을 떠나고 싶어 한다. 한 장소에 오래 붙어서 사는 것을 참을 수 없어 한다. 그것은 그동안 잃어버린 본성이 숨어 있다가 드러나는 것이 아닐까? 본디 이곳저곳을 떠돌며 살았던 유목민이 우리의 선조였고, 현대인의 잠재의식 속에 그들처럼 자유로운 존재로 살고 싶다는 인간의 본성이 남아 있을 것이다.

그 본성에 따라, 우리의 삶의 방식도 다양해지고 있는 것이다. 그러다 보니 미래의 인간의 창조적인 삶을, 각자가 떠나기 위하여 떠나는 여행자처럼 옮겨 다니는 삶을 선호하는 것이다.

남편 친구들이나 남자들은 불쌍하다. S의 남편 친구는 작은 기업의 사장이다.

그는 시골에서 농사를 짓고, 밭을 갈고, 나무를 심으면서 살고 싶어 한다. 그러나 그 부인은 그것을 용서 하지 않는다. 그것은 그가 아직도 회사에서 유능한 사람이기 때문이다. 경제적인 이유로 그는 자유롭게 살 수 없는 것이다. 그는 몸이 부실하다. 몸 구석구석이 아프다. 다만 그 아픈 곳을 치유하는 약으로 대처하면 견딜 만한 것이다. 그는 악성 암도 극복한 사람이다. 나는 그 사람을 보면 딱하다. 그 부인은 그를 돈 버는 기계로 여기는 것 같아서 안타깝다. 그의 집은 부자다. 그럼에도 그는 쉴 수가 없는 것이다. 그의 나이는 칠십이 넘었다. 이제 그는 쉬고 싶었다. 그러나 부인은 그럴 수 없다고 강조했다. 그는 돈을 더 많이 벌어야 하니까 쉬면 안 되는 것이다. 그는 죽어야 쉴 수 있는 것이 됐다. 나는 이런 삶이 안타까웠다. 제발 부인이여, 당신의 남편을 쉬게 해주소서!

또 다른 남편 W 친구가 있다.

W 친구는 작은 회사의 사장이다. 그 사장은 자기 회사를 접고 싶었다. 지금 그 회사의 존재는 미미했다. 왕년에는 회사의 이익이 컸다. 부부의 봉급과 수당, 회사의 지분 등 이익배당이 충실했다. 자기네 살림의 모든 비용까지 회사가 담당했다. 지금은 회사의 손익이 없었다. 그냥 존재할 뿐이었다. W 친구는 회사의 사장으로 이름만 걸고 있을 뿐이었다.

그래도 W 친구의 부인은 남편이 지닌 사장이라는 명함이 자기의 자존심이기 때문에 그 허영적 직함이 있어야 했다. 그래서 그 부인의 입장에선 그 회사에서 손실이 나더라도 반드시 지켜야 했다. W 친구는 회사를 접고 편안하게 살고 싶었다. 그러나 그의 부인은 절대로 그럴 수 없었다. W 친구는 칠십이었다. 그러나 그는 부인 때문에 회사를 접을 수 없었다. 그가 죽어야 회사를 떠날 수 있을 것이었다.

어느 친척 남동생의 퇴직은 홀로 사는 일이었다.

그 남동생은 경찰 고위직에 있었다. 그는 60이 되어 퇴직했다. 그리고 시골 작은 아파트에서 혼자 살았다.

나는 '왜 혼자 살까? 부인이 싫어서? 아니면, 부인과 간접 이별? 여하튼 별나구나.' 했다. 그는 퇴직금 받은 것을 조금 얻어서 방을 구한 뒤 생활비로 사용하며 혼자 살았다. 들려오는 소리로는 남편이 열심히 공부를 하고 있다 했다. 그가 세무사를 공부하고 토플 공부도 한다 했다. 그런데 그는 육십이 넘었다.

요즘 대학 졸업생들은 취업을 못해서 80~90퍼센트가 놀고 있었다. 그는 그런 사실은 아랑곳하지 않고 토플 공부에 전념했고, 세무사 시험 준비를 열심히 했다. 그는 해마다 시험을 봤고 보는 족족 낙방했지만 열심히 시험 준비를 하며 살았다. 나는 그를 이해할 수 없었다.

남편의 친한 친구 H는 교장 선생님으로 퇴직했다.

퇴직 후 H는 1, 2년을 집에서 놀았다. 어느 날 그들 부부와 우리가 만났다. 그 교장 선생님은 자책을 하며 괴로워했다. 자신이 죽음만을 기다리는 사람처럼 느껴져서 싫다고 했다. 그는 무엇인가를 하고 싶어 안달이 났다. 그 후 그는 새 사업을 시작했고 우리를 초대했다.

그가 시작한 사업은 볼링장이었다. 나는 깜짝 놀랐다. 시설이 컸고 웅장했다. 그 교장 선생님은 만족했다. 시설비로 이십억이 들었다 했다. 이십억? 돈을 마련하기가 쉽지 않았을 텐데… 아들과 딸 등의 자녀와 친구가 가진 전 재산을 담보로 했을 것이고, 거기에 또 당신의 연금까지 담보해서 얻었으리라. 나는 그가 걱정됐다. 만약에 사업이 망가지면 온 집안이 쑥대밭이 될 것이었다. 통계적으로 사업을 해서 성공하는 비율은 1~3%라 했다. 99%가 망한다는 통계였다. 그런데 다행히 그의 사업은 잘 되었다. 그의 말로는 연봉 일억이 넘는 수준인 것이었다. 나는 그를 칭찬 했다.

- 정말, 훌륭하십니다. 그렇게 오랫동안 사업을 하고 싶어 하시더니.

그는 학교를 졸업 때부터 자기의 직책인 교사에 뜻이 없었다. 그는 항상 돈을 많이 버는 사업에 마음을 가졌다. 그는 돈에 집착했고, 돈을 잡으려 애썼다. 그는 돈을 사랑했고, 돈을 위해 무엇이든 했다. 어느 해, 그는 서울시 동쪽 끝자락 아파트 단지에 문방구를 차렸다. 그는 교직 생활을 했기 때문에 문방구는 그의 아내에게 맡겼다. 문방구에 필요한 물건들은 그가 관장했다. 부인의 장사는 아주 성공적이었다. 번창하는 문방구는 일손이 부족했다. 그는 급히 아는 친척을 데려다 직원으로 썼다. 문방구는 그런대로 자기 월급보다 수입이 좋았다. 그는 돈이 생기기 시작했다. 돈이 생기자 그는 그가 좋아하는 차를 샀다. 그는 기뻤다(그때는 차가 귀했다). 그는 친한 친구에게 자랑도 하고 함께 즐기고 싶어 했다.

그래서 그는 우리 집을 방문했다. 그 친구는 우리 식구를 차에 싣고 뷔페식당으로 갔다(지금으로부터 40년 전의 이야기였다). 나는 그 식당의 상차림에 놀랐다. 난생처음 보는 음식들. 종류도 많고, 먹어보지도 못한 음식들이 많았다. 그 식당은 정말 영화 속에 나오는 풍경처럼 보였다. 우리 식구는 그 H친구 덕에 호강을 하며 특식을 맛 봤고 H에게 감사했다. 우리는 그렇게 만났고 헤어졌다. 그 후 몇 년 후 우리는 그를 다시 만났다. 그는 초라했고 빚이 많아 임대 아파트에서 근근이 살았다. 그는 새 사업을 위해 그 문방구를 친척에게 넘기고 더 큰 돈이 되는 옷 장사를 했다. 새벽 동대문 시장에서 옷을 샀고, 그것을 자기 가게에서 팔았다. 그 장사는 부인이 했다. 그런 가게를, 여러 개 했다. 그러나 그 사업은 잘 되지 않았다. 계속 크게 벌인 사업은 망했다. 결국 그는 빚더미에 올랐다. 그의 생활은 점점 곤궁해졌다. 그는 곤궁한 생활을 탈피하고자 노력했다. 그러나 그의 빚은 계속 커졌고 갈수록 힘에 겨웠다.

어느 해 그는 자기 직책을 가지고, 다른 나라로 파견 근무직을 신청했다. 5년 동안 파견 근무를 하면 생활 지원을 받을 수 있고, 아이들 교육도 무상으로 지원받을 수 있었다. 그는 비선진국에 지원했다. 그곳 관사에서 적응하고 생활하면, 삶이 나아질 것이었다. 그는 그의 월급을 모아서 자기의 삶을 다시 일으킨 뒤 한국으로 돌아오면 편안한 삶을 살 수 있을 것이라고 생각했다.

그는 파견 근무지로 경제가 발달한 선진국보다 경제가 활성화되지 않은 나라, 한국 국민이 발전을 위해 꼭 필요한 그런 나라를 신청했다. 그리고 다음 해에, 그는 러시아 극동부 하바롭스크로 근무지를 옮겼다. 그는 그곳에서 교육관으로 대접받았다. 그곳은 그의 직위를 높여 그를 대우했고, 그를 만족시켰다. 그는 그곳에서 행복했다.

그의 자식들은 그 지방의 유복한 사람들과 혼인했고, 막내아들은 그 지방 대학에서 공부했다. 그가 근무를 마치고 한국으로 돌아왔다. 한국을 떠난 지 5년이 지났을 때였다. 그는 그곳에서 열심히 저축했고 한국으로 돌아와서 집도 마련했다. 모두가 행복한 마음으로 한국 생활에 적응했다. 그러는 사이 한국의 경제는 새롭게 커져갔다. 그가 한국에서 친구를 만났을 때, 그들의 친구들 역시 한국의 경제성장과 함께 발전했다. 제각각 집을 장만했고, 그들에게 맞는 자가용도 가졌다. 그의 친구들은 직장에서의 직책도 상승했고 책임도 무거워졌다. 그는 친구들과 보이지 않는 경쟁심리를 드러냈고, 서로가 거리를 두며 상대방을 쟀다. 그는 부지런히 한국 사회에 적응하면서 교장으로 승진했다. 그리고 열심히 학교관리를 했으며, 나이가 들어 정년퇴직을 했다. 퇴직 이 년 후, 그는 다시 볼링장 사업을 하게 된 것이었다. 이제는 제2의 볼링장을 여는 것이 그의 꿈이 되었다. 나는 제발 그들의 사업이 잘 되어서 더 이상 불행이 초래되지 않기를 빌 뿐이었다.

사십 년 전 메모장을 살펴봤다.

일주일만 있으면, 섣달이 돌아왔다. 세월이 흐르는 탓에 마음이 조급했다. 또 한 해의 마지막을 맞이해야 했다. 나의 심기는 불편했다. 주변에서 결혼 압박이 강하게 들어왔다. 이미 친구들은 대부분 결혼했고, 애기도 낳았다. 나에게도 그들처럼 결혼을 해야겠다는 심리적 변화가 왔지만 짝을 찾는 것은 어려웠다. 복잡한 심리 상태는 잠시였고, 아침이 되면 책가방을 챙겨서 통근버스를 타는데 바빴다. 차창 너머로 펼쳐지는 풍경과 내 머릿속에서 일어나는 잡다한 생각들은 잠시였다. 나는 곧 잠에 빠졌다. 한참 후에 통근 버스는 학교에 닿았다. 그리고 나는 눈을 떴다. 하차 후, 나는 운동장을 지나 교무실로 들어갔다. 아침 조회가 시작됐다. 학교 교무주임과 주변 교사는 그날의 학교 지침을 선생님들에게 시달(示達)했다. 나는 교무수첩에 꼼꼼히 기록했다. 교무실에서 조회가 끝나면 각 담임들은 자기가 맡은 반 교실로 들어갔다. 나는 내 반으로 들어가서 아침조회를 했다.

나는 교무실에서 받은 교육지침을 학생들에게 전달하고 출석 체크를 했다. 나는 학생들을 돌아보며 어느 학생이 지각했는가, 어느 학생이 아픈가를 살폈다. 그리고 공부하기 좋은 환경이 되도록 학생들에게 떠들지 말라고 주의를 주었다. 내가 있던 학교의 남학생들은 떠들고, 장난치고, 시끄러웠다. 다른 반, 담임이 순하고 학생들이 강한 반은 내가 수업을 할 수가 없었다. 그래서 나는 담임으로서 내 반을 강하고 엄하게 단속했다.

그 당시 나는 중학교 3학년 담임일 때가 많았다. 그래서 수업 시간이 중요했다. 그 학교의 모든 담임과 교과목 선생님들은 대부분 남자 선생님이었다. 3학년 담임 중 나만 여자 선생이었다. 학생들이 나를 깔보면 수업을 할 수 없었다. 나는 엄한 선생이기를 바랐다. 그래야 학생들이 고등학교 시험에 합격할 수 있었다.

　내게는 날마다 열리는 아침 조회가 중요했다. 학생들의 책상 줄과 걸상 줄을 반듯하게 맞췄다. 맨 뒤 좌석의 소란스런 아이들을 주의시켰다. 주번에게 청소 용구 박스를 잘 정비시키고, 물이 주전자에 가득 채워졌는지도 확인했다. 그리고 학생들에게 조용히 자습을 시키며 입시가 얼마 안 남았음을 강조했다. 입시에 떨어지면 재입학하기가 힘들다는 것을 주지시켰다. 그렇게 하면 학생들은 긴장하며 조용히 공부를 했다.

　반 조회가 끝나면 나는 교무실로 들어가서 출석부를 가지고 내가 수업해야 할 교실을 찾아 들어갔다. 거기서 내 교과 수업을 한 시간 강의했다. 수업이 끝나면 교무실 내 자리로 왔다. 거기에는 교육청에서 내려온 교육 지침들이 책상 가득 쌓여 있었다. 나는 시간이 날 때마다 그것을 분류하고 내용에 따라 수행했다.

　시간은 금방 지나갔다. 수업 두어 시간을 하면 점심때가 되었다. 선생들은 제각각 자기가 싸 온 도시락을 펼치고 식사했다. 오후 시간도 수업 두어 시간 마치면 금방 퇴근 시간이 됐다. 나는 우리 반 교실로 가서 종례를 마치고 청소 검열을 했다. 주번이 창문을 단속하고, 교실 문을 잠그고 하교했다. 나는 동료 교사들과 함께 통근 버스를 타고 집으로 왔다. 나의 일상은 그렇게 이루어졌다. 그러나 입시가 임박해오면, 저녁 늦게까지 수업과 자율학습을 병행했다.

그 해 11월의 마지막 주말, 나는 동료 교사로부터 소개 받은 사람과 만나기로 약속했다. 나는 그 시간이 기대됐다. 나는 날마다 꽉 짜인 시간표에서 이탈할 수 있다는 사실이 기뻤다. 아이가 소풍을 기듯 나는 토요일을 기다렸다. 그런데 그에게 갑지기 연락이 있다. 계획 변경이 생겼다고. 나는 몹시 당황했다. 아직 서로 간에 익숙한 만남도 아니고, 연락을 새롭게 한다는 것이 거북했다. 그 당시에는 전화하기가 쉽지 않았다. 학교로 연락이 오면, 일하는 급사가 받아서 내가 수업이 끝날 때 전달하는 것이다. 그러면 나는 다시 그쪽으로 연락해야 하는 것이다. 그러나 그 일은 여간 성가신 일이 아니었다. 거기에 전화를 할 때 교무실에 있는 선생님들에게 나의 사정을 알린다는 뜻이 되고, 그것은 또 소문이 나는 일인 것이다. 나는 이 모든 일이 불편했고, 전화를 건다는 사실도 자연스럽지 않았다. 그러나 약속은 지켜야 했다. 그래서 그쪽으로 연락했고 만날 약속을 새로 정했다.

그때, 그는 서울에 볼일이 있었다. 사정에 따라 나도 서울에서 만나기로 했다. 약속 장소에 그는 6~7분쯤 늦게 나타났다. 나는 불쾌했다. 그 당시 남자가 늦는 것은 여성들 사이에서 큰 부당한 일로 치부했다. 그러나 나는 마음을 삭이고자 애썼다.

날씨는 무척 추웠다. 그는 산책을 하자고 제안했다. 산책을 하다가 그는 자기 학교를 구경시켜주겠다고 했다. 학교는 훌륭했다. 아름다웠고, 명성에 걸맞게 거대하고 웅장했다. 그는 무뚝뚝했다. 외모는 매력적이지 않았다. 앞니에 끼운 하얀 백금니가 그를 나이 들어 보이게 했다. 얼굴은 네모진 사각이었다. 목은 두꺼웠다. 머리가 컸고 몸체도 컸다. 검정색 목 타가 두꺼운 그의 목을 조였다.

그는 그렇게 입는 것이 그의 멋인 줄 알았다. 그는 미적 감각이 별로 없었다. 그는 순박했다. 그는 자기의 어려웠던 과거와 삶을 이야기했다. 그는 진솔했다. 헛된 꿈과 허영을 말하지 않았다. 그는 그의 고생을 즐겁게 말했고, 스스로에게 자신감을 가졌다. 분명 그는 젊은이의 패기를 지녔고 삶에 대한 확신을 가졌다. 그는 괜찮은 사람이었다.

학교생활은 갈수록 복잡해졌다. 업무량이 많아졌고, 교장 선생님도 원하는 바가 많아져서 선생님들을 들들 볶았다. 근거리 도심지 학생들의 학력을 높이고자 더 많은 보충수업을 권장했다. 교육청에서 요구하는 학생 저축금도 올리라고 각 학년 담임들에게 강조했다. 또다시 학생들에게 농촌 봉사활동을 권하도록 시달했다.

교장 선생님은 욕심이 많았다. 그의 뜻은 컸고, 거기에 맞지 않으면 선생님들을 호출해 그의 방식을 요구하고 명령했다. 교장은 수시로 교무과에서 추진하는 사항들을 체크했고, 잘못했다 싶으면 담당 교사를 불러서 혼을 냈다. 집착이 강한 교장을 교사들은 싫어했다. 그는 돈을 밝혔고, 인상을 쓰며 교사들을 괴롭혔다. 선생들은 그의 행동이 자신의 신상을 높이려는 수작이라 말했다. 교장은 서무과장과 서로 상부상조하며 학교 일들을 처리했다. 그러나 가끔 서무과장과 교장의 사이가 안 좋으면 골치 아팠다. 서무직 사람들은 돈을 손에 쥐고 교사들에게 필요한 물품인 분필이나 양동이, 걸레, 칠판지우개 등 잡다한 교구들을 배당하지 않았다. 그들은 그것도 힘센 직책이라며 교사들의 심기를 괴롭혔다. 이럴 때 교사들은 그들의 하수인이 되었다. 모든 학교 경제가 그들의 손에 달려 있으니 말이다.

그해의 미끄따 달인 12일이었다. 동생과 지녁을 먹는데 학교생활의 권태로움이 내 안에서 흘러나왔다. 온몸은 쑤셨다. 어깻죽지가 쑤시고 아팠다. 판에 박은 생활이 지속되면서 짜증이 일었다. 그날이 이날이고, 이날이 그날이 됐다. 그래도 12월은 세모라는 단어가 공중에서 날아다녔다. 12월은 무엇인가 복잡한 심리적 현상이 나타났다. 결혼이라는 숙제도 해야 할 것이라는. 함께 데이트했던 남편감은 쉽게 연락하지 않았다. 그렇다고 내가 먼저 만나자 할 수도 없었다. 우선 남자가 정할 일이었다. 나는 답답했다. 아니면 아니고, 기면 긴 것이기를 바랐다. 그러나 그는 길게 시간을 끌었다. 나는 결혼하는 꿈을 꾸었다가 헤어지는 꿈을 꾸었다. 머리는 복잡했고 심리적인 상태도 불안했다. 그래도 학교생활은 어김없이 흘러갔고, 세월도 따라서 지나가고 있었다.

교감 선생님의 지시 원고를 정리했다. 그는 까다롭게 원고 수정을 원했다. 수시로 원고를 체크하고 자기 주장을 관철했다. 나는 그의 원고를 바꾸고, 삽입하고, 삭제해야 했다. 그리고 그는 새 논제를 요구했다. 그가 주는 일은 숨 막혔다. 한 가지 일이 끝나면 다른 일을 시켰고, 일이 끝날 때마다 새 일을 만들어 나에게 시켰다.

우리 학교에 여자 선생은 네 명정도 있었다. 그중 두 명의 선생은 결혼했다. 결혼하지 않은 강 선생은 내가 그 학교로 부임해서 갔을 때부터 호의적이었다. 그런데 어느 날부터인가 나에게 부정적인 모습과 못마땅한 몸짓을 나타냈다. 나는 강 선생의 행동을 이해할 수 없었다. 그동안 그렇게 상냥하고 예의 바르게, 매사를 선배로서 가르쳐주고 알려주던 그가 왜 갑자기 돌변했는지 알 수 없었다. 나를 보면 뾰로통하게 볼을 부풀렸고, 눈은 매섭게 치떴다가 내려 깔아서 상대방을 무시했다. 그는 찬바람을 쌩~ 날리면서 내 앞을 휙~ 지나갔다. 무슨 오해가 있는지 알 수 없었다. 그를 보면, 그는 다른 남자 선생들에게는 상냥하고 아양을 떨었다. 하하~, 호호~ 그의 애교가 교무실을 자극했다. 나는 그의 모습을 보면 속이 느글거렸다.

　그는 남쪽 사람이라 했다. 그 지역 사람들은 이중적인 성격의 소유자가 많다는 글을 본 적이 있다는 생각이 들었다. 그래서일까? 아니, 개인적인 차이겠지만 그는 분명 이중적인 성격의 소유자임에 틀림없었다. 오랫동안 절친한 모습으로 함께 했는데 그는 가시 돋친 무서운 여자가 됐다. 아침마다 우리는 그렇게 만났고, 찬 서리를 맞듯이 스치는 꼴은 나 스스로를 괴롭혔다. 그를 외면하려 해도, 그의 부정적 행동은 나를 무섭게 했고, 혼란스럽게 만들었다. 나는 그를 피하는 게 나를 위한 길임을 알았다. 나는 그를 멀리하기 시작했다. 그를 보면 피했다. 그의 일에 관심을 두지 않으려 애썼다. 그의 일이 나에게로 옮겨오면, 나는 다른 선생을 통해서 그 일을 받았다. 나는 멀리서, 탓하지 않는 무관심한 사람으로 변하고자 노력했다.

12월 어느 날, 소개 받은 그 남자가 학교로 전화했다. 만나자고. 그러자고. 교무실에서 한 전화 소리는 모든 직원이 들을 수 있었다. 그것은 노처녀 강 선생의 마음을 슬프게 했던 것이다. 그것이 아마 나에 대한 적의로, 부정적 모션을 취하게 했던 것이리라.

만나기로 한 날. 우리는 다실에서 커피를 마셨다. 음악을 들었다. 무엇인가 정신없이 함께 이야기를 했다. 한참 후 우리는 다실을 나와 택시를 타고 야외로 가서 농장에 들렀다. 그곳에서 산책을 했다. 어둠이 깔렸다. 원두막에서 잠시 쉬었다. 말이 끝나서 이어지지 않으면 숨 막히고 답답했다. 어색함이 몰려왔다. 다시 산책을 했고, 시내로 차를 타고 가서 밥을 먹었다. 다방을 들러 차를 마시고 아홉 시 반 정도에 헤어졌다.

어쩌다 그의 생일을 알게 됐다. 나는 고민했다. 선물을 해야 할 것인가, 말아야 할 것인가. 선물을 하는 것은 나의 자존심을 상하게 하는 일인 것이다. 상대방을 좋아해서 내가 그에게 집착하는 것처럼 보이는 것으로 보일 것이다. 아이고, 모르겠다. 이왕 알게 되었으니 상대방이 기분 좋게 선물을 주면 된다고 마음먹었다. 친구와 상의해 선물로 타이를 고르기로 했다. 너무 튀어도 안 되고 너무 촌스럽게 보여도 안 되는, 그가 입는 곤색 양복에 어울릴 만한 밝은 계통을 샀다. 우리는 또 만났다. 탁구를 치고, 극장에 가고, 산책을 했다. 그리고 저녁을 먹고, 차를 마신 뒤 헤어졌다.

학교생활은 바빴다. 학교의 교육청 감사가 실시됐다. 학교 교정의 미화 작업, 교실 내의 환경미화, 학생들 복장 검사, 신체검사, 학력 증진을 위한 학업 증대 등 교육청에서 요구하는 사항들을 재점검하며 실천했다. 학교 퇴근 후, 우리는 만났다. 저녁 먹고, 차를 마셨다. 그는 깐깐한 편이었다. 소탈해 보이지만 매사가 신중했다. 그에 비해 나는 덜렁거리고 꼼꼼하지 못한 면이 많았다. 그가 스치는 것들을 잡아서 꼼꼼히 살펴보는 사람이라면, 나는 스쳤다는 사실 자체를 알지 못하고 지나가 버리는 사람이었다.

처음에 우리는 서로를 몰랐다. 나는 내 식대로 행동했고 그는 그의 식대로 행동했다. 그러나 그것이 커다란 문제를 일으키지는 않았다. 일들이 잘 지나갔던 것이다. 생일이 가까워 오는 날에 만날 때, 나는 그에게 넥타이 선물을 주었다. 그는 당황했다. 아직 선물 받을 단계가 아니라서? 아니면 그 어떤 의미로 느껴져서? 그날 헤어지면서 나는 그의 태도에 속이 미식거렸다. 남자가 명쾌하지 않음이 불편했다. '나 같으면 고맙다 하고 쉽게 받을 텐데. 그렇다고 꼭 당장 결혼하자는 것도 아니고. 뭐, 헤어질 수도 있지만 즐겁게 받고 순간을 즐기면 되는 것인데. 내가 생각하는 사나이다움이 그에게 없구나!'라고 생각했다.

학교는 날마다 행사였다. 교육청에서 보내는 교육 생활 방침을 주마다, 달마다 학생들에게 주입시키고자 선생들에게 지침서를 내려보냈다. 국민 교육헌장 기념식을 거행했고, 학생들에게 교육헌장을 외우고 그들이 깨달아서 실천하도록 만드는 행사였다. 5월에 스승의 날 행사를 했다. 꽃을 달았다. 제자들이 머플러와 장갑을 선물로 주었다. 선물은 학생 중에서 가장 말썽꾸러기인 녀석들이 주는 일이 많았다. 이럴 때 가슴이 찡하며, 그들에 대한 생각이 각별해진다. 수업은 계속 똑같은 패턴으로 똑같이 진행되고 이어졌다. 조금 한가해 졌을 때, 나는 그(남편감)에게 전화했다. 우리는 학교 근처에서 만나기로 했다. 나는 그를 생각해 봤다. 그는 어떤 존재인가?

그와 나 사이에는 젊은이들의 뜨거운 정열이 생기지 않았다. 우리가 만날 때 걸치기 까다롭거나 힘들지는 않았다. 그냥 부담 없이 만나서 이야기할 수 있었다. 그래서인지 만남을 기다리거나 애달파하거나 하는 마음은 생기지 않았다. 나는 좋을 것도 나쁠 것도 없었다. 나는 그와 만나면 이야기를 잘 했고 잘 어울렸다. 그리고 우리는 헤어졌다. 내가 되돌아보면 계속 이어질 것도 같고, 잘못하면 헤어질 것도 같았다. 나는 그가 더 적극적이기를 바랐다. 그 시대에 나는 나이든 노처녀, 그는 새파란 청년으로 인식됐다. 나이가 똑같지만 사회적인 인식이 그랬다. 그는 매사에 꼼꼼하고 신중했다. 함부로 말하지 않았고, 행동하지 않았다.

나는 내심 책 속의 주인공이 되기를 바랐다. 책 속의 주인공처럼 멋진 청년이 백송이 붉은 장미를 가슴에 한 아름 안고 와서, 여자네 집 대문에서 사랑하는 여자를 기다리며 구애하는… 그런 망상을 했다. 그는 그런 것과 거리가 먼 이성적인 사람이었다. 상대방을 함부로 대하지 않으며, 함부로 상상하는 감정을 일으켜 사회적인 문제를 일으키는 사람이 아니었다. 분명 여성과 남성의 차이는 컸다. 그러나 젊어서 그런 생각을 할 수 없었다. 오로지 여자인 나를 중심으로 생각하고 나만을 위한 생각을 가졌다. 나를 중심으로 하는 생각에서는 그가 답답했다. 무엇인가 빠르게 결혼을 위한 절차를 진행하든가 안 하든가 했으면 싶은데 그는 그러지 못했다. 그는 그의 생각에 집중했고, 그 시간은 길었다. 그런 시간이 길면 길수록 암흑의 시간도 길어졌다. 그래도 그는 어딘지 모르게 믿음이 가는 구석이 있었다. 그를 만나면 그는 큰 산을 지키는 바위처럼 느껴졌다.

친구들이 하나 둘 결혼했다. 복잡한 마음들이 나를 심란하게 했다. 밤새 몸살이 생겨서 고생했다. 그래도 학교에 가면 학교생활로 인해 아픈 것을 잊었다. 그 주에 친한 친구가 결혼했다. 그 친구는 부유했다. 결혼식도 화려했다. 그의 오빠는 화려하다 못해 양아치처럼 보였다. 오빠는 재력이 있는 자신의 모습을 드러냈다. 그 오빠의 눈은 사람들을 경시했고, 그것은 하객들의 심기를 불편하게 만들었다. 그들이 잘나서 하객이 못났다는 어리석은 몸짓이 친구들의 눈을 찌푸리게 했다.

해가 저물어가고 있었다. 마지막 주 어느 날, 우리는 만났다. 농장으로 산책을 갔고, 시장에 들러 맛있는 것을 사서 우리를 소개해준 조 선생 집을 찾아갔다. 그곳에서 그의 부인과 함께 그들의 결혼 이야기, 행복하게 살아가는 이야기를 들었다. 그들의 집은 행복해 보였다. 그 다음 날, 나는 남편감을 우리 집에 소개하기로 했다. 집안이 바빠졌다. 아버지가 일찍 퇴근했고, 엄마는 시장을 봐서 먹거리를 챙겼다. 엄마는 자신의 솜씨를 발휘해서 그 계절에 맞는 상차림을 했다. 우리 아버지는 남편감을 무척 좋아하셨다. 우선 공부를 잘해서 행시에 합격했다는 사실을 듣고는 그렇게 행복해 할 수가 없었다. 아버지는 공무원이 얼마나 가난하고 힘든 것인가를 잘 알았다. 그래도 아버지는 최고의 신랑감으로 인정했고, 당신의 친구들에게 자랑을 하늘만큼 하셨다. 우리가 죽도록 가난해서 힘든 것만을 보고 돌아가셨지만, 당신은 죽으면서도 사위를 최고로 치셨다. 아버지는 항상 말씀하셨다.

– 공무원은 항상 가난하다. 그래야 산다. 그래도 10년이 지나면 괜찮아 질 것이다.

결혼해서 공무원 4년 차 때, 우리가 죽을 만큼 가난했고 힘들었을 때. 그때 아버지는 폐암으로 돌아가셨다.

우리 집은 신랑감에 대해 호감을 갖고 그를 환영하는 분위기였다. 아버지는 그가 성실하고 집념이 있으며 큰 인물이 될 것으로 생각해 서둘러서 결혼하기를 바랐다. 그러나 상대방의 집에서는 쉽게 다가오지 않았다. 들은 바에 의하면 시아버지는 우리 집 호구 조사를 했고, 우리 집이 어떤 집인가를 동네에서 물어 확인해 갔다. 다행히 우리 집은 허물없이 이웃과 잘 어울리며 행복하게 사는 집이었고 그것을 확인한 것이었다. 시간은 계속 더디게 지나갔다. 다음 날도, 그 다음 날도 시간은 계속 흘러갔다. 시간이 흘러가면서 그 해도 지나가 버렸다.

해가 바뀌면서 우리의 관계는 계속 이어지는 연상선인지 아닌지 알 수 없게 되었다. 나는 선택되기를 바랄 뿐이었다. 나는 남자다움이 강했다. 그래서 어떤 문제에 대한 선택을 내가 하길 원했다. 그러나 결혼 문제만큼은 그럴 수 없었다. 나는 속이 탔다. 나는 그런 것이 싫었다. 그때를 생각하면 나는 지금 너무나 행복하다. 내가 원할 때 하면 되고, 원하지 않을 때 안 하면 되는 것이다. 나는 매사가 명확하기를 바랐다. 내가 잘못했으면 그것을 시인하고 잘못을 빨리 빌었다. 만일 그것이 바르다고 생각하면, 그 바른 것을 얼른 실천했다.

그런 후 보름 있다가 남편감이 전화했다. 그쪽 집안 사정이 정리되었는지, 아니면 남편감이 결심한 것인지 연락이 와서 다행이었다. 새로운 남편감을 찾으려 애쓰지 않아도 되어서 다행이었다. 그 작업도 피곤하고, 피 말리는 일이었다. 그래도 내 머릿속에는 연애해서 결혼하면 실패할 확률이 높다는 사실이 입력되어 있었다.

*

나는 글을 쓰다가 난감했다. 캄퓨터가 꺼졌고 내가 쓴 글이 모두 삭제됐다. 저장이 되지 않았을 때 "아!"라고 외친 뒤 한숨만 쉬었다. 예전에 박사학위 논문이 다~ 날아간 기억이 났다.

나는 컴퓨터가 무섭다. 컴퓨터는 나를 지배했다. 어디서 무엇이 잘못되었는가를 몰랐다. 이번에도 또 그런 현상이 일어나서 컴퓨터에 대한 트라우마가 생겨 며칠 동안 컴퓨터를 감히 열 수가 없었다. 사라진 글을 두고 나는 생각했다. 내가 죽는다는 것도 아마 이런 것이라고…. 그리고 다시 컴퓨터가 무서워져서인지 글은 써지지 않았다.

오늘 프리다 칼로와 디에고 리베라의 걸작을 예술의 전당에서 봤다. 그림은 프리다의 삶과 예술을 이야기했다. 프리다 칼로는 자기 몸의 등뼈에 철심을 박았다. 등뼈 철심을 중심으로 가로 철끈심을 사등분하여 부착했다. 온몸에 못을 박았다. 어깨, 가슴, 배, 허리, 팔 등에 못질을 했다. 그 못은 허리 아래 오른쪽 다리 위의 흰 치마 위로 못이 줄지어 박혔다. 내적인 삶의 고통과 자신의 자화상을 그림으로 표현했다. 프리다의 삶은 강렬했다. 극한의 고통과 상처를 그림으로 표현했다. 프리다는 디에고를 사랑했고, 이혼했다가 다시 결혼했다.

디에고 리베라는 멕시코의 민족성과 정체성을 그림으로 묘사했다. 멕시코의 풍경, 멕시코의 사람들이 살아가는 모습을 사랑하며 화폭으로 담았다. 그는 말했다.

- 프리다는 보이지 않는 세계를 보고 그렸다. 나는 보이는 세계만을 그릴 수 있다. 그래서 프리다의 그림은 훌륭하다.

남편 리베라로 인해 프리다 칼로는 질투와 분노를 넘어선 고독과 상실감을 평생 안고 살아가야 했다. 칼로에게 리베라는 사랑으로, 이념으로, 영혼으로 하나가 되지만 결코 자기 것은 되지 않는 남자였다. 칼로는 멕시코 전통 속에 고독과 고통을 녹여내어 그 어떤 미술 범주에도 들지 않는 자신만의 독특한 화풍을 만들어낸 화가였다.

국립 중앙 박물관을 처음 방문했다.

박물관의 건축은 훌륭했다. 높은 천장에서 내려오는 햇빛이, 하늘에서 내려오는 빛의 에너지로 새롭게 보였다. 그 빛은 천상의 빛처럼 보였다. 그 빛은 벽과 벽을 이어주었다. 칼로 자른 절벽에, 어느 곳은 반듯하게, 또 다른 곳은 엇비슷하게 빛이 쏟아졌다. 그곳은 고대의 유물인 이집트의 피라미드 벽을 연상케 했다. 나는 그곳을 걸으면서 고대 피라미드의 내장 속을 걷는 느낌이었다. 금방 왕묘의 유물들을 만날 것 같은….

그날 나는 삼사십 년 동안 신문에만 나타났던 신안 해저선의 보물들을 봤다. 보물은 24,000여 점. 바다 속에 잠겨 있다가 650년 만에 나타난 보물이라니! 신안 해저선은 원나라 경원(저장성 닝보) 항을 출발하여 하카타로 향하는 배였다. 교역 활동과 선원들의 선상 생활을 추적할 수 있었다. 신안 해저선은 1323년 음력 6월 초순에 경원 항을 출발했다. 중국인, 일본인, 고려인이 승선했고, 선원, 승려, 상인이 포함됐다. 이들은 여러 가지 음식을 만들어 먹고, 예불을 올렸으며, 장기와 주사위 놀이를 했다.

신안 해저선 최고의 상품은 도자기였다. 청자, 백자, 청백자, 흑유자기였다. 도자기와 금속기들은 고대 청동기를 모방했는데, 그 당시에 복고풍이 유행했음을 알 수 있었다. 향로, 술잔 등이 유행을 따라 만들어졌다. 그것들은 고려 왕실과 귀족 문화에도 영향을 주었다. 또한 목재 공예로 사용한 자단목이 1,000여 점 발견했다. 단단해서 바닷물에 썩지 않은 것이 신기했다. 금속품도 1,000여 점을 발견했다. 그 외에 향신료, 칠기, 석제품, 유리제품으로는 비녀, 구슬 등이 발견됐다. 발견품 중 가장 놀라운 것은 출토된 동전이었다. 무게가 28톤. 개수로는 팔백만 개. 대부분 중국 동전이지만 베트남 동전도 포함되어 있었다. 그 동전의 쓰임새가 배의 무게 중심을 맞추는 것이었음에 놀라웠다. 나는 그 보물의 양에 놀랐고, 정교하고 아름다운 모습에 또 놀랐다.

*

나는 나의 삶을 기록하고 싶었다.

먼 훗날 내가 어떻게 살았는가를 기록해보는 것이다. 다음 이야기는 어느 여름의 이야기다.

그해의 여름은 더워서 질기게 길었다. 뜨거운 햇살은 여름 내내 이글이글 탔다. 바람과 비는 여름 내내 오지 않았다. 그래서 온 천지는 불덩이였고, 사람들은 그 여름 내내 화상을 입고 살아야 했다. 그해 여름 끝자락에, 카톡이 올라왔다.

H　: 더위에 잘 지내는지요? 이 더위도 이제는 끝을 보이는 것 같습니다. 정말 끈질긴 여름이었습니다. 다음 달 9월 8일에 모임이 있는데 어디서 만나면 좋을지 의견을 올려주시기 바랍니다. 그리고 이제부터 여행비 적립계좌 번호는 농협 x00-

x000-x000-x0 H○○입니다. 또한 제가 인수한 여행비 총액은 현재 x,000,000원이고, 회비는 x00,000원입니다. 이제 더위는 물러간다고 하니 '크게~~ 축하'합시다.^^

K　: H여사 반가워! 9월 8일은 못 가겠고. 내년 2월 퇴직이라. 여행비, 회비 나는 안 냈으니까, 만약 내가 여행 동참한다면 1/n 내면 될 것이고. 회비도 내가 정식 합류할 때 1/n 추가로 내면서 합류하면 될 것이고(태극정원을 생각하면서 비 오는 날 버스정류장에서~).

S　: 드디어 H1 사무총장님께서 업무를 시작하셨군요. 간단하고 쉽게 일을 처리해 주시면 고맙겠습니다. 그리고 죄송합니다만 여행 경비 정립 내용을 개인별로 알려주시면 못 낸 경비를 송금하겠습니다. 어려우셔도 이곳에 알려주시면 고맙겠습니다. 낼부터는 기온이 30도 안팎이라고 하니 더위는 물러갈 것입니다. 결실의 계절 가을에 많은 것을 수확하는 모두가 되길 바랍니다.^*^ 글구 K○○도 참 반갑습니다. 이곳에서라도 이렇게 가끔 만났으면 좋겠습니다!

H1　: K○○씨, 반가워요! 거긴 비가 오는 모양이네요. 항상 건강하기 바라요~~ 그리고 여행비 납부 내역은 아직 전임 총장님에게서 이전 통장을 못 받았습니다. 받는 대로 상세히 카톡에 올리겠습니다. 화기 충만한 즐거운 저녁 되시기 바랍니다 ~~^^

S　: H1 사무총장님 반갑구먼~~^^ 성 씨하고 사무총장하고 너

무 잘 어울리는 것 알고 계신지? 여하튼 우리 동문 잘해보
자, 파이팅! 추카추카~~~^^^

K : 그러장~!

H1 : 감사합니다! S 여사님~~ 시간 되시면 9월 모임에 꼭 왕림해
주시면 감사하겠습니다 ^^

C : 9월 8일 회사에서 워그숍이 있습니다. 못 가시 죄송하고 다
음에 나가도록 하겠습니다. 지루한 폭염도 잘 견뎌낸 친구들
화이팅!

G : H1 사무총장님 축하합니다. 나는 여행 갈 때만 참가하겠습
니다. 단 여행시간을 잘 맞춰주세요. 국문과 친구들 모두 건
강하지요? 이 나이는 건강하면 성공이라 하더라고요. 모두
성공하며 삽시다~. ^*^

H1 : C○○ 씨, 연락 줘서 고마워요! 매인 몸이니까 시간 될 때 나
오세요~~ 오랫동안 만나려면 건강해야 합니다!

H1 : G여사님, 아침부터 문자 줘서 반가워요. 항상 건강하세요.
^^

K : H1○○! C○○! G○○! 글고 이 글 보고 있는 다른 친구들!
상큼한 가을 함께 보내자~.

Y : G, P2, 반갑다. 그 억새밭 생각나네.~~ (우리는 지난해 함께 소래
포구 억새밭을 탐방했다.)

P2 : 친구들 잊지 못할 여름 보내느라 수고 많았수? 올가을에도
멋진 추억 만들어봐유~~. ^^

H1 : G○○ 친구가 9월 8일 모임을 강화도로 오면 어떻겠냐고 제
안을 해왔는데 당일도 괜찮고, 1박 2일도 괜찮답니다. 강화도
에 세컨드 하우스를 장만해 두었다는데, 난방 때문에 추워지
면 곤란하다고 합니다. 각자 스케줄도 있고 하니 연락 바랍니
다.

G : 작은 빈 촌락 빌라입니다. 무슨 세컨드 별장이 아닙니다. 순천
만 갔을 때 한 이야기도 있고 해서(전년도에 우리는 순천만 여행을
했다).

P1 : 어휴 생각만 해도 좋아유. 추억은 만들수록 좋은 것~. ^^

C : 토, 일요일이면 저는 갈 수 있는데? 강화도는 볼 것도, 먹을
것도 많더이다. 선선해지네요. 다들 웃으며 삽시다.

H1 : 카톡으로 논의해 보지요!

C : H1 ○○ 씨 수고 많구만요~.

G : 그럼 그 주 주말인 9월 10, 11일로 하던지 전주인 9월 3, 4일
로 하든지 하세요.

P2 : 대전에서는 강화 1박 2일 바쁠 거야~. 강화는 내가 잘 알고
있어.

G : 전혀 안 바빠요. 걱정 마셔요 모두를 보는 게 아니잖아요?

H1 : 우리 카톡이 매우 활성화되었습니다. 날씨도 선선해졌는데
사무총장님 인덕이 훌륭해서 이리된 것이라 믿습니다. 중의
를 모아서 모두가 함께할 수 있으면 좋겠습니다. 전 언제가
되든지 시간을 내겠습니다. 조금씩 양보해야 모두 만날 수 있

지 않을까 생각합니다.

G ː 내가 친구 K○○과 R○○를 꼬드겨 보겠습니다.

P2 ː 강화도 동해안의 덕진진이 역사 유적으로 제일 볼만하고, 산
책도 할만 하고. 서남단의 후포 항에서, 언덕 위 회토랑에서
식사하는 게 매우 낭만적. 운 좋으면 저녁노을 바다 가득히
비라보면서 이상만 즐기려 해도 시간 많이 들지.

H1 ː S○○ 씨, Y○○ 씨, H2○○ 씨 의견 주시기 바랍니다. 날짜를
바꿔 C○○ 씨까지 함께 가도록 하면 더 좋을 것 같은데….

G ː H2 회장님이 오케이 하면 가능하겠는데요?

H2 ː 아~ 전에 G여사님이 말씀하신 강화도 빌라가 드디어 사용할
수 있게 되었군요. 그리 가면 좋겠는데 시간을 낼 수 있는지
궁금하군요. 되도록 많이 참석하면 좋겠는데 사정이 되지 않
으면 갈 수 있는 분만 참석하는 것도 의미가 있을 것 같습니
다.

H1 ː H2 회장님은 주말도 괜찮다는 거군요? P○○ 씨도요?

H2 ː 저는 좋습니다. 아무리 바빠도 시간을 내겠습니다. 사무총장
님께서 고생이 많으십니다. 의견을 수합해서 결론을 내시면
되겠습니다.

H1 ː 아이고, 저는 한 일이 없습니다~~.

G ː S○○ 씨?

H1 ː 여행 중인지도 모르겠어요. 별도로 문자 넣어볼게요.

H2 ː S 여사님은 카톡을 잘 안 하시는 것 같은데 총장님께서 연락

해 보시면 어떨까요?

C : 주일에 교회 가시는 분들이 많으면 금요일 오후에 출발해서 토요일에 돌아오는 것도 좋겠네요.

P2 : 서쪽 해안의 외포 항에서 배 타고 석모도로 가서 드라이브도 상당히 좋아.

C : S○○ 나와.

H1 : 메시지 별도로 넣었습니다.~~ S○○ 말고는 교회 다니는 사람은 없는 듯합니다. Y○○는 손자 때문에 어떨지 모르겠고….

P1 : H1○○ 수고 많네. 나는 시간 낼 수 있어.

S : 하하하 카톡 하니까 정말 재미있네요. 전 10, 11일 있는 주말만 빼면 무조건 찬성입니다.

H1 : 9, 10일도 안 되겠네?

G : 그럼, 3, 4일로. 그래야 C○○ 씨도 갈 수 있겠는데?

H1 : 9월 3일, 4일이 어떠신지 의견주세요!

G : 좋아요. 그런데 M○○은?

H1 : 그분은 모르겠습니다. 개인적으로 연락해 보시든가요.

G : 일단 날짜가 정해지면 하겠습니다. 우리가 살아서, 건강하게 만날 수 있으면, 모두가 축복이지 않겠습니까?

S : 9월 3일, 4일 좋아요. 임○○도 같이 갈 수 있으면 참 좋겠네요.

H1 : S 여사님 반갑습니다. 일단 저는 아무 때나 갈 테니까 제 걱정은 마시고 결정하세요. 그리고 저는 지금 어디를 가야 합

니다.

P1 : 벌초 때문에 답이 늦었네요. 시간 내어 볼게요~~.

H1 : 잘 다녀오세요!

H1 : C○○씨가 꼭 갈 수 있다면 날짜를 9월 3일, 4일로 확정하려
하니 C씨는 응답하라, 오버!

C : 그때 갈 수 있습니다.

H1 : 네. 그럼 9월 3일, 4일로 진행 하겠습니다. 그런데 아침부터
가서 다음날 오는데 괜찮아요?

G : 오케이~ ^*^

H1 : 그럼, H2 씨, C 씨, S여사, P1여사, 나하고 다섯 명은 동의한
걸로 하겠습니다. 그런데 Y여사가 연락이 없는데….

P2 : 9월 3일, 4일. 나는 함께할 수 없어 아쉽네요. 공주에서 1박 2
일 모임이 있어.

H1 : 괜찮아요. 은퇴하고 봅시다~.

G : P2○○ 씨 아쉽네요. 강화도 좋은 안내자였는데요. 나는 이
곳 잘 몰라요. 그냥 바다와 산과 들이 좋아서, 자연과 함께
있음이 좋은 것입니다. M여사에게 문자 보냈어요.

P2 : 일정 짤 때 내가 참고할 말들을 하면 되지 뭐~. 내 취미가 여
행이라서. 특히 자전거 여행.

G : M여사에게 카톡이 안 온다네? 사무총장님이 초대해 주세요.

G님이 M여사님을 초대했습니다.

G : M여사 초대했는데 보입니까?

M : 보입니다.

G : 오케이. 반갑습니다. M여사도 그날 함께 갈 수 있다고 합니
다. 주소: 인천광역시 강화도 내가면 고천리 ○○ 빌라 ○동
○○○호입니다. 키 번호는 ○○○○번입니다. ** 주소 찍을 때
우선 마니산을 찍고 강화도로 오세요. 그래야 초지대교를 건
널 수 있습니다. 마니산 쪽에서 다시 외포리를 찍으세요. 그
래서 외포리 항 젓갈시장 주차장에서 만나는 것이 좋습니다.
차가 비좁으면 한두 명은 고속버스로 오세요. 내가 시간 맞
춰서 모시러 가겠습니다.

P2 : 고려 저수지 근처네. 거기라면 초지대교보다 48번 도로로 강
화대교가 더 나아 보이는데 지도상으로는~

G : 그곳은 차가 밀려서 시간이 많이 걸립니다. 네비로 하면 그쪽
으로 나옵니다. 관광차들이 그쪽으로 몰려와서 모임 시간에
그쪽 편은 한 시간씩 늦습니다.

P2 : 그럴 수도~ 그럼 초지대교 건너자마자 덕진진 산책을 하면 좋
겠네. 아~~ 덕진진은 강화 유적지들 중 가장 둘러보기 좋은
곳. 내가 그 48번 도로에서 놀았었지. 해병대에 있을 때.

H1 : 그럼 가실 분이 현재는 H2, C, S, P1, M, 나, 6명인데 S2와 Y
는 다시 확인해 볼게.

Y : 아이구 읽기도 힘드네. 토, 일요일이라 고민 중… 짱이를 어
디 맡겨볼게. 고속버스로 가면 되지 않을까 하는데.

H1 : 아니면 좀 큰 차를 렌트해도 되고. 어떤 게 좋을는지요?

G : 오고가는 재미도 있어 좋겠다.^*^

H1 : 근데, 대전에서 강화도까지 누군가는 자기 차를 가져가든지 렌터카 운전을 해줘야 하는데 희생을 누구한테 부탁해야 할지 모르겠습니다(이런 때 총무가 운전이 불가해서 심히 죄송스럽습니다).

G : H2 회장님 부탁헤요.

P2 : 기차로 영등포까지 와서 렌트하면 어떨지. 또는 영등포에서 강화행 시외버스도 있는데.

H1 : 강화에서는 투어 버스가 있나요?

G : 그냥 시내버스가 있어요. 여기는 바다와 산과 호수가 있는 시골입니다. 역사가 있는 곳은 강화읍 쪽에 있는데 역사를 보려면 서울 창경궁이나 경북경 쪽이 나아요. 그리고 산책할 수 있게 편안한 신으로 오세요.

P2 : 투어버스는 인천역에서 출발하는 강화 시티투어버스가 있어.

P2 : 내가 착각한 게 강화에서 가장 볼 만한 유적지는 덕진진이 아니고 〈광성보〉! 실망하지 않을 거야~

H1 : 예스!

H2 : 나도 지금 집에 들어왔습니다. 차편은 제가 운전은 하겠습니다. 현재 6명이면 제 차로 가도 될까요? 아님, 좀 더 편하게 한 차가 더 가면 좋을 것 같기도 하고요. 여튼 제 차는 가는 것으로 합니다.

H1 : 아이고, 고맙습니다!

P2 : 와~! H2 회장 체력 좋나보다. 나는 장거리 너무 힘들어서 폐차하고 차 안 사. 지방에 갈 때는 현지 렌트 카로.

H2 : 무슨 말씀을? 남자 회장이 당연히 해야 하는 것으로 알고 있습니다.

H1 : 인원은 확인해 보고 1명 정도 넘치면 제가 고속버스를 타고 가든지 할게요.

G : 오~~ 감사 감사 ^*^^*^

H2 : 예, 총장님이 너무 고생이 많으십니다.^*^ 좀 더 많은 인원이 또 하나의 추억을 만들면 좋겠습니다.

H1 : H2 회장님의 배려로 편하게 갈 수 있게 되어 모두를 대신해 감사드립니다. 그럼 우선 총무 직권으로 여행 일정을 정리하겠습니다. 1. 일자: 9월 3일~4일, 2. 행선지: 강화도, 3. 참석자(6명): H2, C, S, M, P1, H1.4. 미확인자(2명) : Y, S2, 5. 차량 및 운전 제공: H2 회장, 6. 관광코스 및 맛집 소개: P2○○(문자나 카톡 주세요), 7. 6명 초과 시 운송방법 : 1명 초과 시(나를 포함한 1명 고속버스로 이동), 8. 회비 : 10~15만 원 예상

9. 출발 장소 : ○○동 농수산물시장 주차장, 10. 출발시각은 참석자 증가여부에 따라 알려드리겠습니다. 이외에 좋은 의견을 올려주시면 감사합니다.~~

P2 : 맛집 추천하라고? 강화도 〈토가〉. 내가 직접 몇 번 가봤는데 좋아.

G : 우리 집에 오니 내 식대로 하겠습니다.

H1 : 여기하고 또 한군데 쫌 더 소개 부탁합니다. 그리고 관광코
　　 스는 광성보 포함하고 가면 되지요?

G : 점심은 외포리에서 바지락 칼국수. 저녁은 집에서 진짜 돼지
　　 시골 오겹살, 막걸리는 공주 밤막걸리, 밥은 강화섬 쌀밥. 이
　　 튿날은 간단한 쌀국수입니다. 관광은 외포리 갯바위, 망양돈
　　 대, 짓길시정 딤빙, 고려 지수지 산책, 시간 되면, 동믹 해변
　　 산책 추가.

H1 : 숙박 제공도 고마운데 식사까지? 못 살아…. 저번에 서울 갔
　　 을 때도 신세를 많이 졌는데 이번에도…? 매번 고맙기도 하
　　 고 미안하기도 하고…. 큰언니 같아~~

G : 건강할 때 할 수 있어서 좋은 거야. 신경 쓰지 마세요. 나 지
　　 금 건강이 좋은 상태여요.

H1 : 네~~~ 기쁜 소식! S2여사가 참석하겠다고 연락이 왔습니다.
　　 강화도로 직접 오겠답니다~~~

H2 : 그럼 Y여사만 결정되면 되겠습니다 ^*^ 8명이 차 두 대로 가
　　 면 참 좋겠습니다 ♡♡♡

P2 : 톡 즐거웠어. 나 또 나중에 초대해주기 바래~ 내가 좀 바쁘다
　　 보니 단톡방 쫌 나갈게. 즐거운 강화 여행이 되기 바래.

G : 참, 이튿날 덕산 탐방도 좋소이다. 그곳은 일본 오키나와와
　　 똑같다고 합니다. 산이 예쁘고 좋습니다.

H1 : Y여사도 간다고 연락이 왔습니다. 가능하면 두 차로 가고 안
　　 되면 일부는 고속버스로 가는 걸로 얘기했습니다. 그리고 G

여사는 우리가 부담 안 가게 살짝만 애써주세요~~^^

G : 네~^^ 그런데 이곳은 TV도 없어. 쇼파도 없고. 잠만 잘 수 있어. 라디오 체널도 안 떠. 식사 도구는 모두 간이형이야. 그 래서 우리 제부가 우리 집을 불편당이라 이름 붙였어. 그리 알아.

H1 : 괜찮아요!

G : 이곳 덕산은 북한이 보이고 끝섬인 교동도가 보입니다. 삼면 바다가 보입니다. 평야는 대부분 옛날 간척지로 농토가 살아 있습니다. 이곳은 봉화대로 모든 것을 불로 신호하던 곳인데 그야말로 무림지입니다. 사람들이 잘 모르고 관심도 없지만 매력 있는 곳입니다. 우리 애가 일본 오키나와와 똑같다고 칭 찬했습니다. 힘들더라도 가보는 것을 추천합니다.

H1 : 그러지요^^

G : 집은 아주 작고 좁은 호수 근처 분홍색입니다.

H1 : 걱정 마세요.

G : 덕산은 높이가 약 300미터쯤 됩니다. 계룡산의 1/3쯤?

H2 : 저는 지금 최 씨와 모임을 같이 하고 집에 돌아왔습니다. 카 톡에 참석하신 모든 분들께 감사드립니다. 가능하면 대전에 서 차 2대로 가면 참 좋겠습니다. 어느 분이 봉사해주시면 감 사하겠습니다. 물론 저는 차를 가지고 갑니다만, 한 분만 독 지가를 모시겠습니다.

H1 : 웬만하면 이여사가 가지고 간다합니다(허리 핑계로 항상 신세만

지고 차량 봉사를 못해서 죄송스럽습니다). 그리고 여의치 않으면 저는 고속버스로 가면 되니 너무 신경 쓰지 마세요 가서 즐거우면 되니까~~ 안녕히들 주무세요. ^^

G : 시간이 되면 교동섬 대룡리, 옛날 거리탐방 추가. 황해도 연백 실향민들이 자기네 고향 마을 거리를 재현해놓은 곳임. 교동은 강화도와 다리가 놓여있어서 승용차로 30분쯤 걸림. 석모도는 배로 차와 사람을 싣고 10분이면 가지만, 주말에는 복잡해서 오고가는 게 힘듬. 지금 석모도 다리가 완성되어감. 교동은 연산군이 유배되어 죽은 곳임. 그리고 우리나라에서 제일 좋은 쌀, 임금에게 진상되는 쌀이 재배되는 곳입니다. 단 그곳은 주민등록증이 필요할 것입니다. 허가를 받으니까요. 지참해주세요. 출입증을 받아서 섬으로 갑니다.

G : 네, 네. 좋습니다.

G : 이곳은 밤이 되면 호수 바람이 찹니다. 얇은 덮개 옷을 하나씩 준비해 주세요.

S1 : 생각할수록 괘씸한 생각이 드네요. 여기서(중국) 한국으로 보내는 것은 거의 안 돼요. 어쩌면 이 카톡도 내가 한국에 입국하면 들어갈지도 몰라요. 8월 말에 들어갑니다. 그때 봅시다. 내가 딸네 집에서 직접 갈게~~^^ 우린 사드 문제가 국내문제로 시끄러워서~~ 그래서 중국 반대를 그렇게 심각하게 생각안 했는데. 한국비자문제, 한류스타 입국금지는 드라마 등에서만 있는 줄 알았는데. 방송에서 한국에 대한 비판이 도를

넘는다는 것이지. 난 현재 중국 웨하이 친지 집에 있어. 한국에서 보내는 카톡은 다 들어와서 소식은 다 보고 있어. 그런데 사드 문제가 있고 나서부터는 중국에서 한국에 대한 제재가 생각보다 심하다고 현지인 친지가 얘기하네~~ 난 인천에서 직접 갈게. 늦게 봐서 답이 늦었네요. 9월 3일, 4일이면 가도록 할게요.

H1 : 중국은 남북 분단 상태가 더 좋은 거야. 통일되면 미·일과 국경을 맞대는 격인데 절대 통일에 찬성 안 하지. 중국보다 더 나쁜 것은 우리 내부 분열인 것 같아…. 믿을 데가 어디 있다고 이 모양들인지…. 열 받지 말고 잘 지내다 와….

S1 : 메시지가 들어갔네? 이제까지 들어가지 않았어. 언제적 문자 보낸 건데. 지금 들어갔구나. 그때 보자. 수고하는구나~~^^

H1 : 응~~

G : 사무총장님이 광성보와 전등사를 탐방하는 것도 좋을 것이라 했습니다. 와서 원하는 곳을 탐방하십시오. 휴일이 복잡해서 마니산 쪽은 주차할 곳이 없어 힘들지도 모릅니다. 잘못하면 주차장에서 시간을 허비할지도 모릅니다. 하여튼 사정에 맞게 최대한 좋은 방법을 찾아 탐방합시다.

H1 : 네

H2 : G여사와 총장님께서 너무 고생이 많으십니다. 아직도 젊었을 적 열정으로 여행을 준비하시는데…. 그냥 대충대충 준비하시는 것이 정신 건강에 더 좋지 않을까요? 여튼 두 분 덕분

에 좋은 여행이 될 것 같습니다. 물론 휴일이라 교통편이건 뭐건 조금 복잡하기는 할 것입니다. 감사드리며 좋은 밤 되시길 바랍니다.^*^

H1 : 네, 회장님 말씀대로 하겠습니다.~~ 안녕들 하신지요? 9월 3일 강화도 여행은 출발시각 : 8시, 출발장소 : ○○동 농수산물시장 **주차장**, **준**비물 : **주민등록증**, 참가비 : 15만 원 징도 (카드 사절, 총무가 머리가 나쁘니 반드시 현금을 지참하셔야 합니다), 복장 : 모자, 편한 신발, 참고 1 : 강화도까지 3시간 정도 걸리고 휴게소도 들러야 하니 8시에는 출발해야 할 것 같습니다. 참고 2 : 점심은 회를 먹을 예정이어서 간식을 특별히 준비하지 않을 것이니 드시고 싶거나 개별적으로 회사하실 식품이 있으신 분은 종류를 불문하고 환영합니다.

H2 : 총장님! 고생 많으셨습니다. 저는 시간에 맞추어 가겠습니다. 덕분에 좋은 여행이 될 것 같아 마음 설렙니다. 아직도 대학 시절 기분이 나는 것은 제가 덜 되어서겠지요? 고맙고 감사합니다.^*^

H1 : 저도 감사합니다~~.

H2 : 만날 때까지 좋은 시간 만드세요. ^*^

S1 : 네. 알겠습니다. ^^~

G : 사무총장님 똑똑합니다. 수고하셨오~. ^♥♥♥

H1 : 정여사님 덕분입니다. ^^

우리는 뭔가를 해낸 기분이 들었다. 나이 60을 넘어가며 무슨 일을 결정하기가 쉽지 않았다. 모처럼 운동 멤버들이 나들이를 할라고 하면 온갖 잡소리로 산통이 깨졌다. 나는 이미 그런 것을 너무 많이 겪었다. 그런데 이번에는 동문들이 자발적으로 참석했고, 호응이 좋아 잘 이루어졌다. 감사할 일이었다. 나는 이일을 진행하면서 카톡에 온 정신이 빠졌다. 그렇게 정신을 집중할 수가 없었다. 살면서 내 정신을 이렇게 한 곳에 쏟는 것은 날 잃어버리는 것이었다. 나는 어느 꿈속의 세상을 거닐었다. 그것은 나의 기쁨이 됐다. 시간이 가는 것도 나는 몰랐다. 그것은 새로운 세상의 게임이 됐다.

하지만 카톡이 진행되면서 각자의 의견은 달랐다. P2 씨는 강화도에 대해 무척 잘 알았다. 그의 의견은 옳았다. 그는 볼거리를 나열했고, 그곳을 찾으라 강조했다. H1 사무총장은 역사탐방을 강조했다. 나는 갑자기 숨통이 막혔다. 내가 생각하는 것과 차이가 났다. 나는 그냥 모이고, 잠자고, 맛있게 먹으며 우리의 추억이 되기를 바랐다. 이 나이에 어떤 역사 공부가 무엇이 그렇게 중요한 것인가? 나는 역사가 중요하지 않았다. 그들은 그것에 집요하게 매달렸고, 어떤 성과적 업적을 요구하는 느낌이 불편했다. 난 이제 공부하고 지식을 쌓고 하는 어떤 작업이 싫었다. 나는 자연스레 보이는 것을 보고, 친구들과 수다를 떨기 바랐다. 그들이 말하는 볼거리에 어떤 의미를 두고 싶지 않았다.

그것은 나에게 심리적 불편함을 주었다. 왜 꼭 그렇게 역사적인 볼거리에 초점을 두는 것인가? 그냥 보이는 대로 봐도 되는 것인데….

맛있는 먹거리 집에 집착하는 일도 나는 자연스런 일이 아니라 생각했다. 그곳의 특산물로 서민들이 편하게 즐기는 곳을 찾아 함께 그 음식을 즐기기를 바랐다. 나는 이제 자연스럽게 살고 싶었다. 주어진 대로 살고 싶어진 것이다.

*

같은 동네 고교 동문을 만났다.

친구 D를 만났다. 그는 고교동문이다. 친구 D는 오래전부터 나와 같은 동네에 살았다. 같은 동네에서 삼십 년 이상을 살았지만 우리는 서로를 몰랐다. 같은 동문이자 다른 친구인 K로부터 D 친구에 대한 이야기를 간혹 들었다. 그 두 친구는 아이들이 같은 반이어서 자주 만났다. K는 어느 날 나에게 말했다.

- 야, 너 D를 아니?
- 아니? 한 번도 D와 같은 반을 안 한 것 같은데?
- 그 D가 얼굴 성형 수술을 했는데, 얼마나 예쁜지 몰라.
- 그래?
- 영화배우나 탤런트 같아.
- 그래? 보고 싶구나.

위의 말은 삼십 년 전 K와 내가 한 말이었다. 그 후 친구 K는 유방암으로 가버렸다. 그리고 세월은 빠르게 지나갔다. 나이 육십이 넘은 어느 날, 친구 D가 여고 골프 모임에 영입되었다. 처음으로 그는 여고 모임에서 공을 쳤다. 그의 이름과 그의 모습을 확인했을 때, 그는 탤런트처럼 곱고 아름다웠다. 그를 만났을 때, 그의 모습은 부유했다. 그는 큰 벤츠를 몰고 왔고, 그의 옷차림은 비싸고 화려했다. 그는 나와 거리가 있어 보였다. 나는 그에게 거리감을 느꼈다. 나는 터프하고 매사에 꼼꼼하지 못한 남성적인 면이 강했다. 반면에 그는 아름답고, 화려하며, 멋스럽고 고급스러운 친구였다. 그는 그렇게 먼 발치에서 스쳐 가는 친구이고, 그냥 여고 동창으로 함께 공치는 친구였다.

다시 세월은 빠르게 흘러갔다. 어느 날 갑자기 여고 골프 모임 전날, 문자가 왔다.

- 나 친구 D야. 네 차 좀 타도 되니?

- 그럼, 그럼.

우리는 함께 차 탔다. 가면서 이런저런 이야기를 했다.

- 너네 아빠는 무슨 일을 해?

- 응? 우리 아빠 무역업을 해.

- 응, 직원이 몇이야?

- 한 사십 명.

- 너네 회사 꽤, 크네. 그 나이에, 그렇게 회사를 운영하니 대단하다 야! 무역업을 어떻게 하는 거야?

- 의료 기구나, 바이오 등을 하는데, 수입해서 팔다가, 남편이 별거 아니면, 자기가 만들어서 다시 수출을 해.

- 더 짱이다. 너네 남편. 남편이 창의적이네. 사업이 잘될 수밖에 없네.

- 이번에도 남편이 커피 자판기 빼먹다가 '어? 이거 좋네!' 하면서 각종 의약품을 자판기 눌러서 빼는 장치를 개발했어. 저번에는 뭔가 실패했는데 이번에는 잘될 것 같아.

그게 그기야. 너네 남편 창의직이라 회사가 망힐 일 없네.

- 남편이 매사에 관심 있고, 집요해. 자동차 수리를 하러 가서도 살피고 생각하고 수리공이 하는 일들에까지 간섭해서 못하게 말려. 그들을 괴롭힌다고.

- 그렇구나.

그 날 우리는 한 팀이 되어 공을 재미있게 쳤다. 그리고 헤어졌다. 이튿날 그에게 전화가 왔다. 함께 밥 먹자고. 하지만 우리는 서로 바빴다. 시간 내기가 어려웠다. 그래서 그 다음 주에 만났다. 그는 유명한 중국집에서 함께 공친 다른 친구도 불러 식사했다. D는 보기보다 따뜻했다. 첫인상에, 그는 고운 외모를 가진 화려한 유형이었다. 그에 비해 나는 무수리처럼 매사에 힘쓰고, 허드렛일에 길들여진 거친 유형이라 우리가 함께 있으면 대조적인 느낌이 들었다. 그러나 몇 번의 만남이 이어진 후 나의 느낌과는 다른 것들이 나타났다. 실제적인 몸 상태가 그 예로, 가늘고 가냘픈 D가 나보다 건강했다. 나는 온몸이 종합병원이었다. D와 공을 함께 칠 때면, 나는 기침에 허리통증, 냉방증으로 고통이 심했다. 그러면 그는 나를 골렸다. 내장이 고급져서 그렇다고. 웃음이 나왔다. 고급지다는 말이 사실 나와 거리가 먼 단어였는데⋯. D는 화려한 왕비이고, 공주였다. 그런 D가 나를 향해 고급지다는 말을 쓰다니 말이다. 나는 기분이 묘했다. 그러면서 아픈 내장을 두드리며, '그래, 나는 고급져서 아픈 거야.' 하며 나 스스로를 위로했다.

D와 나는 비슷한 정서가 많았다. 화려한 겉모습과는 다르게, 그는 소탈하고 솔직했다. 자신을 꾸미고 내숭을 떠는 사람이 아니었다. 그의 솔직담백함이 마음에 들었다. 공을 친 친구끼리 식사를 하고 수다를 떨자 했다. 그 후 날짜를 정했고, 우리는 식사를 함께하며 온갖 수다를 다 떨었다.

D는 애들 교육에 힘썼다. D의 아들은 세화고를 졸업했다. 그리고 세종대학에 들어갔다. D의 아들은 인문계를 갔는데, D의 남편은 이과를 가야 먹고 산다고 강조했다. 결국 D의 아들은 2학년 때 이과인 전자공학과로 바꾸었다. 그런데 그의 아들은 공부를 열심히 하지 않았다. 그는 아들이 고등학생일 때에도 비싼 과외를 수없이 시켰다. 그 당시 한 과목에 백오십만 원인 유명한 선생님을 뽑아서 가르쳤다고. 그러나 우리 아들이 그것을 알고나 있는지? 여하튼 그것은 모를 일이었다고. 그래서 결국 그의 아들은 세종대학에 갔다 했다.

나는 그에게 말했다. 아마 아들이 잘 알 것이라고. 내 동생이 어느 날 나에게 말했다. 자기가 이제까지 살면서 부모에게 가장 미안한 것이 있는데, 그것은 우리 집이 부유하지 않은데(아버지가 공무원이었다) 좋은 대학을 보내려고 주요 과목 담임 선생님을 초빙해서 우리 집에서 과외를 시킨 것이라고. 그렇게까지 했는데도 부모님이 원하는 대학을 못 간 것이 지금도 미안하다 했다.

나는 "그 대신 네가 못한 것을 너네 딸들이 이루어주었잖냐?"라고 말했다. 큰애가 중국 북경대 졸업하고, 작은 애가 칭하대 졸업, 셋째가 북경대학 다니고 있는데 그만하면 됐다고. 그런 것을 생각하면 틀림없이 네 아들도 고액 과외 시켜준 엄마의 수고를 틀림없이 알고 있을 것이리 했디.

D는 지방의 세종대를 간 아들이 공부를 하지 않아 애가 탔다. 그는 아들의 지도교수를 만났다. 내 아들이 공부를 하지 않으니 유학을 보내면 어떻겠냐고 교수님에게 물었다. 교수님은 이과이니 보내는 것이 좋을 것이라 했다. 다른 학생들은 환경이 되지 않아 못가는 것인데, 갈 수 있다면 갔다 오는 것이 경쟁력을 갖추는 것이라 했다. 그러나 남편은 극구 반대했다. 유학은 공부 잘하는 놈이 더 공부하기 위해 가는 것이지 공부 못하는 놈이 가는 것이 아니라 했다. D는 남편을 설득하고 또 설득했다. 그는 아들을 휴학시켰다. 그리고 아들을 지원입대시켰다. D의 아들은 엄마를 원망했다. 다른 집 엄마는 아들이 군대 가는 것을 꺼려 안 살 수 있도록 수단을 부리는데, 우리 엄마는 어거지로 입대시켰다고. 그렇게 세월이 지나 D의 아들은 군대를 제대했다. 제대 후 D는 아들을 데리고 시애틀로 갔다. 영화 「시애틀의 잠 못 이루는 밤」을 보고 시애틀로 정했다고 했다.

그곳에서 어학연수부터 공부시켰다. 그는 그곳에서 아들이 마약이나 어떤 나쁜 것에 빠질까 봐 노심초사했다. 다시 그의 딸을 데리고 가서 함께 아들을 보호했다. 그들은 화투를 가지고 가서, 놀이로 화투 치는 것을 게임하듯 즐겼다. 그는 아들이 딴짓을 못하게, 방에 가두듯이 아들을 지켰다. 고등학교 과정을 졸업할 때 아들은 이리노이 공과대학, 콘넬 대학 등 괜찮은 대학에서 입학 허가증을 받아왔다. 처음으로 남편이 아들 잘 키웠다고 칭찬했다.

결국 D의 아들은 이리노이 대학을 성공적으로 졸업했고, 결혼했다. 그리고 남편 회사에 입사했다. 그곳에서 아빠와 회사를 잘 경영하고 있었다. 나는 그에게 말했다.

- 너 정말 애썼다. 네 아들, 딸을 훌륭하게 키웠구나. 너 화려하기만 한 왕비과가 아니네. 너, 정말 훌륭한 엄마구나.

그래. 사람은 겉보기와는 다른 것이다. 그가 어떻게 살아왔는가를 알면 그를 더 깊이 이해할 수 있고 정서적으로 서로 좋은 관계를 가질 수 있는 것이다.

옆에 있던 친구 C는 자기 시어머니가 훌륭하다고 설명했다. 시어머니는 딸 여섯에 자기 남편인 외아들을 낳았다. 시어머니에게 아들은 눈에 넣어도 안 아픈 귀한 아들이었다. 친구 C는 시집가서 시어머니를 이해하려 애썼다. 시댁에 갔을 때 C는 남편에게 어머니와 함께 자라고 권했다. 사랑하는 어머니를 기쁘게 해주려 애썼다. 시어머니는 별다른 학력은 없지만 따뜻했다. 부엌에 정한수 떠놓고 항상 아들을 기원하는 어머니였다.

어머니는 말이 없었다. 모두에게 인자하고, 모두를 보살피며, 평생을 조용히, 고요히 사시는 어머니였다. 집 밖에 나가는 일도 없다. 항상 그 자리에 그렇게 계시는 분이었다. 어머니는 날마다 아들의 전화를 기다렸다. 아들은 평생을 날마다 어머니에게 전화했다. 어쩌다 전화 통화가 안 되면, 그날은 아들 전화를 힘들게 기다리셨다. 그러던 어느 날 어머니가 세상을 떠났다.

이제, 내 친구 C는 시어머니가 됐다. C는 생각했다. 내가 존경하는 시어머니 같은 시어머니가 될 수 있을까를 스스로 물었다. 그리고 스스로 답했다. 나는 내 시어머니 같은 시어머니는 될 수 없을 것이라고. 어느 날 C는 며느리에게 보이지 않는 갑질을 하고 있다는 걸 깨달았다. 그래서 C는 존경하는 시어머니처럼은 될 수 없음을 알았다. C는 훌륭한 여자대학을 나왔고, 자기는 잘난 체를 해야 하기 때문에 그렇게 될 수 없는 것이라 했다.

나는 C에게 말했다. 그만하면 C도 훌륭한 시어머니라 했다. C는 날마다 의사인 아들, 의사인 며느리의 애들을 돌보고, 키우고 있으니 얼마나 훌륭한 것인가를 말했다. 너무 지쳐서 C는 가끔 병원에 입원했다. C는 며느리에게 갑질 할 시간과 틈이 없는 것이다. C네 집으로 아들 네 식구가 오면, C는 열심히 밥해주고 애기들 돌봐주는 훌륭한 시어머니였다.

사람들은 자기 스스로 돈을 벌고 저축을 해야 생산적이고, 훌륭한 일을 하는 것이라 말했다. 하지만 나이가 들어 육십이 넘으니 인생철학이 바뀌었다. 유태인이 '육십이 넘으면 쉬고 편안히 즐기는 삶이어야 함'을 강조했던 것이 이치에 맞았다. 정말로 육십 전까지 열심히 살고 돈을 벌었다면, 이제 쉬어야 한다는 그 말이 맞았다. 그동안 내가 아는 진리가, 진리가 아니라는 사실을 깨달았을 때, 나는 당황했다. 그리고 사람들이 죽을 때까지 돈만 벌다가 죽음을 맞이하는 것을 보는 것이 슬펐다. 나는 열심히 일한 사람들이 이제 조용히 쉬면서 즐기기를 바랐다. 그들이 돈만 버는 자신의 틀에서 벗어나기를 바랐다. 그러나 그들은 돈에 대한 집착 속에서 자기를 죽이는 것이 참된 삶이라 했다. 나는 그들을 보면 안타까웠다.

나는 가끔 「나는 자연인이다」라는 TV 프로를 본다. 나는 그 프로를 보면서 그들의 삶을 본받는다. 그들은 가진 것 없이 자연이 내주는 것을 먹으며, 행복하게 살아간다. 그들은 산처럼, 자연과 더불어 행복하게 살아간다. 그들의 삶 속에는 인간의 진리가 숨겨져 있었다.

내 막둥이 이모는 악한 사람으로 이름이 나 있다. 그는 돈이 제일 중요했다. 결혼해서 그는 가난했다. 이모부가 어느 날 직장에서 잘렸는데, 그때부터 가난했다. 이모는 친정에서 모든 것을 조달해서 먹었다. 그리고 어느 날 외삼촌의 힘으로 이모부는 현대에 들어갔다. 그때부터 집안 경제가 다시 살아났다. 이모는 억척같이 돈을 모아 저축했다. 그는 모든 것을 돈으로 쟀고, 돈으로 셈했다. 삶은 그의 셈을 위한 법이었다. 그는 형제도 몰랐다. 형제는 만나면 돈을 쓰게 만드는 대상이었다. 그에게는 돈이 최고였고, 다른 모든 것은 돈보다 서열이 뒤였다. 그는 차츰 돈의 마녀가 되었다. 그의 모든 돈은 그의 손에서 놀았다. 들어간 돈은 나올 줄 몰랐다. 형제들은 그를 지독한 년이라 했다. 그는 인사가 없었다. 언니, 오빠도 없었다. 나중에는 신랑도 없었고 자식도 없었다. 그는 오직 돈에만 집착하고 돈만을 사랑했다. 모든 사람들이 그를 싫어했고, 멀리했다. 상식이 통하지 않는 그만의 돈 욕심이 그의 힘이었다. 신랑이 방에 전등을 켜면 난리가 났다. 그렇게 그의 신랑은 평생을 어둠 속에서 살았고, 어둠을 따라 세상을 떠났다.

그의 신랑은 육십이 넘어 퇴직했다. 신랑은 봉고차를 끌고 아르바이트를 했다. 유아원생 등교, 절의 신도들을 태워다주는 기사로 취직했다. 절 음식은 많고 풍요로웠다. 신랑은 절에서 주는 음식을 집으로 가져왔다. 이모는 전기를 아꼈지만, 냉장고 3대를 돌렸다. 절에서 가져온 음식을 그 3대의 냉장고에 보관했다. 그는 남에게 주지 않았다. 평생을 독식했고 썩으면 버렸다. 남에게 받을망정 주는 일은 없었다. 그는 그렇게 돈을 많이 모았다. 그러나 그가 모은 돈이 얼마인지는 알 수 없었다. 오빠나 언니가 밥을 사주면 얼른 받아먹었다. 그러나 그는 절대로 형제에게 밥 사는 일이 없었다.

그도 이제 칠십을 넘겼다. 그의 모습은 옹골찬 성난 바위 같았다. 언니가 동생을 달래듯이 말을 하면, 그는 쇳소리를 내면서 칼로 베듯이 잘랐다. 주변 사람들은 그를 보면 머리를 절레절레 흔들었다. 나이 어린 손자나 그의 새끼들에게 그녀는 어미가 아니었다. 그는 모두가 말하는 악녀일 뿐이었다.

어느 날, 칠십 넘은 신랑이 고등학생 자전거와 부딪혀 쓰러졌다. 일어설 수 없었다. 병원에 입원했다. 죽을병은 아니고 타박상이 심하고 움직일 수 없었다. 그는 별거 아니라 생각했다. 병원비가 아까웠다. 그는 신랑을 집으로 데리고 왔다. 그는 값이 싼 한방병원을 찾아

다니며 치료했다. 삼 개월 동안 그는 신랑을 휠체어에 싣고 다니면서 치료했다. 그는 힘들어서 죽을 지경이었다. 솔직히 신랑보다 돈이 더 아까웠다.

어느 날 신랑은 힘없이 사그라지면서 죽었다. 그는 신랑이 죽었다고 형제들에게 말했다. 그동안의 사실을 숨겼다. 언니나 오빠들이 그를 욕했다. 진작 이야기해서 병문안도 해야 했다고. 그는 모든 말을 칼로 베듯이 묵살했다. 형제들은 어이가 없었다. 그의 자식들은 형제들에게 엄마 좀 제발 혼내달라고 간곡히 부탁했다. 형제들은 그를 못됐다고 큰소리쳤다. 그러거나 말거나 그는 모두를 무시했고, 이내 남의 세상 사람이 됐다. 신랑이 죽어 저세상으로 간 것은 그에게 슬픔이 아니었을까?

신랑 장례식 날 머리 감고 루즈 바르고 꽃단장을 했다고 형제들은 그를 욕했다.

- 저년이 미쳐도 단단히 미쳤구나!

- 아이고 남사스러워라 신랑이 죽었는데 웬 화장을?

- 저년은 돈뿐이 몰라 돈!

- 언니, 저년을 정말로 엄마가 낳았어?

- 낳았지. 내가 봤으니까.

- 언니 이번 추석에 형제 모일 때 난 저년 안 데려 갈 거야.

- 그래 네 맘대로 해라.

그렇게 모든 형제들은 막둥이 이모를 욕했다. 그는 자전거에 남편이 치인 사건으로 합의금을 끌어내는 데 집착했다. 그 합의금 문제를 해결해 주는 일은 오빠가 해주어야 했다. 아침에 만나 그를 도와 가해자와 합의금을 조율했고 잘 성사시켰다. 시간은 점심때가 훌쩍 넘은 뒤였다. 그를 위한 일이었으나, 그는 오빠나 형제들에게 점심을 대접하지 않았다.

그들은 각자 사는 지역으로 찬물 먹고 집으로 돌아갔다. 맏이인 큰 언니는 욕했다.

"그년은 왜 호랑이가 안 물어가는 거야? 아이고 죽일 년. 아이고, 풍(이모의 신랑)이 놈이 불쌍하구나. 그년한테 걸려서 평생을 종살이로 마치다니! 아이고 불쌍한 것."

그렇게 형제들은 욕했다.

요즘 남편들은 부인의 욕심 때문에 종살이하는 이가 많았다. 전자회사를 운영하는 S네가 그렇다. 육십이 넘은 뒤로 매출은 떨어졌고 직원들 봉급을 주면 회사는 아무런 이익이 없는 제로 상태였다. S네 남편은 심장 수술을 받고 당뇨병까지 가지고 있었지만, 어찌어찌 약에 의지하며 살았다. 남편은 이제 쉬고 싶었다. 게다가 S네는 그들이 가지고 있는 것만으로도 먹고 살기에는 충분했다. 그러나 그의 부인은 젊었다. 젊은 부인은 아직 힘이 있었다. 그래서 회계를 보는 부인은 그만둘 수 없었다. S네 회사는 이익이 없지만 보험료, 부대비용, 자동차 세금, 여행, 골프, 자동차 유지비 등 그들의 일상생활 비용 모두를 회사 비용으로 처리했다. 그래서 S네는 회사를 접을 수 없었다. 나는 그들이 안타까웠다. 결국 그의 남편이 죽어야 그들의 일이 끝나게 되는 것이었다.

다른 남편 친구 K네도 같았다. 그의 남편은 외국회사 회장이었다. 남편은 열심히 회사에 봉사했다. 남편은 암 수술을 두 번 했다. 그는 몸이 허약했다. 몸에서 가끔 경련이 일어났고, 머리가 휘청하며 어지럼증이 일어났다. 그는 열심히 운동을 했고, 몸을 살리기 위한 운동과 약으로 버텼다. 우리는 함께 골프를 치며 삶을 말했다. 그의 꿈은 숲속에 아담한 집을 짓고 농사짓고 사는 것이었다. 그의 고향은 저기 전라도 끝 두메산골이라 했다. 그는 어렸을 때 부모님의 농사일을 거들며 살았다. 서울에서 아르바이트로 대학을 졸업했다. 그래서 그는 마지막 인생은 서울을 떠나 농사지으며, 고요하게 사는 것이 자신의 꿈이라 말했다. 그러나 그의 부인은 어림없는 소리라 일축했다.

나는 슬펐다. 남편 친구 K가 불쌍했다. K가 죽어야 일이 끝날 것이었다. K의 부인은 결국 돈에 대한 집착으로 70세가 훨씬 넘은 남편의 꿈을 짓밟았다. 그의 꿈은 부인의 돈 욕심 때문에 없어져야 했다.

여자들이여, 이제 남편을 살려 주십시오. 남편의 나이가 칠십이 넘으면 그들의 삶을 즐길 수 있도록 자유를 주십시오.

어느 날 여고 카톡에 친구 M이 등장했다. 그는 미국에 살았다. 친구들과 그의 가족사진이 왔다 갔다 했다. 손자들은 예뻤고 쌍둥이였다. 쌍둥이들은 서구적이었다. 모두가 이국적이라 친구의 얼굴이 생각나지 않았다. 그런데 M의 이름은 대학 동창의 이름과 같았다.

대학 동창 졸업자는 십여 명 조금 넘었다. 그래서 우리는 더 각별했다. 여고 동창 졸업자는 수백 명이라 똑같은 이름이 많았다. 친구 M은 여고 동창이기도 했다.

그렇지만 그가 대학 동창인지는 확인하지 못했다. 1976년에 대학을 졸업했으니 올해가 꼭 40년이 되는 해였다. 우리는 대학 동창 모임을 일박 이일로 강화도에서 하기로 했다. 우리는 모여서 M에 대해 말했다. M의 남편은 우리 과 남자 C 씨와 친구였고, 그 친구는 S 씨라 했다. M은 카톡에서 성 씨를 sung으로 표기했었다. 나는 그가 우리 과 친구일지 모른다고 생각했다. 다시 여고 단체 카톡에 올렸다.

- 너 혹시 국문과 나온 M이 아니냐?

- 그래. 맞아.

- 그렇구나.

우리는 반갑고, 놀랐고, 머리가 복잡했다. 그는 뉴욕에 산 지 34년이나 됐고, 애들은 미국인과 결혼해서 쌍둥이 딸을 낳았다 했다.

- 야, 오래 살다 보니 이런 일도 있구나!

- 그러게 말이야.

나는 우리 과 카톡으로 M을 초대했고, 아이들과 인사를 나누었다. 무심코 카톡을 계속했는데 그곳이 새벽 2시경인 것을 알았다.

- 아이고 그곳은 한밤중일 텐데 잠을 못자서 어쩐다냐? 여기는 저녁 6시인데 … 빨리 자고 천천히 두고두고 이바구 하자. ^*^

- - 괜찮아. 나 일어나서 지금 나간다. 나중에 이바구하자.

- H 회장님 M여사가 누군지 모르시나 본데 국문과였던 그 M여사입니다. 인사 좀 하셔요. 우리 과 남학생 C 씨의 친구인 S 씨가 그의 남편이라 합니다. 내가 여고 동창 단체 카톡에서 확인했고 국어과 단톡에 초대했습니다. 인사해주셔요. 미국에서 34년 동안 살고 있다 하더군요.

- H 회장님 안녕하세요? 국문과 다녔던 M입니다. 남편 성이 S라 S가 되었습니다. 오랜 세월에 가물가물하던 대학생 때가 주마등처럼 스쳐 가네요. 혹시 치질로 고생하지 않으셨나요?

- 죄송합니다. 반가워서요.

- 아이고 그곳은 한밤중일 텐데 잠을 못자서 어쩐다냐? 우리는 초 저녁 6시인데….

- 아~~~ 그렇습니까? 매우 반갑습니다. 어떻게 해서 미국에서 34년을 사시게 되었나요? 너무 부러워서 그럽니다. 세계 최강 국가인 선진국에서 살면 어떨까 하는 상상을 해 봅니다. M여사와 앞으로 이곳에서라도 자주 만나고, 언젠가는 오프라인에서도 만날 수 있기를 기대합니다. 다시 한번 반가운 마음을 배가하여 보냅니다.

우리의 삶은 이제 너무나 다르게 존재했다. 한국에 사는 사람들은 선진국인 미국에서의 삶을 부러워했다. 그러나 나는 달랐다. 해외여행을 하다 보면 깨닫게 되는 것 중 하나인데, 내가 사는 곳이 제일 좋은 곳이다. 평생을 살았고, 먹었고, 다녔던 것이 그대로 나라는 존재를 나타내어 고마웠다. 미국의 시애틀이 살기 좋은 10대 도시라 말하지만, 나는 그곳이 그렇게 좋아 보이지 않았다. 시애틀 한여름의 서늘한 가을 날씨보다, 한국의 뜨거운 태양 열기를 좋아했다. 한 여름의 뜨거운 태양열에 뜨거워진 몸을 식히면서 수영하는 맛은 최고였다. 다른 이들은 뜨거운 태양의 에너지가 나무와 숲을 이글이글 태우고, 푸른 잎들이 하늘을 향해 네 팔 벌리며 태양의 에너지를 흡수해 빨간 열매를 맺어주는 매력을 몰랐다. 나는 한국의 뜨거운 여름을 사랑했다. 푸른 바다에 풍덩 빠져서 여름을 즐기는 맛이 시애틀에는 없었다.

이런저런 생각을 해보면, 친구가 삼십 년을 한국에서 살다가 외국에서 삼십 년 이상을 살게 되었는데 한국이 얼마나 그립겠는가? 왜 향수병이 생기겠는가? 돌아가신 부모를 그리워하듯, 그림자만 보아도 뭉클한 그리움이 떠오를 것이다. 나는 내가 이곳 한국에 살고, 한국적으로 삶을 이어가는 것을 무한한 축복으로 여기며 감사할 뿐이었다.

늘 열려 있고
무한한 가능성을 안고
누워 있는 밭

그러나 누군가 씨를 뿌리지 않으면
그대로 죽어 있을 뿐
아무런 의미가 없는 밭

– 이해인 「꽃삽」 중에서

일상 속에서 명절은 새로운 힘과 기운을 준다. 이번 추석은 빨랐다(2016). 엄마는 시골에서 막내 여동생이 사는 안성 집을 거쳐 서울에 있는 우리 집으로 오는데, 이번은 빨리 우리 집으로 오게 됐다. 당신은 우리 집에 오래 있는 것을 불편해했다. 내가 몸이 부실하기도 해서 열 살 이상 더 젊은 여동생 네에 잠깐 들렀다오는 것을 심리적으로 더 편안하게 생각했다. 그런데 이번 추석에 막내 여동생 네가 유럽여행을 갔다. 작년에 시어머니가 돌아가신 후, 맏이인 제부는 제사를 없애 버렸다. 오십 대인 제부는 씩씩했다. 부모들이 외치는 제사에 자신과 자식을 구속하고 싶지 않다면서 일 년에 한두 번 있는 제삿날에 성묘하는 것을 제외하면 가족 모임으로 대체했다. 나는 우리 제부가 용감하고 씩씩하다 생각했다. 제사는 우리나라의 전통적인 문화이기도 하지만, 그것으로 인해 얼마나 많은 가족분란을 일으키고 가정 파괴가 일어났겠는가? 우리 주변을 보면 잘 알 수 있었다.

당장 우리 시댁에서도 그것 때문에 가족 분란이 일어났다. 나는 삼십 년을 넘게 시댁을 위해 최선을 했다. 명절 전날이면 직장이 끝나기가 무섭게 밤새워 시댁을 갔다. 퇴근 후 서울에서 7시경에 떠나면 새벽 서너 시에 도착하곤 했다. 눈을 붙이자마자 일어나서 아침상을 차렸다. 그리고 시장에 가서 제물을 샀다. 그 제물을 다듬고, 씻고, 빚어서, 찌고, 삶고, 부쳤다. 온종일 바쁘고 힘들었다. 점심때가 되면 가족이 몰려왔다. 한 집 당 네 명. 다섯 형제니 총 이십 명이 모였다. 그때부터 제사상 차리는 것보다 밥상 차리는 일이 더 바빠졌다. 국 끓이고, 밥하고, 상 차려서 얼른얼른 식구들을 밥 먹여서 밖으로 내보냈다. 애들은 애들끼리. 어른은 어른끼리. 며느리들은 맨 마지막 남은 밥상을 먹는 둥 마는 둥 하고 밥상을 치운 뒤 다시 정신없이 일했다.

시어머니는 손끝이 매섭고 일도 야무지게 잘했다.

얘야, 파 길이가 니무 길다.

- 두부를 노릇노릇 부쳐야지.

- 동그랑땡을 작게 해라. 동그랑땡에 묻힌 밀가루를 털어서 달걀 물에 풍덩 빠뜨려. 동그랗게 부쳐라.

시어머니는 허파를 부쳤고, 간을 부쳤다. 채반은 가득 찼다. 돼지 고기를 푹 삶아서 꼬치를 해서 부쳤다. 나는 그 제사상 음식이 맘에 안 들었다. 시어머니는 자기식, 자기 맘대로 음식을 했다. 그는 그것 이 제일 중요한 음식이라고 강요했다. 나는 속으로 말했다. 순 ~ 엉 터리라고. 시댁은 이북이 고향이었다. 그래서인지 가난했던 음식을 제사용으로 썼다. 그가 중요한 것은 중요했고, 그가 중요하지 않는 것은 중하지 않았다. 나는 어릴 때부터 할아버지가 주관하는 읍의 행사인 유교 제사 지내는 것을 자주 보았고, 집안 제사와 제물을 많 이 먹었다. 내가 본 제사 음식과 시댁의 제사 음식은 달랐다. 친정은 추석에 송편을 빚는 것을 아주 중요하게 생각했다. 햅쌀로 만든 송 편으로 조상을 모셨다. 그런데 시댁은 결혼할 때부터 송편을 샀다. 나는 그것도 못마땅했다. 사 온 송편은 하나같이 달았다. 송편의 제맛은 밤이나, 콩, 깨, 기피고물 등을 소로 넣어 햅쌀의 겉피와 맛의 조화를 이루는 것이었다. 맛있는 송편은 햅쌀 자체가 쫀득하며, 고물이 고소하게 맛이 어우러졌다. 시집오면서 송편은 나에게 중요한 음식이 되지 못했다. 그냥 떡집에서 사는 제사용 식품일 뿐이었다. 그 점이 나는 싫었다. 진정으로 맛있는 송편을 내가 만들고 싶었는데.

그러나 시댁은 명절에 만두를 만들어 먹었다. 이십여 명이 먹을 양은 무척 많았다. 돼지고기 6kg에 밀가루 3kg, 부추는 큰 것으로 서너 단. 밀가루 반죽을 하고 부추를 씻어 쫑쫑 썬다. 부추에 돼지고기 간 것을 넣고 박박 손으로 비비면서 치댄다. 거기에 소금, 후추, 마늘 다진 것, 생강 간 것, 양파, 참기름 한 병(작은 병) 등을 넣어 치대서 찰지게 만든다. 집 식구들이 뱅 돌아앉아 시어머니가 밀대로 민 만두피에 돼지고기 부추소를 넣고 빚어서 채반에 차례로 붙지 않게 돌려놓는다. 남자, 여자, 어른, 어린이까지 만들 수 있는 사람은 모두가 참여한다.

서너 시간 작업을 하면 세 채반쯤 만들어진다. 며느리들은 부엌에서 물을 끓인다. 채반을 가져가서 삶는다. 솥에 물이 끓으면 빚은 만두를 가득 넣고 다시 끓을 때까지 기다린다. 끓어오르면 다시 찬물을 솥에 끼얹어서 다시 한소끔 끓인다. 다 익은 만두는 상으로 옮겨서 어린아이부터 먹인다. 진간장에 식초를 넉넉히 넣어 찍어 먹게 하고 국물은 간장소스를 넣어 마신다. 대학생들은 마늘 한쪽을 곁들여 먹는다. 그야말로 맛이 일품이다. 나는 이제 만두 달인이 됐다. 사십 년 이상을 했으니 말이다. 나는 가끔 시어머니한테 고마워한다. 나를 이렇게 달인이 되게 했다고. 식구들은 만두를 좋아했고 명절마다. 만두 잔치를 했다.

그런데 만두는 가족의 문제를 일으켰다. 시어머니는 셋째네 사돈을 편애했다. 며느리가 다섯인데 이상하게 셋째네 사돈에게만 만두한 채반을 만들어 주었다. 명절이 되면 며느리들은 온종일 일거리로 시달렸다. 지친 상태에서 저녁상으로 만두를 만들었다. 모두가 만두를 만들어 채반을 채웠다. 적어도 3채 반을 채워야 저녁을 먹을 수 있었다. 두 채반쯤 채워질 때 시어머니는 말한다.

- 셋째야, 이것 한 채반 얼른 친정에 갖다 주고 와라. 지금 삶아야 맛이 나니까 빨리 갖다 주고 오너라.

- 네 어머니.

셋째는 서둘러 냉큼 한 채반을 가지고 차로 갔고, 친정집으로 가져다 주었다. 집 식구들은 '어? 이거 뭐야?' 하면서 도둑맞은 기분을 느꼈다. 우리는 갑자기 맥이 풀렸고 다시 밀가루를 밀거나, 소를 넣는 일에 힘이 빠졌다. 다시 어머니는

- 야 빨리 빨리들 해라.

우리는 말할 수 없는 화가 속에서 치밀어 올랐다. 이것은 뭔가? 그러나 아무도 말하지 않았다. 속을 삭이며 일을 했고 만두를 만들었다. 간신히 세 채반을 채워 만두를 삶았다. 모두가 맛있게 먹으려 할 때 셋째는 집으로 왔다.

- 어머니! 갔다 왔어요.

- 그래 어서 온나. 만두 먹어라.

- 헐~ 뭐야 그곳에서 먹고 오지.

며느리들은 그가 미웠다. 나 같으면 저러지 않을 텐데…. 셋째 며느리는 매년 그렇게 행동했고, 시어머니는 매년 셋째네 친정으로 만두 한 채반을 보냈다. 그렇게 오랫동안 해온 관행이 며느리나 아들 사이에는 불만으로 쌓여갔다. 어머니와 셋째 며느리는 하여튼 특별한 관계였다. 그러나 그런 것들 때문에 조금씩 식구들의 분란은 일어났던 것이었다.

나는 셋째 동서를 미워했다. 그는 우리가 해야 하는 일들에서 잘도 빠졌다. 어느 해, 시어머니의 생신이 돌아왔다. 나는 시어머니 생신 전날 시골로 뛰어가야 했다. 그런데 남편은 그 전날 술을 엄청 먹었고, 힘들어서 어쩌지를 못했다. 남편은 나에게 빌었다.

- 여보, 제발 나 좀 인천에 차로 바래다 주고 가. 아침에 기업체 가서 특별 강연을 해야 해서….

그는 내가 시골 가기 전 차 앞에서 기다렸다. 나는 할 수 없이 그를 인천 강연장에 바래다준 뒤 시골로 빠르게 내려갔다. 시댁에 도착한 시간은 거의 오후 4시경이었다. 시어머니 얼굴은 험상궂게 굳어 있었다. 시어머니는 성질이 나서 어쩔 줄을 몰랐다. 늦게 왔다고 온몸에 화가 나서 몸을 떨었다. 나는 시어머니가 무서웠다. 시어머니는 늦게 온 것이 못마땅해서 나를 하대했다. 나는 속으로 말했다. 오늘 저녁 내내 상차림 하면 될 것을 왜 그러는지 모르겠다 생각했다. 곧 둘째 동서가 왔다. 우리는 시장에서 생일상 차릴 것과 저녁상 차림을 함께 바리바리 사 가지고 왔다. 우리는 부지런히 저녁상을 차려 냈고, 바로 생일상 준비를 했다. 시어머니가 좋아하는 불고기, 잡채, 사라다, 닭찜, 새우튀김, 생굴, 돼지고기볶음 등 다양한 음식을 하되 육, 해, 공의 음식을 고루고루 준비했다. 어찌하다 보니 그날은 거의 밤을 새웠다. 새벽에 일어나 상 위에 하얀 모조지로 장식해서 음식을 진열했다. 제법 그럴듯했다. 식사 전 케이크에 불을 붙여 축하 노래를 했고, 시동생들과 시아버지, 시어머니, 그리고 우리는 박수를 쳤다. 그때 셋째 며느리가 문 열고 들어오면서

- 어머니 저 왔어요.

- 응 셋째냐? 어서 온나. 와줘서 고맙구나.

어? 이건 뭔 소리? 나를 쥐 잡아 죽이듯이 하는 것과 다르네?

둘은 합이 맞았다. 금방 셋째를 자리에 앉게 했고, 우리에게 밥 퍼와라 국 떠 오라 말했다. 나는 어이가 없었다. 시어머니에게 이런 것이 옳은 것인가를 말하고 싶었다. 셋째를 따끔하게 야단치며 형님들과 함께 일해야 하는 게 아니냐고 해야 하지 않는가 말하고 싶었다. 그러나 나는 그러지 못했다. 케이크가 상에서 내려질 때, 셋째네 애기가 케이크를 좋아한다고 말했다. 어머니는 즉시 케이크를 비닐에 싸서 있다가 가져가라 했다. 그 당시 케이크는 귀했고, 때문에 모두가 즐겼다. 우리는 한 번 먹어보지도 못했는데 그것을 셋째네에게 몽땅 시어머니가 주어버렸다. 나는 속으로 셋째네가 미워 죽겠다고 외쳤다. 그 미움은 길게 이어졌다.

아침 시간은 짧았다. 그날 아침 나는 출근해야 했다. 일단, 대충 설거지를 마무리를 하고 나는 먼저 시댁을 떠났다. 그날은 교양과목

수업이 꽉 찬 날이었다. 갱년기에 밤을 새웠고 계속되는 수업은 힘들었다. 화장실에서 지친 몸이 휘청했다. 아무리 중요한 시댁 일이라도 나를 죽이면서 할 짓은 아니라 생각했다. 매년 찾아오는 명절과 가족 행사, 그리고 셋째의 간사함과 이기적인 행동으로 나는 매번, 매년 미쳐 죽었다. 그리고 그에 대한 미움이 내 몸속에 쌓였다. 그러나 둘째 동서는 셋째네를 미워하지 않았다. 둘째 속이 깊은 것인지 그에 대한 생각이 없는지 평온했고 말이 없었다. 그 당시 둘째는 성자처럼 고요했다. 나는 몸에서 열이 났고, 셋째네의 이기심에 분노만 가득 찼다.

세월은 빨랐다. 그렇게 삼십 년을 미워하고 용서하며 며느리는 며느리대로 시어머니의 지휘 아래, 식구들은 가족이라는 이름하에 모였다 흩어졌고 또다시 모였다.

어느 명절 날, 남편은 급한 상갓집을 들른 뒤에 명절을 쇠러 고속도로를 탔다. 늦은 밤이었다. 그 상갓집의 상주는 남편의 상관으로 꼭 가야만 했다. 상관의 어머니상이었다. 시어머니가 왜 늦게 오는가를 아들에게 물었고, 아들인 남편은 자기 사정을 말했다. 그러자 갑자기 시어머니는 큰소리를 질렀다. 당장 집으로 되돌아가라고.

- 니가 사람이가? 상가집 들렀다가 제사 지내러 온단 말이가?

노발대발 큰소리가 났다. 우리는 할 수 없이 가던 길을 되돌아왔다. 남편은 얼굴이 시뻘겠다. 무엇이 중한 것인가를 스스로 물었다. 가족인가? 제사인가? 나는 시어머니가 잘못했다고 했다. 그렇게 중한 제사라면 우리를 옆 동네 사는 동생네에서 자라 하고, 제사가 끝난 뒤 함께 만나면 될 일 아닌가 하고 말했다. 시어머니는 상갓집을 부정 타는 집으로 생각했을 것이다. 상갓집을 들린 우리 모두는 부정 탄 사람들인 것이다. 난 시어머니를 이해할 수 없었다. 당신의 남편은 죽지 않았던가? 죽음과 삶은 함께함을 왜 모르는지?

우리 가족은 이상하게 시어머니에게는 찬밥 신세였다. 이유는 몰랐다.

또 다른 어느 날. 제사 음식을 준비하러 명절 전전날(이틀 전) 가고 있으면.

- 오지 마라. 내일 오라.

이렇게 말했다. 우리는 거의 시골에 도착했는데 오지 말라니? 어이가 없었다. 남편은 시어머니 말대로 시댁으로 갈 수 없었다. 우리는 가까운 곳에 적당한 숙소를 정하고 잠을 잤다. 아침 일찍, 새벽쯤 시댁으로 가서 제사 음식 재료를 시장에서 구매해 만들려고 했다. 그런데 시어머니는 늦게 오라 했다. 그래서 우리 식구는 아침 적당한 시간, 일곱 시경 시댁 현관문 앞에 도착했다. 그런데 시어머니는 문을 잠그고 나가버렸다. 나는 어이가 없었다. 이것은 아니었다. 버선발로 뛰쳐나와 마중해도 시원찮을 텐데… 제사 지내러 오는 우리를 왜 하대하는가? 나는 화가 났다. 남은 외국 여행을 가고 싶은데 시댁에서 딴지를 걸어 못 가느니 하는데 우리는 와도 환영을 못 받다니! 거기에 모든 제사 비용을 우리가 지불하면서?

그날 우리는 잠긴 문을 보고 어딘가를 배회해야 했다. 길을 따라 시내 시장을 걸었다. 막바지 대목이라 상인들은 명절 물건을 하나씩 진열하고 있었다. 옷 가게, 신발 가게, 과일 가게 등이 즐비하게 문을 열었고, 손님맞이 준비에 한창이었다. 가게와 가게 사이 골목은 좌판을 깐 채소 아줌마들이 많이 모였다. 깨끗이 손질해야 하는 실파, 양파, 배추, 생강, 마늘, 고추 등을 다듬고, 봉다리, 봉다리 담아서 소비자들이 손쉽게 요리할 수 있도록 만들었다. 우리는 재미있었다. 상인들은 천막을 쳐서 새 물건들을 진열하며 손님을 불렀다. 두꺼운 양말, 얇은 양말, 꽃 신, 투박한 신 등 선물용 물건들도 포장마차 속에 가득했다. 이 골목, 저 골목을 배회하며 구경했다. 시장에는 없는 게 없었다. 푸줏간이며, 생선 가게에도 사람들이 일찍부터 줄을 서서 좋은 것을 사려고 주문하고 있었다. 갈수록 사람은 많았고 붐볐다. 두어 시간 오갔을 때 둘째 동서가 전화했다. 집으로 오라고. 문을 땄다고.

시어머니의 심통은 갈수록 더 했다. 그러거나 말거나 나는 두부 전, 동그랑땡, 생선 전, 꼬지 전 등 부침 종류는 둘째 동서와 함께 만들어 냈다. 나머지 제사음식 중 당신이 원하는 것들은 당신이 만들었고, 나물로는 시금치, 고사리, 숙주, 도라지 등을 씻어놓았다. 육고기 등도 삶고 찌고 당신의 뜻대로 당신의 법에 맞게, 예쁘게 꾸며 놓았다. 그리고 우리는 이십여 명이 먹을 음식인 만두를 빚고, 빚은 만두는 또다시 셋째네 친정으로 옮겨가는 것이었다.

저녁까지 모두 준비하고, 저녁상도 물리고 설거지로 마무리했다. 시댁에서는 둘째네와 우리만 자고, 나머지는 자기네 집에서 자고 새벽에 제사 지내러 시댁으로 오면 됐다. 온종일 허리를 굽혀 음식을 장만하느라 몸이 굳었다. 동서와 나는 초등학교 운동장으로 산책을 갔다. 운동장을 돌며 시어머니의 부당함을 욕했다. 우리는 그를 욕함으로써 속이 후련해져서 집으로 돌아왔다. 당신은 그것이 미워 또 현관문을 잠그고, 모른 척했다. 그는 쌜쭉 삐져서 집안 분위기를 어둠 속으로 몰아갔다. 우리는 곧 죄인이 되어 그의 눈치를 보며 숨을 죽였다. 우리의 몸은 그의 엄한 낯빛에 곧 얼음같이 굳었다. 모깃소리로 막내 도련님을 불러 살금살금 기어서, 현관문을 풀고 들어갔다. 방은 두 칸이었다. 안방은 좀 컸다. 그곳에서 시어머니와 아들들, 손자들이 텔레비전을 보면서 잠을 잤고 나는 웃방에서 동서와 잠을 잤다. 머리 쪽인 창가는 만들어 놓은 음식이 상 위 채반에 담겨 있고, 그 위에 모조지로 음식을 덮어 놓았다. 발 쪽은 부엌문과 이어졌다. 눈을 감았는데 불빛 때문에 눈이 부셨다. 우리는 이불을 뒤집어쓰고 시어머니 욕을 했다. 안방에서 들리지 않도록 노력하며…. 그래도 몸이 피곤해서 우리는 금방 잠들었다.

새벽 2시경 시어머니는 일어났다. 그는 밤 12시까지 텔레비전을 즐겼다. 그는 거의 잠을 자지 못했다. 그는 부엌으로 가서 나물을 준비하고 제삿밥을 지었다. 미역국도 끓였다. 조기도 쪘다. 나물을 데쳐 참기름과 양념으로 무쳤다. 그는 쪽문으로 나가면 나는 시어머니의 몸짓에 저절로 일어났다. 내가 부엌으로 가면 그는

- 더 자라. 에미야, 더 자라.

나는 다시 눈을 감았다. 하지만 이미 켜진 불은 내 눈을 감길 수

없었다.

- 에미야 냉장고 아랫칸에서 마늘 가져 온나.

- 예.

- 에미야, 냉장고에서 생강 가져 온나.

- 여기요.

- 어서 자거라, 여기 부엌에 오지 마라.

나는 비몽 사몽으로 그의 말에 일어났다 누웠다 하면, 곧 날이 샜
다. 네 시, 다섯 시경이 되면 그는 방으로 들어와서.

- 모두들 일어나라. 어서 빨리 일어나라. 조상님 차례는 일찍 지내
야 하니라.

그는 이 세상 제일의 제사를, 자기만 특별히 지내는 것처럼 소리쳐
서 모두를 깨웠다.

- 에미야, 일어나서 세수하고 상 차려라.

우리는 그때부터 제삿상 차림을 시작했다. 접시에 만들어 놓은 모
든 것을 예쁘게 꾸며 담았다. 모든 것을 준비하고 나는 방을 청소했
다. 청소한 다음 안방에 큰 상을 놓고 모조지를 깔아 놓았다. 그리
고 제사 음식을 줄지어 늘어놓았다. 시어머니의 법대로 놓았다. 차
례표와는 달랐다. 제사상이 차려지면 시어머니는 끙끙 앓았다. 밤새
워 음식을 만들었다고 스스로 자신을 위로하며 앓았다.

- 나는 며느리들 일 안 시킨다. 우리 집 며느리들은 너무 편하다.

시어머니는 스스로 자화자찬을 하며 자신을 칭찬했다. 나는 속으
로 '웃기십니다. 그것은 아닌데요?' 하며 욕했다. 상을 차려놓고 멀리

서 자는 아들들을 기다렸다. 그 사이 손자들이 양치질하고 세수했다. 수돗가에서 우리 집 막내 승이가 코를 풀고 세수했다.

- 야~ 누가 거기서 코 풀고 세수를 한다느냐? 제사 음식에 들어가라고?

시어머니의 고함소리로 난리가 났다. 나는 그곳에서 하지 말라고. 승이는 그럼 세수를 어디서 하냐고. 화장실은 푸세식, 재래형인데. 시어머니와 내 딸인 승이 사이로 신경전이 오고 갔다. 나는 웃방에서 제삿상 차림으로 바빴다. 둘의 신경전은 나를 불편하게 했다. 나는 동서에게 말했다.

- 아이고! 시어머니와 손자 승이 똑같다, 똑같아!

그리고 우리는 다시 제삿상을 차렸고 먼 곳에 사는 아들과 며느리들이 도착하면 제사를 지냈다.

제사가 끝나면 식사하고 상을 치웠다. 다시 성묘 준비를 했다. 성묘 가는 음식을 챙겨 각자 차에 적당히 나누어 실었다. 차는 여러 대 나누어 식구들을 분배했고 차례로 운전하여 산소로 떠났다. 산소까지는 두어 시간 걸렸다. 산소에서 돗자리를 펴고 가져간 음식을 놓고 모두가 절을 했다. 의식이 끝나자마자 시댁으로 돌아왔다. 갔다 오면 다시 점심식사를 했다. 점심이 끝나면 모두가 제사 음식을 나누어 아들네 다섯 몫을 만들었다. 각 집 한 봉지씩 보따리를 만들어서 남은 음식을 싸서 주었다. 그러면 아들들은 곧 모두가 자기네 집으로 떠났다. 맏이인 우리 식구는 집이 서울이라 제일 늦게 떠났다. 차가 밀리는 것을 감안하여 초저녁에 눈을 붙이고(잠을 살짝 잔다)

새벽 한두 시경 일어나서 모든 짐을 승용차에 싣고 시댁에서 시어머니께 절하고 떠났다. 남편은 거의 새벽 2시경 일어나 운전했다. 되돌아오는 시간은 대개 길었다. 모든 차량이 한꺼번에 몰렸다. 그러나 새벽에는 두 시간이면 충분했다. 서울에 오면 대충 짐을 정리하고 다섯 시경에 잠들었다. 잠자고 아홉 시경 일어났고, 아침상을 차렸다. 막~ 밥을 먹을 때 시어머니가 전화했다.

- 여보세요?

- 나다, 나 너 때문에 한잠도 못 잤다. 네 딸 승이가 너를 닮았지 어째서 나를 닮았냐? 말이 되는 소리가?

그는 울며불며 곡소리를 내면서 날 혼냈다. 그는 씩씩대며 볼멘소리로 소리쳤다. 어째서 아이가 날 닮았냐고, 소리를 지르며 엉~ 엉 울고불고 야단을 냈다. 나는 그렇게 평생 그의 울음을 받았다. 그리고 항상 말했다.

- 죄송합니다. 어머니. 잘못했어요, 용서하세요, 그랬어요? 정말 미안해요, 어머님이 이해하세요.

하지만 그날은 이 소리가 안 나왔다. 명절 쇠러 가서 남편과 내가 잠긴 현관문 앞에 서 있던 일까지 떠올랐다. 나도 참을 수가 없었다. 나는 시어머니한테 대들었다.

- 어머니 내 나이가 얼만지 아세요? 나 육십 넘었어요. 나 이제 그 집 며느리 안 할래요. 나 이제 그 집 호적에서 빼주세요.

그리고 나는 전화를 끊었다. 속이 시원했다. 나는 착한 며느리가 아니었다. 나는 나쁜 며느리가 됐다. 그래도 나는 좋았다. 평생을 시어머니에게 시달렸고, 시달리면서 죄인으로 사는 것이 싫었다. 그날부터 나는 내가 됐다. 나는 날개를 달았다. 나는 자유였다. 마음의 자유가 일어났다. 행복했다. 구속받지 않는 삶, 자유가 살아있는 그런 것을 바랐다. 평생을 시어머니에게 용돈과 생활비를 보내는 것으로도 모자라 시어머니의 호통에 죄인으로 살아야 하는 것은 부당했다. 나는 이제 시어머니로부터 독립했다는 사실이 즐거운 것이었다.

　나는 그때부터 오명을 쓰기로 했다. 이제부터 그 집 며느리 안 하기로. 호적에 빼기로. 그들의 삶 속에 나를 끼워 넣지 말라고. 나는 그 대신 그들이 필요한 경제적 지원을 모두 하겠다고. 나는 이제 날개를 달고 사는 여인이 됐다. 더 이상 필요한 것은 없었다. 나를 구속하는 그 무엇도 없었다. 그래서 나는 죽는 날까지 행복하게 살리라….

　그 이후 나는 제사비와 생활비, 차례비만 시어머니의 계좌로 송금하면 됐다. 남편은 처음엔 무척 슬퍼했다. 자기가 자기네 가족으로부터 따돌림당하는 식구로 전락한 느낌을 받았다. 맏형인 자신이 어머니로부터 퇴출된 아들, 미운 오리 새끼가 된 것이었다. 모든 책임은 내게 있었다. 그렇다고 계속 밀쳐내는 시어머니의 행동을 나는 받아들일 수 없었다. 모든 경제적 책임을 다하고 있음에도 떨쳐내고 밀쳐내는 시어머니의 행동은 이제 내가 참아낼 수 없다고 나는 강조했다. 남편은 그 집안에서 나름 인재였다. 그 당시 제일 좋은 대학을 졸업했고, 행시에 합격했으며, 사무관, 서기관, 이사관을 거쳤고, 오랫동안 청와대에서 근무했다. 그리고 일급 공무원까지 승진했던 재원인 것이다. 시어머니는 아들 다섯과 며느리 모두를 자기 손으로 손쉽게 지휘하려고 하는 구석이 있었다. 그런데 나와 남편을 보면 자기도 모르게 매사에 시기와 질투로 참을 수 없는 무언가를 느꼈나보다. 아니면 나에 대한 여자로서의 질투? 그도 아니면 자식에 대한 말할 수 없는 투정? 하여튼 우리만 보면 시어머니의 엉켜진 감정들이 심리적으로 이상한 감정을 일으켰다는 생각이 들었다. 시어머니 자신의 지배력이 손상되고 있다는 감정도 있었으리라. 지금 생각하면, 나는 평생을 고부간의 갈등 속에서, 너무 많은 에너지를 쓸데없이 소비했다. 그것은 내가 피할 수 있는 것이 아니었다. 필연적으로 겪을 수밖에 없는 일인 것이었다. 그런데 그것은 지금의 나를 살리는 진짜 힘이 되었다. 시어머니한테 당한 숱한 일들, 속상하고 터무니없으며 정말 있을 수 없는 그 일들이 나에게 힘을 주는 것이었다. 그것은 수학적으로 셈할 수 있는 것이 아니었다. 무어라고 딱 꼬집어서 말할 수는 없지만….

다시 돌아가서 2016.9.15. 추석날, 새벽 3시. 나는 잠이 오지 않았다. 작은딸이 추석날 가족 모임에 참석하고 갔다. 그는 밥을 먹고 화기애애하며 즐거워했다. 그러나 그는 작은 시어머니였다. 어쩌면 그렇게 똑같이 시어머니 역할을 하는지?

- 엄마, 내일 몇 시에 찜질방 가?

- 10시경.

-그때 오면 돼?

- 응.

그는 술을 먹고, 조카들을 어르고 장난치며, 즐겁게 놀고 마셨다.

- 엄마, 외삼촌 자고 가?

- 응.

- 나 찜질방 안 갈래.

- 그래, 네 맘대로 해라.

그는 그랬다. 내 딸이지만 나는 그를 알 수가 없었다. 그는 한 가족 무리에서 하나씩 툭 빠져나오는 별난 아이로, 별난 행동을 하는 아이였다. 그 점이 시어머니와 같았다. 다만 시어머니는 모든 식구들이 자기 손아귀 안에 있어야 했고, 예속되어 있어야 했다. 자신의 손아귀를 벗어나는 식구는 용서할 수 없었다. 그의 근처에서 놀고, 그의 눈을 벗어나서는 안 됐다. 그는 매사에 집요했고, 다섯 아들에게 집착했다. 아들들의 식구도 아들처럼 그렇게 예속됐고, 그의 집착에 함께 호응해야 집안이 편안했다.

나는 원래 결혼 전부터 자유로운 영혼이었고, 자유인으로 살았다. 부모에게 순종했고, 조부모에게도 순종했다. 나는 가족들에게 있는 듯 없는 듯하며 살았다. 그러나 맏이라서 사람들은 나를 사랑해 주었다. 친가 쪽 친족들이 많았다. 사촌, 육촌, 삼촌, 고모네 식구들이 번창했고, 나는 번족한 가족들에 의해서 그들과 더불어 살았다. 아버지가 큰집의 맏아들이라 그만큼 대접을 받았고, 친척들은 아버지를 큰형으로 모시며 의지했다. 우리 집은 고모, 삼촌, 사촌, 오촌, 육촌들이 수시로 자러 오거나, 밥을 먹고 갔다. 방학은 더 했다.

외가 쪽에서도 우리 집에 찾아와 복작거렸다. 엄마는 팔남매의 맏이였다. 이모, 외삼촌, 그들의 사촌들, 이모네 아이들, 외삼촌네 아이들은 수시로 우리 집에 왔고, 잠을 자고, 밥을 먹고 갔다. 나는 그들의 제일 큰 손자, 조카가 됐다. 우리 집은 중소도시에 있었고, 그들은 더 시골에 살았다. 외삼촌들은 우리 집에서 학교를 다녔다. 먹거리는 외갓집에서 배달됐다.

우리 집은 도떼기시장처럼 붐볐고 항상 사람이 많았다. 그 속에서 나는 조용했고, 내 할 일 만 하면 됐다. 모든 사람들이 나를 사랑했고, 나 또한 거스르는 일이 없었다. 내가 하고 싶은 일을 내 맘대로 하면 됐다. 우리 가족이나 친족들은 나를 착하고 성실한 사람으로 생각했다. 나는 놀기를 좋아해서 그들과 어울리며 놀이를 즐겼다. 그들은 우리 집에 방문하면, 나를 빙빙 돌리며 장난질 하는 경우가 많았다. 어느 날인가 그 장난을 치다 내 팔이 빠져 기브스 했다. 엄마는 "도련님, 그 장난은 하지 말라."고 말렸다. 그래도 내가 재미있어 해서 몇 번 더 하다가 또 팔이 빠졌고, 엄마는 도련님을 말렸다.

오랜 세월이 지나 나는 결혼했다. 나는 시어머니에게 순종하며 그의 뜻을 거스르려 하지 않았고 조심해서 살았다. 하지만 시어머니는 처음부터 내가 못마땅했다. 이유는 모르지만 내 코가 삐뚤어졌다고 투정을 했는지 어느 날 시아버지가 나를 보며 "코만 반듯한데 뭐가 삐뚤어졌는가?"라며 시어머니에게 물었다. 시어머니는 눈을 내리깔고 아무 소리가 없었다. 그 후 시어머니는 매사에 나를 탓하는 소리를 했다. 어느 날 내가 해온 이불 홑청이 잘못했다고 투정을 부렸다. 나는 다시 친정 엄마에게 시어머니가 이불 홑청이 잘못됐다 하니 다시 이불을 해서 보내달라고 말했다. 일주일 후 엄마는 새 실크로 몇 채 다시 이불을 만들어 보내주었다. 시어머니는 아무 말이 없었다. 그러나 시어머니의 의도는 나를 서서히 좁은 공간으로 몰아갔고, 나는 그의 공간으로 끌려들어 갔다. 나는 숨을 쉬었지만, 그것은 자유로운 숨이 아니었다. 자식들은 그의 손에 길들여져서 그들의 삶이 감옥인 줄을 몰랐다. 나는 시시히 나를 죽이는 싸움을 해야 했다. 감옥은 단단했고, 분통만 터졌다. 그러나 그의 아들들에게 그것이 감옥이 아니었다. 나만 미쳐 죽을 지경이었다. 그 감옥은 어머니가 아들들을 사랑하는 마음이라 생각했다. 나는 분명 이 가족과 다른 사람이 됐다. 내가 평생을 헌신할 때는 내가 그들의 형수가 됐지만, 내가 시댁과 이별을 선언한 후 나는 그들에게 있어 배반자가 되었다. 나는 그래도 좋았다. 나는 몸이 차츰 부실해지면서 자리에 누워 보름동안 천장을 보고 치료 받을 때 진작 이별해도 된다고 생각했다.

어쩌다 이야기가 달라져 버렸다. 추석 때 찾아오는 별난 작은애는 시어머니를 닮았고, 작은 시어머니로 생각하며 내가 이해해야 하는 일이 되는 것이다. 나는 괴로웠다. 내 뱃속에서 나왔는데, 저 애는 왜 그러는 것일까? 잠을 자다가도 그를 생각하면 잠이 오지 않았다. 어떤 남자가 이런 애를 좋아할 것인가를 생각했다. '그런데 이 세상에 못된 성격의 여자가 많고, 그런 여자를 신줏단지처럼 잘 모시며 살아가는 남자들이 많다고는 하더니만…' 그러면서 나는 나를 스스로 위로했다.

친정엄마는 말했다. 네가 요즘 너무 신상이 편해져서 너를 불행으로 몰아갈 사람은 네 딸일지 모른다고. 그렇지 않으면 다른 일이 생길 거라고. 네가 아프던지, 네 남편이 아프던지. 그래야 세상의 이치가 공평하지 않겠냐고. 그래, 내 딸, 막내가 나의 불행을 막아주는 것으로 이해하기로 했다.

나는 이제 인생의 하반기에 접어들었다. 우리 세대는 일제강점기를 거쳐 해방을 맞이하고, 다시 6.25 사변을 겪은 이들의 자식이었다. 못살고 어려운 시기를 극복한 훌륭한 부모 밑에서 자랐다. 그들은 오로지 자식에게 헌신했다. 자식들의 희망과 꿈을 함께 쫓았다. 자식들은 좋은 대학을 졸업하고 법률가, 행정가, 정치가, 그 밖의 전문직을 차지하기 위해 노력했고, 곧 전문직을 얻었다. 이제 그들의 아들들이 육십을 훨씬 넘겨 다시 제자리로 돌아왔다. 사회에서 물러났고, 후배에게 물려줄 때인 것이다. 그러나 나이든 전문직 종사자들은 계속 그 자리를 지키고 유지하면서 후배인 동생, 아들들을 밀어내며 추한 꼴로 발버둥 치고 있다. 그 자리를 지키려고 사회의 질서를 파괴하고 있는 것이었다. 되돌려 생각할 때, 전문직은 인생의 하반기엔 아무런 쓸모가 없었다. 오히려 농부의 경우 죽을 때까지 농사일을 할 수 있고, 남의 일을 돕는 청소부도 더 이상 거동을 못할 때까지 할 수 있다.

이것저것 생각하면, 조선시대의 무수리가 현대사회에는 적응하기가 쉽다. 무수리 과는 힘이 들지만, 직장에서 일하는 기간이 길고, 속이 편했다. 그들은 나이 들어서도 쉽게 재취업을 할 수 있었다. 처음에는 사람들이 그들을 무시하지만, 60세가 넘어가면 그들은 고위직을 거쳤던 사람들보다 더 오랫동안 자신이 일을 하고 있다는 것에 자부심을 가졌다. 그래서 허드렛일이지만 자기가 죽을 때까지 할 수 있는 일이라면, 그 일은 최고의 것이 됐다. 무수리 과 친구들은 서로를 존중할 줄 알았다. 궂은일을 솔선수범 나서서 해주니 모두가 그 친구를 좋아했다. 그들은 또 다른 친구들을 끌어들여 함께 하기를 즐겼다. 즐기는 것 중에서도 운동하는 것이 최고였다. 골프 운동은 우선 마음이 맞아야 즐거웠다. 친구 Y는 돈이 많았다. 자신에게는 쓸 돈이 넉넉하게 있지만, 함께 골프 칠 친구가 없었다. 또 다른 친구 A도 마찬가지다. 그들은 자기주장이 강하고, 강압적으로 자기 의견을 고수하는 편이다. 그러나 친구들은 그런 친구들을 좋아하지 않았다. 결국 친구들은 Y와 A를 운동 멤버로 받아들이지 못했다.

나는 요즘 내가 쓰고자하는 글이 엉뚱한 곳으로 가고 있음을 늦게 발견했다. 이래서는 안 되는데… 1880년대 기술한 어느 평범한 사람의 일기(조지 그로스미스)처럼, 나는 이 시대의, 사람들의 생활상을 그리고 싶었다. 우리가 고민 하는 것을 백 년 후, 아니면 더 먼 미래의 사람들도 비슷하게 고민하고 있을 것이라고. 그의 일기를 읽으면서, 나는 1880년대의 시대상황이 재미있다고 느꼈다.

- 폼나게 이륜 마차를 타고 집으로 향했다.

- 8월 3일. 멋진 날이다, 나는 바닷가 뜨거운 햇볕 아래서 쓸 최고급 모자를 샀다.

- 8월 6일. 은행 공휴일.

- 11월 5일. 일요일. 저 어린 것이 우리와 상의 한마디 없이 약혼하겠다고 해서 캐리와 나는 골치가 아팠다.

- 12월 25일. 크리스마스 당일. 우리는 패딩턴에서 10시 20분 기차를 타고 장모님 댁으로 가서 유쾌한 크리스마스를 보냈다.

백 년 전, 그 시대를 살았던 런던 사람들은 여름휴가를 즐겼고, 철없는 아들 때문에 고민을 했다. 그리고 크리스마스를 즐겁게 보냈던 것이다.

어느 날 잠자다가 꿈을 꾸었고 놀라서 깼다. 그리고 옛날 일들을 기억했다. 나는 새 아파트로 이사를 갔다. 아파트 입구에서 조그만 리어카에 과일을 실은 채 한 아저씨가 아파트 주민들에게 그것을 팔았다. 그 아저씨를 보면 나는 가슴이 아렸다. 저것을 팔아서 어떻게 애들 학비를 댈 것인가? 그 과일은 항상 그대로였다. 그의 과일 상자에는 과일이 가득했지만, 과일은 팔려지지 않았다. 그를 보면 마음이 짠~ 해지며 가슴이 아팠다. 얼마 있다가 그 아저씨는 그곳을 떠났다. 그 후 이아파트 현관문에 명함이 꽂혀 있었다. 명함은 화려했다.

서울대 졸 ○○○, 미국 ○○대 졸, ○○박사.

그의 경력도 화려했다. 그 이력서를 보면 눈물이 났다. 얼마나 공부를 많이 했을까? 그의 부모들이 얼마나 애를 썼고, 돈을 많이 들여 유학을 시켰을까? 그런데 그는 돈벌이를 못 했다. 그는 아르바이트라도 해야 했다.

내 젊은 날. 힘든 내 생활이 있었다. 내가 힘들어 공부했고, 10년을 투자해서 석사·박사 학위를 땄다. 그때 그 시절, 10년을 채워야

지도 교수가 학위를 주는 시대였다. 지도 교수님은 말했다. 공부는 열심히 하되 된장 맛처럼 묵혀줘야 공부의 틀이 생긴다고. 그것은 나에게 힘이 될 거라고. 나는 가난했다. 내 차비라도 만들어야 내 공부를 할 수 있었다. 그리고 공부만 하면 자급자족은 할 수 있으리라 믿었다. 그러나 그러지 못했다. 강의 시간을 받았을 때, 강사료는 많지 않았다. 차비에 밥값을 떼면 수중에 들어오는 것은 없었다. 그래도 그 강의료를 위해 열심히 뛰었다. 새벽부터 저녁까지. 그리고 공부를 열심히 해야 했다. 해마다 논문을 써서 잡지에 3편 이상 등재해야 강의를 받을 수 있었다. 나는 만학도였고, 편안한 집안이 못 되었다. 애들 키우랴, 남편 뒷바라지에 부모님 뒷바라지까지. 내가 해야 하는 일들은 내 주위의 모든 일이 끝난 후에야 챙길 수 있었다.

그때는 나도 어떻게 살았는지 몰랐다. 새벽 4시만 되면 일어났다. 압력솥에 밥을 했다. 식구 수대로 밥공기에 떠서 아침, 점심, 저녁을 식탁 위에 나열했다. 붉고 매콤한 콩나물국이나 시금치 된장국 등을 한 솥 끓여놓았다. 나물 한두 가지에 밑반찬은 쇠고기 장조림, 생선조림, 두부조림 등으로 처리했다. 나는 대충 국에 밥 한술 넣어 말아 먹었다. 부엌을 정리하고 세수했다. 화장하고 책가방 챙겨서 스쿨버스를 탔다. 대학에 도착해서 곧 도서관으로 이동해 공부했다. 강사진은 갈 곳이 없었다. 강사 휴게소에서 쉬다가 강의를 들어갔다. 나는 그곳이 싫었다. 공부에 집중이 안 됐다. 도서관 구석을 차지했다. 학생들과 함께 공부하고 책을 봤다. 집중이 잘 됐고, 나를 편하게 하는 공간이었다. 같은 나이 또래의 교수나, 나이 어린 후배 교수들은 이미 정교수 역할을 했고, 그들은 나를 보면 불편한 존재가 됐다. 그들은 온전한 연구실에 자기들만의 권위와 권력에 집중했다. 열심히 공부하는 후배들은 정교수들의 헛꿈과 헛짓을 욕했다. 그들의 임무와 책임은 회피하면서, 자기들의 권익에만 탐한다고 욕했다. 같은 정교수들의 싸움은 치열했다. 자기네 영역 싸움으로 다투었다. 그 영역에 자기 제자를 심어 넣는 것에 안간힘을 썼다. 그들은 권위적인 교수들이 아니었다. 그들은 모두가 전투적인 동물이었다. 그들은 그들이 물러설 때까지 파벌을 만들고 피 터지게 싸웠다. 나는 그들을 피했다. 나는 도서관에서 학생들과 함께, 내가 좋아하는 책을 보는 것이 행복했다. 그때는 내가 없었다. 집안이 보이지 않아 좋았고, 오로지 책과 나만 있어서 행복했다.

*

오랜 시간이 흐른 뒤 둘째네의 폭발 - 셋째네에 대한 원한.

이번 추석에도(2016) 친정어머니는 계셨다. 어머니는 누워서 허리 펴고 일어나기를 운동으로 삼아 아침마다 반복했다. 그는 거실에서 큰소리로 "하나. 둘. 셋…." 하다가 이내 스물을 세고 "아이고, 대근해." 하면서 큰 숨을 몰아쉬었다. 어머니의 나이는 88세. 봄에 생일날 미수 잔치를 했다. 생일이 오기 전 몹시 아파서 죽겠다고 나에게 하소연을 했을 때, 나는 "엄마, 미수 잔치는 하고 가셔야 하지 않아요?"라고 말했다. 엄마는 알았다고 했다.

　나는 대형 호텔방을 얻었다. 엄마가 좋아하는 형제인 이모, 삼촌, 외숙모 등을 불러 모았다. 오시는 분들 모두 호텔 사우나에 가서 마사지 겸 때밀이에게 맡겼다. 모두들 온천탕에서 쉬었다. 다시 노인들을 데리고 그들이 좋아하는 석갈비를 저녁으로 대접했다. 호텔로 와서 밤새워 이야기했다. 그들은 즐기고 먹고 웃었다. 그들은 밤을 새워가며 웃고, 이미 한 이야기를 하고 또 했다.

　호텔 화장실은 대형 목욕탕처럼 컸고 웅장했다. 어느 노인이 밤에 화장실에 가서는 아무데나 소변을 봤다. 냄새가 진동 했다. 젊은 동생이 화장실에 갔다가 난리가 났다. 노인들은 서로가 아니라 했다. 동생은 목욕탕을 비누질하고 청소했다. 아마 눈 어두운 노인이 변기를 못 찾아 아무 곳에나 배설한 듯 했다.

　새벽에 잠든 노인들을 막내 이모가 깨웠다. 집에 가서 자라고. 그렇게 밤을 지새고 아침으로 해장국을 먹었다. 다시 호텔로 와서 나는 차비를 넣은 봉투를 노인들에게 주어서 차에 태워 보냈다. 이모나 삼촌들은 안 받겠다고 했다. 나는 엄마가 죽었을 때 울지 않는 이별 잔치를 미리 하는 것이라고 말했다. 그래서 우리는 즐겁게 미리 이별잔치를 한 것이었다. 이별 잔치 후, 엄마는 죽음을 기다리는 존재가 됐다. 이만큼 살면 너무 잘 살았다고 엄마는 밥 먹듯이 말했다.

　추석이 돌아오자 엄마는 우리 집에 오려 하지 않았다. 남동생은 출장이 잦았다. 어느 날, 엄마는 남동생을 불렀다. 당신이 가진 돈을 가지고 당신이 다니는 절을 찾았다. 엄마는 이혼한 남동생에게 제사 지내지 못함을 탓하지 않았다. 엄마가 다니는 절에 십 년 전부터 돈을 지불하고 친정집 제사를 맡겼었다. 이제는 당신이 죽었을 때 치르는 모든 장례 의식을 절에 맡겼다. 그리고 그동안 하지 못한 선조들과 돌아가신 아버지, 할아버지, 할머니 등 모두를 새로 이 절이 없어져 사라질 때까지 제사 지내고 차례 지내 달라고 제사비용과 수고비를 한꺼번에 지불했다. 엄마는 이제 죽음이 오더라도 편하게 죽을 수 있다 했다. 자식이 중국 출장 가서 오지 않더라도 모든 것은 끝낼 수 있음을 속 시원히 생각했다.

엄마는 하루하루를 감사히 보냈다. 다리가 아파서 걷지 못했지만 당신은 그것이 당연하다 생각했다. 엄마의 손끝은 야무졌다. 다리에 비해 손이 건강했던 것이다. 당신은 앉아서 모든 일을 처리했다. 간이용 가스를 끼워 가스 불을 켰고, 그곳에 밥과 찌개를 했다. 당신이 먹고 싶은 것은 전부 해서 먹었다. 다른 사람이 해준 음식은 싫어했다. 그것은 당신의 입에 맞지 않았다.

주변 사람들은 치매에 걸려 병원이나 요양원으로 옮겨졌다. 당신은 언제부턴가 당신의 집에서 조용히 잠을 자듯 죽는 것이 최고의 행복임을 깨달았다. 어느 날, 십 년간 자기 마누라를 수발하던 친구가 고향으로 돌아왔다. 그 친구의 부인은 요양원에 십 년 있다가 죽었다. 육 개월 후, 그 남자 친구는 요양원에서 살 수가 없어서 그곳을 빠져나와 고향으로 돌아온 것이다. 그 친구 말이 그 요양원을 사위가 해서 나올 수 있었던 것이지, 일반 요양원이면 나올 수 없었을 거라 설명했다. 유료 양로원은 한번 들어가면 죽어야 나올 수 있는 곳이었다. 엄마는 깨달았다. 모든 것이 돈으로 만들어지고 돈으로 이루어지는 세상이 됐다고. 그래서 돈 때문에 죽을 때도 힘들게 죽는 것이라고. 병원도 그렇고, 요양원도 그렇고, 이제 쉽게 죽을 수도 없다고. 자연스레 죽을 수 없는 세상이라고. 당신은 이제 절대로 병원을 가지 않았다. 엄마의 눈에 백태가 낀 것 같았다. 엄마는 포도를 검은색으로 보았다. 엄마는 모든 물체를 아름아름 보았다. 병원 가보자 하면 의사들이 어설프게 건드려서 더 덧난다 했다. 내가 눈 봉사가 되면 어쩌냐고 물으면 걱정 말라 했다. 귀도 잘 들리지 않았다. 그래서 TV를 좀 더 크게 틀었다.

엄마는 드라마를 즐겼다. 아침 7시 50분부터 오전 10시까지 세 편을 연달아 보았다. 날마다 죽일 년 소리를 하며 보았다. 엄마는 드라마에 빠지면 아무것도 못했다. 누가 인사해도 몰랐다. 드라마가 끝나야 제정신이 돌아왔다. 마치 손자 웅이가 좋아하는 동물의 농장이나 무슨 사우루스가 나오는 공룡 만화에 빠져 밥도 못 먹는 것처럼.

이번 추석에 엄마가 좋아하는 일을 해주고 싶었다. 틈틈이 등산할 때 솔잎을 뽑아두었다. 먼저 햅쌀을 3되쯤 물에 하룻밤 불렸다. 이튿날 방앗간에 가서 쌀을 빻았다. 그곳에서 콩고물을 사 왔다. 집에 와서 빻아 온 쌀을 이등분 했다. 이등분 한 것 중 한 덩이는 흰색으로, 나머지 한 덩이는 뽕잎 가루, 다시마 가루, 마 가루 등을 첨가해서 치댔다. 반죽이 녹색으로 변했다. 엄마는 흰색을 고집스럽게 좋아했다. 그것이 당신의 진짜 송편으로 여겼다. 그리고 속을 채울 소를 만들었다. 깨를 볶아 믹서에 갈았다. 밤을 삶아 절구통에 찧었다. 콩을 삶았다. 소에다 각각 소금과 설탕을 넣어 간을 했다. 그 후 우리는 송편을 빚었다. 마지막으로 밥솥에 철망을 넣고 삼베 보를 깔아 솔잎을 얹고, 그 위에 빚은 송편을 넣은 뒤 그 송편을 솔잎으로 덮어 쪘다. 송편은 맛있었다. 쫀득쫀득한 맛과 솔향이 솔솔 풍기면서 밤과 콩고물이 맛을 더했다.

그날 저녁 엄마는 밥 대신 송편을 먹겠다고, 다시 부침 거리를 마련했다. 돼지고기 같은 것, 두부 한 모, 파, 마늘, 양파, 깨, 참기름을 넣고 반죽했다. 다시 들깻가루 한 주먹을 반죽 위에 뿌렸다. 거기에 또 한 줌 뿌려 맛을 더해 버무렸다. 약간의 소금 간을 첨가했다. 프라이팬에 동글동글 빚어서 동그랑땡을 만들었다. 동태전, 나물전도 함께 만들었다. 엄마는 좋아했다. 그 작업 자체가 당신의 취미 생활인 것이다. 요즘 사람들은 시간이 없었다. 여성들은 직장생활에 시달려서 음식 만들 여유도 없었다. 그들은 시장에서 살 수밖에 없었다. 노인들은 그것이 맛없다고 타박을 했다. 우리 엄마는 맛있는 재료가 많이 들어간다고 좋아했다. 젊은 엄마들은 잘 먹지 않는다고 제사 음식을 만들지 않았다. 나는 어린이집으로 가서 손자들을 데리고 왔다. 일부러 그 애들에게 송편을 만들게 했다. 온천지에 반죽과 고물이 범벅되어 난리가 났다. 그래도 아이들은 재미있어했다. 나는 아이들에게 명절의 재미를 알려주고 싶었다.

저녁에 모든 식구가 모였다. 친정어머니, 친정 동생네, 딸과 사위, 손자들, 따로 독립한 시집 못 간 딸 등. 나는 강조했다. 행복이 멀리 있는 게 아니라고. 이렇게 모여 맛있는 것을 먹고, 웃으며 즐겁게 떠들며 사는 것이 행복이라고. 그래서 이번 추석은 죽음을 기다리는 어머니의 존재가 좀 더 특별했다.

그 다음날. 엄마를 데리고 나는 찜질방으로 갔다. 그날은 추석 다음날이었다. 사람은 많았다. 엄마는 나무 지팡이에 의지해서 갔다. 입구까지 남편이 내 차로 데려다 주었다. 찜질방 가격은 팔천 원이었다. 우리는 옷을 벗고 탕으로 들어갔다. 아무래도 엄마는 때밀이에게 부탁해야 했다. 내 허리가 온전하지 못해서. 때밀이 가격은 이만 삼천 원이라 했다. 나는 좀 뜨거운 탕 속으로, 엄마는 덜 뜨거운 탕 속으로 들어가면서 때밀이 아줌마에게 조금 있다가 때를 밀어달라고 부탁했다.

나는 매사 지루해지면 숫자 세는 것을 즐겼다. 뜨거운 탕 속에서 견디기를 오래 할 때, 나는 셈하는 것을 즐겼다. 나는 그 수를 세면서 시간을 쟀다. 100번씩 세 번, 그럼 3분이 되겠지. 그리고 찬물 속으로 들어갔다. 셈으로 120을 셌다. 다시 뜨거운 탕으로 들어갔다. 삼백을 세고 찬 곳으로 가서 120번을 세는 것이다. 그렇게 왔다 갔다 하면서 10번 할 작정이었다. 그때 때밀이 아줌마가 할머니 때를 밀겠다고 말했다. 엄마는 안 된다고, 자기는 때를 더 불려야 한다고 했다. 나는 엄마에게 소리쳤다. 사람 없을 때 밀어야 한다고. 그래도 당신은 안 된다고, 당신은 때를 더 불려야 한다고 대답했다. 나는 속이 상했다. 때밀이 아줌마는 다음에는 삼사십 분 기다려야 한다고. 나는 그러겠다고 했고, 엄마도 내 말에 속이 상했다.

한 10분 지나서 엄마는 때를 밀겠다고 했다. 아줌마가 엄마를 평상에 눕혔다. 몸을 뜨거운 타올로 감쌌다. 그리고 때를 밀었다. 나는 허리통증을 풀기 위해 온탕, 냉탕을 오가면서 몸을 풀었다. 12시경 엄마는 몸을 다 씻었다. 팁으로 오천 원을 추가로 주었다. 노인을 잘 닦고 보살폈다는 이유로. 아줌마는 자기 엄마 생각해서 받을 수 없다고 했지만 나는 괜찮으니 받아달라고 했다. 우리는 간편한 찜질방 옷을 입고 휴게소로 갔다. 나와 엄마는 식혜를 사서 우유와 집에서 가져온 송편, 달걀, 음료 등으로 요기를 했다. 엄마는 그곳에서 휴식하기로 했고 나는 뜨거운 찜질 굴속으로 들어갔다. 온몸을 불구덩이에 달궜다. 땀이 송송 났다. 뜨거운 굴속에서도 천 조각을 뒤집어쓰고 속으로 셈을 했다. 하나, 둘, 셋…. 손가락으로 세면서 열 번씩 열이면 백이 되고, 백을 셋이나 다섯을 세면 나는 금방 열기로 숨통이 터졌다. 빨리 굴속을 빠져나와 내가 깔아놓은 내 비닐 요에 누웠다. 온몸은 땀으로 범벅이었다. 몸은 개운했고 무슨 큰일을 한 사람마냥 쉬면서 소설책을 읽었다. 쉬면서 냉커피를 주문했고, 얼음 섞인 커피를 마시며 재미있는 소설책을 즐겼다. 그때 나는 그렇게 행복할 수가 없었다. 그리고 그때 먹는 냉커피도 그렇게 맛있을 수가 없었다. 그 커피는 각성제를 먹고 내가 깨달음을 얻어 깨어나는 기분을 주었다. 나는 그 기분을 느낄 수 있다는 사실이 너무 행복했다.

책을 읽을 때 주변 아줌마들은 이바구를 했다.

- 아이고, 명절 때 애들 식구들이 몰려오는 것이 큰일이더라구. 언젠가는 딸애와 사위가 집으로 쳐들어오려고 "엄마 어디야?" 하더라. "왜?"하고 물으니 "엄마네 집 가려고."라고…. 그래서 "엄마 양평인데?" 했더니 "그럼 한 시간 있다 갈게."란다. 결국 "아이고 어쩌냐? 지금 치기 메어서 세 시간 걸린디는데?"라고 대답했지 뭐.

사실은 그 엄마는 집에 있었다. 그 엄마는 나이가 칠십이 넘어서 자기 몸 치다꺼리도 힘든데 애들은 그걸 모른다고 했다. 그 엄마는 곧 근처 쇼핑센터로 가서 쭈꾸미 볶음 한 덩이와 불고기 재운 것 몇 인분을 샀다. 저녁에 딸이 집에 들렀을 때 그것을 주며, 내일과 그 다음 날에 볶아먹으라 했단다.

다른 아줌마. 아니, 아줌마라기보다는 60을 훌쩍 넘은 할머니도.

- 명절에 사위 오는 거 걱정할 거 없어요. 나는 명절에 만든 음식에, 추가로 이연복이 만든 쌈을 시키고, 이연복 표 다른 것을 시킵니다, 그러면 상이 꽉 차면서 신선해져요. 이번 명절에도 이연복 표 쌈이 상차림에 제대로 신선하게 역할을 했어요.

그들은 계속 그들의 말을 했고, 스스로 이바구 하며, 찜질을 했다. 나는 그곳을 떠나 엄마가 휴식하는 장소로 몸을 옮겼다. 그곳에서는 그곳에 있는 사람들이 모여 이야기했다. 한 아줌마는 우리 아파트 앞 동에 살았다. 나이는 칠십 가량 됐다. 또 한 사람은 길 건너 삼호 가든에 살았다. 나이는 훨씬 젊었다. 그는 여학교 가정과 교사로 현 선생님이라 호칭했다. 그의 딸이 몸 푸는 의자에 앉아 공부했고, 우리 엄마가 그 애에게 송편을 주었다. 집에서 만든 송편이 맛있다 했다. 그러면서 현 선생과 앞 동 아줌마가 함께 송편을 먹으며 이야기가 시작됐다. 둘은 함께 요가 하는 회원이라고.

앞 동 사는 아줌마가 자기네 집 이야기를 했다. 그는 맏며느리였다. 딸만 둘에 아들은 못 낳았다. 시댁은 강원도 강릉. 그곳에서 시아버지는 양조장과 제재소를 했다. 시댁은 집이 부유했다. 시댁은 아들, 딸 합해서 총 팔 남매. 시아버지는 장남이 딸만 낳았다고 며느리를 그 집에서 제외시켰다. 시어머니는 아들 못 낳는 며느리라고 구박했다. 시아버지의 땅에 큰아들이 건물을 세웠다. 그런데 시아버지는 그 빌딩을 자기를 모실 수 있는 아들에게 주겠다 했다.

셋째 아들은 이기심이 많았다. 자기가 모시겠다고 했다. 그는 의사였다. 아버지는 그 빌딩을 모두 셋째에게 주었다. 의사이니 잘 모실 것으로 생각하고. 그 후 셋째 며느리는 애들을 데리고 공부시킨다면서 캐나다로 가버렸다. 그리고 조금 있다가 셋째 아들도 캐나다로 이민을 가 버렸다. 시아버지는 제사 지내는 아들에게 소양강 일대 모든 땅을 물려주겠다면서 둘째 아들을 지목했다. 그리고 제사를 지내라면서 둘째에게 모든 땅을 물려주었다.

그 후 10년이 넘었다. 어느 날 이 아줌마(첫째 며느리)가 몸이 통통 불었고 몸이 이상했다. 병원에 진찰을 받으러 갔다. 병원 의사는 임신이라 했다. 남편은 불구 자식 낳을 것이라며 애기를 낳지 못하게 했다. 아줌마는 그동안 시어머니한테 당한 복수로 복아리 채워 주겠다고, 시어머니에게 원수를 갚겠다고 딸 셋을 낳기로 했다. 그런데 아들이었다. 시아버지는 기뻐했다. 잔치도 열었다. 그러나 이미 물려준 재산은 되돌릴 수 없었다. 결국 시어머니와 시아버지는 92세, 97세 때 양로원에서 죽음을 맞이해야 했다.

부모가 모두 죽은 후, 남편은 자기가 지은 빌딩을 되찾고자 했다. 아줌마의 사위는 변호사였다. 얼마든지 찾을 수 있음을 강조했다. 그 아줌마는 사위에게 처갓집 일에 상관하지 말라고, 괜히 끄라고 말했다. 아줌마는 아저씨에게 말했다. 형제간의 싸움이 될 것이고, 다시는 형제가 만날 수 없을 것이라고. 그 후 자기 남편은 고민했다. 그리고 멋지게 해결했다. 모든 것을 그동안 했던 대로, 그대로 한 것이다. 아버지가 남겨놓은 8억을 제일 힘들게 생활하고 있는 여동생에게 몽땅 주기로 했다. 그때 자기 남편은 정말 멋졌다고 했다.

현 선생네는 딸 둘에 아들 하나가 있다고 했다. 큰딸은 인턴, 작은딸은 약대 5년 차, 아들은 수험생으로 고등학교 3학년이었다. 인턴하는 딸은 허약했다. 거기에 그 아이의 팔뚝은 막대처럼 가늘었다. 어느 날 당직실에 응급환자가 밀려들어 왔다. 사람이 많다 보니 자기도 모르게 우왕좌왕했다. 그런 상태로 수술을 했다. 그리고 수술을 하다가 큰딸은 자기 팔을 다쳤다. 팔에 큰 상처가 났다. 큰딸은 힘들어했다. 큰딸이 힘들어서 어쩔 줄 몰라 할 때마다 부모는 안타까웠다. 동생은 자기가 의대 안 간 것이 다행이라 하고, 아들은 공부를 안 해서 걱정이라 했다.

누구나 걱정은 있는 것이라고 나는 말했다. 나는 우리 딸이 시집 안 가서 걱정이라 했다. 나이가 얼마쯤 되는가를 앞 동 아줌마가 물었다. 나는 서른여섯이라고, 그래서 나는 그 애를 집에서 쫓아냈다고. 그 아줌마는 자기네 둘째 딸이 마흔이 넘었다고 했다. 그러냐니까 자기는 딸을 내보내고 싶었는데 남편이 안 된다고, 그래서 지금 집에서 함께 살면서 다달이 식비로 오십만 원씩 낸다고. 밥 먹고 설거지는 그 애가 한다고 했다. 대기업에 다닌다는 모양이다. 그 아줌마의 큰딸은 서울대를 나왔고, 변호사와 결혼 했다고 했다. 큰딸이 대기업에 다녔는데, 결혼해서 애기를 봐달라며, 200만 원을 가져왔다고 했다. 그런데 그 아줌마는 거절했다고. 그 후 그 딸은 서운해서 친정을 오지 않았다. 그는 친정엄마가 미웠던 것이다. 친정엄마는 나이가 칠십이 넘었고 늦둥이 관리도 힘든 상태였다. 나는 큰딸의 요구를 거절한 것이 잘한 것이라 했다. 아줌마가 아파서 누워있어도 자식들은 돌봐줄 수 없을 것이기 때문이라 했다.

*

　　나는 책을 좋아했다. 오쇼 라즈니쉬의 법구경을 읽었다.

그리고 나는 그동안 내가 어둠 속에서 살았음을 알았다. 내가 가진 것과 보는 것들이 모두 감옥임을 깨달았다. 나는 그렇게 자랐고, 그래야만 인간의 삶을 사는 것으로 알았다. 육십이 훌쩍 넘어서 내가 좋아하는 책을 읽다가 나는 붓다가 말하려는 진리를 조금 알았다.

나는 예수님을 믿어야 하는가? 천주님을 믿어야 하는가? 우리 눈에 보이지 않는 귀신들을 믿어야 하는가? 아니면 붓다의 경전이 있는 불교를 믿어야 하는가?

고민했다. 나는 이제 그들이 종교계의 성자가 아닌 허상인 것을 알았다. 그들을 성자라 하여 그들을 따르게 하는 것은 그들의 제자였다. 그들이 인간을 종교의 굴레에 구속시켰음을 깨달았다. 예수나 붓다 같은 성자들은 우리 스스로, 지혜의 빛이 순수하게 피어나기를 바랐다는 것을 나는 알았다. 육십년 동안 나를 구속하고 있던 감옥이 무엇이었는지를 알아낸 것이다.

*

저녁 산책을 했다. 산책을 하지 않으면 몸은 자다깨다를 반복하며 내 머릿속과 몸을 괴롭혔다. 어느 때는 몇 분을 잤고, 시계를 보면 새벽 한두 시가 됐다. 그 후 잠을 못자고 밤을 설쳤다. 그러면 다음 날 온종일 눈은 흐리고 몸이 무거워서 내 일을 제대로 할 수 없었다. 내게 있어서 밤에 잘 자는 것은 중요했다. 나는 낮 동안 열심히 운동하고 저녁 산책을 열심히 해야 잠을 잘 잘 수 있음을 알았다. 그래서 틈이 생기면 산책했다. 아파트 둘레를 두 번 돌면 한 시간이 걸렸다. 마지막 모퉁이를 돌아 집으로 들어갈 때쯤 저 멀리 큰 딸 J가 나를 불렀다.

- 엄마.

- 응.

J는 전화를 하고 있었다.

- 이모야. 유럽 여행을 갔다 왔대요. 이모 친구들이 제때 집합 장소에 오지 않아서 십 일 동안 끌고 다니느라 무척 힘들었대요.

- 그랬구나. 어제 모임에서 테니스 쳤냐?

- 예.

나는 그 모임이 중요했다. 둘째인 S가 그 모임에 있는 남자애를 좋아했다. S가 처음으로 남자를 오랫동안 관심 있어 했고, 결혼도 생각하는 남자였다. 그러나 그 남자는 S를 좋아하는지 어쩌는지 몰랐다. 나는 애가 탔다. 제발 딸애와 인연을 맺기를 바랐다. 그러나 쉽지 않았다. S는 계속 나이가 들어가고 인연은 맺어지지 않으니 어미로서 속만 태우는 것이었다. 대한민국 엄마들 중 애들 결혼 못시켜서 애간장 타는 엄마는 무지기수가 될 것이다. 내 주변에도 그런 친구들이 많았다. 김, 박, 이, 장, 남 등의 친구들을 비롯해 처녀, 총각을 가진 엄마들이 줄 서 있었다. 그중 하나인 나도 별 수 없는 그들의 짝이었다. 나는 큰딸에게 부탁했다. 아무래도 S가 너네 테니스 치는 멤버 중 한 남자애를 좋아하는 것 같으니 짝이 이루어지도록 판을 짜 보라고. J는 "그럴 리가 없는데?" 했고, 나는 아니라고, 틀림없이 좋아하는 남자가 있다고 말했다.

어느 날, S는 좋아하는 남자애를 지목해서 아빠에게 말했다. 그리고 언니에게는 말하지 말아 달라고. 우리는 좋은 소식 오기를 기대했다. 서로가 좋아해서 시간이 되면 결혼하리라고. 그러나 시간이 가고 계절이 바뀌어도 소식은 없었다. 다시 또 시간은 흘러갔고 또 다른 계절이 왔다. 나는 속이 탔다. S가 좋아하는 단계를 감으로 추정해 봤다. 딸인 S만 좋아하는 것이었다. 남자는 S를 좋아하는지 어떤지를 모르는 상태였다. 나는 어이가 없었다. 그동안 뭇 남성들을 소개하면 인간 이하로 취급하며 상대방을 밟고 차듯 무례한 행동으로 상대방을 나가떨어지게 해서 만남을 거부했던 아이가 S이었다. 그런데 이번에는 거꾸로 지 속만 탔던 것이다. 아무 근거 없는, 저만 좋아하는 일이었던 것이다. 결국 나는 J에게 부탁했다. 테니스 멤버를 조인해서 자꾸 서로 만나게 해보라고. 일이 잘 성사되면 엄마가 똥가방 사주겠다고. J는 샤넬 가방을 사달라고 했고, 나는 그러겠다고 했다.

J는 코트를 잡고 그 남자를 사인조 멤버에 넣어 매주 S와 짝을 맞춰 몇 개월 동안 즐겁고 행복하게 테니스를 쳤다. 우리는 계속 만남을 만들고 주선하도록 노력했다. J는 유부초밥을 싸가고 맛있는 것을 가져가서 먹였다. 어느 날, S는 그들과 공치는 것을 좋아하면서도 그 남자를 좋아하는 것은 언니에게 숨겼다. 그리고 아빠에게는 언니에게 말하지 말고 비밀로 해달라고 했다. 나는 J에게 S의 태도를 말했다. S는 자존심 때문에 그 남자를 좋아하지 않는 것처럼 하는 것이라고. 그러니 너도 모른 체하라고.

S는 계속 집요하게 언니를 닦달했다. 엄마가 무슨 소리 했냐고. 아니라고. S는 우아하게 남자가 저를 좋아해서 자기가 할 수 없이 그

를 좋아하는 것이 되기를 바랐다. 그러나 그렇지 못했다. 거꾸로인 것이다. 그러다 보니 일이 잘 풀리지 않았다. 게다가 그 남자는 다음 달부터 직장을 이직하느라 공칠 수 없을 것이라고 했다. 이제 계속 적 만남이 이루어질 수 없을 거라고. S는 속이 탈 것이었다. 나는 그 소리에 또 그날 밤을 새웠다. 결혼을 시켜보겠다는 이 생각, 저 생각 들이 다 나의 감옥이구나 하는 생각을 했다. 부처가 말하는 감옥은 따로 있지 않았다. 내가 만든 나의 감옥인 것이었다.

계서야담(溪西野譚)이라는 문구가 카톡으로 왔다. 미국에 사는 친구 가 보내주었다. 조선시대 명(名)재상 류성룡에 얽힌 전설 같은 이야 기….

류성룡(柳成龍)에게는 바보 숙부(痴叔 치숙) 한 사람이 있었다. 그는 콩과 보리를 가려 볼 줄 모를 정도로 바보였다. 그런데 어느 날 그 숙부가 류성룡에게 바둑을 한 판 두자고 했다. 류성룡은 실제로 당 대 조선의 국수(國手)라 할 만한 바둑 실력을 가지고 있었다. 어이없 는 말이었지만 아버지 항렬되는 사람의 말이라 거절하지 못하고 두 었는데, 막상 바둑이 시작되자 류성룡은 바보 숙부에게 초반부터 몰리기 시작하여 한쪽 귀를 겨우 살렸을 뿐 나머지는 몰살당하는 참패를 했다. 바보 숙부는 대승을 거둔 뒤 껄껄 웃으며 '그래도 재주 가 대단하네. 조선 팔도가 다 짓밟히지는 않으니 다시 일으킬 수 있 겠구나.'라고 말했다. 이에 류성룡은 숙부가 거짓 바보 행세를 해 왔을 뿐, 이인(異人)이라는 것을 알고 의관을 정제하고 절을 올리고 무엇이든지 가르쳐주시면 그 말에 따르겠다고 했다. 그러자 숙부는 아무 날 한 중이 찾아와 하룻밤 자고 가자고 할 것인데, 재우지 말고 자기한테로 보내라고 했다. 실제 그날, 한 중이와 재워주기를 청했다. 류성룡은 그를 숙부에게 보냈는데 숙부는 중의 목에 칼을 들이대고 네 본색을 말하라고 해, 그가 豊臣秀吉(도요토미 히데요시)가 조선을 치러 나오기 전에 류성룡을 죽이려고 보낸 자객이라는 자복을 받았다. 그리하여 류성룡은 죽음을 면하고 임진왜란이 일어나자 영의정의 자리에서 사실상 국난을 극복하는 주역이 되었다는 것이다. 그러니까 사람들이 모두 바보라고 부르던 그 異人이 위기의 조선을 구했다는 것이다.

지금 우리나라는 전에 없는 위기에 처해 있는 것 같다. 안팎의 사정이 모두 그렇다. 밖으로는 북한이 핵폭탄이란 카드를 들고 위협을 계속하고 있다. 우리나라 내부에 있는 불안 요소도 그에 못지않게 위험한 것 같다. 이 나라를 위기로 몰아넣고 있는 것을 한마디로 妖氣(요기)라고 부르고 싶다. 약 15년 전부터 천박하고 경망한 기운이 일더니 그것이 점점 더 커져서 이제 妖邪(요사)스러운 기운이 되어 국론을 분열시키고 국사(國事)를 그릇되게 하고 있어 나라가 어려움에 처해 있는 것 같다. 그런 점에서 그 어느 때보다도 심각한 위기감을 느끼고 있다. 문교부와 법무부 장관을 역임한 바 있는 석학 황산덕 선생의 명저 『복귀』에 "한민족은 절대로 절멸(絶滅)하지 않는다." 하고, 그 이유로 임진왜란을 예로 들었는데, 이 나라는 위기를 맞으면 큰 인물들이 집중적으로 나왔고, 그것은 우리 민족이 그런 저력을 가지고 있기 때문이라고 말한다. 임진왜란을 돌아보면 그 말이 틀림없다는 것을 알 수 있다. 그 난을 전후하여 장수로는 이순신, 권율이 있었고, 정치인으로는 류성룡, 이덕형, 이항복이 있었으며, 종교 지도자로는 서산대사, 사명대사가 있었다. 그런데 누가 보아도 지금은 이 나라가 위기에 처한 것이 분명한데 어째서 그런 인물이 보이지 않는 것인지 의문이다.

황산덕 선생은 "지금이 바로 위기의 시대로, 그러한 위기에서 나라를 구할 뛰어난 인물이나 이야기 속의 異人은 바로 우리 한 사람, 한 사람이요, 異人인 것이다."라고 강조했다. 그리고 그것을 실천하기 위해 투표를 하라고 했다. 이 이야기가 진실로 감동적이었다. 그러나 끝에 강조하는 투표를 하라는 말은 부정적으로 느껴졌다. 정치적인 선전 문구로 앞부분의 진실까지 거짓처럼 허위 조작을 한 것 같은 느낌을 주었다. 요즘은 정말로 진실이 있는 참 마음이 느껴지지 않는 것이다. 지나친 말장난이 요동을 쳐댄다. 모두가 정치인들의 언어 남발과 신문 제작자의 기사들, 노동자들의 자기 편익, 데모자들의 헛짓거리로 세금을 떼어먹어 보겠다는 이상한 심보 등….

시월의 첫날이었다. 연휴가 이어지는 첫날이었다. 고속도로가 꽉 막힌 날이었다. 남편과 나는 오랜만에 멀리 높은 산을 가기로 했다. 도시락을 싸서 갔다. 방송에서는 이미 가을 음악이 나왔다. 우리는 가을 음악에 취해 막힌 고속도로를 건너며 갔다. 그렇지만 아무리 생각해도 방향을 바꿔야만 했다. 오전 내내 도로 위에 있을 것만 같았다. 방향을 틀었다. 호명산에서 축령산으로 목적지를 바꾸었다. 그곳도 마찬가지기는 했지만 11시경에는 산행을 시작할 수 있었다. 그런데 산에 사람이 없었다. 가족 단위로 사람이 움직여서일까? 산행자가 없었다.

산길에는 도토리가 많았다. 발바닥에 밟히는 것이 거의 도토리였다. 햇살은 뜨거웠다. 벼가 누렇게 익기에 좋은 햇살이었다. 늦게 시작한 산행으로 몸이 지쳐서, 오후 시간이 길었다. 산행은 힘들고, 지쳤다. 길어진 하산 길도 평소보다 더 지루하게 느껴졌다. 돌아오는 길은 연휴가 며칠 이어져 있어서 막히지 않을 것 같았다. 그러나 앞에 가는 봉고차가 지그재그로 가는 것이, 아무래도 술 한잔 걸친 운전자로 보였다. 그 차를 피하며 가야 했다. 차선이 늘어지면서 차가 막혔다. 나는 유튜브 음악을 선곡해서 들었다. 아침에 들었던 가을 노래를 들었다. 젊어서부터 좋아했던 아그네스 발차, 아말리아 로드리게스, 나나무스꾸리 등의 감성적이며, 호소력 있는 음악을 들으며 즐겁게 집에 왔다.

집에는 작은딸 S가 와 있었다. 남편은 함께 맥주나 한잔 사 먹고자 했는데, 나는 사 먹는 것을 싫어했다. 얼른 배낭을 내려놓고 산에 가져가서 먹었던 도시락과 쓰레기를 부뚜막에 올려놓았다. 그리고 프라이팬과 냄비로 음식 준비를 했다. 오뎅탕을 냄비에 만들고, 햄을 굽고 감자를 튀겼다. 옥수수 강냉이, 견과류, 나물무침 등을 식탁에 벌려 놓았다. 훌륭한 안주가 차려졌다. 남편은 맥주, 나는 막걸리, S는 와인. 건배를 하고 우리는 음식을 즐겼다. 나는 배가 불러 자리를 떠났고 둘은 계속 식탁에서 술을 마셨다. 나는 점심 도시락을 씻고, 쓰레기를 치웠다. 저녁 준비를 하며 나오는 음식물 쓰레기를 처리했다. 빨래를 하고, 방, 거실 등 주변을 청소했다. 둘은 계속 주거니 받거니 하며 술을 마셨다. 둘이 시끄러워서 TV 소리가 들리지 않았다. S의 목소리는 어쩌나 큰지 옆집에까지 방해가 될 것 같았다. 나는 자제 시켰다.

- 야, 좀 제발 조용히 해라. 소리를 낮게, 작은 소리로.
- 야, 소리 좀 작게, 작게.

승이 이야기를 할 때마다 작게, 작게 계속했던 것이 승이는 화가 났나 보다. 갑자기

- 엄마는 맨날 성질만 낸다.
- 엄마는 맨날 왜 화만 내느냐.

그리고 느닷없이

- 나~ 내일 이모네 집 안 갈래.

연휴라 안성에서 집 짓고 사는 여동생네 집에서 가족 모임을 가기로 약속한 것을 S는 안 가겠다고 못을 박는 것이었다. 나는 내 딸이지만 이해할 수 없었다.

- 가지 마라.

- 언니한테 안 간다고 전화할래.

- 그래라.

- 다음에 남자친구랑 결혼하면 아빠랑만 놀래.

- 그러시던지, 말던지. 제발 얼른 결혼해서 나 빼고 아빠랑만 재미 있게 노시구려.

우리는 서로 성질이 났다. 남편은 S를 달래는 듯했다. S는 성질을 내며 제 거처로 간다면서 현관문을 세게 닫고 나갔다. 나는 어이가 없었다. 식탁은 엉망이었다. 와인 두 병에 맥주캔이 가득. 나는 어지 러운 식탁을 치우고 설거지를 했다. 모든 것을 정리하고 샤워하고 누웠다. 잠이 오지 않았다. 남편은 TV를 거실에서 보았다. 드라마 이야기가 계속 귀속으로 들리면서 두통이 왔다. 안 들으려는 마음과 귀속으로 들어오는 드라마 이야기가 나를 가운데 두고 싸웠다. 두 통은 계속 일어났다. 뭔가 알 수 없는 화가 일어났고, 삭이지 못한 감정의 찌꺼기가 몸속에서 나를 괴롭혔다. 나는 나를 달래야 했다. 나는 주문을 외웠다.

- 나는 내 주위 모든 이를 사랑한다. 나는 내 주위 모든 이를 사랑 한다. 남편도 사랑하고, S도 사랑하고, 나도 사랑한다….

주문을 외고, 또 외고, 외우다가 잠이 들었다. 다시 새벽에 잠이 깼다. 곰곰이 생각했다. 새로 지은 집인 이모네 집을 S는 가서 보기 는 했을까? 안 간 것 같다는 생각이 들었다. 그는 삐짐의 달인이었 다. 식구 중 누가 미워서 안 가고, 누가 마음에 안 들어서 못 간다 했다. 그러는 저 자신은 우리가 마음에 들어서 데려가는 것인가? 가족이니 빼놓을 수 없어서 함께 가는 것을 왜 모르는지…. 내가 그를 데려가도, 그는 주변 사람들의 속을 뒤집어 놓을 때가 많았다. 거기에 그는 항상 자기 얼굴에 심통을 넣어 퉁퉁 붓는 화통을 내고 있는데, 그 꼴을 내가 참으며 봐줘야 했다. 그래, 차라리 그가 안 가는 게 낫다. 그가 안 가는 것이 우리 모두를 도와주는 것일 게다. 나도 너 같은 딸을 낳은 게, 이해할 수 없는 일인 것이었다.

나와 S는 만나면 싸웠다. S는 사촌이나, 이종사촌만 보면 헐뜯었다. 이종사촌들이 이혼한 자기네 엄마를 닮았다고 욕했다. 게으르다느니, 애정 결핍이라느니 하면서 욕했다. 이종사촌이 애정 결핍으로 남자들이 조금만 잘해주면 언제고 만나주고 배알 없이 처신했다 했다. 그렇게 잘난 너는 이제껏 시집도 못 갔느냐며, 나도 그를 욕했다. 그래도 그 이종사촌들은 좋은 대학 졸업했고, 좋은 직장 다니면서 삐뚤어지지 않았다고 강조하며 나는 이종사촌들을 칭찬했다. 그만 하면 됐다고, 너보다는 낫다고, 그 애들도 네가 싫다고 욕 안 하겠냐면서 그의 말을 막았다.

S는 대인 허물증을 가졌다. 남을 보면 어찌 그리 허물을 잘도 집어내는지? 그의 입에서 칭찬하는 말이 나오는 꼴은 드물었다. 엄마는 성질내서 싫고, 언니는 어찌해서 싫다고. 그는 언니가 제 맘에 안 들면 온갖 상스런 형용사가 다 갖다 붙였다. 우리는 만나기만 하면 복장 터지게 원수처럼 싸우는 일이 생겼고, 싸움을 만들어 냈다. 나중에서 씨종을 들먹이며 쌈박질을 했다. 넌 네 할머니를 닮아서 똑

같다느니, 네 할머니는 이종사촌 엄마보다 더 하다느니, 이종사촌 어미는 불량 어미지만 제 새끼 사랑법은 특별해서 제 어미를 찾아가는 것이라고 욕했다. 이튿날 큰딸인 J에게서 전화 왔다. S가 안 간다 하는데, 가족 모임에 꼭 참여시켜야 한다고 했다. 그리고 엄마는 걱정 말라고, 자기가 S를 설득하겠다고. 나는 다시 S에게 문자 보냈다.

네 딸 승! 이제는 미안히디. 네 엄미 윈래 그렇지 않냐? 그렇다고 나 너한테 못한 일은 없다고 생각한다. 평생 너 먹이고 입히고 했다. 지금까지.

- 어제는 축령산 갔다와서 피곤했을지 모른다. 젊은 네가 이해해라. 엄마를 쓰레기통에 버릴 수는 없지 않냐? 너 이모네 집 안 가본 것 같구나. 아빠도 네가 이모네 집 가서 분위기 메이커가 되주기를 원하신다. 엄마가 지금은 건강해 보이지만 언제 허리통증으로 주저앉을지 모른다. 난 내가 잘 안다. 어제저녁에도 허리 통증으로 밤새워 찜질했다. 오늘 이모네 집 가려고. 너도 이럴 때 언니네랑 함께 갔으면 좋겠구나.

- 우리는 모두 물 같은 인생이다. 좋은 놈, 나쁜 놈 모두가 물같이 섞이고, 함께하다 가는 것이 인생일 것이다. 나는 악함이 선한 것보다 더 좋고, 더 나쁘고 하는 것이 없다고 책에서 배웠다. 오소의 책에서도 그렇게 설명했다. 나는 너도 그런 마음이길 빈다.

- 언제 갈 건데?

- 아빠가 너 세수하고 천천히 오래.

- 알겠어요.

- 아이고 우리 딸 훌륭해. 싸우지 말고 잘 살자.

- 그래요. 오늘도 재미나게 즐겨봐요. 인생 뭐가 있나요? 즐겁게 사는 것이 짱이지요.

- 그래그래, 그거야, 그거. ♥♥♥

그렇게 S를 달래서 함께 가족 모임을 가졌다. 모두가 참가해서 즐겁게 모이고 맛있는 것을 먹는 것이 진정한 행복이라고, 식구들에게 말했다. 멀리서 중국에서 온 사촌들은 그렇다고 시인 했다. 그들은 외국에서 외롭게 살다온 이종사촌이었다.

*

사십 년 전의 일들은 까무룩 까무룩 했다. 남자를 소개받았고, 한 달 후 조금 있다가 바로 새해가 됐었다. 친구들은 대부분 결혼했다. 우리 엄마는 나를 못 여워서 속을 태웠다. 중매한 선생을 사이에 두고 엄마는 속을 새까맣게 태워가며 조바심을 냈다. 마침 소개 받은 그 남자로부터 전화가 왔다. 우리는 만났다. 그날, 하늘에서 하얀 눈이 내렸다. 공원 산을 올랐다. 미끄러웠다. 그는 둔했다. 오르면서 미끄러졌다. 나는 속으로 웃었다. 무슨 남자가 잘도 미끄러진다고. 나는 유유히 걷고 천천히 올랐다. 처음은 평지길이었다. 곧 비탈길로 접어들었다. 구불구불 이어졌다. 힘이 들었다. 끝까지 오르니 전망대가 있었다. 전망대에서는 시가지가 한눈에 보였다. 시원했다. 우리는 커다랗게 숨을 들이마셨다. 그리고 큰 꿈과 희망을 가슴에 품었다. 갑자기 옛날 일들이 생각났다. 운동에 소질이 있었던 일, 노래를 참으로 못했던 일 등…. 날은 차츰 어둑해져 가고 있었다. 시가지에는 불빛이 하나, 둘 늘어갔다. 바람에 날리는 눈보라가 서서히 세차졌다. 우리는 눈보라를 맞으며 언덕길을 미끄러져 내려왔다. 볼에 닿는 차가운 바람과 싸늘한 공기가 기분을 상큼하게 했다. 마음이 편안했다. 무엇인가 잘될 것 같은 마음이 생겼다. 비탈길은 평평하고 넓은 길로 이어졌다. 무대장치가 설치된 음악당이 보였다. 그는 나에게 노래를 부르라 했다. 내가 못한다고 하자 그는 자기가 먼저 노래를 하겠다고 했다. 나는 그를 따라 흥얼거렸다. 우리는 같이 불렀고, 그것에 재미를 붙였다. 노래는 화젯거리가 궁했던 우리에게 즐거움을 주었고, 재미있는 놀이를 만들어 주었다. 시내로 돌아와서 맛있는 맛집에서 저녁 식사를 하고 찻집에서 음악을 듣고 헤어졌다.

다음날, 출근하기 위해선 첫차를 타야 했다. 허둥대며 달렸다. 일거리도 많았고, 소개 받은 남자도 만날 수 있을 것 같았다. 버둥대며 서둘러 차에 탔다. 차는 꽉 찼고 붐볐다. 간신히 앞좌석을 차지했다. 버스 속은 붐비고, 사람들이 빽빽이 조밀하게 서 있어서, 사람들과 인사하거나 안면을 트고 말할 수는 없었다. 어쩌면 그것이 편할 수 있었다. 어제 만난 그 남자와 다시 부딪히는 것이 직원들에게 알려지는 것도 쑥스럽고, 부끄러운 일로 생각됐기 때문이었다. 뒤를 힐끔 보다가 눈이 마주치면, 부끄러움이 일어날지도 몰라, 부딪힘이 없도록 조용히 눈 감고 학교까지 가버렸다.

그 주, 학교생활은 바빴다. 학교졸업식 행사가 끼어 있었다. 졸업식장에서 여선생들은 한복을 입어달라는 교장 선생님의 간청이 있었다. 여선생은 나하고 강 선생 두 명뿐이었다. 나는 대학 졸업 때 입었던 멋진 한복을 입고 졸업식에 참석했다. 대부분 남자 선생님들이었다. 나는 키가 컸고, 한복이 잘 어울렸다. 남선생들은 제각각 나의 한복차림에 찬사를 보냈다. 키 작은 강 선생은 입을 삐죽이며 뾰로통한 표정으로 주변 선생들에게 못마땅하게 굴었다. 그가 왜 그리 못마땅해 하는지 나는 도저히 이해할 수 없었다. 그는 성격이 괴팍했다. 어느 때는 상냥하고 여성스러워 모든 선생들을 기쁘게 했다. 그러다가 씸통이 나면 쌜쭉해져서 상대편을 공격했다. 나는 그가 싫었다. 어느 장단에 춤춰야 할지 몰랐다. 때로는 거만하게 상대를 하대했고, 어쩌다 자기 맘에 들면 그의 혀처럼 상대편을 녹였다. 나는 감정 기복이 심한 사람이 싫었다. 언제나 푸근하며, 마음이 변하지 않는 따뜻한 사람이 좋았다.

그러나 근무하는 학교에서 우리는 둘뿐인 여선생이었기 때문에, 많은 남선생들 사이에서 보이지 않는 눈총과 관심을 받을 수밖에 없었다. 그는 항상 남자 선생들에게 여성적인 매력을 보이려 했다. 그러나 그는 감정 기복이 심한 스트레스성 노처녀였기 때문에 낯빛은 평온하지 못했다.

졸업식이 끝나고 나는(선생들) 겨울방학에 들어갔다. 나는 쉴 수 있었다. 새해가 됐고 엄마랑 시골에 있는 친할머니댁을 방문하기로 했다. 시골 할머니의 집을 작은 아버지가 새로 지었다 했다. 그 옛날 집이 어떻게 변했을까? 가보고 싶었다. 엄마와 나는 고기와 생선, 과자를 사서 시외버스를 탔다. 차창 밖으로 펼쳐진 들과 밭, 높은 산들은 내가 오랫동안 보았던 정든 곳이었다. 버스를 타고 한 시간가량 갔다. 읍사무소에서 하차했다. 우리는 더 시골로 가는 버스로 바꿔 타야 했다. 하지만 버스는 오지 않았다. 우리는 올 때까지 계속 기다려야 했다. 사십 년 전 시골 버스는 항상 이가 빠진 것처럼 버스 시간이 들쑥날쑥했다. 친할머니네 가족은 원래 복잡했다. 우리 아버지와 시골에 있는 작은 아버지는 배가 달랐다. 친할머니는 아버지가 여섯 살 때 돌아가셨다. 할아버지가 새 장가를 들어 태어난 삼촌이 지금의 작은아버지였다. 지금 살아계신 할머니는 서모였다.

그 할머니는 나를 참 예뻐했고 지극한 사랑을 주셨다. 그래서 나는 죽은 할머니가 아니라 서모인 할머니를 친할머니로 여겼다. 그 할머니와 나 사이에는 특별한 사랑이 있었다. 어렸을 때, 할머니가 나를 키웠다. 먹이고 재우며 옛날이야기를 해주셨다. 여름 날 마당에 멍석을 깔고, 해가 지면 그곳에서 저녁을 먹었다. 저녁상이 차려지면 나는 곧 사랑방에 계신 할아버지께 진지 드시라고 말했다. 작은아버지는 밭에 가서 수박, 참외, 오이, 가지, 고추 등을 다래끼라는 짊어지는 기구에 하나 가득 따서 삽작문으로 들어왔다.

우리는 모두 모여 도래상에 앉았다. 작은아버지는 작은엄마에게 넓은 양푼 그릇을 달라 했다. 양푼 그릇에 뜨거운 밥(보리와 쌀이 섞인)을 넣고 열무김치, 가지무침, 호박무침, 오이무침을 넣는다. 거기에

135

뜨거운 된장찌개를 끼얹는다. 마지막으로 고추장을, 참기름을 듬뿍. 그리고 비볐다. 작은아버지는 맛있게 먹었다. 나는 슬쩍 작은아버지 비빔밥을 떠서 입으로 먹었다. 금방 혀를 내밀고, "어휴~ 매워. 매워." 하며 울었다.

밥상이 치워지고 할머니는 옛날이야기를 하고 나는 별을 셌던, 그 추억이 많던 집이 새집으로 바뀌었을 것이다. 그런데 그곳에 살고 있던 작은아버지네도 시간이 흘러서 시끄러운 역사를 만들어냈고, 시끄러운 삶이 그곳에서 일어났던 것이었다. 이십 년의 세월은 수많은 사연을 만들었다. 작은아버지는 영화배우처럼 잘생겼다. 시골 처녀들은 작은아버지를 좋아했다. 작은아버지는 군청에 다녔다. 작은아버지의 누나가 시골로 시집을 갔다. 내 막내 고모였다. 아버지 위의 누나인 고모들은 전처소생이고, 작은아버지와 누나(작은아버지의 바로 위 누나)인 막내 고모, 막내 삼촌은 후처소생이었다. 아버지는 기계과를 졸업하고, 철도청의 기관사로 일하고 계셨다. 작은아버지와 삼촌, 막내 고모가 존경하는 사람은 그들의 큰오빠였다. 집안은 화목했다. 매사 아버지와 엄마는 양보하고 희생했다. 막내 고모는 우리 사이에서 청량리 고모로 통했다. 청량리 고모가 시집을 못 가서 애달파 했다. 그때 아버지가 철도국 후배를 소개시켜줘서 결혼했다. 사람들은 그 고모부를 김 서방이라 불렀다. 김 서방네 집은 강가 안터라 불렀다. 안터로 시집갈 때 나는 고모를 따라갔다. 나를 돌본 사람은 고모의 시누이였다. 시누이는 나를 업고 다녔다. 시집간 고모네 집으로 한 친척이 놀러 왔는데, 잘생긴 작은 아버지가 그 친척과 눈이 맞아 결혼했다. 그 여자가 우리 작은아버지의 부인인 작은엄마가 됐다.

작은아버지와 작은엄마는 처음에, 서로 눈이 맞아 잘 살았다. 그러나 할머니의 시집살이는 엄했다. 거기에 군청 다니는 작은아버지의 바람기는 온 집안을 들쑤셔 놓았다. 작은아버지가 한때 좋아했던 여학생이 결혼하고 아기를 못 낳아 전 남편과 헤어졌다는 소문이 돌았다. 그런데 그 이혼한 여자와 작은아버지가 만나서 사랑을 했다는 소문이 떠돌았다. 얼마 후 그 소문은 진실이 되었고, 둘은 서울로 도망을 가서 살림을 차렸다. 그 둘 사이에서 딸 둘이 태어났다.

그리고 또 무슨 난리가 났는지 둘은 헤어졌고, 어린 두 딸을 시골로 데려왔다. 박살 난 가정이라 작은엄마는 시어머니도 그렇고, 남편도 그렇고 자기를 버렸다며 아이가 셋임에도 불구하고 그 애들을 집에 두고(아들 하나, 딸 둘) 집을 나가버렸다. 이미 작은아버지는 군청에서 쫓겨났다. 우리가 할머니 집에 도착했을 때, 집은 이미 아수라장이었다. 큰엄마가 왔다고 큰딸 소영이가 기뻐서 팔짝팔짝 뛰어왔다. 소영이는 중학교를 가야하는데 아무도 신경 쓰지 않았다.

소영이가 작은엄마가 맡겨둔 큰애 해욱이를 데리고 오더니, 엄마가 돈 벌어서 중학교에 보내준다면서 좋아했다. 소영이는 삐쩍 말라 뼈만 남아 있었다. 우리는 함께 집으로 들어갔다. 시골집은 도시형 현대집으로 지어졌다. 현관문에 거실, 방들이 현대적으로 지어졌다. 할머니에게 세배를 올렸다. 난로에는 갈치 지짐이 끓고 있었다. 구토증이 일어났다. 폐쇄된 공간에 아이들의 소란과 그들의 오물이 함께 어우러진 알 수 없는 냄새가 풍겼고 비릿했다.

할머니는 그동안의 인자한 모습은 보이지 않았다. 얼굴엔 시크스름한 종기가 솟아있고, 이마며, 볼이 주름져서 삶의 고달픔에 지친 모습이 나타나 있었다. 찌든 때처럼 검게 흩어진 삶의 모습이 얼굴을 흉하게, 무섭고 흉측한 할머니로 만들었다. 할머니는 불쌍했다. 불행한 자식으로 생긴 손자들이 방에 고스란히 모여 있었다.

아랫목에 앉아 있는, 반 불구인 서영이가 있었다. 서영이는 아랫다리가 배배 비틀려 있었다. 엉덩이는 짓물러서 아픈 상태로 방바닥에 달라붙어 짐승처럼 보였다. 눈은 슬픈 짐승이었다. 고개는 갸우뚱 사람만 쳐다보고, 휑한 눈두덩이에 붙은 눈동자로 오가는 사람들의 눈치를 살폈다. 과자부스러기라도 하나 더 얻어먹으려고 쳐다봤다. 과자를 주면 가냘픈 손가락으로 입에 넣었다. 입에 넣는 그 모습은 처량하고 불쌍해서, 차마 눈 뜨고 볼 수 없는 광경이었다. 나는 생각했다. '너네 엄마도 벌 받겠다' 나는 한숨만 나왔다. 선영이 언니는 다섯 살쯤 됐는데, 그는 야무졌다. 그는 말을 잘했다. 그 조그만 것이 부엌에서 물을 철푸덕 거리며 설거지를 했다. 엄마가 없는 탓에 기가 죽어 시무룩한 그 꼴이 안타까웠다. 머리에는 빵모자를 썼다. 이상했다. 모자를 들춰보니 빡빡이였다. 여자를? 머리를 감기지 못하니 머리에 이가 껴서 고통이 있었던 모양이다. 그래서 머리를 빡빡 밀어버렸던 것이다. 먼젓번은 작은 부인이 왔다 가서 선영이네가 기가 살았고, 이번에는 큰 부인네가 다녀가서 소영이네가 기가 살았던 모양이다.

나는 누구의 편을 들 수 없었다. 그들은 모두가 불쌍했다. 어른들의 잘못으로 애들에게 고통이 생겼다. 나는 눈물이 났다. 이 어찌할수 없는 생활을 어떻게 해결할 것인지? 나는 마음이 무거웠다. 어둑한 방에 찌든 냄새와 썩은 갈치 조림 냄새, 고리타분한 쾌쾌한 냄새가 내 코를 자극했다. 속에서 치밀어오는 말할 수 없는 분노까지 더해져 나는 구토증이 일어나 방을 나왔다. 신축된 집은 겉모양만 화려했고, 속은 썩어 있었다. 그곳에 작은아비지는 없었다. 늙은 할미니가 귀신같은 애들을 건사했다. 제일로 문제되는 것은 산 짐승, 산병신인 꼬마 선영이였다. 우리는 빨리 그곳을 나와야 했다. 다시 작은집 할머니댁으로 갔다. 세배를 했다. 방문을 나서는데, 사촌 고모를 만났다. 그 고모는 나와 동갑내기였다. 우리 사이는 특별했었다. 그 동갑내기 고모는 순했다. 그래서 이름이 순희였다. 순희와 나는 방학 때마다 만났고, 함께 놀았다. 여름에는 물놀이와 들놀이, 겨울에는 얼음지치기와 논두렁에서 썰매타기로 방학을 보냈다. 그리고 어느 날, 우리는 어른이 되었다. 엄마는 나에게 남자가 생겼다고 할머니에게 말한 것이 고모에게는 상처가 되었다.

*

2016.10.9. 갑자기 전화가 왔다. 둘째 동서였다. 동서는 절대로 먼저 전화를 하는 사람이 아니었다.

　- 아니 웬일?

- 형님, 편안하시지요?

- 그럼, 그럼.

- 주소 좀 알려고요.

둘째는 가을이 되면 밤을 한 자루씩 보냈다. 주소를 잊어버렸나 보다. 나는 얼른 말했다.

- 야~ 나한테 밤 그만 부쳐라. 그 농사를 어떻게 지어내는 건지 나는 안다. 힘들게 농사지어서 만든 것을, 그것도 노인들이 농사지었는데….

- 아녀요, 형님.

- 그런데 그 동네 난리 났었지?

- 형님, 들었어요?

- 어머니가 말씀하시더라. 큰 아주버니에게.

- 그게 그래요. 하도 어머니가 나만 보면 야단을 쳐대서, 어머니는 나를 깔보고 만만해서 나를 혼내기만 하는 것이 아니냐 했지요. 그래서 절대 전화를 안 하기로 했어요. 한 삼 년 됐어요. 그런데 이번에 셋째 삼촌이 환갑잔치는 아니고 모여서 형제끼리 밥이나 먹자고 했어요. 그래서 청해수산에 예약을 해서 모이기로 했고, 어머니를 모셔오기로 했지요. 셋째가 갔더니 몸이 아파서 못가겠다. 어머니가 그러셔서 그러면 어머니 좋아하시는 것 사 드시라며 십만 원을 드리고 왔다 해서 자기네들끼리 식사를 했습니다.

- 집에 돌아왔는데 어머니한테 전화가 왔어요. 갑자기 "너가 그럴 수가 있느냐? 시어미가 아프다는데 전화 한번 안 하느냐"면서 나를

혼내는데 어이가 없었어요. 내가 무슨 동네북이냐고요. 거기다가 당신이 좋아서 메주를 쑤고, 넷째네 장을 담그고 하셔서 병이 난 것을 내가 병나게 한 것처럼 나무라시니 나 정말 못 살겠더라구요.

나는 말했다.

- 어머니한테 들으니 너에게 제사하라 했다는데, 그것은 아니지. 내가 책임지면 될 텐데?

- 그것도 그래요, 아따, 형님네가 있는데 왜 나에게 지내라 하느냐 말이에요. 형님이 안 지낸다는 말도 없었고 알아서 하실 텐데, 내가 못 하겠다 했더니 너가 그렇게 독한 줄 몰랐다면서 난리를 치더라구만요? 네가 나한테 해준 게 뭐냐면서 따지더라고요, 그런데 어머니가 나한테 잘해준 것은 또 뭐냐고요. 하도 어이가 없어서요. 내가 돈 천 원이 없어서 얼마나 힘들었는데, 그래도 당신 생활비 십오만 원을 채워주었다구요.

그는 흑흑 울기 시작했다. 나는 계속 말을 했다.

- 그거야, 그거. 내가 시댁에 가면 못 오게 하고, 당신은 문 잠그고 나가버리고. 내가 왜 가겠냐고. 그럼 제사를 우리 보고 하라고 하든지. 근데 그 소리는 안 하면서 왜 너를 괴롭힌다냐? 그게 무슨 권력이라고?

- 그래서 그랬지요. K 아빠(남편)가, 형이 제사를 안 지낸다면 내가 지내겠다고. 그런데 그 소리는 또 안 하시더라고요.

- J 아빠도 그랬다. 어머니가 "큰아들인 네가 제사 지내라." 이 말 하기를 기다리는데 그 소리는 안 하고. 그러면서 둘째 너한테 제사

지내라 하고는 지낼 수 없다고 답하니까 너를 욕했다고. 그렇잖아도, 자기 어머니가 질서를 안 지키고 혼란스럽게 하니까 일이 꼬인다고 하더라. 어머니의 이상한 마인드 때문에 모든 가족이 힘들다고 하더라.

- K 아빠(둘째)가 이번에는 대놓고 말했어요, 계속 참다가 결국 "어머니가 형제들 모두 갈라놓고 못 오게 자른 것이지 않냐?", "어머니 때문에 모두 떨어져나갔지 않느냐." 했더니 어머니가 성질이 나서 얼른 전화를 끊어버렸더라고요. 그리고 어머니 때문에 못 살겠어요.

- 그럼 너도 어머니를 떠나.

- 그럴 수는 없지요.

그리고 그는 울었다.

- 언젠가 어머니에게 시골에서 가져온 알밤을 보냈어요. 그 알밤 속에서 버러지가 나왔다고 소리를 지르며 알밤이 아니라 썩은 벌레만 보냈다고 야단을 쳤어요. 그 옆에 있던 셋째네가 그 알밤을 할 수 없이 가져갔어요. 그 후 알밤을 보내지 않았지요. 그런데 올해 갑자기 전화해서 어머니가 말하더라구요. 알밤을 시장에서 세 올 사다 먹으니 눈이 번쩍 뜨인다면서, 너는 왜 알밤도 안 주냐고 야단을 쳤어요. 알밤이라는 것이 벌레투성이인데 안 주면 안 준다고 욕하고, 주면 버러지 먹은 것만 준다고 욕하니 내가 줄 수가 없어요. 어머니가 돈이 없어서 알밤을 못 사 먹는 처지냐고요, 당신이 얼마든지 사 먹을 수 있지 않냐고요.

둘째는 울면서 말했다. 목소리를 꺼억꺼억 억지로 참으면서 말했다. 나는 딱했다. 도와줄 수 있는 길이 없었다. 둘째 동서가 스스로 나쁜 며느리를 자처하고 어머니를 떠나는 길밖에 없었다. 되돌아 생각해보니, 내가 스스로 그곳을 떠났던 것이 정말 잘한 결정이었다는 생각이 들었다. 어머니는 독특한 성격으로, 편 가르기를 즐기고 반드시 자기편을 만들어야 했다. 그는 항상 적을 만들었고, 적을 공격했다. 공격하는 방법은 치열했고, 그 자신을 신나게 했던 것이 아닐까 생각했다. 정치적으로 가진 자와 가지지 못한 자를 양분 시켜서 가진 자를 공격했던 노 대통령이 생각났다. 눈만 뜨면 신문에 강남과 강북을 가르고, 가진 자들이 세금을 많이 내야 한다면서 가진 자들을 도둑으로 몰아가는, 아니면 가진 자들은 악의 축에 넣었던 것 같은 기억이었다. 나는 그때 심리적으로 불안하고 불편했었다. 그때 나는 무척 못 살고 가난했지만, 그의 편 가르기는 대통령으로서 할 소리가 아니었다. 그런데 우리 시어머니가 그와 같은 부류로 보였다. 식구들이 모이면 자기편을, 먼저 자기 자식들과 며느리들로 편을 짰다. 자기가 필요한 돈을 구하려면 아들 넷만 모아서 회의 형식으로 돈이 더 필요하다 말했고, 돈을 더 출혈하게 했다. 며느리들은 어이가 없었다. 그 대가로 당신은 아들들이 먹고 싶은 것들을 당신이 해야 했고, 당신이 만든 것만을 아들들이 좋아하는 것처럼 행동했다. 무슨 초등생들의 싸움도 아니고, 아들에 대한 깊은 사랑이 며느리들보다 더 우월함을 강조했다. 그런 행동은 결국 며느리들의 빈정 상하게 하는 행동이었다.

그러다가 당신에게 못마땅한 아들은 적으로 만들었다. 돌아가면서 적을 만들고, 다른 아들네 집으로 야유와 험담을 일삼았다. 형제끼리 만나서 밥을 먹으면 안 되었다. 당신이 항상 중심이 되어야 했다. 중심이 되어 모두가 자기 휘하에서 놀기를 바랐다. 그런데 어느 날부터 큰 아들과 큰 며느리는 당신에게 부담이 되었다. 시아버지가 돌아가시고 나서 제사를 물려주는 일도 싫었다. 제사는 당신의 주도권 행사에 최고로 좋은 일이었다. 모두가 모이고, 당신을 신처럼 떠받드는 일이었기 때문이다. 큰 에미는 직장에 다니고 일도 못하니, 결국 자기만 할 수 있다고 아들들에게 강조했다. 아들들은 당연하다고, 어머니는 훌륭하신 분이라고 했다.

어머니는 편 가르기에서 큰아들 내외를 가족에서 멀리 쫓아내고 싶어 했다. 그래야 자기의 권리와 권위가 존속할 것으로 생각하는 듯싶었다. 큰에미는 비용만 지불하게 하면 됐다. 어느 날부터 시어머니는 우리 식구들을 내치기 시작한 것이다. 우리는 뭔지 모르지만 계속 "어머니 잘못했습니다. 용서해 주세요."라고 빌었다. 그러나 시어머니는 우리를 내치는데 집착했고, 나는 그런 식의 그의 행동을 용서할 수 없었다.

어느 명절날, 시어머니의 하잘것없는 것을 나의 죄목으로 지정해서 나를 언어폭력으로 죽였다. 나는 바로 그때 시어머니와 이별하기로 했다. 그때 나는 육십을 넘긴 상태였다. 결국 나는 나쁜 며느리를 자처했다. 나는 착한 며느리를 삼십 년 했으면 충분한 것이라 생각했다.

나쁜 며느리라는 이름은 나에게 자유를 주었다. 날마다 징징대며 하나에서 열까지 요구하고 필요를 충족해야 하는 시어머니에서 나는 벗어날 수 있었다. 나는 그들의 문중에서 나의 존재를 삭제해달라고 요구했다. 그 말은 우리의 관계를 끊는 일이었던 것이다. 그렇게 이별을 했지만 경제적 지원만큼은 그대로 유지했다. 우리는 그가 필요한 금액의 돈을 그대로 통장에 입금했다. 나는 온 세상이 조용해졌음을 느꼈디. 삼십 년 이상을 기쪽의 법과 규칙, 굴레 숙에서 미생산적인 일을 하며 힘들게 살았음을 깨달았다. 나는 진정한 자유인이 되고 싶었다. 모든 것을 버리고, 하고 싶은 일만 하고 살기를 바란 것이다. 자유를 찾고 보니 자기가 만든 굴레에서 자기를 옭아매고 살아가는 사람들이 많았다. 어떤 이는 종교에 자신을 버리고, 종교 집단에 자신을 구속하는 것이 행복이라 했다. 그리고 그 구속이 자신을 구원한다고 말하며 살아갔다. 또 어떤 이는 제사의 굴레에 얽매여 제사 문화를 신처럼 봉양하고 자신을 그 속에서 구속하는 것이 행복으로의 길이자 자신의 길이라 여겼다. 나는 모든 이가 행복을 추구하되 한 번쯤 되돌아보고, 자신의 진정한 행복을 추구하기를 빌었다.

*

오늘은 공휴일이라, 아침 일찍 친구 P네 집에 들렀다. 학교 졸업 후 우리는 각자 선생을 하고 있었고,

우리는 오랜만에 그의 집에서 만났다. 학창시절, 내가 학교에 가기 전, 항상 들러서 차를 마시고 음악을 듣던 집이었다. P네 집은 학교 근처로 학교 담벼락과 붙어 있었다. 영문과인 P는 음악을 좋아했다. 그는 새 음악을 즐겼고, 새 팝송을 즐겼다. 그네 집을 방문하면 나는 그의 음악을 듣고, 그 음악에 취했다. 그의 어머니는 자상했다. 교수인 아버지와 외동딸인 P는 그들 집의 공주였고, 나는 그 공주의 친구였다. 그네 집에 가면 나는 자존감이 올라갔다. 그래서 나는 그네 집을 좋아했다. 자유롭고, 고급스러운 분위기에서 우리의 세상을 펼칠 수 있었다. 나의 집은 항상 소란하고 시끄러웠다. 고모, 이모, 외삼촌, 삼촌들이 득실거렸다. 나는 그들의 놀잇감에 불과했다. 어릴 때부터 업고 굴리고 머리에 나를 올려서 돌렸다. 나는 그들의 장난감이었다. 따로 내 방에서 조용히 책을 읽고 사색하며 고민하는 일은 있을 수 없었다. 그래서 교양 있게 음악 들으며 책을 읽을 수 있는 조용하고 우아한 그의 집이 좋았다.

그러나 그의 집은 더 이상 옛날의 그 모습이 아니었다. 집은 낡았고, 어머니는 온몸이 부어 건강하지 못했다. 공주과인 P는 어머니를 돌보지 못했다. 공주라 일을 하지 못하는 데다가 그는 매사 털털하고 깔끔하지 못했다. 그동안 평생 그의 어머니가 P를 시중들며 보살폈다. 그런데, 이제 거꾸로 P가 어머니를 돌봐야 했다. 그러나 P는 그러지 못했다. 그는 케어를 받기만 했지, 케어 하는 법을 배우지 못했다. 그 집은 슬픈 집이 되었다.

P의 아버지는 퇴직했다. 아버지는 사업을 서둘렀다. 하지만 그 사

업은 잘되지 않았다. 집은 서서히 기울어 갔다. P가 말한 사연들은 가슴 아픈 사연들뿐이었다. 그의 사연들은 불안하고, 부정적이며, 비전이 없는 일들이었다. 그리고 그의 가슴 아픈 이야기는 나를 반성하게 했다.

나는 지금 잘하고 있는 것인가? 같은 동료에게 소개 받은 남자는 진정한 내 남자가 될 수 있는 것인가?

모든 일들은 불확실해 보였다. 명확히 보이는 것이 없었다. 내가 가진 떳떳하고 명쾌한 것들이 그의 슬픈 이야기 속에서 흔들렸다. 그러나 그런 부정적인 생각들을 나는 머릿속에서 잠재웠다. 나는 밝고 명랑하기를 바랐다. 그렇지만, 끈질기게 나를 그들의 모습과 함께 부정 쪽으로 빠져들게 했다. 나의 자신감은 금방 사라졌다. 나는 그 집을 벗어나야 했다. 나는 급히 P에게 인사하고 나는 그곳을 빠져나왔다.

나는 빠르게 집으로 돌아왔다. 내 몸에 살아있는 불안과 미래가 나를 압박했다. 나는 짜증이 일어났다. 나는 이불을 뒤집어쓰고 누웠다. 한숨이 나왔다. 그래, 불안한 미래는 누구나 겪어야 하는 일일 것이다. 나는 큰 호흡을 하며 마음을 진정시켰다. 그리고 마음이 안정되기를 바랐다. 나는 순리와 진리를 따라 살 것이다. 그리고 주어지는 길을 자연스럽게 따르리라 생각했다. 서서히 나 자신의 중심을 찾았다. 나는 나를 아는 나의 길에 순종하며 살 것을 다짐했다.

2016.10.18. 새벽녘에 잠이 깼다. 남동생은 딸이 셋이다. 그중 큰애가 Hu이다. Hu는 지금 직장을 다닌다. 북경대학을 졸업해서 한 달 봉급이 이백만 원쯤 된다. Hu는 지금 내 딸 S와 함께 원룸에 산다. 원룸비는 보증금 천만 원에 월세 육십만 원. 거기에 관리비가 팔만 원쯤.

둘은 성격이 아주 다르다. S는 Hu보다 여덟 살이 더 많다. S가 시집(결혼)을 안 가서 독립시킬 때, 원룸에서 함께 지내도록 나는 제안했고 그들의 경비를 지원했다. S는 성격이 강했다. 주변 사람들은 S를 무서워했다. 곧고, 바르며, 강직했다. 그는 누가 굴곡진 꼴을 못 봤다. 그러나 그는 자기의 흠을 몰랐다. 결국 그가 잘못하면 낭만이고, 남이 잘못하면 불륜이라는 이치와 같았다. 그의 잘못을 내가 지적하면, 나에게 "난 그런 사람이야!"라며 반항했다. 나는 그의 나이가 삼십을 넘어가면서부터 싸움을 밥 먹듯 해야 했다. 그의 이상한 사고방식을 나는 이해할 수 없었다. 그(내 작은 딸)는 나를 미치게 했다. 결혼도 거부하면서 계속 캥거루처럼 나에게 빈대붙어 살아가는 것, 그 자체를 나는 못 견뎠다.

- 너 취직을 해라. 그래야 엄마가 늙어 죽어도 너 밥 먹고 살지 않겠냐?

- 왜? 왜 내가 돈을 벌어야 되는데?

나는 그를 이해할 수 없었다. 온갖 남자 중매를 해주어도 그는 발로 차버렸다. 나는 그를 미워했고, 그는 나를 미워했다. 서른이 넘어 서른다섯까지. 우리는 보면 싸웠다. 우리는 서로를 보거나, 만나면

으르렁거렸다. 하지만 남편은 그를 사랑했다. 둘은 저녁마다 술을 즐겼다. 나는 안주를 마련해 주었다. 둘은 밤마다 술을 먹고, 잔치를 벌였다. 밤늦게까지 술잔치 하는 그들이 나는 꼴도 보기 싫었다. 둘은 책을 좋아했고 아는 것이 많았다. 둘은 저녁마다 인문, 철학, 역사, 정치 등을 토론하며 술을 먹었다. 나는 그들이 미워 죽을 지경이었다. 어쩌다 내가 잔소리로 공격하면 둘은 합세를 해서 반격했다. 어느 날 막내 여동생은 말했다.

- 언니, 이번에 친구들과 함께 유럽 여행을 갔는데 시집 못 간 친구 혜영이는 완전히 바보같더라구. 그는 매사가 굼뜨고 언어적 의사가 소통되지 않아 힘들었어.

- 결혼도 안 하고, 아버지 연금으로 부모와 셋이 사니까 바보가 되어 있었어. 그러니까 S를 독립시켜야 사람이 된다구.

그래, 그럴 것 같았다. 나는 머리를 싸맸다. 어떻게 해야 되는가를 고민했다. 아빠랑 딸은 떨어져서 살 사람이 아니었다. 둘은 술 먹는 친구로 제격이었다. 퇴직한 아빠에 화려한 백수. 둘은 남는 시간이 많고 테니스를 좋아해서 운동도 같이했고, 그 운동 끝나면 신나게 술을 마시며 12시까지 시끄럽게 이야기했다. 그들은 그렇게 행복하게 지냈다. 그들은 계속, 내가 해준 술안주로 그날의 끝을 보냈다. 그러나 나는 이 모습이 바른 모습이 아닌 것을 알았다

나는 가족 모임을 가졌다, 남동생네 집 근처 중국인 거리에서 모이기로 했다. 요리집을 정했다. 사전 탐방 전에 여동생과 조카인 Hu, 큰딸인 J를 공원으로 불렀다. 오늘 S와 아빠에게 술을 많이 먹이라

고. 그리고 S를 내일 아니면 이번 주에 원룸 얻어서 내보낼 것이니 그것을 너희가 지원해야 한다고. 이 세상의 어느 아버지든 시집 못 간 자기 딸을 집 밖으로 내보내는데 찬성하는 사람은 없을 것이라고. 아버지들은 극구 반대한다고. 위험해서 안 된다고. 무슨 여자를 집 밖으로 내보냐고. 아버지들은 남자의 속성을 말하며 절대 사랑하는 딸을 내보내지 못할 것이라고. 심지어 내 남편의 술친구가 된 딸을? 절대 안 될 말이었다.

그래도 나는 결단을 내려야 했다. 음식점에서 샤부샤부 요리를 시켰다. 중국 술도 시켰다. 아이들은 청도 맥주를 시켰다. 계속 주거니 받거니 하며 술은 술을 불렀고, 술을 먹으며 취했다. 모두 얼큰하게 취기에 젖었다. 그때 나는 말했다.

- 야~ S야, 너 내일로 원룸 얻어서 나가라. 나 이제 너랑 싸우고 싶지 않다. 당장 나가라. 너 삼십오 년 동안 밥 먹여 주었으면 됐다고 생각한다. 네 방세는 네가 내라. 난 모른다.

이게 뭔소리인지 S는 갑자기 들려온 소리에 어안이 벙벙해졌다. 그때 남편은 "무슨 소리야?"라고 답했다. 그러자 여동생이 그래야 된다고, 시집 안 간 혜영이가 나이 오십 중반이 넘어서 바보가 됐다고. 이때 Hu와 J가 서둘러 엄마를 위해서 나가야 한다고 한마디씩 보탰다. 나는 강하게 주장했다.

- 나 S 때문에 내 명에 못 간다. 그만 싸우고 싶다. 안 봐야 안 싸운다. 다른 거 없다. 집을 나가라. 혼자 힘들면 Hu와 함께 있어라. 월세도 함께 내면 될 것이다.

그렇게 결정이 났고, 모든 것이 일사천리로 끝났다. 모든 일은 취기로 얼렁뚱땅 결정되었다. S는 아마 정신이 번쩍 들었을 것이다. S는 엄마를 죽일 듯이 미워하며, 거부증을 일으켰을 것이다. 다행히 취기가 있어서 부정적 거부증으로 자신을 어떻게 할 수는 없었을 것이다. 일단 그의 머리에는 컴퓨터에 데이터가 입력되듯이 입력이 되었을 것이다. 속으로는 두렵고, 힘들고, 어찌할까를 모르는 멘붕 상태가 왔을 것이다.

그날, 모두는 남동생네 집에서 잤다. 일요일 운동한다고 젊은 애들은 떠나갔다.

그 주 월요일, Hu와 S는 서울 시내를 다 훑었다. 좋은 방을 얻으려고. 하지만 그들이 찾는 방은 없었다. 방이 싸면 후지고 분위가 어두워서 무서웠다. 괜찮은 방이면 세가 비쌌다. 결국 둘은 편안한 방을 얻었고, 방세는 비쌌다. 그래도 Hu는 월급으로 충당할 수 있었다. 그러나 S는 백수였다. Hu는 곧 아르바이트 자리를 찾았다. Hu는 중국에서 홀로 살아서 강했다. 언니인 S는 징징대며 걱정을 했다. Hu는 걱정 말라며 인터넷을 뒤졌다. 처음 찾은 것은 피시방이었다. 면접을 봤다. 붙었다. 그곳은 저녁 아르바이트로 피시방 서브를 하는 곳이었다. 그곳에서 하루 일했다. 그 일은 허접한 허드렛일을 보조해야 하는 일이었다. S는 그 일이 자존심을 죽이고 자신을 좀먹는 슬픈 일이었다고, 죽고 싶었다고, 차라리 죽는 게 낫다고 그렇게 언니인 J에게 전화해서 자신의 우울한 심정을 토했다. 언니인 J는 S를 달랬다.

J는 다른 곳을 찾자고 말하며 다시 인터넷을 뒤졌다. 수학 학원 선생 자리가 하나 있었다. 그곳에 원서를 넣었다. 간신히 서류를 통과하고 면접 봤다. 붙었다. S는 열심히 노력하려 애썼다. 그것이 최선이었다. 그러나 하루 만에 원장에 의해 퇴출됐다. S는 분통 터졌다. 자기는 나름대로 최선을 다했는데 잘린 것이다. 마음의 상처가 깊었다. S는 자신을 한탄했다. 나는 어미로서 그런 S를 깔보며, 그의 처지에 고소해 했다. S는 삶이 얼마나 어려운가를 배우고 있었다.

S는 절망했다. 하루하루 방세를 내야 하는 기간이 오는데 아르바이트 자리는 없고 걱정이 이만저만이 아니었다. 다시 언니인 J가 수학 학원 선생 자리를 찾았다. 그는 면접 봤다. 다행히 채용됐다. 그는 처음에 수학이 쉽지 않았다. 십 년 동안 한 번도 수학을 해보지 않았다. 그는 영어 같은 언어 쪽에 강했다. 그는 성실했다. 초등과정부터 고등과정까지 수학 공부를 해야 했다. 그는 열심히 했다. 그는 원래 성격이 강하고 이기적이었다. 거기에 이해심이 부족해서 식구들은 그에게 성격이 더럽다 했다. 그는 매우 똑바른 부분은 많았다. 그러나 누군가 조금이라도 흐트러지는 모습을 보이면 그는 곧바로 지적하며 공격했다. 또, 제 맘에 맞지 않으면 공격해서 상대방에게 상처를 줬다. 그는 우리 시어머니와 똑같은 DNA의 소유자였다.

남편은 말했다. 이렇게 불같은 성격으로 어떻게 가정을 이룰 것인가. 시집 가서 그 집안을 망치느니 우리가 데리고 살아야 한다고. 성격이 누그러질 때 결혼시켜야 한다고. 그런데 S의 장점으로는 유아적 성향이 짙다는 게 있었다. 그것은 어린이와의 친화력이 뛰어나서 어린이가 그를 좋아하게 만드는 능력이었다. 그는 어린아이와 코드가 맞았다. 그는 어른에게는 공격적인 마인드였지만, 나약한 어린이에게 그는 부드럽고 자상한, 어미 같은 최고의 안내자였다. 아이들과 청소년들은 S를 좋아했다. 그는 되풀이되는 일을 좋아했다. 학생들에게 어렵고 지루한 수학문제를 계속 되풀이해서 가르치는 일은, 그에게 딱 맞는 일이었다. 그는 수학 선생으로 탁월했다.

이제 그 학원에서 일한 지 일 년이 다 되었다. 자기 자리를 찾은 느낌이었다. 학생들은 대부분 부모가 맞벌이였다. 애들은 외롭고, 집 밖을 떠돌며 학원을 다녀야 했다. 그 애들을 S는 불쌍하게 여겼다. 그 애들의 고충을 그는 잘 들어주었다. 그 애들은 S를 언니처럼 따르고 선생을 좋아했다. 그는 그 애들을 통해 자신의 자존감을 살렸다. 그는 자기가 이 세상에서 할 수 있는 일이 없다고 힘들어 했다. 그런데 그 학생들이 그를 기쁘게 했다. 그는 학생들 덕분에 자신감이 생겼고 홀로 독립할 수 있었다. 그는 차츰 성격도 좋아졌다. 그는 이해심이 깊어졌고, 상대방을 이해하기 시작했다. 나와 부딪히고 언성을 높일 이유가 없었다.

한때, 그는 나를 적으로 생각했다. 나는 그를 쫓아낸 어미였으니까. 어찌 그럴 수 있는가? 어미는 독하고 못된 사람이라 욕했다. 나는 그의 말을 받았다.

"그래, 나 원래 그런 어미야, 몰랐냐? 난 나쁜 엄마야. 나쁜 엄마를 네가 이해해라."

사실 이 멘트는 그한테 배웠다. 툭하면 "왜? 내가 돈을 벌어야 하는데?"라며 나에게 대들었던 S의 말. 나도 그렇게 말하며 그를 쫓아 냈던 것이다.

이제 S가 자리잡은 지 일 년이 넘었고, 그는 발전했다. 우선 몸무게가 10kg 빠졌다. 날씬해졌다. 사람들이 예뻐졌다고 칭찬했다. 마인드가 긍적적으로 변했다. 매사를 긍적적으로 이해하고 말했다. 그리고 지금은 한 남자를 사랑하고 있다. 나는 그가 집에 오면 말했다.

- 내가 지금까지 한 일 중에서 가장 잘한 일은 너를 집에서 쫓아낸 일이다.

- 나도 그런 것 같아, 엄마.

자식을 독립시킨다는 것은 쉽지 않았다. 심리적인 것과 경제적인 것을 한 번에 독립시키는 것은 정말 어려웠다. 지금도 완전하지는 못하지만 그래도 어느 정도 독립적으로 자신의 삶을 이어 갈 수 있는 것처럼 보여 다행이라 생각했다.

*

젊은 시절, 나는 꿈을 꾸었다.

내 깊은 곳에서 글을 쓸 수 있으면 좋겠다 했다. 오십이나 육십이 넘어서 꼭 내 글을 쓰고 싶다고. 그런 꿈을 실현하고 싶은 마음은 간절했지만, 나에게 그런 글의 재주가 있는 것일까? 의문이 들었다. 그리고 이내 글은 나와 거리가 먼 것이라 생각했다. 소질은 없으면서, 욕망으로만 가득 찬 헛된 꿈으로 여겼다. 그래도 열심히 하고 싶은 욕망은 있었다. 어느 작가가 낮은 잠자고 밤에 글을 쓰는 사람으로 소개됐다. 그것은 멋진 일로 보였다. 체력이 된다는 전제 조건이 붙지만, 밤낮을 거꾸로 사는 인생이 매력적으로 보였다. 밤은 신비의 시간, 아름다운 시간, 황홀함을 창조할 수 있는 시간인 것 같았다. 아름다운 책을 읽고, 매혹적인 언어에 취하며, 자기만의 깊은 도취에 빠져드는 감정을 일으킬 것이라고. 그날 밤을 나의 시간으로 만들고 싶었다. 유명한 작가처럼 그 밤의 신비와 추억을 만들고 싶었다. 마음의 열정이 곤두섰고, 신비한 기운이 내 몸을 둘러쌌다. 그리고 영원한 친구처럼 밤의 기운을 받고 싶었다. 하늘에서 내려오는 영적인 밤의 친구처럼 나는 신비로움을 느꼈다. 그것이 젊음에게 주는 신비의 세계이리라.

현실로 돌아와서 나는 잠자야 했다. 내일을 위해. 현실 세계는 정말 현실적이었다. 소개를 받아서 만난 남자가 진정한 내 남자일까를 생각했다. 나에게 어둠의 빛일까? 밝음의 빛일까? 두려움이 몰려왔다. 무서웠다. 나에게 환상의 두려움과 애달픔, 쓰라림이 덮쳐왔다. 이해할 수 없는 공포가 나를 포위했다. 나는 이런 감정을 쫓아내야 했다. 자책을 벗어나려고 크게 숨을 쉬었다. 머리를 흔들었다. 나는 강하다고 외쳤다. 점점 자신감이 생겼다.

그래 그거야.

나는 나 자신을 믿었다. 나의 뜻을 굳건히 할 것을 다짐했다. 그 남자와 공평하게 양립할 수 있는 그런 것이 필요함을 강조했다. 그 남자에게 좋은 이미지를 부여했다. 그는 의지와 투지가 강할 것이고, 그의 패기가 그를 크게 세울 것이라고. 나는 그를 보조하고 협력하면 될 것이라고 스스로 다짐했다. 내가 그를 이해하고, 그가 나를 이해하면 될 것이라고.

그날 밤, 나는 혼란에서 벗어났고, 잠을 푹 잤다.

이튿날 아침 엄마는 집을 비웠다. 방학을 이용해서 나는 느긋이 자리를 보존하고, 뭉그적거렸다. 다른 친구들이 대부분 시집을 갔기 때문에 엄마는 결혼 문제에 조바심을 내면서 무엇인가 조속히 이루어지지 않는 것을 안타까워했다. 한낮이 되어 엄마는 알 수 없는 부적을 내 몸에 달아주었다. 당신이 어느 점쟁이 집에 가서 만들어온 것이었으리라. 엄마의 행동은 못마땅했다. 께름칙하고, 비과학적인 것으로 보였다. 몸에 슬금슬금 옴이 기어 다니는 느낌이 났다. 그러나 그것은 엄마의 정성이라 내칠 수 없었다.

소개 받은 남자는 아직도 모호했다. 하겠다는 것인지 안 하겠다는 것인지. 그 속은 모호했다. 부모 쪽은 빨리빨리 무엇인가 확실해지기를 바랐다. 사람들은 내 나이가 많은 편이라 말했다. 나는 그런 의식이 없었다. 물론 심리적으로 불편한 나이인 것은 사실이었다. 부모님은 소개 받은 그 남자에게 신경을 쓰면서 기대를 했다. 나는 그것이 부담스러웠다. 결혼 상대자가 아닐 수도 있는데 그쪽 방향으로 부모가 먼저 가는 것이 불편했다.

그 남자는 신중했다. 매사를 눈여겨보고 꼼꼼히 따져보는 성격인 듯했다. 나는 그러는 것들이 지루하고 불편하며 매스꺼웠다. 나는 뭐든 손쉽게 결정했고, 빨리빨리 일사천리로 진행하는 편이었다. 그 남자는 느리게 시간을 계속 이어가며 확인하는 사람 같았다. 정서적으로는 어떨 것인가를 생각해봤지만, 나도 잘 모르는 것이었다. 나를 생각해 봤다. 나의 욕심이 정말 없는 것인가? 그가 바라는 그의 희망을 내가 과연 잘 따라갈 수 있을 것인가를 생각했다. 머리가 아파 오면서 한편으로는 결혼이란 관습에 얽매이지 않고 사는 방법은 없을까를 생각했다.

*

2016.10.15. 산행을 하기로 했다. 도시락을 준비했다. 차를 타고 서해안 쪽으로 달려갔다. 동쪽 길은 차가 너무 막혀 서쪽으로 가는 것이다. 아침 8시경, 도로 위의 차는 적당했다. 안개가 짙었다. 한강의 강줄기와 서쪽 바다 안개가 맞붙은 탓에 앞차의 깜박이를 보고 따라가야 했다. 한참이 지나 해가 뜨면서 안개가 사라졌다. 강화도 쪽 초지대교를 지났다. 타작을 마쳤는지 들판의 벼가 모두 사라졌다. 군데군데 야채밭과 고구마밭, 고추밭만 살아 있었다. 남편과 나는 섬으로 와서 기분이 좋아졌다. CD 음악도 다르게 들렸다. 우리가 듣던 7080 노래가 달리 들렸다. 뭔가 음악의 리듬이 선명했고, 추억의 소리도 크게 기억됐다. 내내 서울서부터 듣고 왔는데 섬에 들어와서는 특별하게 들렸다. 이상했다.

우리의 아지트인 작은 빌라로 왔다. 일박 하기 위해서 필요한 물품을 갖다 놓고 우리는 걸어서 산행을 시작했다. 군청에서 산 입구에 야영장을 만들려고 들쑤셔 놓았다. 이제는 그 야영장을 관리하기 위해서 관리동을 엄청 크게 만들고 있었다. 그들이 세금을 낭비하고 있는 것으로 보였다. 사람들이 올 것 같지 않은 곳에, 사람들이 엄청 올 것처럼 요란하게 시설을 만들고 있었다. 그들을 보면 국가 행정 낭비가 보였다. 나라가 잘 되어야 할 텐데 걱정하는 마음이 생겼다. 우리는 그 야영장을 거슬러 올라갔다. 사람은 한 사람도 오지 않는 곳이었다.

벌써 가을은 성큼성큼 오고 있었다. 산길을 따라 올랐다. 길 사이로 도토리가 예쁘게 떨어져 있었다. 그냥 오르고 싶어도 알밤처럼 오동통한 도토리를 안 주울 수 없게 했다. 길가로는 노랑 소국이 샛노랗게 피어 있었다. 소나무 숲을 오르고 올랐다. 남쪽으로는 바다가, 북쪽으로는 호수가 함께 어우러져 있었다. 빈 산 속에서 하늘과 바람과 바다와 호수를 보며 숲속을 걷고 또 걸었다. 나는 명상이 뭔지 모른다. 책에서는 사람에게 명상을 하라고 가르친다. 그래서 나는 아무 생각 없음을 명상으로 이해한다. 산 속을 힘들게 오르는 것도 명상인가 생각했다. 등성이를 지나 전망대 쪽으로 그곳에서 석탑을 보고 기도했다. 내가 바라는 기복 신앙처럼 나의 소원을 빌었다.

전망대에서 북쪽을 보면 북한과 이어지는 섬들로 가득했다. 말벌의 기승으로 무서워서 국수봉 쪽으로 하산했다. 하산 길은 험했다. 높은 거북바위에서 점심을 먹었다. 산은 도토리가 떨어지는 소리로 가득했다. 마치 우박소리 같았다. 산길을 따라 내려가면서 도토리의 유혹이 시작됐다. 줍지 않으려고 노력해도 주울 수밖에 없었다. 내려오면서 딴 길로 접어들었다. 큰 성처럼 높게 쌓은 담장이 썩 좋아 보이지는 않았다. 산 밑에 있는 담장은 크고 웅장했다. 청와대처럼 높았다. 나는 심통이 났다. 이 시골에 무어 그리 대단한 집이라고 이렇게 높이 성을 쌓이 적을 막는 것이냐고. 나는 대문 쪽을 치다보고 욕하고 싶었다.

그곳은 성모의 집 수도원이었다. 그러나 나는 그곳이 기도원의 모습을 하고 있지 않다고 여겨졌다. 전혀 성스럽지 않았다. 그곳은 구속과 예속의 집으로 보였다. 나는 자유를 원했다. 기독교나 불교는 자유를 구속하고 법에 의한 구속을 하는 것처럼 보여서 나는 종교인이 될 수 없었다. 평생을 가족이라는 집단 속에서 관습과 준례를 따르며 살았고, 학교나 사회 속에서 따라야 하는 규율과 규칙에 따라 살았다. 이제는 모든 규범과 규칙을 벗어나서 자유롭게 살고 싶은 마음이 강했다.

수도원을 보면서 이렇게 자유롭게 산행을 하고 있음에 감사했다. 아침부터 시작한 산행이 힘들었지만 나는 행복했다. 길을 따라가다가 산 중턱을 넘어야 내 아지트가 나타나겠지만, 나는 나 스스로가 즐겨서 가는 길이었다.

2016.10.17. 남편 친구네랑 골프 치는 날 새벽에 김 사장의 집으로 갔다. 새벽이라 어둑했다. 부부를 태우고 고속도로에 진입을 했다.

월요일이라 차는 많았다. 한 달만의 만남이었다. 이런저런 이야기를 했다. 그 집 아들이 제대를 했다고. 요즘 저녁에 너무 늦게 온다고 걱정을 했다. 부인이 아들을 허술하게 야단친다고 했다. 늦게 다니지 말라고 강력히 말하지 않고 아들 뜻을 들어준다며 부인에게 가졌던 불만이 올라왔다. 둘의 갈등은 깊었다. 김 사장의 언행에 분노가 가득찼다. 부인이 자제를 요구했다. 즐겁지 않은 것이라고.

김 사장은 한방병원에 다녔다. 다리가 아팠다. 족근막중? 염증이 생겨 치료하러 다녔다. 시각장애인에게 마사지도 받고, 외과에서 치료도 받았다. 하지만 잘 낫지 않았다. 우연히 한방치료를 소개받았다. 한의사는 너무 늦었다면서, 일주일 동안 치료해서 안 되면 치료할 수 없다고 했다. 그곳에서의 치료는 성과가 좋았다. 만질 수 없었던 부위를 만질 수 있었다. 그는 희망을 가졌다. 계속 치료하면 될 수 있을 것 같았다. 나는 친구가 줄기 세포를 맞았다고 말했다. 갑자기 뇌졸중을 일으켰던 사람이 줄기 세포 배양을 해서 완치되었다고 들었다 했다. 그는 관심이 있어 했다. 내 친구 남편은 파킨슨병인데 수시로 줄기세포를 배양해서 일본에서 맞고 온다했다. 우리나라는 불법이라 맞을 수 없다고. 만일 그것을 허용한다면 우리나라 모든 병원을 문 닫아야 할 것이라 했다. 줄기세포는 아마 모든 병원에 경비 타격이 있을 것이라 했다.

황우석 사건도 그런 것이다. 일개 수의사가 의사에 도전한 것이 되고, 의사들의 밥그릇 싸움에 치명타가 되니 의사들은 그를 죽여야 사는 것이었다고. 결국 그들은 그를 논문 조작이니, 실험 조작이니 하면서 십년 전에 그랬던 것 아니었을까. 만약, 그것을 지금까지 발전 시켰으면 우리는 장차 그것으로 먹고 살 수 있었을 텐데…. 황우석은 죽지 않고 지금도 계속 일하고 있다 했다. 복제하면 한 마리당 일억을 받고 있다고. 중국의 최대 농장에서 맛있는 한우 소를 중국 정부에서 복제하고 있다고. 미국이나 다른 나라 언론은 복제한 동물을 TV에 방영하면서 황우석을 칭찬하는데 우리 언론과 방송은 모두 보여주지 않는 것이라고. 우리나라 언론계는 썩었다 했다.

그렇다. 우리는 너무 속고 살며, 진실을 외면하고 살고 있는 것이었다. 나는 그런 가면 속에서 벗어나려 애썼다. 적어도 나는 스스로를 속이지 않고 진실과 진리에 따라 살려고 애썼다. 그러나 주변 사람들은 거짓을 진실처럼 생각하고 그것이 진리라 했다. 나는 진실이 아님을 강조했지만 그들은 알아듣지 못했다. 나만 속이 탔고 힘들었다. 나는 나를 찾고, 진정한 진실이 무엇인가를 알아야했다. 이제 웬만한 것의 진실과 진리는 보이기 시작했다. 특히 호호 할머니가 농사 지어서 파는 농산물에서 진실과 진리가 보였다. 뱃사람들이 바다에 가서 잡아오는 새우와 살아있는 게를 보면 그 속에서도 진리와 진실을 찾을 수 있었다.

나는 가끔 종편 방송을 즐긴다. 종편에 나오는 「나는 몸신이다」, 혹은 「천기누설」 같은 프로를 보고 나는 따라한다. 천연혈관 해독법으로 비트가 좋다 하면 비트를 사다 해 먹고, 안토시안이 들어 있는 마키아베리가 좋다 하면 나도 인터넷 주문으로 마키아베리를 사서 음식으로 만들어 먹는다. 딱히 몸이 어떻게 달라지는지는 모른다.

그러나 내가 먹는 식품 중 유일하게 믿고 먹는 것이 있다. 어성초환이다. 종편에서 머리카락이 빠지는 사람들에게 좋다고 소문이 나 있었다. 그런데 우리 작은 딸이 알레르기 피부로 고생을 많이 했다. 그는 어성초가 일본에서 가장 강한 풀로 알려졌다고, 원자탄이 떨어졌던 히로시마에 아무 풀도 자라지 않았는데 어성초만 자랐다고 했다. 그는 어성초환을 수시로 먹었다. 비염, 알레르기 피부염 등에 시용했다. 나는 그때 잇몸과 설염으로 치과를 근 일 년 넘게 다녔다. 치료가 쉽지 않았다. 씹어 먹을 수가 없었다. 나도 그 어성초환을 먹었다. 어느 날 잇몸 통증이 사라졌다. 이거다 이거야~. 그 후 나는 마이신과 진통제를 먹지 않았다. 온몸의 염증은 돌아다니면서 일어났다. 눈? 목? 생손앓이? 나는 염증이 일어나면 무조건 어성초환을 먹었다. 그러면 염증은 사그라들었다.

나는 김 사장에게 그 사실을 이야기했다. 그는 검증된 것인가를 물었다. 국가 기관에서 검증된 것은 없다 했다. 그는 그것을 의심했다. 그는 의사만 믿었다. 그는 종편을 믿지 않았다. 나는 그를 이해할 수 없었다. 집에 와서도 나는 그를 힘든 사람이라 했다. 아니 농부가 농사지은 시금치, 배추 모두를 국가 기관이 검증할 수 있는 것인가? 어성초도 밭에서 나는 식품일 뿐인데…. 나는 그가 이해하기 힘든 사람이라 생각했다.

2016.10.18. 친구네 새집으로 집들이하는 날. 친구 H는 아크로 리버 파크로 이사 갔다. 그곳은 꿈의 아파트였다. 가장 비싸고 아름다

운 곳이었다. 보통 사람들이 살 수 있는 곳이 아니었다. 아파트 모양은 같았다. 한강이 보이고, 정원이 있었다. 주민들을 위한 카페, 골프 연습장, 독서실, 정원 휴식처 등이 잘 갖춰져 있었다. 단지 가격이 비쌌는데, 보통 사람들의 상상을 초월했다. 모두가 이십억 이상의 집이었다. 다른 동창 친구들과 함께 갔다. 친구 K는 말했다. 나는 이 동네만 오면 왕거지라고. 시골 아파트는 비싸야 사억, 오억인데 이곳은 수십억이니 이 동네만 오면 왕거지라고. 모습은 그렇다. 하지만 그가 받는 퇴직금만 매달 삼백만 원이 넘는다. 게다가 잘난 딸 셋이 있었다. 대기업 차장으로 사위와 딸이 근무했고, 부부가 치과의사인 둘째 딸, 변호사인 셋째 딸과 행시 사위까지. 그들은 엄마에게 100만 원씩 송금했다. 그리고 남편이 남기고 간 연금을 다 더하면 그는 도합 육백만, 칠백만이 넘는 돈을 받는다. 정작 그 돈을 쓸데가 없다는 게 문제였다. 손자 봐주느라고 시간이 없어, 돈 쓸 일도 없는 것이다.

그러나 이 빌딩 숲에 오면 그는 왕거지라고 외쳤다. 이상하고 묘한 상황으로 보였다. 그는 서울 사람들은 지방 사람보다 사치가 없다했다. 지방 사람들은 명품백에 혼을 빼며 즐긴다고. 서울 사람들은 오히려 관심이 없다고. 아무래도 집값 때문에 그런 것 같다고. 명품 가방 찾는 지방 사람들은 서울 사람에 비해 거지라고. 우리는 그렇게 웃고 떠들며 이바구를 하며 H네 집을 찾았다. 아파트는 크고 웅장했다. 동 호수는 기존 아파트처럼 쓰여 있지 않았다. 입구에 조그맣게 숫자가 붙어 있었다. 나는 짜증이 났다. 미적이기는 하나 보이지 않았고 찾기가 힘들었다. 주차하려면 방문 차량 쪽으로, 방문하는 집의 동호수를 말해야 하는 것도 나는 싫었다. 나는 아날로그식 사람이라 디지털식은 싫었다. 단지 입구에 가서 아무 데나 주차하고 편하게 승차하는 게 편했다. 집의 동호수를 알려주고 나서야 들어갈 수 있다는 사실도 싫었다. 주차공간으로 들어가면, 그곳은 또 새로운 지하 세상이 나왔다. 외계인이 나오는 영화 속 장면 같았다. 지하 세상은 넓었다. 동서남북 면적이 커서 내가 갈 방향을 새롭게 찾아 동호를 구별해야 했다. 우리가 사간 집들이 물건을 지하창고에 보관했다. 비밀창고가 지하에 있었다. 그곳은 정말 새로운 곳이었다.

H를 만나 식당으로 갔다. 드레꽃집에서 한정식을 했다. 내가 좋아하는 음식은 아니었다. 집에서 날마다 먹고 있는 음식을 거한 식당에서 큰돈을 주고 사 먹는 것을 나는 싫어했다. 청국장, 잡채, 시래기나물, 김치, 북어찜 등 흔히 집에서 해먹을 수 있는 집밥이 아니라, 새로운 맛을 주는 그런 음식이 나는 더 좋았다. 식사를 하고 우리는 꼭대기 층에 있는 카페를 들러 전망을 하고 그네 집으로 갔다. 온통 대리석으로 된 화려한 구조였다. 구조는 흰색과 검은색 대리석으로 서로 조화를 이루었다. 일층이라 집은 전반적으로 어두웠다. 꼭대기 층까지 총 35층의 하중을 일 층이 지고 있는 격이니 일층의 벽은 두껍고 튼튼해야 할 것이다. 그곳은 내가 십육 년 전 처음 유럽을 갔을 때 유럽의 모습을 닮아 있었다. 유럽 건축물은 외벽이 대리석으로 되어 있는데, 1미터 넘는 두께로 지어졌고, 집 내부는 전부 캄캄했다. 그 건물들은 몇백 년에 걸쳐서 건축을 했고, 수백 년 동안 유적

으로 살아남았다. H네 집도 유럽 건축물처럼 고풍스럽고, 아름다움이 닮아 있었다.

닮은 건축물 속에서 나의 시공은 교차되었다. 유리 벽을 통해 들어오는 눈에 들어오는 정원은 프랑스 왕궁의 정원 같았다. 거실에 놓인 소파와 테이블은 왕들이 회의하는 업무실로 보였다. 각 방에 놓인 침대는 공주와 왕자가 살고 있는 방으로, 옛스런 화려한 자개 장롱과 문갑이 있는 방은 왕비 방처럼, 벽과 벽은 잘 진열된 유리 벽 찬장이었고 그 속에는 맛있는 와인이 있었다. 식탁 밑 찬장에는 일회용 용구와 식품이, 부엌 찬장은 일렬로 그릇과 도구가 쓰기 좋게 나열되어 있었고 필요할 때마다 쓰고 넣고 닫으면 요술같이 장식장으로 변했다. H의 드레스룸, 남편의 드레스룸이 TV 스타들의 방처럼 보였고, 그들이 자주 쓰는 가방들은 또 다른 장식장 속에 진열되었다. 모두가 명작으로 그림처럼 진열됐고, 장식장 속에서 자기 모습을 드러내고 있었다.

나는 감탄을 했다. 나는 이런 삶을 살 수 없었다. 나는 물건 진열하는 것을 못했다. 물건들을 질서 있게 정리하는 것은 나에게 힘든 작업이었다. 나는 대충대충 사는 것을 좋아했다. 그에 비해 H는 정리정돈의 달인이었다.

그를 보니 내 시어머니가 생각났다. 시어머니도 정리정돈의 달인이었다. 물론 내 신혼 시절 시어머니는 나를 힘들어했을 것이고, 나 또한 힘들게 살았다. 정리정돈의 달인인 시어머니를 따라 하는 작업은 나에게 고통이었다. 나는 한 번도 정리하며 살아보지 못했다. 항상 책이 책상이나 바닥에 널브러져 있고, 책을 읽다 잠들거나 다 읽은 책을 대충 정리해 책상 모퉁이에 쌓아두는 생활을 했던 것이다. 살림은 엄마나 이모의 몫이었다.

살림을 하는 시어머니의 손은 빨랐다. 정리는 그의 취미며, 기쁨이었다. 시어머니의 정리가 한 시간 걸린다고 하면, 나는 하루 종일 꿈지럭거리며 시어머니의 몫을 해야 했다. 햇수가 길어져도 나아지는 것은 없었다. 나는 시어머니를 열심히 따라 해보려고 노력했다. 아침이면 주변 청소를 하고, 부엌 타일을 닦고, 장독대를 행주로 닦았다. 빨래를 해서 빨랫줄에 널고, 재래식 화장실 타일을 걸레로 닦았다. 마당은 거친 밀대 솔로 밀어서 깨끗이 물로 씻어냈다. 그렇게 오늘이 어제가 되고, 내일이 오늘이 되며, 모래가 오늘이 되었다.

나는 어머니의 방식이 싫었다. 날마다 하는 집안일에 어머니는 권위와 지위, 아니면 어떤 힘을 얹었다. 그는 그것에 자신을 던져 넣었다. 그리고 나에게 그렇게 해야만 여자, 아니 며느리가 된다고 말하는 것이었다. 그러나 나는 그것이 비생산적이라 생각했다. 우리는 서로 의견이 달랐다. 그가 강조하면 강조할수록 나의 마음은 멀리 멀리 달아났다. 그러나 나의 몸은 열심히 그를 쫓아갔다.

그렇게 지루한 시간이 세월에 따라 흘러갔다. 몇 년 후 어느 날, 나는 시댁에서 분가했다. 나는 드디어 자유인이 되었다. 그때부터 나는 내 방식대로 살았다. 지금 되돌려 생각하면, 우리는 각자 생각이 다르다. 다만, 시어머니 입장에서 자기 전통방식대로 며느리를 길들이려 했던 것이고, 평생 다른 사고방식으로 살았던 나는 시어머니의 방식을 따르기 힘들었던 것이다. 나는 평생 교직 생활을 했고, 공부를 해야 경제성이 갖출 수 있다는 인식이 강했다. 어렸을 때부터 여자도 책을 가까이하는 것이 생산성과 경제성을 갖출 수 있는 것이라 생각했다. 그래서 나는 집안살림을 몰랐다. 결혼 후, 시어머니로부터 살림이 중하다는 것을 배웠다. 그래서 나는 양립을 중요시했다. 책과 살림. 그러나 나는 정리정돈에 젬병이었다. 그것은 엄청나게 시간을 요구했고, 그 시간에 책을 보는 것이 더 생산적이라 생각했다. 나는 우선 밥을 중요시했다. 눈만 뜨면 밥을 했고, 반찬을 했다. 그리고 책을 든 채 학교, 도서관, 연구실로 뛰었다. 퇴직을 하고 나서도 책이 없으면 불안했다. 해야 할 일을 못해서 몸이 안달 났다. 이제 책이 친구가 됐다.

그런데 정리정돈은 고쳐지지 않았다. 젊을 때 시어머니가 온다 하면 나는 학교에서 장학 시찰 직전에 교내 정리를 하듯 열심히 집안을 치웠다. 그때 청소하고, 버리고, 짐 정리를 했다. 어느 날, 갑자기 시어머니가 오셨다. 나는 빨리 슈퍼로 달려가 맛있는 음식을 차려주었다. 이튿날 시어머니가 갔다. 우리 애가 말했다. 할머니는 냉장고를 열고 모든 것을 뒤진다고. 장롱문을 열고 모두 조사한다고. 기분이 나쁜 것과 별개로, 그 속이 엉망인 것이 부끄러웠다. 시어머니는 깔끔했다. 그는 이불 홑청에 풀을 먹이고 다림질해서 이불을 시쳤다. 그 홑청 시친 이불을 투명 비닐로 쌌다. 그 위에 백지로 그 이불을 다시 포장했다. 모든 이불을 장롱 속에 차례로 줄지어 올려놓았다. 어머니의 장롱 속은 그림같이 아름다웠다. 그것이 그의 기쁨이었다. 부엌살림, 방 살림은 아름답지는 않았지만 자기 손때의 아름다움이 깃들어 있었다. 모든 것이 반질반질하고 빛나도록 집을 간수했다. 그곳은 편안하고 행복하게 자기만의 존재를 나타냈다. 그는 그런 것이 정말 훌륭했다. 그렇지만 함께 살면, 그곳에 사는 며느리는 그 집의 하인이 되어야 했다. 나는 그 당시 힘들었다. 그때 나는 젊어서, '우리 부모가 종살이하라고 공부시켜 선생이 되게 한 것이 아닌데…,'라는 불만으로 가득했다.

지금 생각하면 우스운 일이었다. 몸도 성한데, 뭐 좀 일해 주고 배우면 될 일인 것을…. 젊어서는 그것을 참을 수 없어 하다니. 하기야 나는 그때도 시간이 많지 않았다. 토요일, 일요일만 고용살이를 하면 되었다. 그러나 그것이 내 몸에 무리가 가서 불평을 했으리라.

이야기가 계속 다른 곳으로 가고 있다니. 다시 돌아가서 H네의 냉장고는 잘 정리되어 있었다. 맨 윗칸에 그가 좋아하는 홍시감을 시작으로 그 다음 사과 몇 알, 그리고 알맞게 먹을 수 있는 반찬 등이 진열되어 있었다. 그가 필요한 것만 그가 먹을 만큼 조금씩 넣었다. 우리 시어머니와 같았다. 냉장고는 적당히 채워졌고 헐렁했다. 필요한 것을 그때그때 사서 쓰면 됐다. 나는 그러지 못했다. 일단 일주일치를 주문했다. 냉장고에 모든 식품들을 쑤셔 넣었다. 일주일 내내 그 식품을 이용해 요리하고 씻어서 먹었다. 우리에게 필요하고 먹고 싶은 것도 모두 사다가 냉장고에 넣었다. 갑자기 만들 음식은 냉장고 재료 중에서 선택하여 만들어 먹었다. 다시 슈퍼에 갈 일은 드물었다. 갑자기 슈퍼에 갈 시간도 없었다. 그 당시에는 새벽에 가서 저녁 늦게 퇴근했다. 지금은 퇴직했지만, 그 버릇은 여전했다. 그런데 H는 아주 잘 살았다. 그에 비해 나는 악습관에 길들어서 그처럼 살지 못했다. 우리 식구는 먹성이 좋았지만 H는 먹는 것이 모기 모이처럼 적었다. 먹는 양부터 달랐다.

그는 몸체가 탤런트처럼 가늘고 얇았다. 그에 비해 나는 적당히 통통했고, 먹는 양이 그보다 많았다. 그는 먹는 것도 다양하지 않았다. 나는 먹는 양이 많은 데다 먹고 싶은 것도 많았고, 새로운 식품이나 새로운 과일을 즐겼다. 눈에 보이는 것은 다 샀고 다 냉장고에 쟁였다. 나는 식탐이 많았다. 나는 반성해야 했다. 그러면서 속으로는 절대 반성하지 못했다.

H네 집을 방문한 후 나는 내 집을 탐사했다. 우리 집 베란다는 창고였다. 온갖 잡동사니가 가득했다. 태양초 고추장, 청정원 고추장, 내가 만든 집 고추장, 보리, 쌀, 검정 쌀, 수수, 콩, 팥, 녹두, 엔틸콩 등이 여기저기 흩어져 있었다. 그 주변에는 내가 만든 더덕주, 매실주, 도라지주와 함께 담은 효소청들이 가득했다. 거기에 말린 나물과 말린 약초가 가득했다. 구석에는 소금 포대, 쌀 포대, 파인애플식초와 감식초 사과식초, 황석어 젓갈 등이 있었다. 그 옆에는 큰 장독과 작은 장독까지 있었다. 그렇게 베란다 창고는 옛날 시골의 넓은 광처럼 가득 찼다. 주변 사람들은 베란다를 보고, 모두 버리라 했다. 그러나 나는 버릴 수 없었다. 식초나 술을 담는 것은 시간이 필요했고, 음식 맛을 내는데 최고였다. 조금씩 먹는 친구들은 음식이 많이 필요 없다. 간단히 빵집에서 자기 좋아하는 샌드위치 한 조각을 사

서 커피와 함께 먹으면 됐다. 그들은 음식을 필요로 하지 않았다. 부엌도 지저분할 필요가 없다. 그들은 음식보다 깔끔함과 깨끗함을 중시했다.

나는 부엌살림도 많고 지저분하며 복잡했다. 김치 담으려면 큰 다라가 필요했고, 만두를 해 먹으려면 채반이 필요했다. 가족이 모일 때를 대비한 대형 솥과 큰 냄비가 필요했다. 명절날 방문하는 친지들은 함께 놀고 자야 하니까 많은 이불이 필요했고, 덕분에 장롱은 이불로 가득 찼다. 내 이웃들은 그렇지 않았다. 친척 모일 일이 없었다. 가족이 모이면 식당에서 만났다. 그곳에서 음식을 먹고 헤어졌다.

친구나 회사, 주변 사람들 대부분은 부부가 맞벌이를 했다. 그들은 모두가 바빴다. 사서 먹어야 하는 경우가 많다. 시간이 가면서 그것은 습관이 되었다. 이제 퇴직한 친구들은 나이가 들었고, 몸이 아팠다. 이제 그들은 사서 먹는 것을 당연히 여겼다. 그들은 몸이 성하더라도 귀찮아서 사서 먹었다. 나도 점점 귀찮이즘 계열로 갔다. 그럴 때마다 나는 계단을 청소하는 아줌마에게 배웠다. 그들은 나보다 십 년, 더 나이를 먹었다. 그런데도 아침마다 계단청소를 열심히 했다. 물청소로 하루 종일 힘들게 했다. 그들을 보면서 나는 반성했다. 사는 것은 저렇게 힘든 것이라고. 귀찮다고 내가 먹을 것, 해야 할 것을 하지 않으면 안 된다고. 그것은 죄가 될 일이라고. 아니, 죄라기보다 나 스스로를 망치게 하는 것이라고. 나이가 들어 제 욕심과 이기심만을 쫓아가는 꼴은 자기 자신을 망치는 일이라고. 그래서 스스

로 나 자신을 경계하며 살아가는 것이 행복의 길임을 나에게 주지시
켜야 했다.

*

여고동창 모임에 참가했다.

동창모임은 항상 삼십 명 이상 모였다. 그런데 이번에는 이십여 명
만 모였다. 작년만 해도 올 수 있었던 친구들이 많이 빠졌다. 한 친
구는 유방 수술을 했고, 또 다른 친구는 항암 치료 중이라 올 수 없
었다. 참가한 친구들도 성하지 못한 이가 많았다. 허리가 굽어서 펼
수 없는 이, 파킨슨병으로 힘들어하는 이, 다리에 오는 근육통 때문
에 불편한 이.

그래도 우리는 만나면 즐거웠다. 여고 졸업 후 한 번도 보지 못한
친구들도 있었다. 같은 반을 했던 친구가 나에게 손짓했다. 그는 나
를 알아봤는데 나는 그 친구를 몰라봤다. 사십 년을 훌쩍 넘은 세월
이었다. 그 친구의 이름은 Yuhy였다. 그가 말하니 생각났다. Yuhy
는 내 짝이었다. 막 중학교에 입학했을 때였다. Yuhy는 성격이 강했
다. 무엇이든 나를 누르고 싶어 했다. 나는 Yuhy를 좋아하지 않았
다. 그때 담임은 가정 실태조사를 했다.

- 집에 텔레비전 있는 사람은 손들어.

- 집에 전화 있는 사람?

- 집에 자동차 있는 사람?

- 집에 전축 있는 사람?

- 집에 피아노 있는 사람?

Yuhy는 다 손들었다. 없는 게 없었다. 그래도 자동차는 기억이 안 난다. 나는 아마 전축 하나에만 손을 들었던 것으로 기억한다. 그때 모든 질문에 손을 다든 사람은 몇 명 없었다. Yuhy는 부자라는 뜻이었다. 할아버지가 사업을 했는지 학교만 오면 Yuhy가 할아버지네 이야기를 많이 했다는 기억이 떠올랐다.

Yuhy는 나를 골탕 먹이기를 즐겼던지, 성적이 나오면 나를 견제해서 다른 옆 친구와 쑥덕거렸다. 어느 날 Yuhy는 아이큐 검사에서 두 자리 숫자가 우리 반에 두 명 있다고 선전했다. 그리고 그 두 명 중 한 명이 나라고 떠들어 댔다. 그때 나는 무척 상처받았다. 나는 그때부터 나 스스로를 무척 머리가 나쁜 사람으로 인식했다. 나는 외우기를 잘 못했다. 그런데 교과 과목은 전부 외워야만 했다. 아무리 외워도 나는 잊어버렸다. 성적은 별반 높아지지 않았다. 그래도 뒤지지 않으려고 무척 노력했다. 아마 Yuhy를 내가 근소한 차이로 이겼던 것으로 기억한다. Yuhy는 나를 상대로 뭔가 이기고 싶어 했고, 이겨서 나를 골탕 먹이려는 심보가 많았다. Yuhy의 공격성과 적의는 내가 그를 싫어하는 원인이 됐다.

세월은 금방 흘러갔다. 중학교를 거쳐 고등학교에 입학했다. 그리고 우리는 서로 다른 계열에서 공부했다. Yuhy는 이과, 나는 문과. 또다시 세월은 지나갔다. 그 후 Yuhy는 내가 다니는 대학 문과대에 재수로 입학했다. 내가 2학년, Yuhy는 1학년. 학교에서 부딪히면 Yuhy와 나는 서로를 외면했다. 그리고 다시 사십 년의 세월이 지나가 버렸다. 이제 학창시절은 지나간 이야기가 됐고, Yuhy는 나에게 나를 안다 했고, 나는 진정으로 Yuhy를 알 수 없었다. 그때의 어렸던 Yuhy의 모습을 도저히 찾을 수 없었다. 그러나 상처받았던 기억들은 내 머릿속에 그대로 남이 있었디.

아마 내가 사랑받았던 기억들도 존속하고 있을 것이었다. 나는 이제 3기 인생의 길로 가고 있다. 나는 모든 이에게 사랑만을 주고 싶고, 그들이 사랑을 기억하게 해주었으면 좋겠다.

*

시간이 날 때마다 나는 글을 쓴다.

그 글은 나를 다시 돌아보는 기능을 한다. 오늘은 갑자기, 작년에 시집 못간 딸을 집에서 쫓아냈던 생각이 났다. 나는 안 나가겠다는 딸을 어거지로 쫓아냈고, 남편의 원성을 샀다. 쫓겨나간 딸은 나를 그의 적으로 생각했다. 그때, 딸은 나에게 악녀라고 했다. 그는 엄마가 어떻게 딸을 쫓아낼 수가 있느냐고 말했다. 그 후 1년이 지났다. 함께 있던 조카가 중국지사로 발령을 받았다. 그래서 딸은 방을 옮길 수밖에 없었다. 언니와 근처를 수색해서 방을 예약했지만 방이 빠지지 않았다. 방이 생길 때까지 다시 우리 집으로 들어오기로 했고, 오늘 이사했다.

일 년 사이 살림이 많아졌다. 이불, 요, 옷들, 신발, 생필품, 테니스 라켓, 운동화 등 많은 잡동사니가 늘었다. 아침 일찍 우리는 그의 짐을 모두 옮겼다. 그의 짐이 방에 가득 찼다. 집에 오자마자 나는 그를 칭찬했다.

너 훌륭하다. 혼자 독립해서 살았다는 것이 중하다. 엄마 아빠가 죽어도 너 혼자 살 수 있을 것 같으니 너 훌륭하다. 살도 빠지고, 직업도 가지고, 테니스도 잘치고 너 정말 훌륭하다.

- 처음에 굉장히 무섭고 힘들었는데 이제는 자신 있어.

- 그래. 그게 중요한 거야.

- 처음엔 뭐가 뭔지도 모르고 어쩔 줄을 몰랐는데, 이제는 다 할 수 있어. 그동안 정신적 독립을 못했는데, 이제 별거 아니야.

- 그래. 그거야.

- 어른이라고 독립하는 게 아니더라고요. 오래전부터 혼자 살아왔고, 혼자 학교 다녔다고, 독립한 것은 아니더라고요. 이종사촌 Hu가 중국에서 오랫동안 혼자 공부를 해서 독립심이 강해 보였는데, 정작 정신적으로는 독립하지 못 했더라구요.

- Hu는 사람이 없으면 불안해서 음악, 라디오, TV를 크게 켜놓아야 심리적 안정을 가질 수 있대요.

- Hu는 항상 정신적인 문제가 있어 보여요. 이혼한 그네 엄마가 불량 엄마인 거 알지만, Hu는 그 불량 엄마한테 심리적 안정을 찾는 것 같아요. 만나면 둘이 싸운대요. 엄마가 나에게 뭘 해줬냐면서. 그

렇게 싸우면서도 얼굴을 보고 와요. 나 같으면, 그런 불량 엄마 용서
할 수 없어서 절대 보지 않고 절연할 텐데.

- 사람마다 태어난 기질이 있고, 그에 따라 살아가는 모습이 다르
기 때문에 우리는 그를 이해해 주어야해.

그렇다. 어느 책에서 보았던 것이 기억났다. 깨달음을 얻은 종교인
이나 성자들을 보면 깨달음을 얻기 위해 그들은 각자의 방법을 선택
했다. 붓다는 육 년 동안 단식한 끝에 완전히 탈진했지만, 마하바라
는 십이 년을 단식하고도 지치지 않았다. 붓다는 단식과 고행을 포
기함으로써 깨달았지만, 마하바라는 고행을 포기하지 않은 결과 깨
달음을 얻었다. 우리는 그들이 가는 길을 각자 옳다고 말할 수 있는
것이다. 마찬가지로, 우리 중 그 누구도 다른 사람의 길을 인도할 수
없다. 그 누구도 우리 모두의 삶의 모델이 될 수 없는 것처럼. 우리
는 각각 독창적인 존재이기 때문이다. 우리 중 완벽히 똑같은 사람
은 지금껏 존재한 적이 없으며, 앞으로도 존재하지 않을 것이다. 우
리는 어느 누구와도 대치될 수 없는 존재이다. 그러므로 우리는 각
자의 자신일 뿐 다른 사람이 아니다. 이것이 우리 각자의 존엄성이
며, 영광인 것이다.

이런 내용의 책을 기억해내고, 나는 상대방을 이해할 수 있었다.
상대방이 아주 별다르게 이상한 짓을 하고 내 정서와 달라서 함께
할 수 없을 때에도, 나는 그들을 이해할 수 있었다. 그것이야말로 그
들의 존엄성이며 영광이기 때문이다.

손자들을 데리고 국립 중앙 박물관
으로 갔다.

차를 지하 주차장에 주차시켰다. 일곱 살인 Un이가 "할머니, A
144야." 했다. 그래. 주차한 곳을 잊지 말자고.

우리는 에스컬레이터를 타고 3개 층을 올랐다. 넓은 광장이 펼쳐
졌다. 하늘과 바람과 광장은 온 세상의 시원함을 보여 주었다. 가슴
이 시원했다. 아이들의 얼굴에도 기쁨이 떠올랐다. 아! 좋다. 우리
는 너무 좁은 공간에 너무 오래 갇힌 채 살았음을 확인했다. 아이
들은 항상 비좁은 유아원에 속박되었던 것이다. 아이들이 광장을
뛰어다녔다. 광장은 바람이 셌다. 넓은 곳으로 골바람처럼 몰려왔
다. 주변은 아파트 빌딩이 계속 늘어났다. 그 사이로 바람은 거칠게
불어왔다. 아이들은 신났다. 바람은 아이들을 따라 파도처럼 몰려
갔다가 흩어졌다. 아이들은 머리카락을 날리고 눈을 가늘게 감은
채 바람 사이를 날쌔게 달렸다. 나는 뒤쫓아서 아이들을 잡았고, 그
들은 나를 잡았다. 오랫동안 지칠 줄도 모르고 우리는 서로를 잡고,
또 잡혔다.

작은 아이 Ye가 추워하며 몸을 웅크렸다. 우리는 박물관 안으로
들어갔다. 건물은 크고 웅장했다. 내가 옛날에 갔던 이집트의 고대
궁전, 신의 궁전 같았다. 하늘에서는 신들의 힘이 내려오는 것처럼
태양의 빛이 들어왔다. 빛 에너지가 나를 황홀하게 했다. 긴 사각형
모양의 투명한 유리 천장을 통해 태양의 빛이 스며들었다. 긴 통로의
양 사이드에는 넓은 홀을 지닌 여러 개의 방을 두어 우리가 볼만한

유물들을 전시해 놓았다. 우리는 전시관으로 들어갔다. 그곳은 석기 시대의 유물을 전시한 곳이었다. Un과 Ye가 진열장에 붙어서 관찰했다. 뾰족한 돌로 된 도구들이 많았다. 흰색, 황토색, 검정색의 토기들과 도자기 등, 시대마다 다른 유물들을 관람했다. 몇 개의 방과 홀로 된 곳들을 돌아다녔다. 나는 자세히 볼 수 없었다.

Un과 Ye는 조금 있다가 싫증을 냈다. 나가고 싶다고. 답답하다고.

"그래 나가자."

우리는 다시 넓은 광장으로 나왔다. 건물과 건물을 잇는 계단이 하늘 높이 있었고, 그 계단은 아래에서 볼 때 하늘을 향한 제단처럼 보였다. 멋졌다. 아마도 설계자가 유럽에서 본, 하늘을 향한 제사를 지내는 고대 제단으로 올라가기 위한 계단을 본 따서 만든 것이 아닐까 생각했다. 멋졌다. 우리는 그 계단을 따라 높이, 하늘을 향해서 달려갔다. 계단은 길었다. 숨이 가빴다. 꼭대기에는 넓은 건너편의 세상이 나타났다. 남산과 공원, 파란 운동장, 아파트, 다양한 집들이 있는 풍경이 그곳에서 펼쳐졌다. 아이들은 기뻐했다. 좋다. 좋아. 우리는 다시 술래잡기를 했다. 잡고 잡히기를 반복하면서 뛰어다녔다. 한참을 뛰고 다시 내려왔다.

어린이 박물관에서 쉬었다. 시간이 맞지 않아 입장할 수는 없었다. 휴게소에서 도시락을 먹었다. 다시 가족공원으로 옮겨가기 위해 우리는 박물관 통로를 거닐었다. 그곳에는 십층 석탑들이 진열되어 있었다. 층층이 새겨진 그림들, 층층이 기와지붕을 넣어 장식을 했다. 그 밑에는 석면에 석불의 그림이 있었다. 그곳에서 사진을 멋지게 찍어주고 다시 가족공원 쪽으로 옮겼다. 숲속으로 우리는 달렸다. 언덕을 오르고, 내리막을 달렸다. 놀이터가 보였다. 아담했다. 군데군데 아이들과 학생, 부모들이 있었다. 가족들이 모여 놀고, 식사했다. 미끄럼을 타고, 버섯집 속으로 들어가고, 호돌이 배 위에서 장난을 쳤다.

그곳에 외국인 아이 야한이 있었다. 아이의 아빠는 나무 그늘에서 컴퓨터를 쳤다. 야한은 미끄럼을 타고, 종이컵으로 모래를 떠서 흙을 뿌렸다. 야한은 외로워 보였다. 심심해 보였다. 나는 물었다. "몇 살?" 말이 없었다. 나는 계속 말했다. Ye는 네 살, Un은 일곱 살이라고. 나는 손가락으로 숫자를 표현했다. 그러자 조금 있다가 아빠한테 갔다. Ye와 Un이 호돌이 몸체 위에서 귀와 손을 잡고 놀았다. 야한이 그 위로 올라갔다. 자기 손가락을 펼쳐 보였다. 다섯 손가락을 폈다. 다섯 살? 나는 다시 Ye가 네 살이고 Un이 일곱 살임을 강조했다. 그래 넌 다섯. 다시 "어디서 왔니?"를 물었다. 말이 없다. "Where is you country?"라고 물었다. 그는 "인디아."라고 말했다. "I'm yahan."이라고도 말했다. "아~ 네 이름이 야한?" 나는 손가락으로 가리키며, "Un~", "Ye~"라며 이름을 가르쳐주었다. 셋은 어울리며 놀았다. 한참을 놀았다.

날씨가 흐려지며 빗방울이 떨어졌다. 미끄럼틀에서 내려온 Un은 바지에 모래와 물기가 붙어서 엉망이 되었다. 야한은 아빠가 불렀다. 야한이 아빠에게 갔다. 바이바이 했다. 우리도 바이바이를 외쳤다. 그리고 서둘러서 뛰었다. 숲은 길었다. 지름길을 찾아 뛰었다. 박물관 내로 들어왔다. 지하 주차장으로 갔다. Un이 A 144라고 번호를 불렀다. "어~ 기억력 좋네?" 그곳에서 차를 타고 돌아왔다. 즐거운 하루였다.

*

둘째야, 인동 시어머니 생신이 또 돌아오네?

이번에 또 어떤 변란을 일으킬지? 네가 걱정이다. 둘째야, 착한 며느리 버려라. 어머니는 착한 사람을 잡는다. 나쁜 며느리가 되라. 그래야 네가 살 것 같다. 나는 이제 나쁜 며느리, 나쁜 형수가 되니 살 것 같더라며, 나는 핸드폰으로 문자 보냈다.

- 어머니 생신이 음력으로 9월 27일이네. 양력으로 10월 27일이야. 어머니 생신축하비는 어머니 통장으로 송금했고, 식사비는 자기에게 통장으로 송금했어. 힘들지만 잘 지내시게.

생신 전날 둘째는 나에게 전화했다.

- 어머니 땜에 못살겠어요, 아침에 전화해서 생신날 함께 밥 먹었으면 좋겠다 했더니 "나는 싫다. 안 먹겠다." 하시기에 그럼 어머니 집에서 상차림하겠다 했죠.

- 그것도 싫다 하시고. 모두들 꼴 보기 싫다면서 울며불며 모두 찾아오지 말라 하시더라구요. 네가 오면, 문 잠그고 나간다 하시데요?

그리고 어머니는 당신이 나 때문에 제사를 지금껏 지내줬는데 네가 나를 배반하냐고 야단을 치네요.

- 내가 뭘 잘못했는지 모르겠네요. 언젠가 당신께서 김치냉장고 사 달라고 하셔서 우리가 사주기로 한 것을, 이번에는 그만두라시네요. 사실은 막내네 사주려고 했다면서.

- 이제는 자기 용돈 쓰게 오십만 원을 달라네요. 갑자기 너네가 제일 잘산다면서요. 근데 형님, 우리가 연금이 있어요? 뭐가 있어요? 남편이나 나나 허드렛일로 밥 먹고 사는데….

그는 울었다. 남편이 스트레스를 받아서 이가 다 빠졌다 했다. 임플란트를 해야 하는데 돈이 없어 하지도 못하고 있는데, 어머니 소리를 들으면 복장이 터진다 했다. 그래 네 말이 맞다고. 어머니는 지금 팔십육 세다. 이제 우울증과 조울증이 함께 있을 거다. 그것을 이해하려고 하거나 마음에 두려고 하지 말고 마음을 비워야 자네가 산다고. 같이 말을 하다 보면 너도 미치니 일단 멀리하고 마음을 가라앉히라 했다.

그렇게 우리는 서로 전화를 했고, 전화를 껐다. 그리고 한참 후에 막내 동서에게 문자를 보냈다.

- 드디어 어머니 생신이 돌아왔구나. 평생 당신 생일날이 되면, 어머니는 변란을 일으켰고, 당신은 며느리를 잡고 괴롭혔다. 그것도 몇십 년이 되니 당신의 습관이 되었다. 60이 넘어 나는 선언했다. 호적에서 나를 빼달라고. 그리고 언제부턴가 둘째 동서가 이전에 나와 같은 일을 겪게 되었다. 그래서 둘째 동서가 어제부터 잠을 못자고

어머니의 혹독한 언어를 받았다 했다. 지금, 둘째네는 어머님 때문에 스트레스를 받아서 이빨이 다 빠졌고 죽을 지경이라 했다. 아무래도 이번에는 막내인 자네가 어머님 식사를 챙겨줘야겠더라. 미안하다. 식사비는 따로 보낼 것이다. 둘째네가 상황이 복잡함을 자네가 이해해주고, 어머니랑 밥을 먹게나.

나는 이렇게 다섯째인 막내 동서에게 문자를 보냈다. 그리고 다른 동서들에게도 사실을 알고 있으라고 문자를 복사해서 보냈다. 집안 사정이 어떻게 되어가는지를 알고 있어야 좋을 듯싶었다.

다시 막내 동서에게 문자가 왔다.

- 조금 전에 통화해서 내일 저녁 드시자고 말씀드렸는데 안 드신다고 하시네요. 넷째 형님도 전화를 드렸나 본데 안 드신다고 얘기했대요. 미역국도 안 먹는다고 끓여오지 말라고 몇 번이나 말씀하시더라고요.

- 그랬구나. 그럼 어머니가 사랑하는 막내 삼촌이 어떻게 해봐야겠네. 우리는 힘이 없으니까(내가 문자를 보냈다).

- 저희 남편이 얘기해도 안 들으실 것 같아요. 내일은 밖에 나가서 드실 생각이 없는 거 같아요. 어떻게 해야 할지 저희도 모르겠어요.

- 막내 삼촌이랑 상의하고, 모두들 가만히 있는 게 상책이겠지. 우리가 어쩌겠어. 당신이 싫다는데. 우리가 어떡하라고. 당신은 나 결혼 초 그 당시 49세였는데, 그때부터 그냥 그렇게 심통을 부리는 것이 연례행사였으니까. 지금은 연세도 많고, 우울증이나 조울증이 있을 테니 그렇게 받으면서 그분을 이해할 수밖에…

- 네~

나는 다시 이 상황을 복사해서 둘째에게 보냈다.

- 내용 알고 있으라고. 우리는 지금 소설을 쓰고 있다. 현실로. 그렇지?

- 아무 말도 하지 않고 조용히 있으려고요. 막내에게 식사비 송금하고요. 내일은 전화 안 해도 되죠?

- 그래. 무조건 말없이 가만히 있어. 너도 전화하지 말고. 그냥 가만히 있으라고. 그래야 자네가 살 수 있어. 자네가 어머니 뜻을 따르면 따를수록 널 더 괴롭힌다고. 그것도 당신의 의도지. 자네가 떨어져 나갈 때까지 그럴 거라고.

다음날. 어머니 생신날에 둘째 동서에게 문자를 보냈다. 그는 아직 관청에서 일했다. 전화는 연결되지 않았다. 그는 나보다 일곱 살 아래였다.

- 바쁘시네? 시어머니가 오늘 아침 우리 집으로 전화했더라고. 아무 일 없다는 듯이 말하더라고. 시어머니가 외삼촌에게(시어머니의 남동생) 생일이니 50만 원 달라고 해서 받았단다. 즐거운 마음으로. 그리고 우리 집으로 전화했어. 웃기지? 속셈이 돈이다, 돈! 제사 얘기는 일체 없다. 제사도 돈이 생기는 프로젝트라고. 아들들에게 제사비로 이십만 원씩, 모두 백만 원이 되니까 말이다. 거기에 제사비, 명절비, 이런저런 행사비만 가구당 백만 원 이상의 비용을 지불해야 하잖아.

- 그리고 다달이 생활비 명목으로 20~30만 원씩을 시어머니 통장

으로 입금해야 하는데, 우리는 대부분 퇴직자라고. 게다가 연금 없는 형제도 있잖아. 장남인 우리에게 제사를 가져가라 하면 우리는 언제고 가져간다고. 그런데 그 제사를 당신이 계속하고 싶은 거야. 그리고 둘째 네 집에서, 당신의 뜻대로, 집만 빌려서 제사를 지내고 싶은 거지. 그러나 그것은 아니지. 절대 있을 수 없는 일이지. 이제 자네도 마음을 편하게 먹어. 어머니를 마음속에서 버려. 그래야 자네가 살아. 할 만큼 했어. 그동안 자네는 너무 훌륭했어. 우리 며느리 중에 제일 애 많이 썼잖아. 그만 끝내. 그렇다고 우리가 부모를 쓰레기통에 버리나? 그런 게 아니잖아? 당신 혼자 하게 놔두는 거라고. 어머니에게 전화해서 뒤통수 맞지 말고. 무얼 어떻게 하려고 하지 말자고.

- 네~

우리는 그렇게 시어머니의 생신을 별나게 끝마쳤다.

*

어느 날 여고 친구로부터 문자가 왔다.

- 친구야~~ 더운데 더운데 어떻게 지내니? 정말 덥지. 친구야. 여고 골프 갈 때 네 차에 나도 타고 갈 수 있을까?

- 그럼, 그럼.

- 친구야 고마워! 맛있는 것 살게 ^*^

- 괜찮아~^~^-- 월요일 10시까지 우리 집으로 오셔요. 김밥은 내가 가져갑니다.

- 그날 보자. 고마워.

그날 이후 우리는 친해졌다. 동창이기는 하지만 같은 반으로 지낸 적이 없었고, 그래서 그와 내가 만난 일이 없었다. 운동가는 날, 여고 동창 모임에 우리 남편은 깍두기로 참가를 했다. 12명의 멤버가 항상 온전히 참가하는 건 어렵기 때문이었다. 남편이 갑자기 쓰러져서 못 나오고, 제사라서, 유방 수술을 해서, 계단에서 굴러떨어져 다리를 다쳐서 등 각각의 사정으로 참가하지 못한 사람 대신으로 남편이 참가했다.

팀은 총 3팀으로, 팀별로 차에 탑승했다. 강동팀, 강북팀, 강남팀으로. 나는 강남팀으로 이웃에 사는 회원들이 함께 탔다. 그중에는 Hn도 있었다. 그날은 남편이 운전했다. 차를 타자마자 우리는 이바구를 시작했다. Hn은 부유했다. 그의 차는 벤츠였다. 남자가 아니라 가정주부인 친구가 벤츠 차를 탄다는 것은 아주 부자라는 사실을 상징했다. 사람 마음이 요상해졌다. 나는 그에게 관심이 쏠렸다. 그리고 그에게 묻고 싶은 것이 많아졌다. 얘는 어디 살까? 어떻게 살고 있는 걸까? 무슨 일을 해서 부자가 됐을까? 등등. 나는 오만 가지 생각들을 했다. 그 친구에게 나는 궁금한 것을 물었다.

- 네 집은 어디야?

- 서래마을. 이번에 새로 지은 아파트 샀어.

- 얼마주고?

- 16억.

- 응? 헐!

나는 숨이 막혔다. 십육억이라는 숫자는 나와 먼 숫자였다. 관심이 더 커졌다. 그것은 있을 수 없는 액수였다.

- 분양받았어? 어떻게 샀어?

- 서래마을에서 이사 가고 싶었어. 그곳에서 한~ 이십 년 넘게 살았어. 그래서 분양하는데 갔어. 일 층이 딱 두 개 남았더라고. 나는 일 층을 좋아해. 그래서 그것을 하나 골라서 샀어. 프리미엄은 주지 않았어.

- 내부 시설을 일억 주고 다시 했어. 그랬더니 이번에 어떤 부동산 업자가 이십사억 줄 테니 팔라고 전화 왔어.

- 대박이다. 너 대박.

그는 연약했고, 바람이 불면 훅 날아갈 몸체였다. 얼굴은 성형 수술을 해서 영화배우 같았다. 첫인상으로는 접근하기 힘든 느낌을 받았다. 그런데 의외로 그는 솔직했다. 대부분의 친구들은 이야기를 하지 않았고 숨겼다. 그러나 그는 솔직했고, 솔직한 그가 나는 좋았다. 나는 말했다. 우리는 평생 교직 생활, 공무원 하면 퇴직금으로 2억~3억 받았다 했다. 그것도 삼십 년 근무해야 그런 것이라고.

그런데 어떻게 그 집을 사게 되었냐고 물었다. 서래마을 빌라에서 너무 오래 살아서, 이사 가고 싶어서 새 아파트를 샀다고. 자기가 이사를 가겠다고 주장했고 남편이 그러라 했다고.

너 정말 대박이라고. 지금 이십사억에 팔 수 있는데 넌 십육억에 샀으니 팔억이 남고, 일억으로 리모델링을 했으니 딱 칠억을 벌었다고. 결국 넌 남이 평생 벌 돈의 몇 배를 한 번에 벌었다고. 그러자 그는 말했다. 자기는 할 줄 아는 게 없다고. 그는 꼭 바보 같다고.

그러나 분명 그는 복이 있고, 복스럽게 살고 있었다. 클럽하우스 들어가기 전 우리는 김밥을 먹었다. 그리고 과일을 먹고 음료, 커피를 마신 뒤 운동을 했다. 돌아오면서 그는 자기 집에서 언제 한 번 밥 먹고 차를 마시자 했다.

그 다음 주 우리는 Hn네 집 근처에서 만났다. 중국집에서 식사를 했다. 차를 마시기 위해서 다시 그의 집으로 갔다. 나는 깜짝 놀랐다. 그의 집 규모는 정말 어마어마했다. 유럽풍의 빌라였다. 벽은 두껍고 웅장했다. 3층짜리 건물 전체가 그의 집이었다. 2층은 그들이 살고 있고, 실내 계단을 오르면 다시 큰 빌라가 그 속에 있었다. 2층은 100평, 3층은 80평, 맨 아래층은 적어도 이십 평은 넘을 듯싶었다.

- 야~ 대단하다. 나는 이십 년 이상을 17평 이하에서 살았는데…. 그리고 이제야 삼십 평짜리 집에서 십 년 정도 살았는데…. 진작부터 너랑 친해져서 네가 쓸모없는 것들을 받아서 써도 되는 것을….

그의 집은 어수선했다. 이사 차비로 군데군데 짐이 쌓여 있었고, 그동안 쓰던 가구들은 처분할 것처럼, 어둡게 자리하고 있었다. 그는 물건 중 필요한 것은 가져가기를 바랐다. 모두가 몇백만 원씩 주고 산 물건이라고. 하지만 나는 그가 주어도 가질 수 없었다. 그 물건 하나하나가 우리 집 공간 삼 분의 일씩 차지할 것이었다.

안채(2층)에서 우리는 이바구를 했다. 위층은 처음에 결혼해서 아들 내외가 살았다가 이사 갔고, 그 후 외국에 사는 오빠들이 국내에 오면 쉼터로 이용한다고 했다. 아래층은 딸애가 피아노 치는 방이었다고. 나는 이제까지 한국에서 그렇게 큰 집에서 사는 것을 못 봤다. 그것도 강남에서. 그는 그곳에서 이십 년 넘게 살았다고 했다. 그는 직업을 가진 적이 없었다. 그렇다면 남편의 경제력이 대단하다는 뜻이었다.

 - 너네 남편은 사업을 하니?

 - 응.

 - 무슨 사업이야?

 - 처음에는 무역업을 했지. 아니, 그 전에는 금성사를 다녔어. 창원에서. 그런데 그곳에 다니면서 중간에 적응하기 힘들다고 그만두었어. 서울로 왔지. 형이 종로에서 무역업을 했거든. 거기서 일을 배웠어. 형이 하는 일을 많이 도와주고 나왔어.

 - 남편은 다시 회사를 차렸어. 처음에는 의료업 등을 했어. 수입해서 팔다가 자기가 만들 수 있을 것 같은 것은 직접 만들어서 팔았어. 엊그제도 자판기에서 커피 빼 먹다가 아이디어가 생각났대. 의약품을 자판기 빼듯 하면 시간이 줄어들 것 같다고. 그래서 그 형태의 의료 기구를 만들었어, 지금, 시판중이야.

 - 남편은 바이오에 관심이 많아. 남편은 책을 좋아해. 잡기에 능하고. 술이나 담배는 못 해.

 - 그거야, 그거. 너네 남편, 짱이다 야.

그래서 그가 잘 살고 있는 것이었다.

- 그런데, 너 왜 여고 동창에 늦게 나왔냐? 일찍 나와서 우리랑 만났어야 되는데…. Hn 네 덕 좀 보고 살았어야 했는데…. 아니다. 아직 안 늦었다. 이제부터라도 이십 년은 만나고 살 수 있을 테니까.

위층 내부도 운동장만 했다. 우리 집의 3배였다. 피아노책이 많았다. 큰딸이 피아노 전공자였다. 지금은 아빠 회사에서 근무했다. 피아노 전공이 아까웠다. 더구나 딸은 유학파였다. 그는 처음에 아들 때문에 힘들었다고 했다. 아들은 공부에 관심 없었다. 강남에서 고등학교를 다녔다. 이십 년 전에 100만 원이 넘는 과외비(과목당)를 주고 가정교사를 두었고, 아들을 공부시켰다. 그 당시 우리 남편의 직급은 서기관이었다. 남편의 월급은 오십만 원 내지 육십만 원이었다. 그런 의미에서, 그의 아들 과외비는 상상조차 할 수 없는 액수였다.

문제는 그 아들이 공부를 하지 않았다는 것이다. 그래서 Hn는 애를 태웠다.

결국 그의 아들은 지방대에 갔고 거기서도 공부를 하지 않았다. 그는 아들의 담당 교수를 만났다. 우리 애가 공부를 안 하니 유학을 시키면 어떻겠냐고 물었다. 그 교수는 찬성이라 말했다. 왜냐하면 가고 싶어도 대부분은 갈 수 없기 때문에. 그 날, Hn은 아들을 휴학시켰다. 그리고 서울로 와서 바로 군대에 지원입대 시켰다. 아들은 엄마를 원망했다. 다른 엄마는 군대를 빼려고 노력하는데 자기 엄마는 지원입대 시킨다고. 그렇게 아들은 군대에 입대했고 몇 년 후 제대했다.

 Hn은 곧바로 유학을 준비하며 애썼다. 우연히 영화를 봤는데 그 영화의 제목은 「시애틀의 잠 못 이루는 밤」이었다. 그는 그곳을 아들 유학지로 잡았다. 제대하자마자 시애틀로 갔다. 그곳에서 언어코스를 밟고 고등학교에 재입학 시켰다. 그는 아들을 거기서 공부시키며 아들이 혹 나쁜 미국 문화에 물들까 봐 걱정했다. 그는 날마다 아들을 지켰다. 졸업한 딸과 함께 아들을 지키며, 재미있게 해주려 애썼다. 공부하고 온 아들에게 가족은 화투 게임을 제안했고, 윷놀이를 함께 하며 아들이 공부하는데 적응할 수 있도록 애썼다. 그렇게 세월은 흘러갔다.

 처음에 남편은 Hn에게 잔소리했다. 유학은 공부 잘하는 아이들이 가는 것이라고. 공부하기 싫은 아이들을 보내는 곳이 아니라고. 그런데 아들이 고등학교를 졸업할 때가 되자, 좋은 대학들에서 입학하라고 원서를 보내주었다. 아들은 자기가 원하는 대학을 갈 수 있는 성적을 취득했던 것이다. 아들이 졸업할 때, 남편은 Hn을 칭찬했다. "당신, 아들 잘 키웠다."고. 그리고 그의 아들은 우수한 미국 대학에 입학해 우수한 성적으로 졸업했다. 아들은 외국에서 근무하다가 이제는 남편의 회사에서 일했다. 그의 아들은 결혼했고 손자 둘을 낳고 행복하게 살았다.

 나는 말했다. 넌, 성공했다고.

 Hn은 연약한 여자였다. 뼈에 살이 없었다. 가죽만 걸친 모습이었다. 그러나 엄마로서는 강했다. 그의 교육열은 대단했고, 그래서 아들을 훌륭히 키워냈다. 그의 겉모습에는 그런 강인함이 없었다. 화려하고 멋이 있지만, 어디까지나 가냘픈 왕비나 공주에 속하는 여자였다. 그러나 내적으로 아들을 위한 속앓이를 해온 엄마였다. 이 이야기를 듣고 나는 그가 우리와 같은 일반적인 엄마라는 사실을 알았고, 그 공통점을 통해 우리는 금방 친해졌다. 대한민국의 진정한 어머니의 모습은, 역시 자식을 향한 열정적인 교육열이었다.

나도 나대로 애들 교육에 힘썼다. 남편이 사무관 발령 난 곳은 대전이었다. 거기서 살다가 다시 부천으로 갔다. 우리는 부천 13평 연탄 아파트에 살았다. 아이들은 커 갔다. 전세금은 계속 올랐다. 나는 아이들을 유치원에 보낼 수 없었다. 거기에 시댁 생활비를 조금씩 보탰다. 그러나 그것은 시어머니의 성에 안 찼다. 할 수 없이 나는 융자를 내서 보탰다. 우리 가계는 다달이 적자였다. 앞날이 걱정되었다. 우윳값이 모자랐다. 그 당시 나는 중등학교 교직을 그만둔 상태였다. 나는 다시 공부를 시작하기로 마음먹었다. 교수를 하면 돈이 많이 생길 거라는 생각이 들었다. 남편의 봉급은 애들과 남편까지 총 세 명이 생활하기에 맞는 돈이지, 나까지 밥을 먹을 만큼은 되지 않았다. 우선 대학원 입학을 위해 집에서 열심히 공부했다. 그리고 친정에 빌붙었다. 학비를 보태 달라고. 교수가 되면 갚겠다고. 그때부터 나는 내가 살 집을 마련하려 애썼다. 남편은 다시 과천으로 발령을 받았다. 가장 싸고 허름한 집을 찾았다. 과천은 비쌌다. 과천에서 가까운 곳, 안양 변두리의 주공 연탄 13평. 그중에서도 싼 것은 1

층에, 사이드였다.

우리 집은 여름에 뜨겁게 올라오는 지열에 쪘고, 겨울은 냉기에 얼어붙었다. 아궁이에 땐 연탄불은 구들로 스머들지 않았다. 우리는 가난하게 살았다. 큰애가 피아노를 치겠다고 했다. 힘들지만 월부로 피아노를 샀고, 피아노를 가르쳤다. 큰딸이 초등학교에 들어갔다. 주변에서 서울 강남의 중학교에 가려면 저학년일 때 강남에 있는 초등학교에 다녀야 한다고 했다. 그래야 중학교를 배정받을 수 있다 했다. 나는 이게 무슨 소린지 몰랐다. 그것은 강남에 중학교가 모자란다는 뜻이었다. 일찍 초등학교에 다니는 순서대로 중학교에 들어갈 수 있다고. 나는 그때부터 걱정했다. 큰일이구나. 나는 애들이 서울에서 학교 다녀야 좋은 대학을 들어갈 수 있을 것이라 생각했다. 지금 생각하면 우습다. 내가 얼마나 어리석은가를 알 수 있었다. 어디에서든 공부만 열심히 하면 서울에 있는 대학을 갈 수 있는 것을.

나는 그 소리를 들은 날부터 고민했다. 그러다가 나의 친고모인 청량리 고모를 생각했다. 고모는 부자였다. 고모네 집에 갔다. 강남에서 제일 작은 집을 사라고. 우리 남편 이름으로. 그리고 그 집에서 내가 전세 살겠다고. 자기 이름으로 사면 세금이 많이 나오니 고모는 좋다고, 그러라고 했다. 우리는 집을 샀고 고모 집에서 전세를 살기로 했다. 곧바로 우리는 이사했다. 큰애 J가 초등학교 3학년, 작은애 S는 초등학교 1학년생으로 강남에 있는 초등학교에 입학했다. 나는 그곳에서 공부하면 서울의 우수한 대학에 입학할 것이라 여겼다. 그러나 그것은 허상이었고 나의 어리석음이었다. 어디서건 공부를 열심히 하고, 성실히 노력하면 좋은 대학을 갈 수 있었는데…. 공부하고자 하는 마음을 아이들이 스스로 가져야 하는 것인데…. 그것은 부모의 욕심이었고 부모의 허영심이었다. 이제 다 지나간 과거였다.

딸 J는 공부에 열정이 없었다. 그는 공부와 상관없이 호기심 천국이었다. 그는 남이 가지는 것은 다 갖고 싶었다. 남이 하는 일은 다 따라 했다. 어느 날부터 그는 만화에 빠졌다. 그는 이불속에서 만화를 봤다. 자기가 하겠다던 피아노만 다녔다. 그는 매사에 불만이 많았다. 그는 하고 싶은 게 많았고 요구하는 게 많았다. 나는 그의 말을 들어줄 수 없었다. 우리의 삶은 빠듯했다. 빈틈이 없어야 살았다. 시간이 지나서 중학교에 입학했다. J는 사춘기가 되면서, 겉모습에 신경을 썼다. 딸은 머리에 롤을 감았고 TV 연예인처럼 합바지를 입었다. 학교 수업이 끝나도 그는 곧바로 집으로 오지 않았다. 지하상가를 배회했다. 나는 걱정했다. 학교 날나리가 되어가는 것이 아닐까 걱정했다. 나는 J을 위해, 딸 또래를 모아 우리 집에서 과외를 시작했다. 또래들끼리 어울리며 공부하도록 힘썼다. 그리고 J에게 합바지를 허용했다. 단, 학교에 입고 가는 것은 막았다. 나는 J, S 등 또래 아이들을 모아놓고 공부를 시켰고, 서로 어울리면서 공부하도록 노력했다. 다행히 그들의 성적은 뛰어나지는 않지만, 뒤처지지도 않았다.

둘째 딸, S는 몸이 허약했다. 온몸이 피투성이가 되도록 긁었다. 알레르기 피부염이 딸을 죽였다. 우리는 날마다 그의 피부염으로 고민했다. 나는 그가 학교 갔다 오면 양의사, 한의사를 찾았다. 그들의 처방은 애를 수면제로 재우는 일이었다. 애는 날마다 비실비실 잠에 취해 있었다. 나는 이런 것은 아니다 싶었다. 나는 다시 고민했다. 인간의 기본이 무엇인가를 생각했다. 우선 햇빛, 공기, 흙을 밟게 해보자. 그것으로 테니스 운동을 시켜보자. 넓은 운동장에서 땅을 밟고, 맑은 공기 마시고, 햇빛을 받으며 공을 쳐보자 했다. 그래서 초등학교 4학년부터 나는 테니스를 시켰다. 그 후 언니인 J가 왜 나는 안 시켜주느냐고 했기에 그래 너도 하라고 했다. 우리는 모든 것을 제처놓고, 먼저 건강하게 살자 쪽에 목표를 세웠다. 내 남동생은 29살이란 젊은 나이에 세상을 떠났다. 위암으로. 내 친정아버지도 59세에 떠났다. 폐암으로. 그래서 나에게는 이미 건강이 최고라는 모토가 있었다.

나는 공부를 열심히 시키려 애썼지만 J는 내 기대에 못 미쳤다. 네가 하기 싫으면 나라도 열심히 해야겠다는 생각이 강했다. 그러나 나도 박사과정에 쉽게 들어가지 못했다. 토플 공부를 새롭게 한다는 것이 쉽지 않았다. 제2 외국어 시험도 쉽지 않았다. 한 번도 배우지 않은 독일어를 스스로 독학해서 독해 시험을 보고 통과하는 것이 어려웠다. 나중에는 독일어 독해 문장을 외웠다. 다행히 붙었고, 힘들게 박사과정을 통과해서 졸업했다. 내 후배들 중에는 졸업 시험을 통과하지 못해서 졸업을 못한 이가 많았다. 나는 다행히 졸업시험도 통과했고, 논문도 통과해서 박사학위를 땄다. 지금은 쓸모없는 일일지 모르나 그 당시 나는 피가 말랐다. 그래도 그 기억을 하면 나 스스로 대견하고 만족스러웠다. 하나의 벽을 넘는 기분이랄까? 학위는 나와의 싸움이며, 내가 가진 나만의 인내를 이기는 작업이었다. 나는 그것이 기뻤다. 인생의 길을 나 스스로 개척하며 최선을 다했다는 느낌. 그 후 십오 년, 십육 년을 강의했다. 사십이 넘고, 오십이 넘으면 여성들은 아프다, 죽겠다, 힘들다는 언어에 길들여진다. 물론 나도 그렇다. 그러나 너무 바쁜 일정에 나는 아픈지도 몰랐다. 앞에 놓인 일정을 쫓다보니, 세월은 어느새 멀리 멀리 가버렸다.

그런데 이야기가 삼천포로 빠져버렸다. 이 이야기가 아니었는데…. 다시 돌아가서. 그 날 이후 우리는 매우 빨리 친해졌다. 그는 매사에 솔직했고, 나 또한 그의 솔직함에 나의 삶을 솔직히 말했다. 육십을 훌쩍 넘은 나이는 상대방에게 좋은 것만 보여주고 싶은 나이다. 자신의 나쁜 것들은 숨기고 말하지 않기를 바란다. 하지만 나는 모든 것을 보여주는 것이 편하다. Hn이도 그랬던 것 같았다. 그래서 우리는 빨리 친해졌다.

다시 여고 골프 모임 날이 돌아왔다. 그 전날 나는 문자 보냈다.

- 야~ 너 조금 있다가 이사 가겠네? 그 빌라 추억이 많았던 것 같은데, 이십 년 넘게 살아서. 아쉽겠다. 이사 잘 가고. 안정되면 하이타이 사 갈게. 비누 거품처럼 더 부자 되라고. 그때 보자. 너 진작 알아서 네 덕 좀 보고 살았어야 하는데…. 너 너무 살이 없더라. 제발 근육 좀 키우고, 잘 살고 있어. 조금 있으면 추석 명절이 돌아오네? 젊은이 말로는 메리 크리스마스가 아니라 메리 추석이라 하더라구. 너도 메리 추석!

- Hn아! 공치는 날, 우리 신랑 넘보지 말고 우리 집에 10시까지 와

(남편은 여고 골프 참석 멤버가 사정이 생길 때마다 보조 참석자로 인원을 채워 주었다. 우리는 남편을 깍두기로 호칭했다. Hn은 우리 남편을 은근히 골리면서 우리 또래들의 장난기를 부렸다). 김밥은 내가 가져갈게.

- 명절 잘 보냈니? 우리 이사는 잘 했고 정리는 까마득~~~ 그날 10시까지 갈게^^^ 만나서 얘기해 ~~

- 너무 깔끔하게 하려니 그렇겠다. 난 덜렁이라 잘 몰라. 내 눈에는 먼지가 안 보이거든. 몸 상하지 않게 대충해. 병원 신세 지면 오히려 화가 될 테니. 건강 챙겨서 만나자.

- 줄기세포 주사 맞았어? 궁금하네.

- 배양 날짜가 아직 안 됐다고 연구소에서 연락 와서 10일 연기했어. ~~^^

- 그렇구나. 나도 관심 있어서.

- 친구야 오늘 주사 맞았어. 다음 주쯤 만나자~~~^^-

- 어마?! 몸은 괜찮고? 그래 만나자 다음 주 목요일쯤에 만두 해 먹을 수 있을까?

- 날짜가 안 맞으면 11, 12, 13, 18, 21일 중에서 날짜를 정해(먼젓번 Hn네 집 갔을 때 친구와 약속했다. 내가 유일하게 배운 것이 시댁에서 만두 빚는 것이라고. 그래서 만두 빚어 먹기로 약속했다).

- 친구야 18일 화요일 만두해 먹는 날로 하자 ~~^^

- 오케이. 너 아줌마한테 재료 준비해줄 수 있지? 전날 나 골프치고 늦게 오면 내장이 고급져서 허리 통증 때문에 못해.

나는 허리 통증이 잘 일어났다. 통증이 생기면 꿈쩍을 못했다. 진통제를 먹고 움직였고, 119를 부르던지 애들이 업고 병원으로 가서 치료를 받았다. 그런 일이 심심찮게 일어났다. Hn은 그런 일을 내장이 고급져서 그렇다 했다.

- 부탁할 재료들. 부추 3단, 돼지고기 갈은 것 4kg, 밀가루 중력분으로 2kg, 올리브 유,참기름. 아, 참기름은 내가 가져갈게. 마늘, 생강, 양파, 파, 달걀, 채반, 홍두깨, 그리고 넓고 긴 칼도마. 만약 없으면 내가 가져갈게.

- 걱정하지 말고 귀하신 고급진 몸만 오세요. 그런데 공치는 친구들, 인, 남, 찬, 혜 등 시간되는 친구들 모두 모이면 어떨까?

- 오케이. 단 만두 재료 더블로 해야 되는데? 좋아? 좋아. 우리 동창인 옆집에 사는 K도 데려 가야겠다. 교직을 끝내고 큰딸 애기 봐주고 있어. 참, 가장 큰솥, 아니면 들통을 준비해 주세요. 만두 삶을 것.

- 네가 짱이다야~. 짱 짱 짱 !!! 네가 시키는 것만 다 할게. 시간되는 친구들 네가 연락해서 다 모여라 해~. 먹고, 수다 떠는 동네 소풍으로~.

- 오케이.

나는 그가 말한 친구들에게 단체 카톡으로 보냈다.

- 오는 18일 이사 간 Hn네 집에서 만두 해 먹기로 했다. 재료는 Hn이. 나는 기술 제공으로. 모두 함께 하기를 바랍니다. 시간 있으면 와서 만두 먹고, 자기네 집 저녁 찬으로 만두 만들어 가세요. 나는 10시 반쯤 Hn이네 집으로 가겠음. 만두를 만들어서 먹으려면 시

간이 걸려서.

- 친구야 너네 새 집 주소 좀 문자로 찍어 주시오.

- 재밌겠다~. 누구 만두가 제일 예쁠까? 상도 있는 거야? 그런데 친구야, 점심은 내가 살게. 점심 먹고, 만두 만들어야지.

- 절대 안 됩니다. 맛 없어서 안 됩니다. 굶겨서 맛있게 먹는 것을 알려줘야 합니다. 마늘과 식초 간장에 먹는 맛을 보여줘야 한다고.

- 밖에 나와 친구들 만나 수다 떨다 집에 가면 밥하기 싫잖아. 만두 만들어 집에 가서 저녁 안 하면 그게 더 좋을 걸~! 아무튼 이것만 내가 알아서 할게.

- 만두 만들면서 수다 떠는 재미를 몰라서야 너는. 더 재미있단다. 경제적이고, 생산적이고. 애들(친구) 만두도 얼마나 잘 만드는데. 한번 만두 만들게 해보라고. 재미가 쏠쏠하다? 나는 원래 생산성 있는 것을 좋아해. 나물 뜯고, 조개 줍고, 수영하고, 몸 만드는 것이기도 하고. ㅎㅎㅎ

- 참, 몸 만드는 것 좋아해서, 몸 내장이 그렇니? 고급지냐고?

- 아무튼 무조건 친구들 굶겨야 해. 만두의 진가를 즐기려면 알았지? 요즘 귀찮다고, 몸이 아프다고, 사먹는 것 반성해야 돼. 추수철인데, 깨, 수수 농사하는 것 보면 나 반성한다. 그 작은 알갱이 얻으려고 심고, 키우고, 털고, 말리고… 그들을 보면 나를 반성하게 돼. 그런데 왜 말이 여기까지 갔지? 내가 못 말린다니까?

- 경제도 살아야지. 아무튼 알았어. 몇 명 모일 수 있나만 알려줘.

- 오케이.

- 일단 골프 멤버 모두 참석. 만두 재료는 그것만 하면 됩니다. 내가 착각했소이다. 우리는 청년이 아니고 육학년(60세 이상)들이라서. 새집 주소는 문자로 주세요. 친구들이 알려 달라 합니다. 그런데 이쪽 근처가 아닌 S도 초청해야 되지 않나?

- 당근~ 주소는 서울 서초, 신반포, 15길 20. ○○○파크 ○○○-○○~

- 오케이. 넌 역시 대인배야 ^*^

- 참석 멤버 9명.

- 12시에 점심 먹자. 10명쯤 예약해 놓을게. 장소는 집 근처. 그런데 참석 멤버로 왜 나는 뺐어?

- 절대 점심 예약하면 안 됩니다. 밥 먹고는 만두 못 만듭니다. 형 그리 정신이 있어야 잘 만듭니다. 명심해 주세요.

Hn은 고집이 셌다. 심리적 갈등이 생겼다. 나는 그를 이해할 수가 없었다. 그 또한 나를 이해할 수 없었다. 한 가지 일을 추진하는 것이 얼마나 어려운지를 나는 이미 강화도 사건 때 알았지만, 아무것도 아닌 이번 일도 쉽지 않음을 알 수 있었다. 나는 생각했다. 나는 절대로 다른 사람들이 일을 진행할 때 내 의견을 말하지 않겠다고 맹세했다.

- 18일 11시 30분까지 10명 될까? 알려줘. 예약해야 하니까.

- 네 생각이 맞기는 한데 진정으로 만두를 해서 식사를 해야 맛이 나는데? 그리고 친구들이 한꺼번에 못 와서 1차로 일찍 오는 사람들이 준비하고 먹고 있다가 뒤에 오는 사람들이 함께 하기로 했어. 성당 들려 회의하고 늦게 오는 사람들도 그냥 오라 했어. 와서 함께 하

는 것이 중요하다고. 일찍 올 수 있는 사람들은 10시 반까지 오라 했고, 좀 늦는 이는 12시, 더 늦는 이는 1시에 와도 된다고 했어. 이바구 하고, 만들고, 배고프면, 삶아서 먹고, 만들면서, 먹으면서, 잔치하고, 너네 집 잘 되라고 지신을 눌러주는 일인 것이야.

- 그리고 온다 해도 그 날 또 사정이 있을 수 있고, 일단, 10시 반까지 몇몇 친구들이랑 도구 가지고 만두 만들러 간다. 아마 1시간이면 만들 거야. 다른 친구들은 늦을 거야. 아주 늦어도 된다 했어. 멀리 사는 S도 네가 전화해서 온다했다며? S는 왕비과야, 주인님이 특별 초대, 잘 하셨습니다.

- 친구야, 너 문자 보고 한참 웃는다. 여튼 알았고~ 점심은 일단 예약했어. 10명. 만두 만들다 점심 먹고 와서 또 만들어서 저녁 먹자~! 재료 준비 잘 해놓을게요~.

Hn이와 내 생각은 이미 다르게 가고 있었다. Hn은 점심 예약에 집착했고, 나는 만두 만드는 데 집착했다. 우리는 서로 다른 언어로 다르게 소통하고 있었다. 웃겼다. 내심 나는 속이 상했다. 진정한 모임의 따뜻한 어떤 것을 만들고 싶었다. 그러나 그것은 나의 생각일 뿐이었다. 우리는 만나면 일상적으로 사서 먹었고, 그것이 하나의 패턴이었다. 나는 이번에 그 틀을 벗어나서 우리의 참모습을 가지고 싶었다. 아직 우리는 부엌일을 할 수 있는 건강이 있기 때문에, 더 나이 들어 추억이 될 수 있을 것 같았다. 그러나 그럴 수는 없었다.

- 친구야, 아무래도 만두는 안 하는 게 좋겠다. 식당에서 밥 먹고, 너네 집에서 차 마시고 노는 것이 좋겠다.

- 만두는 다음에 해 먹자. 너는 왕비님이라 음식의 스토리를 모를 수밖에 없는 것이야. 몸의 생체 리듬은 밥 먹고, 일 못 하는 거야. 그리고 재료 도구를 식당으로 가져갈 수도 없구.

- 네 뜻대로 하는 것이 좋겠다.

- 어디로 갑니까?

- 우리 집 상가 지하 드레꽃 한정식집. 12시 예약. 우리 집으로 와. 같이 걸어가면 돼.

그날 나는 옆에 사는 친구 K와 만났다. K는 손자를 어린이집 보내고 나와 뒷산을 산책했다. 이바구 하고, 산책하며 Hn네 아파트 단지로 걸어갔다. 새 아파트가 즐비했다. 모두가 고가인 아파트 단지였다. K는 말했다.

- 난 이 동네만 오면 왕거지여 야!

- 그게 무슨 소리여. 넌 연금이 삼사백이, 딸들이 보내는 용돈 합하면 칠팔백이 되는구만…

- 글쎄 이 동네만 오면 왕거지라니까?

나는 말을 못 했다. 그리고 서둘러서 친구를 만나 음식점으로 갔다. 친구들은 하나씩 모였다. Hn은 한정식을 시켰다. 금새 상이 차려졌다. 우리가 항상 먹는 일상적인 상이. 나는 속상했다. 날마다 먹는 우거지 된장국, 명태찜, 불고기, 잡채, 나물무침류, 김치, 우엉, 도라지, 전, 등 갖가지 음식이 차려졌다. 비싼 식단일 터였지만, 집에서도 먹을 수 있는 것들을 먹는 것이 싫었다. 몸에서 짜증이 났다. 시큰둥하게 식사를 했다. 식사가 끝난 후 이삿집으로 옮겼다. 새롭고 깨끗했다. 도우미 아줌마가 청소를 했다. Hn은 깔끔했고, 깨끗함을 즐기는 여자였다. 먼지 하나가 없었다. 그런 곳을 아줌마는 닦고 또 닦았다. 진한 커피가 나왔다. 우리는 식탁에 둘러앉았다. 과일로 홍시가 나왔고 사과가 나왔다. 사과는 오래되어 맛이 없었다.

벽마다 붙박이장이 있었다. 물건들이 장 속으로 들어갔다. 지저분한 것들은 보이지 않았다. 우리 집과는 대조적이었다. 우리 집은 모든 곳이 내장이 노출된 느낌이 났다. 우리 베란다에는 김치 냉장고가 구석에 있었다. 유리창 밑으로 수석이 한 줄로 진열되어 있고, 그 앞에 된장, 고추장, 모과술, 배술이 두어 통 자리 잡고 있었다. 그 옆으로 보리쌀, 검정쌀, 수수, 율무 등 온갖 잡곡이, 그 옆 창 쪽에는 젓갈을 담은 병과 도라지술, 더덕술, 온갖 효소 담은 그릇들이 있었다. 그 앞 종이 박스에는 온갖 잡동사니 약초들(우슬뿌리, 대추, 헛개나무, 개똥나무, 느릅나무껍질…)이 즐비했다. 안방 벽 밑으로 쌀 포대, 소금 포대, 식초를 담은 그릇이, 창 밑에는 동치미 담은 항아리와 빈 항아리, 큰 독, 샴푸, 비누, 치약, 빨래 건조기, 하이타이 등 온갖 오물과 잡동사니가 그대로 노출되어 있어 마치 창자가 밖으로 쏟아져 흩어진 모습이었다. Hn의 집을 보고, 난 나를 반성하게 했다. 뭔가 잘못 살고 있는 것이라 생각했다. 이렇게 깨끗한 집을, 파출부 아줌마는 하루 종일 벽을 닦고, 바닥을 닦고, 농을 닦았다. Hn은 서랍장과 벽장 정돈의 달인이었다. 그에 비해 나는 살림이 엉망이었다. 물건을 뭉쳐서 농에 넣었고 벽장에 쑤셔놓았다.

나는 정돈하는 일을 싫어했다. 시간이 없을 때, 그 일은 쓸모없이 헛된 시간을 쓰는 것으로 여겼다. 젊은 시절 밥 해먹으랴, 청소하랴, 책 읽으며 논문 쓰랴…. 그런 상황에서 정리정돈 하는 작업은 나를 희생시키는 작업으로 여겼다. 물론 시어머니에 의한 트라우마가 있을 것이기도 했다. 시집에서 했던, 항상 먼지를 닦아내는 작업에 대한 불만. 시어머니는 며느리가 쉬는 꼴이 미워 머느리인 나를 먼지털이로 삼았던 기억들. 그래도 나는 반성해야 했다. 이런 생각을 전부 버리고 정리정돈을 하면 깨끗하고, 즐겁고, 기쁘다는 것을, 그래서 행복해진다는 것을.

우리가 과일과 커피를 먹고 있을 때 Hn은 냉장고에서 부추를 꺼내 보였다. 이거 만두 해 먹으려고 샀다고. 그는 3팩을 샀는데, 실파처럼 얇은 부추 10~20g이 스티로폴 바닥에 얹혀있는 모습이었다. 내가 말한 부추는 500g 묶음 3단이었다. 그래야 10명의 인원이 만들어 먹고 집에까지 만들어 갈 양이 나오는 것이다. 거기다, 새집은 넓었지만 채반을 놓고 도마를 놓아 밀가루 반죽을 하고 빚을 곳이 없었다. 커다란 솥을 놓고 삶을 만한 그릇과 그 음식을 진열할 곳도 마땅찮았다. 그와 나의 삶은 아주 달랐다. 삶의 형태가 다르니 생각도 다른 것이었다. 나는 많은 것을 깨달았다. 직접 농사를 지어서 밥 해먹는 사람과 나 같이 "이 쌀 좋아요?" 하며 슈퍼에서 쌀 사다 밥 지어 먹는 사람, 그리고 친구인 Hn처럼 맛있는 음식점에서 수시로 사서 즐기는 사람 등 제각각 사는 형태도 다르고, 사고도 달랐다. 우리는 각자의 사고로 자기만의 언어를 사용하는 것인지도 모른다. 같은 말이라도 해석이 달라지는 것이다. 그래서 나는 농사를 짓는 농부를 존경한다. 그들은 자연의 이치를 알고 자연의 흐름, 인간의 본성을 잘 이해했다. 그들은 평생을 자연과 함께 순응하며 자연스레 살아온 사람이기 때문이었다.

다시 커피 한 잔씩을 마셨다. 나는 K의 이야기를 했다. 얘는 연금만 삼사백에 딸 셋이 백만 원씩(큰 딸은 대기업 차장, 사위 역시 대기업 차장, 둘째 딸은 부부 모두 치과의사, 셋째 딸은 변호사고 그 남편은 행시 출신 공무원) 도합 칠팔백만 원씩 통장으로 입금되는데, 이 동네 아파트만 오면 왕거지라 주눅이 든단다. 갑자기 친구들이 무슨 소리냐며, 그 돈은 100억짜리 빌딩 임대료라 말했다. 우리는 그를 칭찬했다. 너만큼 자식 잘 키운 사람 없다 했다.

나와 내 친구들의 자식 대부분은 반듯하게 독립한 사람이 없었다. 캥거루 가족처럼 자식들이 부모의 품 안에서 사는 친구가 많았다. 어떤 친구가 물었다.

- K, 네 남편은?

- 응? 몇 년 전에 아파서 갔어.

한 친구가 다시 말했다. 요즘은 그게 짱~이라 했다. 나이든 남편은 대개 병원에 입원해서 치료를 받았다고. 모두들 병원을 다녔고, 치료 중이며, 고생을 하고 있다 했다.

그 후 Hn과 나는 더 친밀해졌고, 계속 운동을 함께 했다.

어느 날, 나는 Hn이 말한 줄기세포를 물었다.

- 너 줄기세포 맞았다며? 어땠어? 아팠어?

- 아니.

- 남편은?

- 안 맞는대.

- 넌 용감하다. 씩씩하네.

그는 여러 가지 설명을 했다. 그리고 그에 대한 의사의 의견을 문자로 나에게 보내 주었다.

안녕하세요? □□□바이오의 ○○○대표입니다.

정신도 맑게 해주는 시원한 가을바람이 아름답게 느껴집니다. 주주님들의 건강과 하시는 사업이 원만하기를 기도하며, 그동안 회사에서 진행되어온 사항을 알려드리고자 합니다.

- 임상시험은 5월에 승인 받은 이후 현재까지 아무 이상 없이 잘 추진되고 있습니다. 현재 3명의 임상시험이 진행 중이고, 다음 달에는 다른 3명의 임상시험이 새로 시작됩니다. 대학병원에서 임상시험에 대한 IRB를 수정 없이 한번에 승인받게 된 것도 기록적인 것이었습니다.

- 현재의 시설도 충분하기는 하지만, 2년 후 시설확장이 필요할 경우에 공간 확보가 어려울 수 있어서 같은 동에 있는 207호를 인수하였습니다. 첨단 재생의료에 관한 법률이 통과할 경우 줄기세포외의 수요가 폭발할 수가 있기에 미리 준비하고자 합니다.

- 베트남의 진출을 위하여 하노이에 대표 사무실을 개설하였습니다. 최근에는 우리 회사 브랜드의 화장품이 베트남 위생부로부터 수입허가를 받았습니다. 우리 회사는 줄기세포 화장품만으로 특화를

모색하고 있습니다.

오늘부로 임상시험 승인이 식약처로부터 인가 받았습니다. 예정보다는 두 달 정도 늦어졌지만, 그만큼 잘 준비를 해서 부드럽게 승인을 받았습니다.

앞으로 더 많이 관심을 가져주시면 감사하겠습니다. 안녕히 계십시오.

○○○ 배상

골프를 친 후 친구는 다음날 시간이 있는가를 물었다. 나는 있다고 답했고, 그 친구는 자기네 집으로 오라 했다. 이튿날 서둘러 그네 집으로 갔다. 차 한 잔 마시고 우리는 차를 타고 병원으로 갔다. 성형외과 병원이었다. Hn에게 모든 간호사가 인사를 했다. 곧 원장님 방으로 우리를 안내했다. 그 원장님은 나와 같은 대학을 나왔다. 우리는 반가웠다. 원장님은 나의 10년 후배였다. 그는 그의 바이오 연구를 설명했다.

나는 어떻게 그 연구를 하게 되었는가를 물었다. 그는 성형수술을 많이 했다. 그리고 복부 비만 지방 수술도 만여 명이 넘는 환자에게 시술했다. 그러는 중에 수술을 위해 환자의 엉덩이나 다른 부위 살을 이용하여 수술할 때 지방 부분 치료 효과가 좋았다고. 그는 지방의 어떤 부분이 성형에 효과가 있음을 발견했다. 그러나 그것이 무엇인지는 알 수 없었다. 그쪽 부분에 연구하는 연구자를 찾아 배우고자 했다 그러나 그 연구자는 냉담했다. 오랫동안 기다렸다. 그러나 그 연구자는 그 연구 부분을 가르쳐주지 않았다. 결국 원장은 스스로 연구실을 설립했다. 그리고 연구하기 시작했다.

- 베아 줄기세포는 모든 종류의 세포로 분화가 가능하지만 암세포로 변이될 가능성과 윤리적인 문제를 극복해야 한다는 단점이 있습니다. 반면, 지방, 제대혈, 골수 등에서 추출하는 성체 줄기세포는 윤리적 문제와 암 발병 위험 없이 안전하게 이용할 수 있는 것으로, 그중에서도 지방 줄기세포는 다른 성체 줄기세포에 비해 다량의 세포 추출이 가능한 점을 비롯해 많은 장점을 가지고 있다는 것을 알아냈습니다.

나는 그 원장의 말에 믿음이 갔다. 나는 그를 이해할 수 있었다. 다른 환자들이 원장을 면담하고자 했다. 우리는 원장실을 나왔다. 원장실로 들어가는 사람은 대부분 외국인이었다. 중국인들이었고, 그 뒤로 줄 서 있는 사람들은 베트남 사람들이었다. 우리는 병원 식당으로 갔다. 그곳에서 맛있는 식사를 했다. 친구는 나를 다른 곳(마사지)으로 안내했다. 그곳은 탈의실이었다. 탈의실 옷장은 가득 차 있었다. 이유는 알 수 없었다.

손님이 들어왔다. 나이가 꽤 들었다. 나는 그네에게 말했다. 친구 덕에 마사지를 하겠다고. 탈의실 손님이 말했다. 이곳이 좋다고. 얼굴에 보톡스 맞는 것보다 낫다고. 성형 수술보다 낫다고. 자기 나이가 얼마 인줄 아느냐고 물었고, 자기가 곧 65세가 된다고 했다.

- 네? 젊어 보이시는데요?

내가 그렇게 말하자 이곳에 자주 오면 젊어진다고 했다.

사람들은 붐볐다. 옷을 갈아입고 기다렸다. 삼십 분쯤. 다시 밀실로 들어갔다. 침대가 따끈했다. 온몸이 풀어졌다. 한 아가씨가 몸을 마사지했다. 얼굴을 특히 신경 쓰며 여러 가지 크림을 바르고 마사지했다. 친구는 코를 골았다. 나는 눈만 감고 아가씨가 근육을 푸는 대로 맡겼다. 목 줄기에서 돌이 굴러가는 소리가 났다. 오른쪽 어깨 근육이 딱딱하다고 계속 주물렀다. 어깨와 목에서는 돌이 굴러갔고, 근육은 뻐근하며 아팠다. 얼굴은 오랫동안 마사지를 받고 크림을 바른 덕분에 부드럽게 움직였다. 그 다음 얼굴을 편안하게 휴식시켰다. 그리고 그 아가씨는 조용히 방을 비웠다. 피부에게 영양을 주는 타임 같았다. 삼십 분 후에 모든 곳을 뜨거운 타올로 닦아내고 마무리로 마사지를 했다. 어깨 근육과 목 근육이 풀렸다. 마무리 마사지 때는 돌 굴러가는 소리가 나지 않았다. 우리는 다시 탈의실로 갔다가 집으로 돌아왔다.

나는 고민했다. 나도 친구처럼 줄기세포를 해볼 것인가? 돈 많은 외국인이 이렇게 대거 이동하고 있다는 것은, 이미 모든 사람들이 암암리에 치료하고 이용하고 있다는 것. 만일 국가에서 이것을 인정하는 특허가 떨어진다면 우리나라 모든 병원은 문을 닫아야 할 것이었다. 수술할 필요가 없는 것이다. 이것은 아주 대단한 사건인 것이다. 병원에 종사하는 사람들, 그들은 돈이 있고 힘이 있는 사람들이라 절대 허용할 수 없는 일인 것이다. 그러나 그것을 필요로 하는 사람은 모두들 암암리에 하고 있었던 것이다. 특히 돈 많은 외국인들.

나는 허리통이 심하다. 한번 앓아누우면 15일은 꼼짝 못하고 누워만 있는 판이다. 수술을 하는 것도 보통 일이 아니다. 이것저것 생각하면 수술하는 돈이나 줄기세포 치료를 받는 돈이나 가격은 비슷하다. 그렇다면 차라리 덜 아플 때 세포 배양해서 이용하는 게 효율적으로 보였다. 아프지 않은데도 돈을 지불하며 대비하는 것은 쉽지 않았다. 그러나 나는 하는 것이 더 효율적이라고 생각했다. 줄기세포로 허리 통증을 치료하고. 그보다 더 나쁜 치매, 무릎관절 등도 미리 예방하는 것이 낫다고 생각했다. 그래서 친구한테 나도 줄기세포를 하겠다고 했다.

나는 그 병원으로 전화했다. 11월 초에 남편과 방문하겠다고. 우리는 그날 병원에 갔다. 그들이 연구하는 영상을 보았다. 그들이 연구하는 여러 가지를 확인했다. 그리고 피 검사를 했고, 바로 지방 추출을 했다. 수술대에 올랐다. 떨렸다. 사십 년 전, 애기 낳을 때 수술대에 오르고 처음으로 수술대에 누웠다. 정말 떨렸다. 조금 있다가 원장님이 왔다. 모든 몸을 가리고 배 밑, 배꼽 아래를 찔렀다. 따끔했다. 뭔가 뱃살 속으로 약이 투입됐다. 따끔따끔 했다. 뱃살을 문지르고 주름을 피듯이 꾹꾹 눌렀다. 아팠다. 원장님은 말했다. 뱃속의 지방을 녹이는 약을 투입했다고. 삼십 분쯤 있어야 한다고.

삼십 분 후 원장님은 내 배를 주무르면서 쥐어짰다. 뭔가 통증이 일어났다. 따끔거렸다. 남편은 노랑색 지방이 잘 나왔는데 나는 지방이 나오지 않는다며 원장님이 손으로 계속 뱃살을 문지르고 훑었다. 나는 손을 꼭 쥐고 용을 썼다. 땀이 났고 어떻게든 통증을 참았다. 간호사는 모자라다고 했고, 그 말에 원장님은 빨래 짜듯이 뱃살을 짰다. 통증과 힘주는 팔과 부딪히며 용을 썼다. 배를 다시 한번 훑었다. 그리고 끝냈다. 어쨌든 끝냈다. 간호사가 배에 약을 치고 테이프를 붙였다. 아랫배를 테이프로 꽁꽁 허리를 둘러쳤다. 살살 묶어 달라고 간청했다. 그러자 간호사는 안 된다고 했다. 수술한 배에 깁스한 것처럼 몸을 돌돌 싸맸다. 수술대에서 일어났다. 걸을 때마다 불편했다. 그러나 견딜만 했다. 남편과 나는 무엇인가 숙제를 끝낸 기분이었다. 20세기 마지막 해야 할 일을 끝낸 기분이 들었다.

한 달 후 우리는 줄기세포를 배양해서 혈관 속으로 그 배양액을 넣을 것이라고 했다. 그런 작업을 세 번한다고. 그리고 그 줄기세포를 보관해서 우리가 병에 걸리면 싱싱한 세포를 다시 배양해서 넣는다고 했다.

우리는 지금 새로운 세상에서 새로운 실험을 하고 있었다. 적어도 병원에 가서 수술은 하지 않을 것이라 믿었다.

집으로 돌아왔다. 몸은 자유롭지 못했다. 이튿날 진통제를 먹고 골프를 쳤고, 테니스 게임도 했다. 테이프를 붙이고 샤워를 했다. 아랫배는 계속 쇳덩이를 달고 있는 느낌이 났다. 앞뒤로 뒤척이지 못했다. 마이신 약을 계속 먹었다. 몸이 불편하면 불편할수록 역시 수술은 피하는 것이 최상이라는 생각을 했다. 몸의 구조를 검사해서 조금 부족한 부분이 나타나면 의사들은 수술을 해야만 한다고 할 것이고, 수술을 하면 다른 부위가 부작용을 일으킬 것이다. 부작용을 일으킨 부위를 다시 수술하다가 몇 번 더 수술하면서 죽어가는 사람이 될 것이다. 제부의 어머니도 그랬다. 친구의 어머니도 그랬다.

어떤 때는 병원 검사를 안 하는 것이 제명을 편하게 살다 가는 것으로 보였다.

내 안에서 갈등이 일어났다. 건강검진을 하지 않고 살 수 있을 때까지 살다 가는 것이 바람직하지 않은가? 내 나이 60이 훌쩍 넘었으니까. 이미 돌아가신 지 오래된 나의 고모가 생각났다. 고모 친구(그 당시 칠십을 훌쩍 넘긴 때였다)에게 어느 날 교수하는 아들이 건강 검진을 해야 한다고 찾아왔다고 한다. 그 다음날 건강 검진을 했고, 몸속의 어디가 안 좋다는 말을 들었다. 의사는 다음날 수술을 해야 한다고 했고, 그 친구는 의사의 말에 따라 수술을 했다가 수술 직후 바로 죽었다고 했다. 멀쩡히 잘 살면서 잘 놀고 있던 친구가 건강검진 후 수술을 했고, 그리고 죽었다고. 고모는 건강검진이 쓸다리 없다고 나에게 말했다.

이런 일로 고민이 생길 때, 나는 항상 판단의 중심이 어디에 있을까를 생각했다. 한가운데를 생각하며 중용을 지키려 했다. 그래서 의사의 말은 50퍼센트만 믿었다.

*

여고 문화 사랑방 모임

11월 첫 주 주말에 예술의 전당에서 여고 문화사랑방을 열었다. 예술에 조예가 깊은 친구 P가 주관자였다. 그는 많은 것을 알았다.

그는 예술의 달인이었다. 그쪽 방면으로 삼십 년 이상을 공부했으니 당연했다. 그는 훌륭한 예술가였다. 많은 친구들에게 음악, 미술, 건축 등 다양한 예술을 보여주려 애썼다. 그러나 친구들이 그를 따라가지 못했다. 나는 그의 설명을 통해 예술혼을 이해할 수 있었다. 그에게 진정한 고마움을 느꼈다. 이번에 그는 건축에 대해 설명 했다.

시카고 컵스 경기장인 리글리 필드(Wrigley Field)는 1914년에 지어졌다. 그 경기장은 담쟁이 넝쿨로 덮여 있었다. 인근 땅의 주인이 담장 밖에 계단을 만들어 몰래 경기를 볼 수 있게 만들었다. 그 뒤 해당 건물의 주인은 표와 와인, 식사를 팔았다. 야구 구단은 할 수 없이 담장 밖 야외 계단을 돈 주고 사버렸다. 원래 시카코는 암흑의 장이었다. 그 야구장은 암흑의 장을 깨끗이 씻어버리는 역할을 했다.

포르투갈의 브라가 축구장은 에두아르도 소토 데 모우라가 산 중턱을 깎아서 지었다. 그는 건축 방식을 통해 돈 없는 사람도 언덕에 올라서 축구를 볼 수 있게 했다. 그가 시카코 컵스 경기장을 보며, 주변의 담장 밖 계단의 시설을 보며 생각했다. 그는 건축 속에 사람이 파묻히면 안 된다. 건축은 사람을 살려야 한다는 생각을 가졌다. 포루투갈 사람들은 축구를 좋아했으나 가난했다. 그는 축구를 통해 포르투갈 사람 모두가 뭉쳐야 한다는 생각을 했다. 그는 그래서 야산을 깎아서 관중석을 만들었다. 반대편에 전광판을 설치했다. 모두가 볼 수 있도록. 그리고 전부 자연 친화적으로 만들었다. 그는 브라가 축구장을 통해 노벨상에 비유되는 건축상인 프리치커상을 탔다.

프리치커 상은 1779년부터 주어졌는데, 우리나라는 그 상을 한 번도 받지 못했다. 일본은 많이 받았다. 그중 안도 다다오가 우리나라 오크벨리에 만든 노천 콘크리트 건축이 유명하다. 그는 원래 권투 선수였다. 그런데 건축이 좋아서 건축가가 됐다. 그는 학벌이 없었다. 대학을 나온 건축가가 아니었다. 사회에서는 그를 건축가로 써주지 않았다. 그는 건축 실전에서 연전연패했다. 그의 학벌이 부족한 탓이었다. 그러나 팬이 많았다. 그래서 그는 버텼다. 그는 심기일전으로 버텼고, 프리치커상을 수상하는 것으로 유명해졌다. 지금은 하버드 건축과 교수가 되었다.

프리치커상은 죽은 사람이 받을 수 없도록 했다. 만일에 죽은 사람을 주게 되면 미켈란젤로 등 수많은 건축가들에게 다 주어야 하기 때문이었다. 그 상은 살아 있으면서 사회에 공헌한 건축가에게 주어졌다.

P는 스위스 사람 중 유명한 건축가로 르코르뷔지에가 있다는데, 올해 11월부터 현대 건축전이 예술의 전당에서 개최되고 있어서 오늘 그 분야를 알아보고자 하는 것이라고 말했다.

르코르뷔지에의 아버지는 스위스 사람으로 시계 수리공이었다. 하지만 그의 조상은 프랑스 사람이었는데, 루이 14세 때 신교를 믿는 자가 프랑스에서 쫓겨나는 사건이 벌어지면서 스위스로 이주한 것이라고 한다. 그때 쫓겨난 신교들은 대부분 기술자였고, 그들 대부분은 독일과 스위스로 이주했다. 그들의 종교적 신념 때문이었다. 그당시 독일이나 스위스는 기술적으로 낙후되었던 곳이었기에 르코르뷔지에의 조상을 비롯한 기술자들은 그곳에서 쉽게 자리를 잡았다.

부유했던 프랑스에서 종교적인 이유로 쫓겨난 기술자들이 타 지역에서 기술을 발전시켰다. 그리고 그곳에서 산업혁명을 통해 국가를 부흥시켰다. 반면 프랑스는 영국보다 부자였음에도 기술 발전에서는 뒤떨어졌다.

1789년 프랑스 대혁명 후 왕의 하인, 요리사들은 다른 나라로 가서 조그만 식당을 차렸다. 식당을 차리면서 간판은 멋진 불어로 썼는데 불란서 음식점임을 알리기 위해서였다. 그것이 각 나라에 자리 잡은 유명한 불란서 식당이 되었다. 아무리 외국이라고 해도, 그 하인들은 궁궐에서 유명한 요리사로서 있었기 때문이다. 그리고 그때 생긴 불란서 식당들은 지금도 성업 중이라고 한다.

이야기를 되돌려, 르코르뷔지에는 프랑스에서 건축을 공부했다. 그는 당시 생각지도 못한 새로운 건축을 했다. 옛날 집은 난방 문제로 창문을 세로로 길게 만들었는데, 르코르뷔지에는 가로로 긴 창문으로 건축을 했다. 유리창을 통해 바깥 풍경을 더 잘 보이도록 하기 위해서였다. 또한 역학적인 건축 설계를 했다. 1950년대 많이 지어진, 1층을 주차장으로 설계한 빌라들도 그의 역학적 건축 발상이었다. 1940년대부터 도쿄에서도 건물 1층에 주차장을 만들어야 한다고 주장했고, 건축은 사회의 리드가 되어야 한다고 했다. 일본은 1950년대에 그를 초청해서 미술관을 지었고, 1층 공간을 만들었다. 창문도 가로로 크게 만들었다.

그는 조상 때부터 신교도였다. 그런데 구교인 가톨릭 측에서 사색하는 곳으로 성당 건축을 의뢰해 왔다. 그는 그것을 지었다. 그것이

바로 롱샹 성당이다. 성당은 언덕 위에 지어졌고, 가톨릭 측의 요청 대로 사색할 수 있도록 만들었다. 마치 세속적인 것을 떨쳐버리고 공양하라는 의미를 가진 불교의 절처럼. 롱샹 성당은 르코르뷔지에 가 현대 건축의 아버지임을 상징했다.

그는 빛의 건축을 시도했다. 그 빛을 보고 안도 다다오가 빛의 교 회를 건축했는데, 르코르뷔지에로부터 영감을 받았다고 말했다. 그 영감 속에서 나도 모르게 스스로를 성찰할 수 있었다고.

르코르뷔지에는 한국의 어린 김석철을 만나서 "넌 재주가 있다."고 칭찬했다. 그는 김석철이 장성한 뒤 다시 만났다. 그리고 그 자리에 서 "넌 그 자리에 있다."고 말했다. 그 후, 르코르뷔지에는 죽었다. 김 석철은 르코르뷔지에의 작품인 롱샹 성당을 보러 언덕을 올랐다. 오 르다가 그는 술을 안 가져와서 반쯤 갔다가 다시 내려왔다. 와인을 사서 롱샹 성당으로 갔다. 그는 술 한 잔이 없으면 영혼과 대화할 수 없다고 말했다. 그 후 김석철은 예술의 전당을 건축했다. 그리고 위암으로 죽었다.

르코르뷔지에가 죽었을 때, 앙드레 지드가 프랑스 국장으로 그의 장례를 치렀다. 르코르뷔지에가 스위스 출신임에도 세계적 건축가라 면서 극찬을 했다. 또한 세계적 건축가를 잃었다고 슬퍼했다.

친구 P는 설명했다. 음악, 미술 등은 안 볼 수 있지만, 건축은 눈 에 그대로 보일 수밖에 없다고. 친구의 설명을 들으면 예술가들의 영혼을 읽을 수 있었다. 예술의 혼 속에 있는 어떤 진리와 우주계 의 진실을 이해할 수 있어서 좋았다. 그날은 오랫동안 기쁜 꿈속에서 존재했다.

*

11월 골프 여행하다.

우리는 제주도 골프 여행을 했다. 남편 친구의 부인인 멋쟁이의 제
안이었다. 그는 몸집이 작았다. 하지만 그는 아는 것이 많았다. 그래
서 친구들은 그를 키 작은 멋쟁이라 했다. 나는 그에 비해 키가 컸
고, 모르는 것이 많다. 그가 짱짱하고 완벽함을 가졌다면, 나는 허술
하고 흐트러짐이 많았다. 그가 경제적이고 효율적인 사람이라면, 나
는 경제적이지도 효율적이지도 못한 사람이다. 그는 완벽해서 틈이
없다. 나는 그를 따라잡을 수 없다. 가끔 그를 보면 나는 숨이 막혔
다. 그를 따라갈 수 없어서 허둥댔다. 그래도 우리는 충돌하면서도
잘 어울렸다. 나는 내주장을 폈고 그도 자기의 주장을 폈다. 우리는
때때로 충돌했다. 하지만 그 충돌은 길지 않았다. 내가 얼른 피했기
때문이다. 나는 내 주장을 철회하고 그 친구의 주장을 따랐다. 금세
우리는 좋아졌다. 그러나 나는 항상 '이런 게 아닌데…' 하는 마음이
밑바닥에 깔렸다.

어느 때인가 남편 친구 자동차 번호를 말하다가 충돌했다. 내가
남편 친구의 자동차 번호를 8***로 부르니 그는 아니라고, 7***라고
했다. 우리는 그렇게 충돌했다. 그는 자신의 말이 맞다 했다. 그러다

나는 우연히 그 남편 친구의 차 번호를 확인할 수 있었다. 차 번호는 8***이었다. 그때부터 나는 나를 믿기로 했다.

우리는 자주 만나지만, 말을 하다 보면 보이지 않는 경쟁심리로 인해 갈등이 일어났다. 나는 솔직하고 담백하게 말하는 것을 좋아했다. 그런데 그는 내 솔직한 심정으로 한 말을 부정적으로 받아치는 경우가 많았다. 이럴 경우 나는 말하기가 싫다. 나는 서서히 그와 거리를 두고 만나는 것이 좋겠다고 생각했다.

우리 부부는 오랜 세월 운동을 함께 했고, 그러다 보니 미운 정 고운 정이 다 들었다.

나에게는 나쁜 습성이 있었다. 호기심이 많은 탓인지, 공을 치면서 말이 많았다. 공에 주력하는 게 아니라 말에 재미를 더했다. 테니스는 공이 빠르고, 공을 받아내거나 공격해야 하기 때문에 게임을 할 동안 말할 기회가 없다. 그에 비해 골프는 차를 타고 이동하는 동안, 아니면 공을 치는 사이사이 시간적 여유가 있어서 많은 말을 주고받았다. 나는 말하는 것을 좋아했다. 이런 저런 수다를 떨며 한나절을 보낼 수 있었다. 그런데 친구들이 누구냐에 따라 말이 얼마나 잘 나오느냐가 결정되었다. 상대방이 부정적이거나 성격이 좀 까탈스럽거나 괴팍하면 말이 잘 나오지 않았다. 서로 편한 관계여야 말이 스스럼없이 나왔고, 말을 이어갈 수 있었다.

여하튼 나와 친구 사이에는 많은 말이 필요 없었다. 서로 말할 그 어떤 것들이 필요하지 않았다. 그는 매사에 정확했다. 그가 제주도 가는데 동참하자 해서 함께 했다. 우리는 공항에서 만났다. 함께 공항에서 짐을 부쳤다. 사람은 많았다. 수학여행 가는 학생들이 많았다. 줄이 길게 늘어섰다.

나는 아침으로 가져온 주스와 빵을 의자에서 먹자고 했다. 남편은 빨리 검색을 마치고 일찍 나가자 했다. 나는 불안했다. 내가 가져온 주스와 빵을 검색 전에 버려야 한다고 하자 남편은 간이형 벽 쪽 간판대에서 먹자고 했다. 우리는 그곳에서 가져온 음식을 단숨에 먹어치웠다. 그리고 나온 쓰레기 전부를 쓰레기통에 버렸다, 순식간에 해결했다. 시원했다.

다시 줄을 따라 천천히 검색을 받고 출구로 나왔다. 11번 게이트로 갔다. 아시아나 비행기를 탔다. 이륙했다. 아이들이 환호했다. 아마 처음 비행기를 탔으리라. 완전히 이륙하자 박수가 나왔다. 조용히 창밖을 봤다. 해가 떠오르고 있었다. 잠시 눈을 감았다. 그리고 가방에서 책을 꺼내 폈다(『오직 안으로 들어가는 길이 있을 뿐 : 조주』). 유명한 하이쿠 하나.

조용히 앉아 아무것도 하지 마라.
봄이 오면 새싹은 저절로 돋는 법.
오래된 연못에 뛰어드는 개구리 한 마리 퐁-당.
그 다음에는 고요한 침묵.
그대는 그저 나무 밑에 기대어 앉아 있을 뿐.

선은 영적인 탐구를 매우 심미적인 것으로 만들었다. 먼저 외부

세계를 통해 주시를 배워라. 꽃, 일출, 석양을 지켜보라. 중요한 것은 아무 간섭도 없이, 아무 판단 없이 주시하는 것…. 외부 세계를 통해 주시를 배우면 그 기술을 갖고 내면으로 들어가기가 한결 수월해질 것이다.

나는 선을 잘 모른다. 그러나 나는 선을 배우고자 했다. 이런 종류의 책을 보면 나를 찾을 수 있을 것 같았다. 외부의 세계가 나를 흔들고 있었음을 알아냈다. 나는 나로서 오롯이 살지 못한 것이었다. 늦었지만 진정한 나를 발견하고, 나를 이해하며, 나에 대한 그 무엇을 찾고 싶었다. 그러려면 나를 주시하고, 나를 관찰하는 힘을 배워야 했다.

비행기는 금방 제주도에 도착했다. 풍경이 달랐다. 야자수가 줄지어 선 모습은 외국 동남아를 연상케 했다. 우리는 렌터카로 해비치 CC로 갔다. 환상적인 그린 코스였다. 그러나 공은 맞지 않았다. 서양 잔디는 질퍽했고 잔디가 땅에 붙어 공이 뜨지 않았다. 나는 열심히 공을 띄우려 애썼다. 한라산을 향해 쳤지만 허사였다. 그린은 빨랐다. 공이 빠르게 오르고, 빠르게 내려갔다. 내가 놀던 곳과는 아주 달랐다. 그날 운동을 끝내고 흑돼지구이를 먹기로 했다. 그는 114에 물어서 음식점을 찾아갔다. 음식점은 가족 단위로 붐볐다. 본토 사람들 중심 음식점 같았다. 성공적인 느낌이 났다. 밑반찬이 나왔다. 표고버섯 무침에 손이 갔다. 향이 짙었다. 우리는 제주도산이라 향이 짙을 것이라 했다. 주인아줌마에게 물었다. 그것은 북한산이라 말했다. 향이 대단했다. 돼지고기는 초벌구이를 끝낸 뒤 불 위로 올라갔다. 두꺼운 살이 먹음직스럽게 익어갔다. 남편은 소주를 시켰다. 친구와 남편은 한 잔씩 마시며 고기를 먹었다. 소주 맛이 달았다. 나도 이제 술맛을 아는 것인지, 고기와 함께 마시자 고기 또한 충실히 먹을 수 있었다. 그들은 얼큰히 취해 갔다. 취기가 돌면 으레 헛소리가 나왔다. 그들은 노래방 타령을 했다. 나는 피곤해서 안 된다 했디.

우리는 숙소로 왔다. 그곳은 환상의 빌라였다. 베란다 멀리 펼쳐진 정원과 숲, 그 끝에 시원한 바다가 보였다. 회색 구름 아래 회색 바다, 그리고 그들 사이를 가르는 선인 수평선. 그것들은 무한한 우주의 신비를 나에게 주었다. 아! 말할 수 없는 감탄이 나왔다. 정원은 아름다운 산책길. 작은 호수. 군데군데 솟은 야자수. 옅은 구름과 회색 하늘. 잔잔한 바다. 기나긴 수평선. 살랑살랑 불어오는 바다 바람. 이곳은 분명 지상 천국이 이었다. 이것이 진정한 행복이지 않을까?

내가 자연을 감상하는 사이에 남자들은 Tv를 켰다.

- 박 대통령 하야하라!

촛불집회 장면이 화면에 떴다. 대통령에게는 시간이 없다. 이대로 가면 나라가 결딴난다. 시국 수습은 시간과의 싸움이다. 나라는 배와 같다. 청와대가 어찌 돌아가는지 모르는 무능한 마름과 어떻게든 진실을 파묻으려는 머슴들이 고립된 대통령을 에워싸고 있다. 최순실 드라마 속에서 대통령 경제수석은 대기업 팔을 비틀고, 최 여인의 하수인들은 돈을 날랐다.

국민은 대통령이 현재 어떤 심신(心身) 상태에 놓여 있는지, 현 사태에 대한 정확한 인식과 판단이 가능한지 파악할 도리가 없다. 이제 대통령 의혹 캐기는 고구마 캐기보다 쉬워졌다. 금싸라기 같은 시간이 쏟아져 흩어지고 있다. 거국 중립내각 구성은 시간이 지체된다. 총리부터 먼저 세워야 한다. 나라의 운명이 걸렸다.

'서두르라. 시간이 없다.'

– 강천석 칼럼 「서두르라. 시간이 없다.」 중에서

총체적 난국이다. 사상 최악의 국정 농단 사태가 온 나라를 초토화하고 있다. 최순실 게이트는 희대의 요승(妖僧)인 고려 말 신돈(辛旽 ~1371)과 제정러시아 말기 라스푸틴(G Rasputin 1869~1916)을 연상케 한다. 공민왕은 신돈을 스승으로 삼았고, 신돈의 권력 남용과 공민왕의 변심으로 신돈은 몰락했다. 라스푸틴은 정식 수도사이기는커녕 무식하고 방탕한 떠돌이가 신비주의적 최면요법으로 황후를 사로잡았다.

이들은 권력 1인자로 나랏일을 전횡하다 국가를 망쳤다. 최순실의 아버지 최태민은 신돈보다 라스푸틴을 빼닮았다. 미르와 K스포츠재단은 빙산의 일각에 지나지 않는다. 박 대통령은 전무후무한 국기 문란 행위의 장본인으로 전락했다.

혼군(昏君)이 지배하는 난세에는 간신과 내시가 설친

다. 나라의 주인은 결코 대통령이 아니다. 바로 우리
자신이다.
　　　－윤평중 칼럼 「신돈의 나라, 라스푸틴의 왕국」 중에서

　나는 TV나 칼럼을 보면서 머릿속이 혼란스러워졌다. 몸에서 일어
나는 분노의 열기가 풍선을 터트리듯 머리통이 터질 듯했다. 나는
베란다로 나갔다. 시원한 바람, 바다, 하늘을 봤다. 잊으려 애썼다.
그러면서 걱정했다. 백 년 전, 우리나라는 존재하지 않았다. 백 년
후, 우리나라가 과연 온전히 존재할 수 있을까를 생각했다. 내가 걱
정한다고 바뀔 일은 아니었다. 그래. 시간은 지나갈 것이다. 좋으면
좋은 대로. 나쁘면 나쁜 대로.

　다음 날 새벽, 온천지가 바람에 날렸다. 나무는 흔들렸고, 지붕의
널판이 들썩였다. 창문은 바람을 막았고 바람은 창문을 때렸다. 아
침 식사를 간단히 했다. 오후에 공을 치기로 했다. 그날, 우리는 에
코랜드로 갔다. 비가 보슬보슬 왔다. 관광차는 꽉 들어찼다. 표를 사
는데도 시간이 걸렸다. 곧 줄을 서서 기차를 탔다. 사람은 많았다.
남녀노소 가득했다. 철로를 따라 풍경을 구경했다. 화산이 만들어낸
무림지의 풍경은 묘하고 아름다웠다. 차 밖은 비바람으로 범벅이 되
어 있었다. 풍경은 운치가 있어서 좋았다. 다만 산책길은 걸을 수 없
었다. 한 바퀴 돌고 식당을 찾았다. 칼국수를 먹었다.

　다시 해비치로 갔다. 클럽하우스의 넓은 공간이 나는 좋았다. 하
늘과 구름, 나무들이 내가 사는 곳과는 사뭇 달랐다. 앉는 의자도

옥색 대리석으로 장식됐다. 꼭 박물관 어디쯤 같은, 고급지고 아름다운 공간이었다. 라커룸에서 옷을 갈아입었다. 사람은 없었다. 내가 가는 곳은 사람이 붐벼 옷과 사람이 부딪혔는데, 여기는 옷 넣는 장롱도 크고 공간이 넓어서 딴 세상 같았다. 곧 필드로 나갔다. 숨이 막혔다. 바람이 세차게 얼굴을 덮었다. 나는 추운 바람에 맞서며 공을 쳤다. 바닥이 차진 양 잔디라 공을 쳐도 멀리 나가지 않았다. 내가 공을 못 치는 것인지 잔디 바닥이 공을 붙잡는 것인지 알 수가 없었다. 공을 치면 바람에 공이 거꾸로 왔다. 바람에 익숙해지면서 나는 오기가 생겼다. 나는 소심했다. 호수가 보이면 호수에 공을 빠뜨렸다. 모래사장이 나타나면 그곳에 또 공을 빠뜨렸다. 그리고 그곳에서 탈출하지 못했다. 나중에는 공을 들고나왔는데, 자존심이 나를 괴롭혔다. 우리보다 10년 먼저 골프를 시작했고 공에 익숙한 그들을 따라잡기는 쉽지 않았다. 그들은 앞에 달려갔고, 허우적거리며 따라가는 남편과 나는 힘겨웠다.

우리는 그 부부를 열심히 따라다녔다. 내가 잘 치고자 하는 것이 아니었다. 그들과 함께 어울리고, 운동하는 것이 목적이었다. 그러나 스코어 카드를 보면, 내 점수는 형편없었다. 그럴 때 나는 자괴감이 들었다. 그러나 다시 마음을 고쳐먹고 100번의 골프게임을 하겠다고 마음속으로 선언했다. 그러면 골프에 많이 익숙해질 것이고 재미도 생기리라. 그리고 조급한 마음도 사라질 것이라 생각했다.

그럼에도 여전히 내 공은 호수가 보이면 빠졌다. 나는 역으로 생각했다. '그래, 호수는 빠져주는 곳이기 때문에 호수가 있는 거야.'라고.

모래밭도 당연히 공이 빠져주는 곳이라고. 그러나 공은 내 마음과 달랐다. 내가 치고자 하는 곳으로 공은 가지 않았다. 공은 내가 원하는 곳으로 가는 것이 아닌 것이다. 그래도 막 시작한 초보자 때보다는 공과의 갈등이 덜했다. 생초보일 때, 나는 공칠 때마다 공과 격렬히 싸웠다. 딴 곳으로 가버린 공을 찾아야 했고, 공을 못 찾으면 배신감이 느껴졌다. 이제 시간이 지나서, 공이 없어져도 그만, 공이 나를 버려도 그만, 있으면 성공이었다. 이제 공은 나의 벗인 셈이 되었다.

제주도에 와서 또다시 공과 나의 싸움이 시작됐다. 공이 앞으로 나가지 않으니 어찌할 도리가 없었다. 공을 달래면서 살살 보내면 공은 앞에 뚝~ 떨어졌다. 성질이 나서 냅다 쳐대면 땅바닥의 질퍽한 흙과 잔디가 날리면서 공중으로 높이 떴다가 그 앞에 뚝~ 떨어졌다. 그렇게 오랫동안 적응하려 애쓰면서 쳤다. 바람은 세찼다. 온몸을 날렸다. 바람 속에서 공을 치는 것은 새로운 도전이었다. 갑자기 전쟁을 생각했다. 전쟁 때의 피난민을 생각해 봤다. 먹을 것, 입을 것, 잠잘 것 등은 가려질 수 없다는 것을. 그래. 나도 공을 칠 때 그렇게 생각하자. 그렇다면 뭐가 문제인가? 땅이 고르지 않다고, 땅이 질퍽거린다고, 바람이 세다고, 채가 크다고. 우드면 어떻고, 아이언이면 어떻고. 호수가 있으면 있는 거고, 모래밭이 있으면 있는 거고. 나는 지금 이곳을 전쟁터라 생각하고 전투적으로 공만 칠 것이라고. 그런 마음가짐을 가졌다. 갑자기 내 마음이 씩씩해졌다.

샷이 빠르게 내려왔다. 잘 맞기도 했지만 안 맞을 때가 더 많았다.

씩씩한 마음을 유지하고자 노력했다. 내 몸은 긴장됐고, 거침없는 전투태세가 되었다. 나를 지배하던 스코어라는 글자는 사라졌다. '이 거야! 이거!' 나는 나를 온전히 지배할 수 있는 사람이 되었다. 이번 여행은 나에게 가장 중요한 나를 찾는 길이 된 것이다. 남편 친구는 그의 부인에게 주문했다. 어깨를 턴~(돌리기) 하라고. 팔을 끝까지 뻗으라고. 또 무엇을 어찌하라고. 그의 주문은 많았다. 매 홀마다 친구 남편은 부인에게 주문을 했고, 그 주문은 나를 힘들게 했다. 그냥 그의 부인이 즐겁게 공을 즐기게 했으면 좋겠다는 마음. 그의 잔소리가 없었으면… 나와는 상관이 없지만 그의 주문은 자유를 빼앗고 우리를 구속하는 느낌이었다. 나는 생각했다.

이것은 아니라고. 공을 통해서 즐겁게 운동하는 것이 중하다고.

그의 부인이 불쌍했다. 남편은 강자. 부인은 약자. 부인은 순종자. 남편은 지배자. 공을 두고 그들은 그렇게 행사했다. 나는 모두가 자유롭기를 바랐다. 남자들은 남자대로, 여성들은 여성대로 공을 치며 자유를 만끽하고 싶었다. 우리는 날마다 법에, 사회에, 관습에, 정치, 경제, 종교, 자식, 부모 등등 그 밖에 보이지 않는 것들에게 순종하고 구속당하며 평생을 살았다. 그냥 즐기자는 공치기에서 또다시 스코어에, 친구들의 시기에, 질투에, 보이지 않는 갈등에 구속되고 있었다. 이제 모든 것을 버리고 싶었다. 내가 가진 온전한 것을 그대로 보여주고, 보이는 것을 받아들이고 싶은 것이다.

9홀을 마쳤다. 잠시 쉬었다. 다시 후반전 첫 홀에 티업을 했다. 친구 남편은 계속 말했다. 고개를 들지 마라. 허리를 틀어라. 너무 빠르게 공을 치지 마라. 그 사이 부인은 몸을 계속 움직이면서 빈 스윙을 했다. 한 번, 두 번, 세 번… 몸이 잘 안 맞는다고 다시 스윙. 그러다 아예 공을 앞에 놓고 기도했다. 나는 답답했다. 캐디는 앞 홀이 비었다 했다. 그래도 그들은 상관하지 않았다. 나는 그런 것이 참을 수 없었다. 그러나 참았다. 친구 남편이 자기 부인에게 지시하고 가르치는 것은 그의 취미였고, 기쁨이었다. 나는 그들에게 순응하고, 그들의 행동의 정당화에 이해하려 애썼다. 사는 것에도 자기 방식이 있었다. 우리는 서로 남의 방식을 거부하지 않으며, 수용하고, 함께 하는데 뜻이 있었다. 나에게 상처가 되지 않는 한 남의 것을 이해하고, 다른 것을 수용하며, 서로 따뜻한 마음으로 이해해주는 것이 필요할 것이다. 그것이 서로 함께 할 수 있는 힘인 것이다.

마지막 날. 아침을 서둘러서 골프장으로 향했다. 경관이 좋은 새 골프장으로. 이름은 사이프러스CC. 이 이름을 외우고 기억하는데 한참 걸렸다. 그렇잖아도 외우기에 잼병인 나. 기억해낸 것이 위대하다. 어제보다 바람은 잦아들었다. 구름 속에서 태양이 솟았다. 어제도 들이받았던 공과의 투쟁이 다시 시작되었다. 나는 미적거리지 않았다. 공을 보면 과감히, 빠르게, 신속히 내리쳤다. 어제보다 더 공은 삐뚤어져 나갔다. 그래도 마음은 상하지 않았다. 나는 전투 중이라고 생각했다. 땅과 잔디, 날씨, 바람, 휘두르는 채, 내가 쳐내는 몸짓을 탓하지 않았다. 나쁨을 수용할 수 있었다. 순간적인 판단이나 잘못을 나 스스로 용서했고, 나쁜 것들을 수용했다. 그것은 나의 삶에도 적용할 수 있었다.

나에게 이번 여행은 특별했다. 남편 친구 부부의 모습에서 나를 반성했다. 너무나 나태했던 나의 삶을 반성했다. 나는 내가 아프지 않고 움직일 수 있으면 모두 수용하고, 적응하며, 불평을 불살라 버리겠다고 다짐했다. 그런 삶이 최선일 것이고, 내 삶이 더 풍요로울 것이라고. 마지막으로 내가 좋아하는 책을 모두 다 읽으면서 진정으로 나를 관찰해 보자고. 그리고 내가 바라는 진리를 깨우쳐보자고 생각했다.

*

2016, 11월경. 우리나라는 온통 촛불시위에 박 대통령 하야를 외쳤다.

방송사는 온종일 정치적 사건에 혈안이 됐고, 온 국민들도 그쪽에 관심을 집중했다. 이때 육십이 훌쩍 넘은 할머니인 우리도 카톡으로 대화를 했다. 처음에 동창 B가 기막힌 사실이라는 〈펌 글〉을 문자로 보냈다. 민주당 김희선 의원의 아버지는 만주 유하 경찰서 특무 간부로 독립군을 탄압했음에도 독립군 손녀로 위장했고, 이미경 의원 부친은 일본군의 핵심 시찰 요원으로 황군 헌병이었고, 정동영의 부친은 조선 착취 일선 기관인 조선 식산회사 산하 금융 조선 서기로 5년간 근무하고, 노무현 대통령 장인 권오석은 인본국 면 서기에 남한 공산당 간부였고, 할아버지는 일제 앞잡이였고, 아버지 노판석은 남한 공산당 남로당 빨치산이었다.

정동채 의원의 아버지는 일본 헌병 오장이었고, 김근태 의원의 아버지는 일본국 교사이었고, 백부는 일본국 면장이었다. 조기숙 의원의 아버지는 조선 총독부 기관지 기자로 근무했다.

권영길은 일본에서 1941년 11월 5일 출생했고, 문재인의 아버지는 일제시대 흥남 농업 계장으로 친일 공무원이었고 6·25 전쟁 때는 북괴군 상좌였다. 박원순의 아버지 박길보는 일제 시절 우리나라 젊은 이들을 징용 보내고 젊은 처녀들을 위안부로 보내는 일본 보국대 직원으로 7년이나 근무했다.

안철수 친조부는 세금 수탈, 토지정리 등을 맡아하는 총독부 산하 금융 조합 직원이었다.

이런데도 민주당과 문재인이 친일을 떠들 자격이 있는가?

이 문구를 오늘 받는 대로 10명 이상한테 전달합시다. 다시 동창 W가 문자 보냈다.

- B는 아직도 5%의 사람인가? ㅋ 놀랄 일일세.

다시 동창 B가 문자했다.

- 모두 알아도 좋지. 가능하면 진실을~ 어느 쪽이든지.

W : - JTBC 같은 언론이 과거에 있었다면 우리 국민이 이렇게 분별력 없이 이분 되어있지 않았을 거라고 생각해. 언론의 피해자들인 셈이지.

B : - 치우치거나 극단에 빠지지 않고, 중간에서 바라보려고 노력해야 된다고 생각하네.

B : - 물론 박 대통령이 다 잘했다는 건 아니지. 나라를 걱정하는
국민이라면 너무 화가 나고. 주변의 우수한 전문가들은 안중
에도 없이 최순실 따위의 여자한테 빠졌다는 게. 그러나 "황장
수 뉴스 브리핑"에서도 알 수 있듯이 대통령의 사적인 잘못을
대대적으로 국정농단이라며 시시콜콜 연일 떠들어대는 언론
도 문제지. 북한에 3조를 갖다 바친 김대중과 5조를 갖다 바
친 노무현에 비하면 말이지. 그 돈이 지금 핵무기가 되어 우리
를 겨냥하고 있는데도 말이지. 그렇게 많은 돈을 국민들도 모
르게 갖다 바칠 때 언론은 입 다물고 있다가 6백억~8백억 하
는 문제로 연일 신나게 떠들어대는 게 누구 좋으라고 북 치고
장구 치는가 말이지. 지금 광주 사태에 대한 많은 증언들이 나
오고 있는데도 이런 것에는 보도조차 하지 않는 언론들이 문
제란 말이지. 김대중 때 언론 사장단 46명을 데려가 김정일에
게 충성 맹세시킨 박지원, 문재인 등이 정치인으로 있는 한, 우
리는 정신을 바짝 차려서 국가가 넘어가는 일은 막아야지.
미 대선에서도 알 수 있듯이 언론이 조작하는 대로 받아들이
는 것은 위험할 수 있다는 것이고. 그 5%라는 것도 어떻게 해
서 나온 수치인지 따져 봐야지. 잠꾸러기인 내가 나라 걱정이
돼서 매일 '신의 한 수', '황장수의 뉴스 브리핑' 등을 듣느라 잠
을 설치고 있어. 대통령이 잘했다는 게 아니고, 좌파들에게 휩
쓸려 국가 말아먹을 일은 하지 말아야 된다고 생각해. 그동안
은 정치인을 제대로 알지 못하고 나 살기 바빠서 무관심했어

도, 지금부터라도 언론, 교육, 정치계가 어떻게 돌아가는지를 똑똑히 주시하고 긴장해야 할 때인 것 같아서 동창들에게 내 마음의 문을 열어 놓은 거야.

B는 그리고 다시 김동길 칼럼 「내가 두려워 하는 것」을 카톡에 올렸다.

나는 그가 보낸 카톡을 보고 온 몸이 오그리 들었다. 그리고 나도 카톡으로 B에게 지원하는 말을 보냈다.

- B야, 나도 너와 같은 마음이 드는구나!

다시 다른 친구가 카톡으로 문자 보냈다. 이번에는 연세대 정치외교학과 양동안 교수가 어제 국회의사당 앞 박 대통령 하야 불가 집회에서 행한 연설문의 일부였다.

최순실 비리 사건에 흥분한 국민들이 군중 집회를 개최하며 박근혜 대통령의 사임을 압박하기 시작한 직후부터 저는 군중 봉기에 굴복한 박 대통령의 사임에 반대하는 운동을 전개해 왔습니다. 저는 전라남도 순천에서 출생한 100% 전라도 사람입니다. 박 대통령과는 일면식도 없고, 공적으로건 사적으로건 아무 인연이 없는 사람입니다. 그런 이 사람이 박근혜 사퇴 반대 운동을 합니다.

모든 국민, 동창들은 각자 자기주장을 세웠다. 진보 쪽은 야당을. 보수 쪽은 여당을. 모두 흥분했다. 보수 쪽은 대통령에 대한 실망과 분노로 촛불집회를 했고, 하야를 외쳤다. 그렇다고 야당을 지원해서 북에 있는 김정은에게 나라를 통째로 가져다 바칠 수는 없는 일이었다.

나는 다시 카톡을 썼다.

- 나도 제발 전쟁이 없기를 빌 뿐이다. 100년 전에 한국은 이 땅에 없었다. 과연 100년 후에도 한국이 이 땅에 온전히 존재할 것인가를 생각했단다.

온 나라가 대통령 하야를 외쳤고, 언론도 하야 외침을 함께 했다. 국회의원들은 자신의 이기심을 두고 자신을 높이고자 외칠 뿐이었다. 그들은 얼굴에 탈을 쓰고 국민을 위한다고 외쳤다. 그리고 오로지 집회를 위해 존재하는 사람들, 그들은 집회로 먹고사는 사람들이었기에 신이 나서 북 치고 장구 쳤다. 오직 선량한 시민들만이 불안과 초조로 잠을 설쳤다. 시간은 멈추지 않고 흘렀고, 나라는 연일 정치 기사와 뉴스를 통해 박 대통령과 관련된 난리와 사건의 연속을 말했다. 날이면 날마다 그 사건에 대한 언급이 되풀이되었고, 사그러질 수 없는 상태가 되었다. 이 일은 결국 대통령 임기 내내 지속될 것이었다.

나는 머리가 아팠다. TV가 짜증이 났다. 모든 것을 피하고 싶었다. 그래. 정치는 정치가가 할 일이다. 나는 김치나 담글 일이다. 남편하고 강화도에 갔다. 수퍼 달이 떴다. 바닷물이 포구로 들어와서 가득 찼다. 68년 만의 물난리가 났다. 바다 전체가 달에 의해 부풀어 올랐다. 국수봉에 올랐다. 회색 구름이 하늘을 덮었다. 작은 섬들이 석모도 앞에 줄지어 섰다. 무인도를 향해 통통배가 다가갔다.

섬과 섬 사이의 바다는 잔잔한 호수였다. 찌든 서울의 숨 막히는 사건들이 바다와 바람과 섬 사이에서 전부 흩어졌다. 시원했다. 그거야 그거, 우리의 모든 복잡함은 시간이 해결해줄 것이야. 계속 시간은 지나가고 있을 테니까.

이튿날 나는 포구로 갔다. 일요일은 붐볐다. 도시에서 들어온 차가 주차장을 가득 메웠다. 어시장은 갓 잡아 온 새우들이 많았다. 나는 인심 좋은 선주네 집을 들렀다. 낙지와 오징어 젓갈, 작은 조기를 샀다. 사이즈가 작은 조기는 어판에서 간을 해 살짝 말려서 팔았다. 가격도 저렴했다. 그것을 살짝 전자레인지에 데워서 흰 쌀밥과 함께 먹으면 밥맛이 났다. 살도 연하고 짭짤한 조기 살을 나는 좋아했다.

다시 한 길가 할머니들이 벌린 좌판 쪽으로 갔다. 알이 작은 순무를 이십여 알 샀다. 단이 컸다. 대파 한 단, 땅콩 두 봉지, 은행, 실파 등 보이는 대로 사서 비닐에 넣었다. 호호 할머니들이 섬에서 직접 재배해 머리에 이고 와서 팔았다. 그들은 돈 버는 재미가 있었고, 나는 사는 재미가 있었다. 저 어른들이 돌아가시면, 아마도 이런 일은 없을 것이었다. 대형마트는 이 지역에서 나는 것이 아니라 전국 각지에서 유통된 것을 팔았다. 나는 그것이 싫었다. 강화도 섬에서 나는 것을 팔기를 바랐다. 외지에서 사서 가져오는 느낌이 싫었다. 이곳 좌판은 순수 강화도 제품이라 좋았다. 짐이 차에 가득 찼다.

서울로 오자마자 순무 동치미를 담갔다. 짭짤하게 담가야 내년 봄까지 먹을 것이었다. 그리고 이튿날 주변 친구들을 불렀다. 올해의 마무리로 친구들과 만두를 해 먹자고. 나는 채반과 칼, 도마, 홍두

깨 등을 준비했다. 밀가루 반죽, 부추, 다진 고기, 갖은양념 등도 준비했다. 친구들이 1, 2, 3, 4. 주변 친구 넷이 모였다. 모두가 밀가루 반죽을 밀대로 밀고, 밀은 피에 소를 넣고 만두를 만들었다. 그들은 집에서 한 번도 해보지 않았다 했다. 나는 평생을 시댁에서 만두를 빚어 먹었는데 말이다. 그러다 보니 나는 만두에 익숙했다.

그날, 나는 시어머니에게 고마웠다. 나의 삶을 되돌아봤다. 그래. 우리의 인생에서 성실히 사는 삶이 가장 훌륭한 삶이었다. 각자 다른 삶을 살지만, 그 삶이 어떠한 삶이든, 최선을 다한 삶이 우리 삶이 되는 것이라 했다. 그 색깔이 빨강색이든 파란색이든 말이다. 한 친구는 말했다. 평생을 시어머니 모시고 사는 친구는 시어머니를 모셔서 힘들지만, 모심으로써 좋은 이점도 있다 했다. 우리는 그렇게 오손도손 이야기를 하며 만두를 빚고 살았다.

점심에 우리가 먹을 만큼 삶았다. 한 그릇씩 배부르게 먹었다. 깨소금(친구 별명)이 뒷설거지를 했고, 과일을 깎았다. 나는 원두커피를 끓였다. 포도, 감, 사과, 귤을 먹으며 호호, 헤헤 떠들다가 한 사람당 삼십 개씩 통에 담아 집으로 갔다. 한 친구는 손자를 주고 싶다며 달려갔다. 그 손자는 고기, 고기 하며 맛있게 먹는다는 애기였다. 빚은 만두를 삶아주면, 그 애기는 만두, 만두 하며 맛있게 먹을 것이었다. 나는 이런 것이 행복이라 생각했다.

2016년 겨울은 따뜻했다.

우리 아파트에 떨어진 노란 낙엽과 그 가지에 붙어 있는 단풍잎들은 나를 그 나뭇가지 속에 서게 했고, 한 장의 사진으로 찍어 남게 했다. 그 사진을 보며 '아! 아름답다!'고 생각하며 아름다운 낙엽 속 나를 감상하게 했다. 어정쩡한 폼이 어색했다. 흐릿한 얼굴의 자화상이 나를 웃겼다. 갈색 바지에 군청색 감비. 회색가방을 목에 걸치고 손은 주머니에 넣었다. 한 쪽 발은 단풍잎에 비스듬히 얹혀 있다. 나의 모습을 난생처음으로 감상했다. 나는 세련되지 못했다. 아니, 세련과는 거리가 멀었다. 항상 어리바리 한 상태. 뭔가 부족했고, 어리숙하며, 야무지지 못한 그런 것이 나의 모습이었다. 누구한테 항상 쩨들어 살며, 시어머니가 수시로 전화해 혼낼 거라는 강박감을 가지고 서성대는 모습. 그것이 나의 참모습일 것이다. 학교에 다닐 때도 나는 그런 모습에 익숙했던 것일 게다. 몸은 비리비리했다. 가을 겨울은 추워서 오들오들 떠는 모습. 여름에는 수분이 부족해서 축 늘어진 호박잎처럼 온몸이 비틀비틀 시드는 모습이었다. 나에게는 정열이 없었던 것 같다. 뭔가 잘못 먹어 배앓이를 하듯, 나는 항상 냉한 배를 웅크려 지지고 살았다. 그 후 나는 운동을 시작했다. 그것이 테니스였다. 이제 삼십 년이 훌쩍 넘었다. 골프를 쳤다. 그것도 이제 십 년이 넘었다. 등산을 했다. 그것도 삼십 년이 넘었다. 내 안에 힘이 모였다. 에너지가 생겼다. 열정도 생겼다. 나는 씩씩해졌다. 이제는 더 이상 주변 사람들이 부정적 사고를 가지고, 부정적 마인드를 상대방에게 강요하는 꼴을 가만히 보지 못했다. 나는 부정적인 사람이 싫었다. 그런 사람에게 나는 공격했다. 나는 나를 다스리려 애썼다. 그것은 쉽지 않았다. 나는 그런 사람과 만나는 것을 멀리했고 만나는 주기를 길게 했다. 그리고 나는 다시 나를 순응하며 그들을 이해하도록 내 자신에게 주문 걸었다. 서로 어울리되 상처주지 말며, 상처받지 않고, 조화로운 삶을 살 것을 다짐하는 것이었다.

이번 해 남편 생일은 남동생의 집에서 모이기로 했다. 막네 여동생, 큰딸 J네, 우리, 남동생네, 거기에 아버지 사촌인 고모 등을 초청했다. 안산의 중국인 거리를 남편은 좋아했다. 남동생이 중국 지사장으로 십 년 넘게 살았고, 그네 애들이 모두 북경에서 대학을 졸업했다. 그들은 중국통 사람들이었다. 남동생은 매형이 좋아하는 음식점을 예약했다. 우리는 토요일 일찍 모였다. 젊은이들은 직장에 갔다가 일을 마치는 대로 오기로 했다.

당고모는 나와 나이가 비슷했다. 학교도 함께 다녔다. 고모는 내가 항상 경쟁 대상이었다. 그는 학창시절부터 공부에 욕심이 많았고 정열도 대단했다. 고모는 나보다 한 살 위였다. 하지만 학년은 같았다. 고모는 시골에 살았고, 나는 중소 도시에서 살았다. 시골에서 공부를 잘하면 중소도시의 우수한 학교로 입학시험을 거쳐 입학했다. 고모도 그럴 수 있는 능력을 지녔다. 그러나 고모는 가난했고, 오빠들 때문에 갈 수 없었다. 고모는 속상했고 안타까워했다. 어렸지만, 나는 그런 것을 느꼈다. 그는 마음이 넓었다. 속은 탔지만 어른스럽게 모든 것을 순응했고 인내했다. 그는 나를 보면 마음을 너그럽게 베풀었고, 나를 조카로서 대우하면서 따뜻하게 나를 품었다. 그런 고모가 나는 무척 좋았다. 그의 품은 넓고 푸근하며 모두가 호의적이었다. 그는 가진 게 없었다. 집이 가난했고 밥을 먹을 수 없었다. 그는 그런 내색을 나에게 보이지 않았다. 그는 완전히 애늙은이였다. 나는 그런 고모가 좋았다. 우리는 만나면 즐거웠다. 만나기만 하면 산으로, 들로, 강으로, 온 천지를 헤매며 즐겼다. 무엇을 먹는 일은 없었다. 산에서 물에서 들에서 보고, 듣고, 걷고, 뛰었다. 때가 되면 나는 할머니 댁으로 갔고, 고모는 작은할머니 집으로 갔다. 밥 먹고 나면 우리는 또 만났다. 다시 산으로, 들로, 시냇가로, 논두렁으로 어슬렁거렸다. 우리는 방학 때마다 만났고, 방학이 끝날 때까지 그렇게 풀과 바람과 나무와 물을 가지고 놀았다.

고학년이 되었다. 고모네 큰 오빠가 방학이 되어 나와 고모를 불렀다. 큰 삼촌은 서울에서 초등학교 선생님을 하고 있었다. 삼촌은 우리를 불러놓고 산수 문제를 풀게 했다. 둘이 똑같이 풀었다. 채점을 했는데 내가 하나 더 맞았다. 고모는 성질이 났다. 틀린 문제를 물고 늘어졌다. 그리고 삼촌이 오답임을 확인했다. 그것은 고모가 맞음을 나타냈고, 내가 오히려 잘못됐음을 뜻했다. 그래서 결국 고모가 산수 게임에 이기게 되었다. 나는 그때 고모의 집착이 집요하고 질기다는 것을 느꼈다. 그렇지만 우리가 만났다 헤어지고 다시 만나는 데는 아무 문제가 없었다. 결국 고모는 시골에서 중학교와 고등학교를 졸업했고, 유일하게 예비고사에 합격해서 교육대학에 입학했다. 그리고 졸업했다. 그는 씩씩했다. 매사를 정열적으로 최선을 다하는 선생님이 되었다. 그는 손재주가 뛰어났다. 예술적 소질이 많았다. 그가 속한 학교가 학교 대항에서 우수 학교로 인정받았다. 교장 선생들은 그를 칭찬했다. 그는 유능한 교사였다.

주변에서 배우자를 추천했다. 그러나 고모의 눈에 안 찼다. 고모는 시골이 싫었다. 그는 언니, 오빠가 사는 서울로 가길 원했다. 중매로 부잣집 아들과 선을 봤다. 그리고 굴지의 이름 있는 부잣집 아들과 결혼했다. 그는 처음엔 만족스러워했다. 결혼 후, 오랫동안 우리는 만날 수 없었다. 그는 부잣집의 구속에서 살았고, 나는 평범하지만 구속적이고, 자유가 없는 삶을 살았다. 서로의 삶은 비슷했다. 시집이라는 테두리를 벗어날 수 없었다.

몇 년 후, 우리는 과천 셋방에서 만났다. 작은 아파트에서 애기를 업고 오고 갔다. 애기가 아플 때면 함께 병원에 갔다. 그 후 우리 남편이 지방 발령을 받았고, 우리는 시골로 이사 갔다. 그 당시 고모부는 계룡건설에 다녔다. 우리는 그들과 헤어졌고 오랫동안 만날 수 없었다.

다시 몇 년 후, 우리 남편은 다시금 서울로 발령받았다. 서울 집값이 비싸서 입성할 수 없었다. 경기도 변두리에 위치한, 가격이 싼 곳을 찾아 이사했다. 주공에 연탄불을 떼야 하는 13평으로 옮겨 살았다. 해마다 전셋값은 올랐고 그 오른 비용을 융자로 해결하며 살았다. 어느 해인가 고모가 당신 시어머니가 환갑이라고 나를 초청했다. 부잣집 잔치를 보여주고 싶었으리라. 나는 그 집에 입고 갈 옷이 없었다. 전부 너무 낡았고, 결혼 후 한 번도 옷을 사본 적이 없었기 때문이다. 모두가 시장에서 산 몸빼바지와 허접한 시장패션의 싸구려 옷들뿐이었다. 내가 봐도 영~ 이 모습은 아니었다. 애들도 나보고 엄마는 군밤 패션이라고 했다. 결국 나는 그 잔치에 참가할 수 없었다.

잔치가 끝나고 고모는 나에게 화를 무척 냈다. 이제까지 그런 모습을 보인 적은 없었다. 왜 그렇게 화를 낼까? 알 수 없었다. 그저 '그들의 회려한 잔치 모습을 니에게 보여주고 싶었던 깃일 게다'라고 추측할 뿐이었다. 아니면 그가 나를 경쟁의 상대로 여겨 나보다 더 나은 모습을 보여주고 싶어서였기 때문일까? 그는 결혼 때부터 보석이나 혼수가 화려했고, 매사 부유한 모습들을 보여줬다. 그들은 자가용이 있었고, 먹는 것도 풍부했다. 우리를 초대했고 풍요롭게 대접도 잘해줬다. 어느 때부턴가 시댁의 기업을 물려받아 사업을 했다. 사업은 번창했고 삶이 풍요로웠다. 큰 집도 샀고 행복하게 살았다. 그 후 사업이 쇠퇴하고 벌린 사업이 망하면서 기반이 흔들거렸다. 가족 간의 갈등이 커졌고 사업이 중단되었다. 빚만 고스란이 남았다. 신용불량자로 전락했다. 당장 먹고 살기 힘들었다. 결국 고모가 임시교사로 재취입해서 먹고 살았다.

그들은 부자 언니의 도움을 받아 조그만한 수입 상품 가게를 열었다. 남대문 시장에서 물건을 떼다가 진열했고, 아파트 내 상가에서 주부를 상대로 물건을 팔았다. 그 사이 고모부와 싸움이 잦았는데, 둘은 피 터지게 싸웠다. 서로의 사상이 달랐다. 고모는 교육적이고, 남에게 피해주지 않는 이타심이 강한 사람인 것에 반해, 고모부는 부잣집 출신에 자기만 알고 자기중심적이며 이기심이 강한 사람이었다. 둘은 합의할 수 없는 사람들이었다. 둘이 싸우면 박이 터졌다. 경제적 쪼들림에 그들은 싸움이 잦았다. 고모부는 사업을 하면 대박이 날 것처럼 말했다. 고모에게 부자 언니한테 돈을 빌려오라고 소리쳤다. 고모는 그동안 많이 얻어다 썼지만 실패했다고, 안 된다고 했다. 고모는 시장을 보고 새벽에 집으로 돌아왔다. 온방은 난장판이었다. 고모부는 고모를 도와주지 않았다. 고모는 복장이 터졌다. 그렇게 십 년을 고모부는 허송세월로 보냈다. 이제 육십을 넘어 칠십으로 치닫는 나이가 되었다. 경기가 좋지 않아 고모는 가게 문을 닫았다. 다행히 고모부가 아르바이트 일을 찾았다. 열심히 뛰었다. 생활비는 벌었다. 고모의 집은 그제야 싸움이 사그라졌다.

가게를 끝내고 고모는 나를 찾았다. 우리의 사고는 더 이상 어릴 때와 같지 않았다. 고모는 고집과 아집이 강했다. 나는 그 꼴이 보기 싫었다. 고모의 말에 나는 강압적으로 부정했다. 나는 그 모습이 싫었다. 우리가 행복하자고 만나는데, 만나면 비위가 상하는 말들이 오고가는 것이 싫었다. 아마 고모도 싫을 것이었다. 안 만날 수는 없으니 만나되 그 주기를 길게 해서 서로 조화롭게 만나도록 하는 방법이 좋을 듯했다. 이번 만남도 올해의 마지막 정리 겸, 망년회로 생각하고 초청했다. 나이 든 사람끼리 먼저 모였다. 남동생은 우리를 오이도로 데리고 갔다. 그곳은 동생네 회사가 있어서 모든 것을 잘 알았다. 이 대통령이 먹었다는 음식점에서 우리는 칼국수를 먹었다. 사람으로 붐볐다. 휴일이라 가족동반이 많았다. 저녁을 위해 간단히 먹자고. 식사 후 우리는 오이도 섬 뚝으로 올라갔다. 바다는 이미 물이 빠져서 펄이 되었다. 태양은 구름에 가렸다. 하늘의 잿빛과 펄의 흑빛이 섬을 교차시켰다. 포근한 바람이 바다 저쪽에서 불었다. 봄 날씨 같았다.

섬과 바다의 경계는 철조망이었다. 뚝은 산책길로 조성되었다. 많은 연인들과 가족들이 거닐었다. 제방 아래 큰 도로가 있고, 도로 건너 상가빌딩 숲이 비디를 창헤 줄지이 섰디. 횟깁부디 온갖 음싀점이 손님을 유혹했다. 제방 끝 번호는 50호였다. 우리는 1호 쪽으로 걸었다. 오가는 길이 약 5㎞ 정도로 보였다. 가면서 멋진 철제 조각품이 설치되어 있는 것을 보았다. 예술적 감각으로 표현한 우주가 보였다. 지구가 보였고, 하늘을 수놓은 나무도 보였다. 분명 형상은 나무였다. 그러나 환상의 세계는 다양했다. 아름다웠다.

다시 전망대 쪽으로 갔다. 중간쯤에 선박이 들어서는 포구가 나왔다. 그곳은 조개 잡는 체험장이 있었다. 애기들과 엄마가 장화를 신고 조개를 잡았다. 아이들은 신났다. 검은 진흙이 온몸에 붙었다. 사람들은 세면 바닥에 깔개를 깔고 회를 먹었다. 주변에는 배에서 잡은 생선과 조개를 파는 선주들의 가게가 즐비했다. 말리는 생선은 짱둥어라 했다. 강화도는 조기를 말렸는데…. 바다는 같았지만 분명 어종이 달랐다. 사는 사람들과 파는 사람들은 서로 흥정했고, 어시장의 면모를 보여주었다.

우리는 전망대를 올랐다. 바람이 세찼다. 한 바퀴 돌았다. 건너편 빌딩숲은 인천이라 했다. 내려와서 바다에 깔아놓은 나무다리를 걸었다. 물이 들어오면 그곳은 물 위에 뜨는 길이었다. 그러나 물이 빠져서 그곳은 펄 위에 있었다. 오이도 섬 건너 동쪽 땅은 한화그룹이 30년 전 바다를 메워 만든 땅이라고. 지금 그곳에 새로운 아파트 단지가 조성되었다. 하늘 높이 아파트 건물이 세워지고 있었다. 그곳에 서울대학교 부지를 주었다고. 그곳으로 서울 대학을 이전하라고. 그래서 값비싼 아파트 건물을 조성 중이라고. 우리는 그곳을 떠나 안산 시내로 갔다.

시내에는 외국인이 많았다. 우리는 찜질방으로 갔다. 찜질방은 넓었다. 2층 모두가 찜질방이었다. 외국인과 한국인이 뒤섞여 있었다. 나는 온탕과 냉탕을 번갈아 몸을 담금질했다. 2층으로 가서 뜨거운 굴속으로 들어갔다. 남녀노소들이 많았다. 그 다음 뜨거운 자갈방으로 가서 누웠다. 땀은 계속 흘러내렸다. 몸이 개운했다. 몸 정리를 하고, 동생네 집으로 갔다. 가족이 모여서 다시 중국인 거리로 갔다. 예약한 곳에서 식사를 했다. 남편이 좋아하는 음식이었다. 양고기 요리, 닭고기 요리, 야채 요리, 양장피 등 다양한 음식을 주문했고, 맛있게 먹었다. 나는 그 음식을 먹을 수 없었다. 내 취향이 아니었다. 식사 후 나는 시장탐방을 했다. 그곳에서 똥 냄새가 나는 두리안을 샀다. 나는 그것을 좋아했다. 두리안은 외국에서 먹었을 때는 싫어했다. 그런데 친구네 집에서 두리안을 얼렸다가 먹었을 때 그 참맛을 알았다. 두리안은 콜라겐과 비타민C가 풍부해서 피부 미용에도 좋고, 피로회복에도 좋다고 했다. 가격은 비쌌다. 20kg짜리 쌀 한 포대 가격보다 비쌌다. 그것을 사서 동생네 아파트로 갔다. 그곳에서 2차로 맥주를 마시고 오랫동안 이바구를 하다가 잠들었다. 모든 식구가 좁은 아파트에서 촘촘히 바닥에 널브러져서 잤다. 애기는 애기대로. 어른은 어른대로. 거꾸로, 바로, 남의 팔이 내 입으로, 남의 다리가 내 머리 위로 향했지만 그것도 모르고 잤다.

행복은 멀리 있지 않았다. 이런 것이 행복이었다.

*

1978년 1월 중순. 소개 받은 남자로부터 만나자고 느지막이 전화가 왔다. 방학 때라 나는 시간이 많았다. 친구들은 대부분 시집을 갔고, 애기 하나씩을 낳았다. 나의 좋은 시절은 지나갔다는 생각이 들었다. 아무래도 나도 다른 친구처럼 결혼을 해야 한다는 생각이었다. 소개 받은 남자는 좋은 것도 싫은 것도 아니라는 액션이라, 나는 뭔가 확실해지기를 바랐다. 집 식구들도 그 사람이 명확하기를 바라는 눈치였다. 나는 답답했다. 짓눌리며, 조여 오는 기분이 들었다. 날씨도 찌뿌둥했다. 그날 온종일 초조하고 착잡했다. 내 자신의 처지가 불확실했다. 그에 대한 불편한 심기가 일어났다. 나도 모르게 노처녀의 스트레스가 일어났다. 책이 눈에 들어오지 않았다. 뭔가를 하고 싶다는 의욕이 사라졌다. 내적인 신경질과 외부적인 부딪힘이 교차하면서 속에서 불이 났다. 나는 속 시원히 무엇이든 매듭이 지어지길 바랐다.

시간은 느리고 더디게 지나갔다. TV를 보다가, 책을 읽다가, 동생들과 싸우기도 했다. 그렇게 하루가 저물어갈 때 그 남자가 전화가 왔다. 갑자기 내 자신의 분위기가 좋아졌다. 막혔던 체증이 뚫렸다. 무엇인가 풀릴 것처럼 느껴졌다. 여자인 내가 해결할 수는 없었다.

그를 만났다. 그는 꼼꼼하고 철저했다. 그는 까탈스러웠다. 내 취향은 아니었다. 그러나 그는 진실했다. 그리고 성실했다. 그것이 내 마음에 들었다. 겉모습은 선머슴 같았다. 세련되지 못했다. 그 점도 내 마음에 들었다. 그는 내가 제일 중요하게 생각하는 진실함과 성실함이 있었다. 단지 그 남자가 나를 선택한다면, 나는 괜찮다는 말이다.

*

이튿날 나는 「닥터 지바고」를 관람했다.

러시아의 설경, 오마샤리프의 빛나는 눈동자. 주인공과 함께 이어지는 시적인 음악. 구시대에 있었던 기차의 머리 부분. 모두가 아름답게 영상화되었다. 8세에 고아가 된 유리 지바고는 어느 겨울 노동자와 학생들이 기마병에 의해 살해되는 것을 보고 충격을 받는다. 그 후 그는 의학을 공부해 빈곤한 사람들을 돕고자 했다. 그는 그로메코가의 고명딸 토냐와 장래를 약속하고 의학 실습에 몰두했다. 그곳에서 운명의 여인 라라와 만난다. 1차 대전이 일어나고 군의관과 간호부로 그들은 다시 해후한다. 1917년 혁명 정부 수립 후 지식인

숙청 대상이 된 그는 전원생활로 들어간다. 거기서 우연히 다시 또 라라를 만난다. 이때부터 그는 라라와 이중 밀회를 한다. 그 뒤 빨치산에 잡혀 탈출하다가 전차에서 내리는 라라를 보고, 그도 따라 내리다가 심장마비로 닥터 지바고는 죽는다는 내용이었다.

영화는 선과 악을 경계 지을 수 없었다. 아내는 무한정 착한표였다. 유리는 그의 애인을 사랑할 수밖에 없었다. 서로가 피할 수 없는 처지…. 그들은 번뇌하며 사랑하는 사람들이었다. 영화의 장면들이 나의 가슴을 얼얼하게 했고, 찡한 감정을 일으켰다. 모든 장면들이 슬픈 사랑으로 기억되었다.

*

겨울 방학은 나를 편안하게 했다.

밤이 되면 AFKN에서 상영하는 영화를 볼 수 있어서 좋았다. 영국의 「노예시장」을 보았다. 비참하게 팔리는 노예들의 삶을 그렸다. 노예들이 자유를 찾아 헤매는 과정을 그렸다. 법이라는 부조리가 나타났다. 그 법의 부조리는 진리를 추구하는 자들이 물리쳤다. 여기에 그들의 보람과 대가가 나타났다. 나는 환호를 치며 박수를 쳤다. 거기서, 노예들은 인간이 아니었다. 주인들의 소유물인 짐승이었다. 그들의 탈출 과정은 지옥에서 탈출하는 과정처럼 보였다. 아슬아슬하게 벌어지는 사건과 상황은 나를 가슴 졸이게 했다. 위험한 고비,

죽음의 고비는 계속되었다. 그들이 애달파해도, 안타까워해도, 그들의 운명은 그들을 보살피지 못했다. 오로지 끈기와 노력으로 그들 스스로 극복하고, 자연과 운명과도 싸워 이겨야 했다. 나는 영화를 보며 반성했다. 그래, 완전한 인생은 없다. 매사 두렵고, 힘들고, 불편한 것이 인생이다. 그러니 불편함을 마음의 중심 쪽에 두고 있을 필요는 없는 것이구나. 그냥 자연스레 생겨나는 대로 받아주는 것이 사는 것이라고. 영화 속 노예들의 삶처럼, 나 스스로 극복하면 되는 것이라 생각했다.

창밖을 보았다. 하얀 눈이 소복하게 쌓였다. 눈을 보니 내 안에 기쁨이 일어났다. 얼굴이 환해지며 웃음이 나왔다. 이것이 자연의 조화로구나. 내 안은 침체되고 어둡고, 명쾌하지 못했다. 뭔가 불안했다. 그런데 이 하얀 눈은 나의 머릿속을 깨끗하게 만들었다. 지우개로 머릿속의 찌꺼기를 지워 버렸다. 나는 한없이 눈을 보고 눈을 사랑했다. 오후 늦게 군대 간 남동생에게 편지가 왔다. 동생은 자기의 포부가 어긋난 것을 안타까워했다. 남동생은 새로운 삶을 갈구했다. 그는 새 삶을 찾아 새롭게 노력하려 애쓰고 있었다. 그는 포부가 컸고 부모의 기대도 컸다. 좋은 고등학교에 입학했고, 그는 신나게 학교에 다녔다. 그러다가 사춘기에 들었다. 부잣집 애들과 사귀면서, 놀패와도 어울렸다. 그는 그 애들과 놀면서 방황했고, 공부하는 쪽이 아니라 놀 패거리와 함께 서성댔다.

그리고 졸업했다. 그는 시시한 대학에 입학했다. 그는 후회했다. 자기 격에 맞지 않아 자퇴하고 군에 입대했다. 그는 그때부터 제정신으로 돌아왔고, 고민했다. 그는 새 삶을 찾으려 애썼다. 나는 기도했다. 그의 꿈을 이루도록 말이다. 편지를 읽고, 나는 밖으로 나갔다. 눈이 계속 펑펑 쏟아졌다. 눈이 내 어깨로 쌓였다. 발은 푹푹 눈 속을 밟았다. 갈 길이 먼 나의 길과 내 동생의 길이 눈 속에 겹쳐 있었다. 길은 미끄러웠다. 살얼음이 두려웠다. 우리의 인생도 그랬다. 그래도 모든 시간은 지나갈 것이고 지나고 나면 과거가 될 것이다.

*

소개 받은 남자로부터 전화가 왔다.

배가 고파서 먹으려던 동태찌개를 먹을 수 없었다. 나는 서둘러 그를 만났다. 우리는 시외버스를 타고 부여에 갔다. 눈은 계속 펑펑 쏟아졌다. 우리는 눈을 맞으며 산길을 걸었다. 낙화암에 닿았다. 삼천 궁녀가 죽었다는 백마강은 별로 깊어 보이지 않았다. 한참동안 낙화암에 기대어 서서 백마강의 모습을 보았다. 하얗게 깔린 백사장, 얼음으로 덮여 버린 강줄기. 굽이굽이 스쳐 가는 흰 눈덩이가 꽃무늬를 이루었다. 낙화암 벼랑에는 푸른 소나무들이 바위를 떠받치고 있었다. 죽은 삼천 궁녀를 대신해서 그렇게 절개를 말했다. 아름다웠다. 고고했다. 병풍으로 둘러쳐진 미루나무들이 앙상했다. 그들도 슬픔을 말했다. 점점 눈발이 거세졌다. 바람이 휘몰아쳤다. 방향감각을 잃었다. 앞에서 야산이 눈으로 덮였다. 온 천지는 하얀 안개의 세계가 되었다. 우리는 따뜻한 찻집을 찾았다. 따뜻한 커피를 시켰다. 커피 향은 감미로웠다. 찻잔을 들고 투명한 유리를 통해 보이는 눈 쌓인 풍경은 풍요롭고 아름다웠다. 나는 그 남자와 함께 우리라는 테두리를 가졌으면 싶었다.

그 다음 주에 나는 서울로 향했다. 그리고 고모네 집에서 며칠을 보냈다. 나는 그곳에서 계속 꿈을 꾸었다. 눈만 감으면 악령이 나타났다. 악령들은 나를 협박했다. 무서운 올가미를 나에게 씌웠다. 악령들은 불을 피웠다. 붉으락푸르락하는 불길이 나를 덮쳤다. 나는 그곳을 벗어나고자 애썼다. 악령들은 내 목을 조였다. 나는 막혀오는 숨통을 열려고 애썼다. 죽이고자 하는 악령과 살고자 하는 악령이 내 몸속에서 싸웠다. 나는 헛 하고 개꿈에서 깨어났다. 땀이 났다. 어지러웠다. 나는 나의 삶을 창조해야 했다. 내가 가진 구시대적인 것을 버리고 새로운 삶을 받아야 했다. 결혼이라는 것은 새 환경에 나를 적응시켜야 하는 것이었다.

2월 초, 나는 그 남자 집에 초대를 받았다. 집은 비좁았다. 낯선 집이라 모두가 조심스러웠다. 어머님이 반겨주셨다. 나는 부모님께 절을 했다. 아버님은 인자하셨다. 동생들이 서서 나를 주시했다. 동생들은 많았다. 모두가 남자들이었다. 어머님 일손을 돕고자 했지만 잘 되지 않았다. 남동생들이 상차림을 했다. 나를 위해 모든 식구들이 상차림에 애쓴 것이 보였다. 음식은 다양했다. 음식의 색상이 아름다웠다. 도래상 주위로 모든 식구들이 모였다. 화목했다. 벽에 붙은 장신구들이 특별했다. 안방 벽에는 낚시 도구들이 줄지어 걸려 있었다. 그림 부채들이 예쁘게 걸렸다. 에어컨이 창에 붙어 있었다(그 당시 에어컨을 소유한 집은 별로 없었다). 오토바이, 냉장고, 전기스토브, 국화 화병 등등.

　이어 식사가 나왔다. 따뜻한 이야기들이 시작되었다. 믿음직한 첫째 아들, 솔직 담백한 둘째, 영리하고 약삭빠른 셋째, 순직하고 착하기만 한 넷째, 순하고 순종하며 말 잘 듣는 막내. 모두들 활기차고 명랑하게, 즐거운 식사를 했다. 남자들은 술을 즐겼다. 무진장 먹었다. 막내를 비롯해 주량이 많은 둘째가 끝까지 계속 먹었다. 다른 사람들은 TV에서 하는 홍수환 방어 타이틀전을 시청했다. 흥분한 목소리로 열을 올려 응원을 마쳤다. 홍수환 방어전이 끝나자 차를 마시고 대충 상을 치웠다. 우리는 그 남자의 방으로 이동했다. 그의 방은 삭막했다. 메마른 책상만 있었다. 삭막한 방에서 그가 기타를 쳤다. 서늘함과 삭막함이 사라졌다. 그곳에서 함께 음악을 듣고 쉬다가 인사를 하고 돌아왔다. 그의 어머니는 강해 보였다. 평범하면서도 매서웠다. 인상은 서늘했다. 욕심이 많아 보였다. 집으로 돌아오면서 결혼 후의 생활이 쉽지 않을 것이라는 느낌이 들었다. 어머니의 인상은 나를 위협하는 느낌으로 다가왔다. 나는 오래 참고 견딜 일이라 생각했다. 그날, 잠은 오지 않았다.

　나는 사십 년 전의 글을 보며 그 당시를 떠올렸다. 그때 내가 어떻게 내 남편과 이어졌는지도 떠올렸다. 그때 메모해 둔 일기를 보면서 나의 모습을 다시 그려보는 계기도 됐다. 내가 이 글을 쓸 때, 추억 속의 나는 행복했다. 기침에 골골거리면서 그때의 자신을 되돌아보는 지금 내 모습이 우습다. 내 글을 읽는 사람이 먼 훗날, 만약 몇백 년 후의 사람이라면 어떻게 읽을까를 생각해 봤다. 「어느 평범한 사람의 일기」(조지 그로스미스 -1800년대 말기의 시대를 일기로 기록한 것임)를 읽을 때, 나는 그 당시의 시대적 배경, 생활, 생각 등을 추측하고 우리 시대와 비교하는 것이 재미있었다. 나는 내가 쓴 글도 먼 훗날 읽는 사람이 나처럼 시대상을 비교하며 즐길 수 있을 것 같다는 생각을 한다.

19세기 초 영국에는 자동차가 없었다. 하지만 마차가 자동차 역할을 했다. 그들은 주식을 했고 은행에 입사하는 것을 기뻐했다. 부모님은 철없는 아들이 취직을 못해서 안달했고, 결혼 대상자를 찾았으며, 아들이 데리고 온 며느리감에 실망했다. 20세기인 지금이나 그 시대나 비슷한 사고를 가지고 있었고 생활 패턴도 비슷함을 알 수 있었다.

*

2016.11.27. 인터넷 사이트에 검찰은 차은택 기소. 이번 주 '최순실 게이트' 수사종결. 청와대 - 탄핵, 특검, 국조 앞두고 대책 부심. 낮 동안 엷은 황사주의⋯. 밤부터 추워⋯.

여고 동창 카카오톡 채팅방에서 한 친구가 글을 썼다.

☆ 맞는 말인 것 같아서~^

오늘 나는 촛불이 정의라며 거품 무는 S대 다니는 자식 두 놈을 이성적인 대화로서 굴복시켰다. 요놈들은 무조건 촛불은 정의의 외침이고 아빠는 수구 ○○○적 박근혜주의자라고 선을 그으며 기세가 등등하더라. 그래서 내가 너희들이야말로 자기 철학도, 중심도 없이 부화뇌동하는 방송의 맹목적 추종자에 불과하구나….

"우리 지성인답게 감정과 편견을 내려놓고 차분히 이성적, 논리적으로 얘기해보자."고 했더니 요놈들이 처음엔 '맹목적 추종자'라는 말에 자존심이 상해 발끈했다. 하지만 "좋다! 그럼 너희들 말대로 꼴보기 싫은 악의 대통령 박근혜를 당장 끌어내리면 그 다음엔 어떻게 할 거냐?"고 물었더니 두 놈 다 어리둥절해 하더라.

그래서 현재 상황과 내 심정을 차분히 들려주었다.

나는 박근혜주의자가 아니라 대한민국 헌법 수호주의자다. 나도 박근혜가 그 정도 인물밖에 안 됐다는 사실에 너무 분노하고 절망하고 있다. 하지만 지금은 헌법을 지켜야 할 때이지 감정에 매몰되어 그녀를 끌어내거나 맹목적으로 추종할 때가 아니다.

박근혜가 당장 물러나면 60일 내로 대선을 치러야 하는데, 준비된 놈은 두 놈뿐이고 나머지 인사들은 출마하려고 해도 준비가 안 되어 출마가 어렵다. 그것은 너무도 불공정한 게임이다. 무엇보다 큰 문제는, 대선 후보들에 대한 철저한 검증을 거칠 수 없게 된다는 것이다. 그놈이 골수 종북주의자인지 대한민국을 김정은에게 갖다 바칠 놈인지 이성적으로 따져볼 겨를도 없다. 그냥 촛불의 여세를 몰아 얼렁뚱땅 어떤 놈을 뽑고 나면 대한민국은 ○○○ 천지가 되어 버리고, 그 피해는 고스란히 너희 청년들에게 돌아온다.

나는 결코 무조건적인 박근혜 추종자가 아니다. 나는 이렇듯 세상이 온통 광기에 사로잡혀 날뛸 때일수록 건전한 지성들이 감정을 누르고 냉철한 머리로써 대한민국을 살릴 길을, 즉 대한민국의 헌법을 수호할 길을 찾아야 한다고 생각하는 사람일 뿐이다. 오늘 광장으로 나가 촛불을 드는 애들의 대부분은 너희들처럼 의식 없는 카더라 방송 추종자들이자 김정은 하수인들의 외침에 허깨비춤을 추는 광대들에 불과하다. 그토록 미운 박근혜를 끌어내리려면 당당하게 헌법에 따라 탄핵을 하면 되지, 너희들처럼 법을 무시한 채 감성에 사로잡혀 폭동으로 대통령을 끌어내리려 하는 건 권력욕에 찬 군인들의 쿠데타나 무슨 차이가 있냐?

대통령이 검찰 수사든 특검 수사든 다 받겠다고 했으니 일단 수사 결과라도 지켜보고 나서야 죄의 경중을 바로 파악할 수 있을 텐데…. 지금처럼 오직 감정에만 매몰된 너희들의 주장이 옳은 것이라 어찌 주장할 수 있느냐?

대한민국은 민주법치국가이고, 우리 헌법과 법률은 무죄 추정의 원칙을 고수하고 있다. 총리 시절 업자들로부터 8억 원의 뇌물을 받아먹은 죄로 수사받고 기소되어 재판을 받던 한명숙 전 국무총리도 이 무죄 추정의 원칙 때문에 여러 해를 버티며 총리, 야당 대표, 국회의원 등 온갖 호화를 누리다가 결국 최종판결이 나고 난 다음에야 감방에 갇혔지 않았느냐…. 지금 종북의 나팔수 노릇을 하고 있는 추미애도 선거법 위반으로 법의 심판을 기다리는 중이지만 최종 판결이 있기까지는 이 무죄 추정 원칙이 적용되기에 지금도 서슬 퍼런 국회의원에 야당 대표까지 하며 떵떵거리고 있는 것이 아니냐?

그런데 너희들은 왜 유독 박근혜에 대해서만은 단순한 의혹이 곧 최종 판결이라는 잣대를 들이대려는 거냐? 그게 지성인의 이성적이고도 합리적인 잣대라 할 수 있느냐? 제발 정신 차려라. 주위 사람들이 무슨 말을 하든 제 중심도 없이 휘둘리지 말고 니들 스스로의 확고한 신념을 가져라.

문제는 간단하다. 박근혜를 끌어내리고 60일 내로 대선을 치르면 어떤 놈이 유리하겠냐? 지금 이 혼란을 부추기는 세력은 어떤 놈들이겠느냐? 너희들 스스로 거기에 자신 있게 답할 수 있으면 아무 소리 안 할 테니 그 답대로 행동해라. 대신 거기에 자신 있게 답할 수 없거든, 바보같이 권력욕에 사로잡힌 정치 모리배들과 세상을 뒤엎어 김정은에게 바치지 못해 안달하는 종북 세력의 선동질에 휘둘려 꼭두각시 춤을 추는 허깨비가 되지 마라. 만약 오늘 달려나가 촛불을 들고 설친다면 머지않아 너희들은 오늘의 의식 없는 카더라 방송 추종자의 추태를 평생을 두고 후회하며 부끄러워하게 될 것이다.

대한민국 정치의 가장 고질적이자 근본적인 문제는 바로 지역주의이고, 현재 대한민국 대부분의 언론은 특정 지역 출신 애들이 잡고 있다. 그들의 목적이 뭐겠냐? 왜 어제 KBS 9시 뉴스가 온통 최순실 건으로만 도배를 했겠냐? 다른 방송들도 마찬가지다. 왜들 그리 미쳐 날뛰겠냐? 오늘 집회에 최대한 많은 인원을 동원시키기 위해 무지한 시청자들의 감성을 팍팍 찔러대며 부추기는 것 아니겠냐? 그런데 너희가 왜 거기에 장단 맞춰 꼭두각시를 자처하려 하느냐… 등등.

그렇게 깔끔하고도 논리적으로 설파해 줬더니 이놈들이 결국 고개를 끄덕이더라.

나도 박근혜가 너무 밉고 실망스럽지만, 그럼에도 불구하고 지금은 대한민국과 너희의 미래를 위해 굳건히 헌법을 수호해야 할 때라는 말에 적극 호응하며 '아빠를 오해했다. 아빠의 논리가 맞다. 이제절대로 의식 없는 카더라 방송 추종자는 되지 않겠다.'고 하기에 온가족이 함께 나가 외식도 하고 막걸리도 마셨다.

이놈들이 덩치만 컸지 너무 순진하고 무지하더라. 문머시기를 왜종북주의자라 하느냐, 공산주의가 왜 나쁘냐, 독재자 박정희가 뭐그리 대단한 인물이냐 등등 반론을 제기하더라. 공산주의의 허상과대원군부터 박정희까지의 역사, 문가와 종북의 실체에다 월남 패망의 역사와 보트피플 얘기까지 곁들여서 차분히 설명해주고, '이놈들아 아빠니까 이런 얘기해주지 너희가 요즘 어디 가서 이런 얘기를 듣겠노?' 캤더니 작은놈이 고맙다며 연신 건배를 제의하더라.

자식들과 처음으로 가져본 의식과 이념의 소통이었다.

평생에 오늘만큼 기분 좋은 날도 드물었던 것 같다.

친구가 쓴 글인데 마음에 들어 복사해서 붙인 글이었다. 나는 속이 시원했다. 이런 글을 널리 공개하고 싶었다. 나는 방송을 보지 않았다. 방송은 그들만의 잔치였고, 심심한 국민을 그들의 편에 서도록 말로 홀렸다. 그 말 잔치에 사람들을 정치적으로, 그들의 이기심 속으로 끌어들였다. 나는 그런 것들이 짜증났다. 보는 이와 말하는 이들은 이런 말 잔치를 하루 종일, 한 달 내내 쏟아낼 것이다.

*

첫눈이 내렸다.

눈송이가 컸다. 근처 산에 눈이 쌓였다. 날씨는 푸근했다. 도로에 쌓인 눈은 물이 되었다. 마음은 눈과 같이 깨끗했다. 우리는 새벽에 강화도로 들어왔다. 바닷물이 깊숙한 포구까지 들어왔다. 배들도 포구 주변에 줄지어 섰다. 젓갈시장으로 들어갔다. 내가 아는 선주는 이미 그가 잡은 물고기를 가게에 놓고 산행하러 가버렸다. 선주 부인은 투덜댔다. 고기만 내동댕이쳐 놓고 놀러 갔다고. 나는 그 가게를 좋아했다. 철마다 다른 종류의 생선이 진열되어 있었다. 그날은 팔뚝만 한 망둥어가 커다란 플라스틱 바구니에 가득 차 있었다. 망둥이들이 펄쩍펄쩍 뛰었다. 나는 사고 싶어도 그 고기 맛을 몰랐다. 그 고기로 어떻게 음식을 만드는지도 몰랐다. 선주 부인은 나에게 사라고, 싱싱해서 좋다고 했지만 나는 음식할 수 없다고 답했다. 그는 나에게 말했다. 냄비 바닥에 무를 깔고 생선을 그 위에 얹은 뒤, 양념장을 끼얹어서 자박자박하게 하라고. 나는 자신 없었다.

그리고 남편이 고개를 저었다. 좋아하지 않는다고. 결국 그곳에서 낙지 젓갈을 10개 샀다. 남편의 동기 모임에 그것을 선물하겠다고 했다.

우리는 젓갈시장 건물을 빠져나와 바다를 보았다. 바다는 온통 회색빛이었다. 하늘에서 내려오는 하얀 눈. 개펄에 살짝 잠긴 진흙과 회색이 섞인 갈매기들. 회색 바다 위에 떠 있는 작은 섬들. 포구에서 쉬고 있는 작은 배들. 배들은 흰색 페인트 위에 선명한 하늘색으로 파랗게 장식했다. 그곳은 하나의 다른 세계가 되었다. 자연과 삶이 어우러졌다. 먼 바다에서 우리를 불렀고, 우리는 바다로 갔다. 눈은 꽃이 되었고 푸근한 우리 마음에도 아름다운 꽃이 활짝 피었다.

거기서 차를 타고 우리의 거처인 작은 빌라로 왔다. 빌라 통장님이 오래된 낡은 집이라 여기저기가 샌다고 했다. 이번에 어떤 집에서는 가스관이 터져 물난리가 나서 집들을 수선하겠다고 했다. 우리도 하겠냐기에 하겠다고 답했다. 우리 집을 수선해야 한다고. 그런데 다른 집은 가스보일러인데 우리 집은 기름보일러라서 설비사를 불러 보일러를 AS 해야 한다고 했다. 결국 우리는 면사무소 주위에서 설비하는 곳을 찾았다. 다행히 조그만 설비 가게가 있었다. 주인을 찾았다. 주인은 설비일 하러 갔다가 오후에 온다고 했고, 우리는 기다렸다. 설비사가 식당에서 밥을 먹었다. 우리는 사정을 말했다. 그는 걱정 말라고, 다 고쳐 주겠다고 했다. 그는 새끼 설비사를 보냈다. 보일러를 살핀 새끼 설비사가 말했다.

자기는 보일러를 수선하지 않는다고. 해봤자 다시 잘못되면 한밤중에 전화가 온다고.

우리는 그럴 일 없다고 했지만 그래도 안 하겠다고 말했다. 결국 다시 주인을 찾았다. 나는 전화로 엄살을 불렀다. 그가 왔다. 보일러를 살펴보았다. 이것은 보일러 회사를 불러야 보일러 물을 채울 수 있다고. 그는 귀뚜라미 보일러 기사를 불렀다. 그리고 그들은 가겠다고 했다. 보일러 기사 출장비를 생각하라고. 둘에게 이만 원씩을 건넸더니 설비 가게 주인은 안 받겠다고 했고 밑에 일하는 설비사는 삼만 원만 달라고 했다. 나는 그 돈을 채워 주었다.

작은 설비사는 말했다. 자기는 산을 좋아한다고. 우리도 그렇다 했다. 그는 산악회 회장이었다. 그 주변에 대해 모르는 것이 없었다. 그는 면사무소 시장터에서 20년 동안 음식 장사를 했다. 그 후 시장터가 낙후되어 그만두었는데, 그가 할 수 있는 일이 없었다. 결국 그는 이삼 년을 건축일을, 그것도 허드렛일을 했다. 그곳에서 온갖 설비 공사를 배웠다. 그는 자기가 초등학교밖에 못 나왔다 했다. 그래도 나는 그가 훌륭하다고 칭찬했다. 그의 나이가 66세인데 아직도 일을 해서 돈을 벌고 있으며, 자기 기술이 있으니 자식에게 손 벌리지 않는 것이 훌륭하다 했다. 그렇게 돈을 벌던 어느 날, 그는 땅과 집을 팔아서 자기가 모은 돈을 전부 합쳤다. 그리고 모든 돈을 가지고 인천으로 갔다. 사촌 동생에게 건물을 사겠다 했다. 동생은 적당한 곳에 건물을 사게 했다. 그 건물은 올랐다. 그곳에서 임대료가 나와서 일을 하지 않고 먹고 살 수 있게 됐다고 했다. 그들은 그렇게 자신들의 자랑을 장황하게 남기고 떠났다.

곧 귀뚜라미 보일러 기사가 방문했다. 보일러를 돌리고 이거 저것을 만졌다. 되지 않았다. 그 기사는 성질이 났다. 이것은 자기네 회사 것이 아니라 했다. 경동보일러 기사를 부르라며. 왜 자기네를 불렀냐, 여기에 쓰인 글자도 모르냐며 호통을 쳤다 나는 말을 못했다. 큰소리가 무서웠다. 나도 속에서 화가 났다. 나는 기계류를 모르는 사람이었고, 그 체계를 몰랐다. 나는 출장비 주면 되지 않느냐 했다. 그 기사는 갑자기 조용해지면서 고분고분 이야기를 해주었다. 펌프 올리는 무슨 선을 이어주어야 한다고. 그 기계에 쓸 부품이 없다 했다. 그는 나에게서 출장비 삼만 원을 챙기고 떠났다.

남편은 다시 경동보일러에 전화했다. 한참 만에 연결되었다. 그는 남편에게 지금 수리 중이라면서 오후 7시경에나 방문할 수 있다 했다. 그때가 오후 3시경이었다. 우리는 4시간을 춥고 서늘한 냉방에서, 얼어붙은 손과 발을 비비며 기사를 기다렸다. 밖은 첫눈이 내려 낭만적이었으나, 우리 몸은 냉골방의 한기에 떨었다. 십여 분 지나자 나는 화가 났다. 남편이 전화한 경동 보일러 기사에게 전화했다. 우리가 지금 추워서 죽을 지경이라고 소리쳤다. 좀 빨리 와달라고 했다. 거기다 빨리 와달라는 문자를 강한 어투로 보냈다. 다행히 기사가 빨리 와서 고쳐주었다. 보일러는 더디게 집을 데웠다. 나는 이불로 몸을 둘둘 말았다. 남편은 보일러 사건을 어이없어 했다. 자기가 점잖게 전화를 했을 때는 일이 이루어지지 않더니, 내가 화를 내며 그들을 다그치자 일이 빨리 끝난 것이 우습다 했다. 나는 남편을 달랬다. 우리나라는 그래도 AS를 잘해주어 감사하다고. 다른 나라는 AS 하는데 일주일 아니면 한 달 이상 걸린다 했다.

구들이 방을 따뜻하게 했다. 몸이 따뜻하니 주변이 보였다. 하얀 눈이 내리면서 멀리 보이는 하늘과 산과 호수 모두가 하얀 옷을 입었다. 논두렁 밭두렁은 자기 몸을 드러내며 하얀 눈을 먹어 버렸다. 우리는 등산옷으로 갈아입고 밖으로 나갔다. 눈을 몸으로 받았다. 시골길 여기저기를 거닐었다. 그리고 자연과 함께 자연인이 되었다.

*

1978년 2월 초순. 온종일 졸음이 쏟아졌다. 엊그제 소개 받은 남자네 집을 방문한 것이 나에게는 부담이 컸던 모양이다. 밤새 심리적인 압박으로 잠을 설친 것이 원인이기도 했다. 무엇인가 불안하고, 초조하며, 새로운 길을 가야 한다는 두려움이 있었다. 어차피 걸어야 하고 견뎌야 할 일이었다. 그러면서 그 남자와 이루어질 것 같은, 아니 더 이상 선을 보고 남자를 선택해야 하는 부담감이 없어서 좋다는 그런 편안함도 생겼다.

나는 살얼음 위를 걷는 상태였다. 살금살금 걸어서 그곳을 건너가야 했다. 내가 가는 길은 어둡고 추워 보였다. 세찬 비바람이 몰아쳐 힘들 것처럼 보였다. 그러다가도 새로운 삶, 꿈의 삶, 희망적이고 무지개 같은 환상이 나를 반겼다. 학교 일은 손에 잡히지 않았다. 내 마음은 상승 곡선과 하강 곡선에서 왔다 갔다 했다. 나는 다시 내 마음을 잡아매야 했다. 친구들은 결혼해서 모두가 잘 살고 있지 않은가? 나도 그 과정을 겪을 뿐이라고, 시간이 가면 다 지나갈 일이 될 것이라고, 내 삶은 내가 만드는 것이라고, 어려운 것은 견디면 된다고 되뇌었다. 그리고 좀 더 적극적으로 열심히 살아야겠다고 맹세했다.

며칠 후, 온몸에 몸살 기운이 돌았다. 수업 시간이 고통스러웠다. 아픔을 참아내며 수업을 진행했다. 통증은 계속 나를 괴롭혔다. 통증에서 벗어나고자 노력했다. 행복한 시간을 상상하려 애썼다. 건강의 소중함을 떠올렸다. 건강했을 때는 건강의 소중함을 모르더니. 나는 나 스스로를 생각해 봤다. 나는 매사에 순종하려 했다. 부정하려 하지 않았다. 나는 우울함이 싫었다. 밝고 명랑함을 즐겼다. 나는 진실함을 좋아했다. 솔직하지 못함을 거부했다. 나를 드러내서 나를 알아주기를 바라는 것을 싫어했다. 나는 본 모습을 있는 그대로 보아주는 것을 좋아했다. 나를 비하하고 나를 공격하는 것은 정말 싫어했다. 사실 그런 것을 좋아할 사람들은 없겠지만….

나는 내 주위 사람들을 괴롭히지 않을 것이다. 내 운명에 순응하며, 나에게 주어진 것에 최선을 다할 것이다. 나는 나의 뜻에 어긋남이 없을 것이며, 내 뜻을 소신껏 지킬 것이다. 이제까지 나에게 주어진 길은 신이 나에게 준 사랑이었으리라. 사실 내가 믿는 신의 이름은 없지만. 모든 것이 그랬다. 신은 나를 지켜줄 것이고. 나는 내가 믿는 신에게 감사할 것이라고.

어느 날 출근길에 소개 받은 남자와 같은 버스를 탔다. 뜻밖의 일이었다. 나는 편안했고 기뻤다. 가슴이 뛰었다. 몸이 공중으로 올라가는 느낌. 피가 빠르게 돌고 혈압이 상승하는 느낌도 났다. 나는 차츰 소개 받은 남자에게 익숙해졌고, 친숙해져 갔다. 내가 먼저 하차했다. 아침 시간은 어수선했다. 아침 조례시간이 끝났다. 2월 학기는 하기이 끝과 시자이 맞물려서 어수선한 시기였다. 다음 날이 구정인 설날이었다. 선생과 학생들은 명절로 마음들이 들뜨고 바빴다. 각자 해야 할 일들도 많았다. 명절에 고향을 방문하는 이들을 위해 학교는 단축 수업을 했다. 퇴근 시간도 오후 1시로 빨라졌다. 학기 시작에 휴일이 끼어 쉰다는 사실이 즐거웠다. 아침에 만났던 그 남자도 출장명령으로 쉰다는 사실을 들었다. 나는 그 남자에게 무엇인가 말하고 싶었지만, 정작 말하려니 망설여지기도 했다. 그래도 전해야 한다는 의식이 강했고, 그날 퇴근해서 만났을 때 그 말을 하기로 했다.

우리는 또다시 오후에 만났다. 우리는 만나서 커피를 마셨고, 시내를 돌아다니다가 여고 친구를 만났다. 그 친구는 애기를 등에 업고 다녔다. 그 친구는 마음이 곱고 착했다. 대신 말이 많았다. 나는 친구가 너스레를 떨며 이야기하는 것이 싫었다. 등에 업은 애기와 상관없이 그의 시끄런 말들이 나를 괴롭혔다.

- 네 애인이냐?

나는 말을 못했다.

- 네 애인 맞지? 키 크고 괜찮네. 뭐 하는 남자야? 학교는 어디 나

왔어?

그 친구는 혼자 계속 물었고, 또 물었다. 나는 그와 얼른 헤어지고 싶을 뿐이었다. 그러나 그는 나를 잡은 채 묻고, 또 물었다. 등에 업은 애기가 칭얼거렸다. 그때 그 친구는 버스가 왔다면서 결혼할 때 연락하라 말하고는 차에 탔다. 그 친구가 떠나자 속이 시원했다. 우리는 시내를 배회하며 시장통을 걸었다. 자연스레 내가 하고 싶은 말들을 그 남자에게 말했다. 그도 자연스레 나의 말들을 들어주었다. 명절을 쇠고 우리는 다시 만나기로 했다.

그 남자가 전화했다. 2시경 만나자고. 우리는 만났다. 차를 타고 동학사로 갔다. 명절의 끝자락이라 조용하고 한적했다. 산행을 하는 사람이 가끔 있었다. 한 남자가 산사로 들어갔다. 한 여자가 다시 산사에서 내려왔다. 그들은 모두 홀로이기에 쓸쓸해 보였다. 상가와 민촌에서 하얀 연기가 굴뚝에서 피어났다. 산 능선으로 찬바람이 바스락거리면서 골을 타고 내려왔다. 계곡 사이에 있는 하얀 안개는 찬바람에 흩어져서 연기처럼 물러갔다. 앙상한 가지들은 바람결에 서로 뒤엉켰다. 산사의 바람은 풍경 소리를 울렸다. 지나가는 행인의 발소리는 풍경 소리와 어우러져 적막함을 벗어나게 했다. 우리는 서로 존재했다. 그 남자가 가진 꿈과 내가 가진 꿈이 합쳐질 것이라 믿었다. 꿈은 작았지만 합치면 완성될 것이었다. 우리는 가난했지만 포부만큼은 컸다. 우리는 무지개가 있는 꿈을 꾸었다.

우리는 산행을 했다. 남매탑을 올랐다. 산길은 미끄러웠다. 자갈들이 엉켜서 발을 굴렀다. 조심조심 걸었다. 내가 미끄러졌다. 그가 나를 붙들었다. 그가 미끄러졌다. 내가 붙잡았다. 우리는 서로 의지하며 남매탑을 올랐다. 다시 내려올 때는 어둑했다. 지면은 어두웠고, 어스름한 그림자들이 모양을 나타냈다. 아직 녹지 않은 눈들이 길에 덮여 있었다. 어둠을 물리치고 하얀 눈이 길을 안내했다. 하지만 우리는 잠시 쉬어야 했다. 큰 바위 위에 앉았다. 바위는 차가웠고 엉덩이를 시리게 했다. 그곳에서 한참 이바구를 했다. 그러다 갑자기 할 말이 없어졌다. 심심하고 어색했다. 그 남자가 눈을 뭉쳤다. 나도 눈을 뭉쳤다. 그 남자가 눈을 던졌다. 나도 눈을 던졌다. 그가 눈을 나뭇가지에 박박 문질렀다. 나도 눈을 나뭇가지에 박박 문질렀다. 손이 시렸다. 그 남자는 장갑이 두꺼웠다. 그는 내 손을 잡았다. 시린 손은 빨갛게 물들어 있었다. 우리는 손을 녹이며 하산했다. 버스를 타고 귀가했다. 그리고 헤어졌다. 그 남자와 이제 좀 친숙한 느낌을 가질 수 있었다.

차츰 그 남자와 정이 들어가는 모양이다. 쉬는 시간이나 수업 중에도 그 남자를 생각했다. '어? 이런 것은 아닌데…' 하며 나는 내 머리를 흔들었다. 이상했다. 잠깐이라도 시간만 나면 그 남자가 내 머릿속을 차지했다. '이런 것이 사랑인가?' 하고 생각했다. 어쨌든 그 남자의 그림자가 나를 계속 따라다녔다. 수업이 끝나고 난로 근처에 선생님들이 둘러앉았다. 그 속에 있던 남자 동창이 나와 그를 소개했다. 그 동창은 나에게 말했다. 소개한 그 남자의 어머니가 나를 보고 칭찬했다고. 나를 위해 조리대를 개조했다고. 그 말은 나를 받아들이겠다는 것으로 판단됐다. 전부 고마운 일이었다. 좋은 소식이었지만 마음은 착잡했다. 그 남자의 어머니는 눈초리가 매서웠고, 그것은 심리적인 압박감을 일으켰다. 마음이 무거웠다. 땅속으로 몸이 가라앉았다. 무엇인가 안타까운 마음도 일어났다. 왠지 무서운 어둠 속으로 끌려가는 느낌이 들었다. 현기증이 일어났다.

나를 찾아야했다. 심호흡을 했다. 나를 다시 돌아보며 생각해봤다. 나는 순수하고, 맑고, 깨끗한 마음을 가지고 살았다. 욕심을 탐하지 않고, 주어진 대로, 굽힘 없이 굳건한 마음으로 영원히 살고자 했다. 내가 가진 무지개 같은 꿈을 지키고, 지킴으로써 나를 지키고 이 세상에 존재하는 것이라고 생각했다. 나는 약해져서는 안 된다. 어떠한 어려움과 고난에도 극복할 수 있다. 그리고 나 스스로 독립해서 나를 지킬 수 있을 것이다. 더 이상 어려움은 생각하지 않을 것이다. 이것으로 내 몸속에서 일어나는 어둠의 그림자를 모두 씻어낼 것이었다. 이제부터 모든 일을 순응하며 받들고, 헌신하며 나 자신을 지켜낼 것을 맹세했다.

나는 오로지 정직하고, 성실하며, 노력하는 사람으로, 상대방에게 베풀며, 감사하며, 나를 깨우치는, 자각 있는 사람이 되겠다고 기도했다.

우리의 나이는 사회의(직업상, 경제상) 경계선 끝에 서 있다.

남편 친구나 내 친구 중 전문직을 가진 사람 중에는 교수가 가장 길게(오랫동안) 자리했다. 그중에서 권력욕으로 정부의 요직을 맡았다가 임기가 끝나서 다시 교수직으로 되돌아간 사람들은 정신적으로 온전하지 못했다. 그들은 권력 맛을 알아서인지, 항상 자신들을 다시 정부 요직으로 불러줄 것을 간절히 바랐고, 해서는 안 될 일을 했다. 그 온전하지 못한 사람들은 옆에서 보기에 안타까웠다. 그들은 항상 뜬구름을 잡았고, 자신을 드높였다. 자신을 낮출 수 없었고 자신을 높여주기를 바랐다. 그러다가 정부 요직에 있을 때 잘못 처리한 일들이 발각되면, 그들은 감옥에 가는 일이 많았다. 그래도 그런 라인에 줄을 서 고자 사람들은 혈안이 되었다. 나는 그들을 보면 안타까웠다. 아무리 수명이 긴 시대라도 사람은 나이에 맞는 일을 하고 생각을 하며 행동을 할 필요가 있다는 생각을 왜 못하는지 이해할 수 없었다. 60대가 20대의 혈기를 가질 수 있겠는가? 절대 그럴 수 없다는 것이 자연의 이치이다. 그렇다고 20대가 60대의 생각과 지혜, 이해력을 가질 수 있겠는가? 그것도 불가능한 일이다. 나는 모두가 자연스럽기를 바란다. 진리는 멀리 있는 것이 아니다. 가깝게 자연스럽게 이루어지는 대로 우리도 그 자연의 모습 그대로 흘러가면 되는 것이다.

그런데 내가 무얼 이야기하자고 이런 이야기를 꺼낸 것인지 나도 모르겠다.

나는 분명 무엇인가를 말하려 했는데….

오랜만에 대학 동창 모임으로 갑사에 가기로 했다. 나는 새벽차를 탔다. 차는 빈자리가 없었다. 고속도로에는 차가 적당했다. 경기도를 지나 천안쯤에 이르자 도로는 한산해졌다. 논은 모두 타작한 짚단을 흰 비닐 뭉텅이로 둥글게 묶어 차례로 논에 굴려 놓았다. 밭은 비닐하우스로 만들어졌다. 아직 흙으로 된 밭들은 넓은 공터를 만들었고, 넓은 들 끝의 경계는 야산으로 둘러싸였다. 야산 위의 끝은 붉게 물든 구름으로, 동쪽 하늘의 태양 빛을 받아 금방 태양이 솟을 듯했다. 하늘은 아직 회색이었다. 멀리 산 그림자는 좀 더 짙은 회색이었다. 작은 마을 풍경 속의 뾰족탑은 교회나 성당의 모습이었다. 가깝게 지나가는 상행선 짐차 트럭이 빠른 속력을 냈다. 붉게 물들어가는 하늘을 보며 마음을 차분히 가라앉혔다. 오랜만의 고속버스 나들이였다. 나는 이렇게 새벽차를 타고 힘들게 십 년이 넘도록 출근을 했다. 그 힘든 시절은 아득한 추억이 되었다. 그 추억들이 스멀스멀 기억 속에서 나타났다.

나는 대학을 가장 많이 다닌 사람 중 한 사람이었다. 대학 졸업 후 10년 만에 석사과정에 입학했다. 석사 졸업 후 다시 거의 10년 만에 박사과정을 끝냈다. 고의는 아니지만 학부는 70년대, 석사는 80년대, 박사는 90년대에 다닌 것이 되었다. 70년대에는 젊음이 있었고, 천방지축하는 시대였으리라. 80년대는 고난의 시대였다. 아이들 키우랴, 살림하랴, 시댁에 복종하랴…. 그 시대, '나'라는 존재는 없었다. 나는 내일을 위해서 내 시간을 만들려고 애썼다. 나는 하루하루를 전쟁을 치르듯 살았다. 주변 일들은 왜 그리 복잡하게 많이 일어나는지? 나는 정말 바쁘고 힘차게 살아야 내 생활을 유지할 수 있었다.

나는 날마다 책을 보고 싶었다. 아니, 책을 봐야 논문을 쓰고, 발표하고, 업적을 만들 수 있었다. 하지만 나에게 공부 시간은 주어지지 않았다. 1번이 시댁일, 2번이 남편일, 3번이 애들일, 4번이 친정일, 5번이 집안일, 마지막 6번이 내 일이었다. 나는 공부 시간이 부족해서 항상 허덕였다. 해야 할 것들을 하지 못해서 안타까웠다. 그 시대에는 시댁이나 친정에 가족 행사가 많았다. 친정은 불행한 가족 행사로 남동생과 아버지가 암으로 고생했고, 암으로 죽었다. 거기에 조카가 수술하다 죽었다. 그때부터 나는 죽음을 알았다. 석사과정은 가족의 죽음과 함께한 시간이었다.

그에 비해 시댁은 끊임없이 나에게 요구하고, 집착하며, 시댁 방식으로 나를 구속하기를 원했다. 넌 맏며느리다. 네 애비는 맏아들이다를 외치며 시어머니는 당신의 방식을 요구했다. 시동생 학비를 달라. 생활비를 달라. 병원비를 달라. 저거 해라. 이거 이렇게 해라…. 이것은 이렇게 해야 되지 않느냐… 시어머니는 수시로 전화했다. 그는 나를 감시했다. 그리고 그의 주장을 요구했다. 그는 명령하는 자였고 우리는 종속된 자였다. 나는 그 집에서 이방인이었다. 그래서 그에게 있어 나는 그의 방식대로 길들여야 하는 새로운 인물이었다.

그는 집요했다. 완벽했고, 철저했다. 그의 방식대로 그 집 사람으로 완벽하게 만드는데 집착했다. 나는 그것이 시집의 구조라 생각했다. 다른 시집들도 그런 것으로 이해했다. 나는 날마다 순응하려 애썼다. 그가 원하는 전부를 시행하려 노력했다. 시어머니는 그의 아들 다섯을 그렇게 키웠다. 그것은 시어머니가 바라는 효도였고, 효자 아들이 되는 길이었다. 아들들에게 있어 어머니는 오로지 자식을 위한 훌륭한 사람이며, 그들은 어머니를 위한 남자여야 했다. 어머니 말씀은 신의 말씀처럼 지키고, 믿으며, 헌신하는 것이 그들의 의무였다. 그것이 벗어날 수 없는 숙명이라고 그들은 알았다. 우리는 모두가 시어머니의 테두리에서 그의 지시를 따르며 살았다. 그가 오라 하면 왔고 가라 하면 갔다. 그의 기분이 하강하면 우리도 어둡고 힘들었다.

나는 언제부턴가 그의 말이 이치에 맞지 않다고 속으로 투덜댔다. 그의 주장은 강했고 틀린 것을 옳다고 주장했다. 식구들은 그의 말이 항상 맞다 했다. 나는 틀린 것은 틀리다고 나 스스로를 위로했다. 그는 아부하는 아들은 더 아부하게 했고, 고지식한 아들은 밀쳐냈다. 그들 사이에 틈이 생겼고 서로 화합할 수 없는 일들이 생겨났다. 그는 아들들이 화기애애하며 화합하는 것을 원치 않았다. 자기중심적인 그는 항상 옳았다. 그는 명령하는 자로, 모든 식구가 그를 따를 뿐이었다. 이의를 제기하는 사람이 있다면 그 사람은 배신자가 되었다.

세월은 흘러갔다. 아들들은 모두가 가족을 이루었고, 그 자식의 자식들이 또다시 가족을 이루었다. 그곳에 증손자들이 태어났다. 증손자들은 해마다 늘어났다. 그는 그 증손자들이 싫었다. 증손자가 태어나면, 그는 증손자를 가진 손자들을 미워했다. 그는 묘한 부정적인 감정을 나타내며 그들을 밀쳐냈다. 나는 시어머니를 이해할 수 없었다. 그는 그를 따르는 아들과 뒤처지는 아들에게 집착했다. 아들이 사회적으로 높아지면, 당신은 심통으로 아들의 심기를 긁었다. 당신보다 위상이 나아지면 심기가 불편해서일까? 여하튼 그 아들이 가깝게 다가서지 못하게 막았다. 그는 서서히 이분법을 하기 시작했다. 순응하는 아들과 바른말 하는 아들을 구별했다. 바른말을 하는 아들은 내쳤고, 그에게 순종하는 자에게만 아들로서의 소임을 맡겼다. 그래도 모든 아들은 착했다. 그의 방식대로 가족은 길들여졌다. 비를 맞으라 하면 비를 맞았고, 눈을 맞으라 하면 눈을 맞았다. 그런 상황 속에서 나는 석사과정을 끝마쳤고, 박사과정을 마쳤던 것이다. 그리고 2000년대. 새 시대를 맞이했고, 강의를 했던 추억이 떠올랐다.

고속버스는 경부선을 지나 호남선 쪽으로 진입했다. 곧 고속도로에서 벗어나서 시내 쪽으로 들어섰다. 나는 새벽의 도심지를 쳐다봤다. 차가 정차했다. 도룡동에서 많은 사람들이 내렸다. 다시 출발했다. 시가지 중심에 있는 사거리에서 신호등을 따라 멈추었다. 삼청사 빌딩이 보였다. 둔산동 정류장에 정차했다. 청사 사람들이 하차했다. 다시 호남 고속터미널로 갔다. 나는 그곳에서 내렸다. 예전보다 정류장이 커졌다. 그곳에서 친구를 만났다. 대학 동창들이 모인 주차장으로 이동했다. 친구들이 모여 있었다. 그곳에서 차 2대를 나눠 타고 갑사로 향했다.

나는 들떴다. 모처럼의 나들이라 마음이 설   다. 아픈 사람과 애기 보는 사람들을 제외하고 모두가 모였다. 그날 나는 기침이 심했다. 목소리가 나오지 않았다. 진통제를 먹고 갔다. 갑사는 한산했다. 오가는 사람이 없어서 편안했다. 우리는 이바구를 하며 절 쪽으로 걸어갔다. 나무들은 모두 앙상했다. 몸통만 보였다. 아직 떨어지지 않은 나뭇잎들이 나뭇가지에 매달린 채 약간의 바람에 흔들렸다. 절은 규모가 컸다. 목탁 소리가 대웅전을 울렸다. 절 내의 공간은 넓었다. 넓어서 속이 시원했다. 뒷마당에 서 있는 감나무에 감이 다닥다닥 달려 있었다. 예전 같으면 스님들의 공양 음식이었을 텐데… 이 절의 풍요로움이 그 감을 놓아둔 것일까, 아니면 까치들의 먹이로 남겨두는 것일까?

절을 지나 폭포 쪽으로 걸었다. 길은 바위가 야트막하게 깔려 있었다. 길 사이에 뻗은 소나무와 자잘한 잡목들이 길을 따라 줄지어 서 있었다. 우리는 오르고 또 올랐다. 곧 예약된 식당에 시간을 맞추어 다시 내려왔다. 친구의 친구가 하는 식당으로. 방송에서 상을 받은 집이라고 했다. 주인은 분명 어떤 방송에서 봤던 사람이었다. 한식 대첩에서 1등을 한 사람이라고. 그곳에서 맛있는 식사를 했다.

다시 산책을 했다. 산으로 향했다. 물길을 따라 걸었다. 친구가 호수 옆에서 은행을 주웠다. 똥 냄새를 맡으며 은행을 주웠고, 그것을 씻어서 나에게 주었다. 나는 감동했다. 그 친구는 내가 기침이 심하다고, 집에 가서 다섯 알씩 구워 먹으라고, 그럼 기침이 멈춘다고 했다.

다시 차를 탔다. 우리는 친구 집으로 직행했다. 친구들은 따뜻했다. 한 친구는 친구들 주겠다고 떡을 해왔고, 어떤 친구는 나에게 좋은 조림 간장을 주었다. 떡 해온 친구는 떡뿐만 아니라 김장김치까지 나에게 줬다. 모두들 따뜻한 마음을 나에게 주었다. 나는 감동했다. 그들의 뜨거운 정에. 우리에게 이제 중요한 것은 이런 뜨거운 마음을 나누는 것이라고 생각했다. 춥고 힘든 것들이 한 번에 날아가 버리는 것은 이런 따뜻함이 아닐까 생각했다.

*

며칠 후 친구들을 모아 산행을 했다.

우리가 자주 가는 축령산을 갔다. 한 해의 마지막 달인 12월이었으나 봄같이 따뜻했다. 다행이었다. 나는 친구들에게 말했다. 우리 나이에 882미터나 되는 산을 오르자고 말할 수는 없다고. 우리는 늙은이 중에서도 중늙은이라 산행을 할 수 있는 나이를 넘었다고.

우리 모두는 60의 중간이었다. 한 친구는 교직을 떠나 손자를 보는 작은 위인이었다. 손끝이 맵고 야무졌다. 못하는 게 없었다. 손가방을 만들어 모든 친구들에게 선물했다. 백화점 상품처럼 수려하고 깔끔했다. 부엌살림, 집안살림, 음식 만들기 등 못하는 게 없었다. 애들까지도 얼마나 똑부러지게 공부시켰던지. 대기업 차장에, 치과 의사, 변호사로 만들었다. 모두 딸이었지만, 그들은 사회의 주역으로 일했다. 다달이 엄마 용돈을 챙겨서 통장으로 입금시켰다. 그는 연금을 받고, 자식들의 용돈을 받았다. 누구 말대로 100억짜리 건물 임대업자 같았다. 나는 그를 보고 작은 위인이라 칭하고 싶었다.

우리 주변의 많은 이들이 아들 때문에 고통을 받으며 사는 이가 많았다. 내 아는 교수님은 의사 아들에게 온 재산 다 바쳐서 병원을 차려주었다. 그런데 그 병원이 잘못되어 빚에 쪼들렸고, 결국 그 아들 자살해서 죽었다. 부모와 가족은 실의에 빠졌다. 다른 친구 아들은 사업을 차려 주었는데 결국 사업이 망했다. 또 다른 전직 교수님이 아들에게 사업을 차려 주었고, 주변 교수님들에게 빚을 얻어서 돈을 마련해 주었다. 결국 그 아들도 망가지고, 사업도 망가졌으며, 가족도 망가졌다. 어느 친구의 옆집 아들은 사업으로 망가져서 감옥에 갔다. 그 며느리가 시댁으로 처들어왔다. 시아버지에게 대들었다. 아들이 감옥에 있는데 따뜻한 밥이 목으로 넘어가냐고. 아버님이 어찌 그럴 수가 있느냐고 며느리가 시아버지에게 따졌다. 그때, 시아버지가 며느리에게 말했다. 나도 아들 귀한 줄 안다고. 그놈이 감옥에서 나오면 잠잘 곳이 있어야 하지 않겠냐고. 우리 모두가 길바닥에 나앉으면 어떡하냐고. 마지막 지킴이가 있어야 하지 않겠냐고 며느리에게 물었다 했다.

나도 그렇게 생각했다. 어머니는 자식에게 강해야 될 것 같다고. 자식에게 착한 어미보다 나쁜 어미, 강한 어미가 모두를 살릴 수 있을 것 같다고. 나는 내 작은애랑 무지하게 싸웠다. 그나 나나 강했다. 작은애는 시집을 가지 않았다. 그런데 일도 안 했다. 자기는 돈 벌고 싶지 않다고. 나는 말도 못하고 답답해했다. 언제까지 캥가루처럼 빌붙어 살려는지, 나는 그를 이해 할 수 없었다. 시집을 가든지, 아니면 일을 해서 돈을 벌든지. 우리의 싸움은 계속되었다. 나는 참을 수 없었다. 그래서 작년에 내쫓았다. 월세방을 얻어주고 내보냈다. 그의 반항은 이루 말할 수 없었다. 남편은 반대했다. 그가 여자라서 안 된다고. 그럼에도 나는 막무가내 쫓아냈다. 그 후 그는 적개심을 가지고 적의로 나를 대했다.

그렇게 일 년이 지났다. 사정이 생겨 작은아이는 다시 우리 집으로 돌아왔다. 하지만 그는 달라졌다. 홀로 사는 연습을 했고, 혼자 적응할 줄 아는 사람이 되었다. 나는 칭찬했다. 훌륭해졌다고. 살을 빼서 몸의 균형도 맞추었고, 독립심도 강해졌다. 자기 일은 자기가 처리했다. 내 집에 산다고 방세도 냈다. 직업도 찾아 수학 선생으로서 보람을 느낀다고 했다. 나는 한시름 놓았다. 그가 스스로 자신의 생활을 행복하게 하고 있음에 감사했다. 모든 사람들은 자기에게 주어진 고통을 자기가 짊어지고 살아가는 것이라고. 다만 그 고통을 스스로 어떻게 짊어지고 살아갈 것인가가 관건이라 생각했다.

내 주변에는 친구가 많았다. 이름도 가지각색이었다. 이름을 나열하는 것은 피곤했다. 지역으로 부르는 것도 번잡했다. 나는 생각해 보았다. 어떻게 부르는 것이 편하고 기억하기 좋으며, 즐길 수 있는가를. 작가 박범신은 남자1- ㄴ, ㄷ 으로 표시했다. 처음엔 낯설었다. '뭐야?' 하면서. 하지만 읽어가면서 그 낯선 사람들이 묘하게 매력적으로 느껴졌다. 나도 한 번 따라하고 싶어졌다.

내 친구 ㄷ은 부자다. 남편이 회사를 잘 경영하고, 실속이 있었다.

현대에 비전이 있는 일들로만 일감을 만들고, 판매하고, 수출했다. 그의 회사는 탄탄했다. 나이가 들면서 ㄷ은 외국에 있는 애들을 불러들였다. 그 애들을 회사에 넣고 회사에 참여시켜서 일을 배우게 했다. 회사가 잘 운영되도록 자식에게 가르쳤고 비법을 전수했다. 이제 ㄷ의 자식들은 제법 회사 일에 익숙해졌고 능숙해졌다. 월급도 많아졌다.

어느 날 아들네는 새집으로 이사를 가겠다고 했다. 그 집의 전세가는 20억이었다. 학군이 좋고 손자들을 더 좋은 환경에서 공부시키겠다고 했다. 친구 부부는 그러라고 했고, 그의 아들은 살았던 집을 팔았다. 16억에 팔았다고. 그러자 친구 ㄷ은 부족한 4억을 보태주었다. 아들이 이사 가는 날이었다. 아들은 일억이 모자란다고, 이사 가는 비용과 커튼 하는 비용 등이 부족하다고 했다. 친구 ㄷ은 난감했다. 이미 너무 많은 돈을 보태주었는데…. 결국 ㄷ은 아들에게 융자를 내라고 했다. 나는 상상할 수 없는 일이었다. 평생 만져보지 못할 돈 이십 억, 이사 비용 일억은 보통 사람들이 마련할 전세 비용, 그것도 직장을 다니며 십 년 이상 벌어야 할 돈이 아닌가?

ㄷ은 또 고민했다. 아들이 애기를 낳았다. ㄷ은 몸이 허약해서 애기를 돌봐 줄 수 없었다. 상주하는 가정부를 들이고 ㄷ이 그 값을 치렀다. 그 후 얼마 지나지 않아 사정상 그 가정부가 떠났다. 다시 입주 가정부를 선택해야 했다. ㄷ은 며느리에게 네가 쓸 사람이니 선정하라고 말하고는 그 비용을 댔다. 그렇게 십년이 되어갔다. ㄷ은 속으로 생각했다. 애들도 다 컸고, 며느리가 직장을 다니는 것도 아니

니 이제 그만 스스로 가정 일을 해도 되지 않느냐고. 하지만 며느리는 가정부를 내보내지 않았다. 늙은 ㄷ도 가정부를 쓰지 않는데…. 결국 ㄷ은 계속 가정부 비용을 지불해야 했다. 좋은 게 좋은 거라고, ㄷ은 쓴 소리를 못했고 속을 태웠다.

ㄷ의 딸과 사위도 훌륭했다. 오손도손 행복하게 살았다. 어느 날 사위가 직장을 그만두고 인터넷 사업을 시작했다. 매장을 마련하고 사업 업무를 홍보하며 바쁘게 사업을 했다. 그러나 지금은 첫 단계고 돈을 버는 것은 쉽지 않았다. 그렇게 세월은 지나갔고, 애들은 커 나갔다. 딸은 아버지의 회사를 이어받아 바쁘게 다녔다. 돈도 벌렸고, 월급도 많았다. 어느 날 딸은 ㄷ에게 불평했다. 내가 언제까지 집 식구들을 먹여 살려야 하느냐고. ㄷ은 말했다. 인제 시작이니 네 남편을 기다려줘야 한다고.

내가 사는 지역은 한강을 낀 부유한 동네로 꽤나 유명했다. 그러나 그 속을 들여다보면 각자의 고통을 각자가 지니고 살아가는 모양새가 다른 곳과 똑같았다.

친구 ㅂ은 시어머니를 모시고 평생을 살았다. 시어머니는 96세다. 시어머니는 이제 얼마 남지 않았다 했다. 그 시어머니는 평생 밥을 안 드시고 빵과 맥주와 스테이크를 즐기셨다. 우리가 서울 시내 공기가 안 좋다고 말하면, 그래도 당신 시어머니는 그 공기 안 좋은 강남 한복판 아파트에서 평생을 살았다 했다. 그러니 그런 소리 하지 말라고. 지금도 꿋꿋하게 살아 있고, 100살까지는 살 양반이라고. 나는 친구 ㅂ이 안타까웠다. 시어머니는 수시로 오줌을 지리고, 이불을 오물로 적셔 놓았다. 냄새가 집안을 온통 절여 놓으면 친구 ㅂ은 온 정신이 빠졌다.

친구 ㅂ의 남편은 술을 좋아했다. 술에 안주 삼아 음식 먹는 걸 좋아했다. 친구 ㅂ은 항상 자신을 부엌 무수리라 칭했다. 그는 음식의 달인이었다. 한식, 중식, 서양식, 일식, 이태리 음식 등 못하는 게 없었다. 그의 아들은 매사에 부족했다. 외국에서 공부했고, 졸업을 못했다고 남편은 친구 ㅂ과 자신의 아들을 국제 사기단으로 칭했다. 이 국제사기단 호칭은 오래갔다.

남편은 아들에게 직업을 만들어서 주었다. 하지만 얼마 안 되어 아들은 그 직업을 버렸다. 그렇게 몇 번의 시도가 있었지만 나아지지 않았다. 다시 인도네시아로 아들을 떠나보냈다. 아들은 그곳에서 몇 년을 버텼다. 그리고 애인까지 생겼다. 결혼을 시켰다. ㅂ은 아들과 비슷한 며느리이기를 바랐다. 아들은 학벌이 좋은 훌륭한 며느리를 골랐다. 아버지나 여동생에게 듣던 바보 같은, 공부를 못하는, 그런 소리에 질려서 그들보다 더 훨씬 학벌이 좋은 사람으로 골랐다. 둘은 멋지게 결혼했다. 결혼 비용은 신랑집에서 모두 지불했다. 아들은 ㅂ의 힘을 빌려 자기 부인의 친정 식구들을 불러 인도네시아 여행을 시켰다. 아들은 자기 부인이 원하는 일들은 모두 해주었다.

결혼을 한 후 그들은 인도네시아에서 살았다. 좋은 주택을 비싸게 임대했고 생활비, 부대비용 등은 ㅂ이 내야 했다. 그곳에서 그들은 어학연수를 했다. 몇 년 후 다시 한국으로 돌아왔다. 삼십 평대 아파트를 전세 얻어주었다. 며느리의 친정 부모는 투덜댔다. 부잣집에서 이렇게 작은 집을 전세 내주었느냐고.

아들 부부 사이에서 애기가 태어났다. 애기 보는 파출부를 보내주어야 했다. 생활비, 부대 비용에 이제 파출부 비용까지. ㅂ은 죽을 맛이었다. 그래도 세월은 흘러갔다. 이것저것 사업을 위해 일을 배우던 아들은 사업을 해보겠다고, 일을 시작해볼 거라 말했다. 며느리는 애기를 낳고 몸이 허약해져서 병인에 입인했디기 친정으로 애기를 데리고 쉬러 갔다. 시어머니를 모시는 ㅂ은 며느리를 보살필 수 없었다.

아들에게 새로운 사업을 차려주었다. 아들은 일을 볼 때 사용할 새 차가 필요했다. 어쩔 수 없이 차도 사주었다. 그 사이 며느리가 다시 집으로 왔다. ㅂ은 며느리를 위해서 베란다에 가서 지저분한 일들을 치워주었다. 어두운 데서 잘못 치우다 손가락을 다쳤다. 그날 병원에 가서 손가락을 꿰맸다.

쉬러 온 며느리가 다시 아팠다. 병원으로 옮겼고 친정 부모에게 부탁했다. 아들의 사업은 쉽게 풀리지 않았다. 갈수록 매출이 줄어들었다. 아들네 생활비와 파출부 비용은 ㅂ이 계속 지불해야 했다. ㅂ의 딸은 올케언니를 욕했다. 직장도 다니지 않으면서 파출부를 둔다고. 어느 정도 세월이 지나자 자리가 잡혀가는 듯했다. 며느리 보고, 파출부 없이 집안일 보면 안 되겠냐고 물었다. 그러자 자기는 몸이 허약해서 안 된다고. 그러면서 친정아버지가 파출부 비용을 줄거라고 말했다. ㅂ은 생각했다. '그래, 요즘 아이들은 우리 시대와 다른 세대지.'라고.

ㅂ은 바빴다. ㅂ은 집안일의 달인이자 무수리의 달인으로, 96세인 시어머니와 주말에 오는 딸의 아들을 돌봤다. 딸은 대기업 다녔다. 딸은 출장으로, 혹은 친정에 쉬러 자주 왔다. 그의 외손자는 할머니를 좋아했다. '고기, 고기'를 찾으며 잘 먹었다. 96세인 시어머니는 외증손자를 싫어했다. 친손자가 낳은 아들만 좋아했다. 외증손자는 그 사실을 알았다. 외증조할머니가 자기 방으로 들어가면, 외손자는 자기 손가락을 입에 대고 조용히 '왕 할머니가 들어갔다.'고 외할머니한테 말하며 웃었다. 그것은 이제 나와 외할머니가 놀면 된다고 신호하는 것이었다.

분명 세대가 다른 것은 맞다. 그러나 분명 자기가 해야 되고, 자기가 해야 할 일은 자기가 하는 것이 본인을 위해 좋은 것이라 생각했다. 내가 어릴 때는 가난함과 부유함으로 구별되었다. 그때는 사람들이 밥을 먹느냐, 못 먹느냐의 문제가 심각했다. 그리고 좀 더 부유한 층을 구별하는 기준은 밥을 해주는 식모가 상주하고 있느냐 없느냐였다. 나는 할아버지가 농사를 지은 쌀을 가져다 먹었고, 아버지가 공무원이라서 학교생활을 할 수 있었다. 그 당시 여성이 학교를 가는 일은 쉽지 않았고, 나는 적어도 내 일은 열심히 해야 한다고 배웠고, 스스로 할 수 있는 일은 하는 것이 마땅하다 생각했다. 그래서 교직 생활을 하면서도 집안일, 학교일, 아이들 일들을 병행하려 애썼고, 시간을 맞추고 쪼개서 살았다.

학교를 다니며 30년 이상 밥을 해 먹으니 자연히 무수리에 익숙해졌다. 국 끓이고, 맛이 있든 없든 열심히 김치를 담그고, 지지고, 볶고, 부치며 세월을 따라 살았다. 이제 겁나는 일도 없어졌다. 모르면 대충 인터넷 보고 따라 하면, 그 반찬이 만들어졌다. 나는 이 나이가 되어서도 음식을 사 먹지 않고 만들어 먹고 있음에 감사했다. 음식을 사서 먹어봐야 그렇고 그랬다. 화려한 장식으로 사람을 유혹해도 내 입맛에 맞게, 내가 해 먹는 것처럼 즐거운 것도 없었다.

나는 아이들에게도 강조했다. 음식 못해도 된다. 다만 열심히 해서 먹어라. 어느 날 시간이 지나면 달인이 될 것이라 했다. 나이가 들어 육십이 넘으면 매사에 기술자, 아니 자기가 좋아하는 일에 대한 달인이 되면 성공이었다. 나는 아파트 단지에서 공짜로 테니스를 가르쳐준다 해서 배웠고, 지금까지 테니스를 치고 있는데 어느새 기술자가 되었다. 테니스를 친 지도 어느새 30년이 넘었다. 그사이 사람들은 무릎 아파서, 허리 아파서, 다리 아파서, 골프 쳐야 해서 등등 이런저런 이유로 테니스를 그만두었다. 한 번 그만두면 다시는 테니스를 칠 수 없었다. 나는 아프지만 계속 쳤고, 몸을 치료하며 계속 쳤다. 이것도 이제 달인이 되어 가는 일이었다. 나는 하려고 한 것이 아니라 그냥 지킬 뿐이었다.

내가 젊었을 때, 우리는 경제적으로 어려워서 놀러 다닐 수가 없었다. 끽해야 버스 타고 관악산에 물놀이 겸 약수터에서 물 떠오는 일이 유일한 놀이였다. 친구들과 잘사는 친척들은 승용차를 타고 다녔다. 어쩌다 그들에게 편승해서 한 번씩 함께 놀기도 했지만, 우리의 생활이 될 수는 없었다. 만화 못 본다고 아이들이 성화였지만 우리는 주말마다 관악산에 올랐고, 각자 일주일 먹을 약숫물을 등에

메고 집으로 돌아왔다. 어느 날, 테니스장에서 운동하고 먹는 물을 보고 어떤 이가 나를 비난했다. 내 물이 정수기 물이 아닌 수돗물이라 했다. 나는 그에게 말했다. 우리 집에 정수기 없다고. 그러나 내가 마시는 물은 관악산 약숫물이라고.

공치는 아줌마들은 사람들을 이분화시켰다. 잘 사는 사람과 좀 못 사는 사람들로. 큰 평수 아파트, 작은 평수 아파트. 테니스 복장을 화려하게 차려입는 이와 궁색하게 입는 이. 테니스장 사장에게 아부하는 이와 관심 없는 이. 나이 많은 이와 나이 적은 이. 공을 잘 치는 이와 못 치는 이. 남자들을 좋아하는 이와 남자들을 기피하는 이. 공치는 사람들은 가지각색이었다. 모였다가 헤어졌다. 라커룸에서 말이 흘러나오고, 권력이 센 사람끼리 뭉쳤다 헤어졌다 했다. 그곳은 싸움판이 벌어졌다가 시들었고, 이내 새 판이 짜였다. 나는 그곳에서 가장 변두리 사람이었다. 공치는 실력은 별로 없었다. 나는 열심히 실력을 키우려고 스트로크와 난타를 치며 즐겼다. 게임에 깍두기로 넣어주면 고맙게 생각했다. 잘 치는 이들은 아침과 저녁 두 번의 레슨을 받았고, 비가 오면 조를 짜서 실내 체육관에서 돈을 주고 공을 쳤다. 나는 감히 그들을 상대할 수 없었다. 그들은 잘 치는 테니스 선수를 초빙해서 그들끼리 쳤다. 물론 나는 그들과 한 그룹으로 같은 조였지만, 잘하는 A 그룹의 게임에 함께 할 수 없었다.

그들은 그들끼리 하는 것을 즐겼다. 테니스 실력 차이는 날이 갈수록 벌어졌다. 그들은 쭉쭉 성장했으나, 나의 성장은 더뎠다. 나는 그들의 게임에서 지는 게임만 해야 했다. 어느 날, 이기는 자들은 스스로를 위해서 못하는 그룹을 남겨두고 그들의 팀을 다시 만들었다. 그들은 강력한 팀으로 소문이 났다. 나는 항상 낮은, 지는 게임에 익숙한 팀에 소속되었다. 그리고 많은 세월이 흘렀다. 가정 사정 때문에 대부분의 사람이 자기가 살던 곳을 떠났다.

　십 년 후, 내가 전에 살던 이웃 동네로 이사를 왔다. 그리고 다시 세월은 흘러갔다. 이곳에서 십육 년을 살았다. 이웃이라 우리는 백화점에서 만났다. 서로 반가워했다. 모여서 다시 공을 쳐보자고 의견을 모았다. 그때 잘 쳐서, 다른 그룹으로 나갔던 그 회원들이 우리 아파트 단지 테니스 코트에서 공을 쳤다. 30대였을 때 만났던 사람들이 50대에 만나 테니스 게임을 했다. 그렇게 잘 쳤던 그들이, 우리 아파트 아줌마 팀에게 형편없이 져버렸다. 다시 게임을 했다. 내가 소속된 팀에게도 형편없이 져버렸다. 나는 그들을 이겼다. 이십 년만의 게임이었다. 나는 생각했다. 공부를 열심히, 오래 계속하면 서울대는 어디 출신이든 갈 수 있다고. 나의 테니스 실력도 마찬가지였다. 느려도 좋았다. 열심히, 그리고 꾸준히 공을 치며 즐기면, 언젠가는 잘치는 A그룹을 물리칠 수 있다. 나는 아프지 않는 한 죽을 때까지 테니스를 치며 즐기면서 살 것이고, 그것이 나의 행복이었다.

　나는 시간이 되면 일주일에 한 번은 어떤 산이라도 오르려 했다. 산을 오르는 것은 나를 살리는 것이었다. 처음에는 돈이 없어서 시간을 보내고자, 그 다음은 아이들을 데리고 갈 곳이 없어서 산을 올랐다. 세월이 흐르면서, 나는 산에 가면 무엇인가 뿌듯해졌다. 산에 오르면 무슨 큰일을 한 사람 같아서 기분이 좋았다. 산에 가면 머릿속이 깨끗해졌고, 심신이 편안해서 좋았다. 산을 오르면 밥맛이 좋아졌다. 그래서 나는 산을 치유의 산, 극기 훈련의 산이라 했다. 이래저래 산은 나를 불렀고, 나는 산을 찾았다. 아프면 아픈 대로 산을 찾았고, 기쁘면 기뻐서, 슬프면 슬퍼서 산을 찾았다. 이제 산은 친구이고, 가족이며, 동료가 되었다. 산이 있어서 오르고, 산이 불러서 올랐다. 험하면 험한 대로, 수월하면 수월한 대로. 우리는 오르고, 다시 내리고, 그리고 다시 오를 뿐이었다.

이제 산을 타기 시작한 것도 삼십 년이 넘었다. 어떤 일이든 삼십 년을 지속하면 그쪽으로 달인은 못 되더라도 기술적인 것은 달인에 가까운 수준으로 익힐 수 있다. 이 나이에 나는 몇 가지 기술, 밥을 해 먹는 기술, 테니스 치는 기술, 등산하는 기술을 배울 수 있어 좋았다. 거기에 이런 기술이 있어서 참 행복하다. 더 이상 많은 것을 바라지 않는다. 아프되 아픔을 넘어갈 수 있는 힘을 가지면 되었고, 고통과 통증은 있으나 그것을 이겨내면 될 것으로 여겼다.

내 젊은 시절, 나는 모자란 것이 너무 많았다. 다른 아이들처럼 공부를 잘하는 것도 아니요, 머리가 좋은 것도 아니었으며, 특출난 뭔가가 있는 것도 아니었다. 나는 늘 부족하고 어리숙하며, 야무지지 못했다. 지금도 그렇다. 똑 부러진 것이 없다. 질질 흘리고, 명쾌하지 못한, 부족한 모습이 나의 참모습이리라. 이제 나이가 많아서 잊어버려서, 빼먹어서, 몰라서, 아니면 생각을 못해서 등이 내 모습 같다. 이제 좀 나이에 걸맞아 보이는 이 모습이, 내 젊음의 모습이었으리라.

　나는 요즘 편안하다. 스스로 나아지려고 노력하지 않아도 되고, 남이 나를 욕해도 괜찮다. 나는 내 모습을 있는 그대로를 보여주는 것이 좋은 것이다. 누가 뭐라해도 나는 아무 상관없이 존재하면 되는 것이다. 나는 그래서 행복하다.

　그런데 나는 지금 어디로 가고 있는 것인가? 나의 글이 올바른 길이 아닌 곳으로 가고 있는 것이다. 이것은 아닌데…

　언제부터인가 나는 글을 썼다. 나를 드러내기 위해서가 아니라 나를 관찰하고, 주시하고, 나를 알아보자는 뜻으로. 내가 화가 나면 왜 화가 나는지 스스로 살펴보는 것이다. 어느 때는 화가 막 솟아오르다가도 스스로를 돌아보고 웃었다. 함께 테니스 게임을 할 때 그런 일이 자주 생겼다.

　상대편이 테니스를 치면서 나에게 공격했다. 공을 돌리면서 나의 옆으로, 아니면 내 머리 위로 뒷라인 끝에 붙여서 내가 그 공을 받지 못하게 했다. 그의 야비한 공이 나를 화나게 했다. 그 다음 나는 그의 공을 공격하며 그가 친 공에 적의를 가지고 다시 공격했다. 그러나 그에게 다시 역공을 당해 나는 져버리고 만다. 이럴 때 나는 속이 상하고 화가 났다.

　나는 평생 상대편을 이기고자 공격해서 역공으로 패했다. 그렇다고 공격한 공을 싫어하는 것이 아니었다. 정정당당하게 서로 상대방을 공격하고 치고받는, 그래서 지고 마는 그런 공이 상큼하고 깔끔했다. 순수하게 칼싸움을 하듯이 대면하여 공격하고, 나도 받아서 공격하고, 다시 그쪽에서 공격하면, 그것을 받아 다시 공격했다. 우리는 계속 주고받았다. 어느 쪽이 실수할 때까지. 그리고 그 게임이 끝이 났다. 끝이 날 때 우리는 희열을 느꼈다. 서로 너무나 잘했다고. 상대방에게 정정당당한 공격을 받으면 그렇게 행복할 수가 없었다. 단지 이기려는 마음에 상대방을 속이는 야비한 공과 야비한 수단이 가끔씩 행해지는 것이 영~ 마음에 들지 않았을 뿐이다. 그래도 우리는 싫든 좋든 함께 해야 하고 함께함에 감사하며, 조화롭게 살아가는 것이 이 테니스 게임의 원칙이었다. 이제는 우리 같이 나이 많은 사람이 게임을 한다는 자체가 위대했다. 야비한 수작으로 이기려 하면, 나는 져주어 상대편을 즐기게 하는 게임을 하면 되었다. 상대편을 이기려 하지 말고 그들이 원하는 게임으로 가면 되었다. 그런데 그런 마음을 그동안 가지지 못했다. 나도 덩달아 이겨야 했던 것이다. 그러면서 내 마음의 상처를 키웠던 것이다. 속 시원히 져주는 게임으로 임하면 속상할 일이 없는 것인데…

나는 이제 젊은 몸이 아니지만, 나이가 들어서 여유롭게 마음을 쓸 수 있어서 좋았다. 남을 쫓아가려고 애쓰고, 뒤처지지 않으려고 발버둥 치며 안달했던 시기가 사라져서 좋았다. 지금까지 살아온 이들 모두가 훌륭하다는 생각이 들었다. 나와 관련이 있는 사람들을 나는 존경하고 싶었다. 그들은 느리면, 느린 대로, 빠르면 빠른 대로 자신의 시간을 모두 소진하고 지금까지 존재해 왔기에 위대한 사람으로 여겨졌다. 그들은 자신만의 고통을 넘어섰고, 기쁨을 누렸으며, 자신의 모든 것을 넘어선 훌륭한 사람들임에 틀림없었다. 나는 그들을 존중하고 그들과 함께 오래오래 살아가기를 희망한다. 더 이상 시기와 질투, 그밖에 어떤 감정의 찌꺼기가 우리를 이간질할 수 없으며, 그들의 장점이 우리를 서로 돕고 사랑하며, 함께 할 수 있도록 만들어주기를 바라는 것이다.

*

　　1978년 2월 중순. 소개 받은 남자가 우리 집을 방문했다. 고모, 외삼촌, 남동생, 아버지, 어머니 등 모두가 함께 저녁 식사를 했다. 고모와 외삼촌은 우리 또래거나 동년배였다. 식구들이 몹시 기다리던 날이었고, 기대하던 날이기도 했다. 저녁 늦게까지 차를 마셨다. 함께 탁구를 쳤다. 그리고 저녁 산책을 하며 돌아다녔다. 횡단보도를 건넜고, 네온사인을 봤다. 극장 건물 사이를 걸었고, 버스정류장을 지나서, 시가지 중심을 지나서, 다리를 지났다. 우리는 서로 요구하는 것이 아무것도 없었고, 함께 있어서 즐거웠다. 난생처음으로 편안했고, 행복함을 맛보았다. 우리를 구속하는 것은 없었고, 나는 너무나 자유로웠다. 이상하고 행복한 느낌이 들었고, 그 느낌은 강렬했고, 부정적이지 않았다. 그 남자는 조용했지만 따뜻했다. 그 남자의 모든 것은 의미로 가득 차 있었으며, 그 의미를 내게 보냈다. 모든 것은 새로운 빛으로 빛났으며, 새롭게 의미를 주었다.

밤늦게 우리는 각자의 집으로 돌아갔다. 집에서 고모는 나를 기다렸다. 고모는 침체되고 내성적인 사람이었다. 그는 자신의 어둡고 힘든 감정을 자기의 몸속에 묶어 놓았다. 내가 방으로 들어서자마자 뭉쳐둔 감정들이 쏟아졌다. 그의 이야기는 폭포수처럼 흘렀다. 학교 생활의 어려움, 고달픔, 그리고 자기만 가지는 슬픔에 대한 이야기는 밤새 이어졌다. 그도 어서 빨리 짝을 만들어야 했다. 그의 짝은 어디서 무얼 하는지?

우리는 그렇게 밤을 지샜고 이튿날 출근했다. 힘겨운 하루였다.

*

1978년 2월 17일. 월급을 받자마자 전부 사라졌다. 나는 반성해야 했다. 한 달을 조리 있게 써야 하는데 하루 만에 전부 사라지다니. 옷값, 구둣값, 선물값, 연수비, 책값…. 월급을 전부 쓰고도 모자라다니. 분명 나에게 있어 지나친 소비였던 것일 게다. 돈이 없을 때도 나는 잘 살았는데 월급을 타면서 더 부족함을 느끼니…. 분명 나에게 문제가 있기는 있는 것이다. 반성해야 할 일이었다. 돈을 벌면 모두에게 다 잘 해주고 싶었다. 엄마에게, 아버지에게, 동생에게, 할머니에게, 할아버지에게. 그리고 이모나 삼촌에게도. 그러나 나는 그러지 못했다. 나 쓰기도 바빴다. 이것이 아님을 아는데 멈추지를 못했다. 돈이 돈을 불렀고, 소비를, 욕심

을 불렀다. 돈은 요상한 물건이었다. 나는 반성하기로 했다. 절약을
하기로.

*

1978년 3월 초. 꿈같은 한 주가 지나
갔다. 1978년 2월 28일 12시, 관광호텔에서 그 남자와 약혼을 했
다. 나는 그날 아침, 방바닥에 누워 있었다. 서울에서 내려온 큰고모
가 나를 야단쳐서 전문 메이크업 실로 데려갔다. 화장술이 뛰어난
메이크업 종사자는 나를 배우로 만들었다. 화장한 나를, 고모는 사
람이 아닌 인형으로 착각했다고. 고운 한복을 입혔고, 호텔 식장으
로 나를 옮겼다. 호텔 예식은 화려했다. 아버지는 나를 위해 최고의
의식을 해주려 애썼다. 아버지 주변 사람들은 자기가 본 예식 중 최
고의 예식이라며 칭찬했다. 아직 호텔 예식(약혼식)이 활성화되지 않
았고, 사돈끼리 간단히 만나서 식사를 하며 서로 간에 결혼할 것을
미리 약속하는 정도의 의식을 차릴 때였다. 아버지는 고시에 합격한
사위가 훌륭하다고 생각해, 그에 걸맞은 잔치를 해주고 싶었다. 그날
호텔 예식은 화려했다. 장식품도 아름다웠다. 음식도 훌륭했다.

모든 호텔 식단은 큰외삼촌이 주관했다. 음식과 술은 물론 그밖에
모든 일을 주관했다. 사돈네 남자 시동생들이 주전자에 담긴 술을
계속 주문했다. 외삼촌이 음식값보다 술값이 너무 많이 나올 것 같

아 제재를 시켰다. 그것을 알고 남자 시동생들이 화가 났다. 무슨 놈의 술을 못 먹게 하느냐고. 외삼촌은 음식을 먹을 때 입맛을 돋우는 가벼운 시음이어야지, 무슨 포장마차나 주점처럼 독으로 먹으려 하느냐 했다. 그럼에도 음식값보다 술값이 많았다고 외삼촌은 투덜댔다. 시동생들은 호텔에서 술을 실컷 못 마신 것에 대한 앙심이 컸다. 그중에서도 시동생 ㄱ의 앙심은 특히 심했다. 그는 두고두고 나를 괴롭혔다. 나도 그를 향해 두고 보자고, 벼르고 별렀다. 시동생 ㄱ이 어떻게 약혼을 할 것인가를. 내심 가슴속에 새겨두었다.

약혼식이 끝나고 우리는 시댁으로 인사를 갔다. 시댁은 2차 잔치를 벌였다. 시댁에 갔을 때 나는 깜짝 놀랐다. 안방 가운데 술이 담긴 커다란 독이 떡하니 자리 잡고 있었다. 그리고 식당용 프로판 가스가 상 위에 놓였다. 식구들은 고기를 굽고 음식을 끓이며 술과 함께 먹었다. 나는 가정집에서 이런 식으로 잔치를 벌이는 모습을 본 적이 없었다. 식당 음식처럼 식구들은 걸쭉하게 음식을 먹어댔다. 금방 호텔에서 음식을 먹고 온 사람들이 맞는가를 의심했다.

그곳에서 머물다가 우리는 시내를 돌아다니며 우리의 시작점을 생각했다. 큰일이 끝났다는 시원함과 새 인생을 새롭게 시작해야 한다는 어려움을 생각했다. 두렵고 힘든, 쉽지 않을 것 같은 어두운 생각들이 나에게 몰려왔다. 그러나 머리를 흔들고 스스로 견뎌야 한다고 마음을 굳게 먹었다. 뭐가 어떻게 되었든 시작점에 섰다고. 이제 꿋꿋이 견디기만 하면 된다고 했다.

　　　　　　　1987년 3월 초. 나는 중3학년, 고등
학교 입시생들의 담임이 되었다. 고등학교 입시생들은 힘겨
웠다. 담임으로서의 책임감이 컸다. 낙오자가 생기지 않도록 노력하
고 힘써야 했다. 조회 시간이 길어졌다. 나의 임무가 막중함을 선배
선생님이 강조했다. 나는 최선을 다 하겠다고 했다. 부족하면 도와
달라고. 어려운 문제들이 제기되었다. 나는 교무과장이 원하는 대로
학교 일을 처리했다. 교육청에서 요구하는 문서는 많았다. 그 문서를
처리하다 보면 수업이 소홀해졌다. 나는 짜증이 났다. 진정한 교육
이 어느 쪽인가를 생각했다. 학생을 위한 교육보다 교육청에서 요구
하는 문건 처리가 더 많았다.

　학교 과목은 중요했다. 타 학교와의 경쟁에서 이겨야 학생들이 고
입 시험에 유리했다. 나는 교과 과목에 충실하고자 노력했다. 반 학
생들이 학력 증진에 힘쓰게 하려고 애썼다. 그래야 입시에서 낙오자
가 덜 생기리라 생각했다. 나는 한 시간 더 일찍 등교시켰고, 자습을
감독했다. 학교 수업이 끝나도 자율학습을 시켰다. 휴일에는 일직을
하며 모의시험 문제를 출제했다. 이튿날 소사에게 시험지를 등사기
로 밀어 달라 부탁했다. 월요일 아침 자습 시간에 시험을 봐서 학생
들이 공부에 전념하도록 힘썼다.

　삼월은 이래저래 바빠서 화장실 갈 틈도 없었다. 우리 반 학생들
을 위한 학생 카드를 만드는 일은 쉽지 않았다. 아이들 60명의 사진
을 카드와 수첩에 일일이 붙여서 얼굴을 익혀야 했다. 학생들의 특
성을 기록하고 그들의 성적과 가정환경을 비롯한 성장 배경을 기록

해야 했다. 교무과에서 내려오는 교육청 문건은 제일 먼저 처리해야 했다. 그 문건은 날마다, 매주 하달되었다. 학교에서의 일들은 숨 쉴 틈이 없이 바쁘게 진행되었다. 일단 퇴근을 하면 학교 일에서 벗어났다. 시내버스를 타면 나는 눈이 감겼다. 그리고 집에 오면 쓰러져서 잠잤다. 그리고 새벽이면 출근을 했다. 되풀이되는 학교생활은 빠르게 지나갔고, 그에 따라 세월도 흘러갔다.

그사이 선생님들의 모습이 눈에 들어왔다. 생활신조가 투철한 영어 선생님, 바쁜 중에 열심히 독서하는 ㅈ선생님, 항상 말이 많아서 모두가 회피하는 ㅇ선생님, ㅁ선생님. 나는 선생님들의 모습을 보고, 배우고, 후회하며, 다시 그들의 모습을 따라 했다.

남동생에게 편지가 왔다. 그는 군대에 갔다. 동생은 군대에서 밥을 짓다가 새벽녘에 누나가 생각나서 편지를 썼다 했다. 나는 편지를 보며 가슴이 아팠다. 동생과 나는 어렸을 때 많이 싸웠다. 그러나 많이 싸운 만큼 정도 깊었다. 그는 사춘기에 많은 방황을 했다. 학교에서도 그는 적응하지 못했다. 마음은 여리면서 놀고 지내는 아이들 쪽에서 서성대며 공부를 소홀히 했고, 우리 식구들을 힘들게 했다. 그의 포부는 컸다. 매사에 자신이 있었다. 그러나 자신의 불성실함으로 인해 그가 생각한 포부는 이루어질 수 없었다. 그가 걷고 있는 길은 자기가 가고 싶은 길이 아니었다.

그러던 어느 날, 그는 군에 입대를 해야 했다. 남자들은 군에 들어가면 자각이 일어난다고 하던가? 그는 나날이 반성하며 후회의 삶을 살았다. 그는 새 삶을 추구했고, 열심히 군 복무를 하며 다시 공부를 시작했다. 동생은 편지에 쓰기를. 신의 축복이 자기보다 누나에게 주어지는 것처럼 보인다고. 사실 나는 그런 생각을 하지 않았다. 그런데 동생이 생각할 때 내 쪽에 신의 축복이 더 강하게 내리고 있다는 말인데…. 아마 내가 좋은 남자랑 약혼했다는 사실이 그런 생각을 하도록 만든 모양이었다. 동생은 삶이 힘든 모양이었다. 누나로서 그가 바라는 길을 찾아주지 못한 것이 가슴 아팠다. 그는 분명 똑똑하고 인내할 수 있으며, 나라의 기둥, 가족의 기둥이 될 수 있는데, 사춘기를 제대로 못 견뎌서 자기의 길을 찾지 못해 힘들어하는 것이었다. 그가 처한 고난은 스스로 벗어나야 했다.

나도 그처럼 생각했다. 진정 신은 동생을 저버리고 말 것인가? 나에게 신은 지나치게 가호를 주셨나? 나는 동생을 위해 기도했다.

"동생아, 너는 부지런히 깨닫고, 노력하길. 그리고 참고 견디는 것만이 동생의 길임을, 그 길이 동생을 살리는 길이고, 동생이 튼튼해지는 길이며, 동생이 앞으로 나아갈 수 있는 길임을 알게 하소서. 냉정히 말해 동생은 스스로를 책임져야 하며, 그동안 동생이 가졌던 태만과 오만의 대가를 오로지 동생 스스로 받아야함을 알게 하소서."

그러면 틀림없이 동생에게도 신의 가호가 있을 것이라고 전하고 싶었다.

글을 써보려고 컴퓨터를 켰다. 말머리가 나오지 않았다. 책을 뒤졌다.

- 아직도 동사무소엔 그 숙직실이 있을까.

- 나는 불완전한 인간이에요.

-고독은 정적의 알집이다,

- 우리는 내리막길을 걷기 시작했다.

머리에서 무엇인가 나올 듯하면서도 나오지 않았다. 아무래도 포기해야 할 것 같다. 머리는 무거웠다. 어제저녁 깊은 잠을 못 자고 설쳐서 그럴지 모른다. 잠을 자고 싶어도 잠이 안 왔다. 눈을 뜨려 했지만 눈이 따가워서 떠지지 않았다. 나는 계속 비몽사몽으로 눈을 감고 잠들기를 계속 기다렸다.

아침을 서둘렀다. 10시에 약속이 있었다. 남동생의 딸 ㅊ이 나를 따라갔다. 3호선 전철을 탔다. 다시 약수동에서 6호선으로 갈아탔다. 보문역에서 내렸다. 어느 해던가 이모의 딸 ㅊ이 남편과 이혼하겠다고 그 집을 찾았다. 그는 일주일만 참으라고, 그러면 인생이 순탄하다고. 서로 죽일 것 같은 일들이 일주일 후 사그라졌고, 십 년이 지난 지금도 잘 살고 있었다. 집안 잔치가 있었을 때 그 이야기를 했고, 나는 도저히 내 머리로 문제가 풀리지 않을 때 그곳을 찾았다. 그곳은 변변하지는 않지만, 그런대로 사람들을 편하게 위로했다.

철학관 주인은 장애인이었다. 키가 작았고, 손과 몸통, 팔, 발 등 모두가 작은 어른이었다. 얼굴만 어른스러운 모습을 하고 있었다. 단발머리에 하얀 머리카락이 검은 머리카락을 밀어내고 있었다. 얼굴은 언벨런스 했는데, 잘못 보면 흉측해서 사람들이 멀리 도망갈 인상을 가졌다. 그러나 그는 항상 인자했고, 웃으며 손님을 맞았다. 그의 웃음기가 사람을 반겨서 그의 험상한 인상을 좋은 인상으로 바꾸었다. 나는 심적인 어려운 일이 생기면 상담 차, 그를 찾았다. 그의 지혜와 나의 지혜를 합쳐서 난관을 극복하려 애썼다.

무심중에 어딘가를 가고 싶을 때가 있었다. 그날이 그런 때였다. 나는 더듬더듬 그 집을 찾았다. 지어지고 있는 지하철 공사장을 거쳐 한 길을 걸었다. 사거리를 건너 주유소까지 걸었다. 다시 건널목을 건너 미니스톱과 약국을 지나 골목길에 접어들었다. 몇 개의 골목을 거쳐 작은 빌라가 줄지어 선 곳을 찾았다. 세탁소 위쪽 창문에 철학관이라 적혀 있었다. 비좁은 빌라를 올랐다. 그 집은 2층 집이었다. 초인종을 눌렀다. 작은 손으로 주인이 문을 열었다. 나와 ㅊ이 집으로 들어섰다. 우리는 거인, 그는 난쟁이. 나는 방으로 들기 전 화장실에 들렀다. 그곳에 비치된 신과 고무장갑은 애기 신과 애기 장갑이었다. 순간 '애기가 있나? 참 아니지.'란 실없는 생각을 했다. 그리고 볼일을 봤다.

안방 탁상에 앉았다. 그의 얼굴은 젊음을 벗어났다. 얼굴이 좀 야위고 핼쑥해졌다. 흰머리는 더 많아졌다. 그는 책을 폈다. 나는 작은 애 ㅅ을 볼 거라고, 나이는 서른여섯인데 언제쯤 결혼할 수 있는지 보고 싶다고 말했다. 내년 칠월, 팔월, 구월에 결혼 운이 있다 했다. ㅅ의 눈에는 모든 남자가 자기 아래로 보인다 했다.

나는 올해 12월까지 검은 구름이 낀 것이 좋지 않은 운세라고. 법적인 일로 시비가 걸릴 수 있으니 조심하라고. 그러나 내년 6월이 되면 내 소원이 성취될 것이라고 했다. 나는 그 소원이 ㅅ이 시집가는 것이기를 바란다고 답했다.

남편 역시 나처럼 12월까지 검은 구름이 끼는 좋지 않은 운세이며, 내년쯤에 운세가 바뀐다고 했다. 몸이 아프고 좋지 않다고. 그러나 올 십일월과 십이월엔 복을 입을 운이라고 했다. 다만 올해 말까지는 집안이 온통 쑥대밭이니 몸조심하라고 했다.

나를 따라간 ㅊ은 사업을 하고 싶어 했다. ㅊ이 물었다.

- 무슨 사업을 하는 것이 좋은가?

그는 말했다.

- ㅊ은 사업해서는 안 된다고. 월급쟁이로 사는 게 옳은 일이라고. 사업을 해야 돈이 안 된다고. 몸만 피곤하다고.

그 말에 ㅊ은 사업하는 마음을 접었다고 했다. 그는 내가 보아도 사업 체질은 아녔다. 고지식하고 융통성이 떨어졌다.

나는 그의 말대로 이번 해에는 조용히 숨죽인 채 살기로 했다. 모두가 먹구름이니 좋은 날을 기다리며 마음을 수양하고, 책을 중점적으로 읽기로 했다. 그날 저녁 시어머니는 아들한테 전화했다.

- 올 추석 난리가 났다.

- 나는 대상포진으로 제사가 힘들었다.

- 다음부터 둘째 아들이 제사를 지냈으면 좋겠다.

둘째 아들의 부인이 말했다.

-왜 내가 제사를 지내냐? 형님네가 있는데….

시어머니는 둘째 아들의 집에서 제사 지내기를 원했다. 그러나 둘째 아들의 부인은 거절했다. 시어머니는 화가 나서 참을 수 없었다. 네가 감히 내 말을 듣지 않느냐고. 시어머니는 둘째 아들의 부인에게 퍼부었다.

- 네가 나한테 해준 게 뭐냐?

네가 제사 준비 할 때, 넌 기든 기 밖에 없잖냐?

시어머니는 둘째 아들의 부인에게 계속 다그쳤다. 제사를 물려받으라고. 둘째 아들의 부인은 버텼다. 형님네가 있는데 왜 우리가 제사를 지내느냐고. 형님네가 안 하겠다고 하면, 그때는 자기가 받아서 하겠다고. 시어머니는 말했다.

- 우리 집이 왜 이러는 것인가?

- 어느 날 둘째 아들의 아들인 ㅌ(손자)이 술 먹고 와서 행패를 부렸다. 첫째 아들인 큰아버지와 넷째 아들인 작은아버지는 못됐다면서 술주정을 했다.

사실, 첫째인 맏아들은 제사를 한 번도 거절한 적이 없었다. 시어머니는 그것도 권력이라고 맏아들에게 이양하고 싶지 않았다. 그렇다고 재산이 따로 있는 것도 아니었다. 아들 다섯에게 제사 비용 이십만 원씩을 내놓으라 강요했다. 물론 생활비도 따로 지불해야했다.

제사 비용은 제법 많았다. 다섯 아들에게 걷는 제사 비용만 백만 원이었다. 시어머니에게 제사는 곧 백만 원짜리 프로젝트가 될 수 있었다. 제사로 당신네 어머니와 아버지, 우리 시아버지(본인의 남편), 거기에 추석, 설까지 다 합하면 일 년에 오백만 원짜리 프로젝트가 된다. 그래서 시어머니는 맏아들에게 제사를 물려줄 수 없었다. 그리고 맏아들이 제사에 참석하는 것은 당신의 자리를 넘보는 일이므로, 굉장히 못마땅한 일이었다. 어느 날인가부터 시어머니는 맏아들의 가족 모두를 내쳐버렸다. 돈만 내기를 바랐다. 그것이 사단이 되어 지금까지 이어졌던 것이다.

시어머니 속셈은 따로 있었다.

당신네 집에서 제사 지내는 것이 힘들고 버거웠다. 아들네, 손자네가 모여서 숙식을 함께 하는 것이 번거로웠다. 시어머니는 둘째 아들의 집에서 제사 지내기를 바랐다. 그곳에 제사상을 차리되 제물이나 그 밖의 것을 당신이 주관하고, 당신이 하던 대로 하는 것을 바랐다. 물론 비용관리도 자기 몫으로, 자기가 하고 싶은 대로 집행하고 말이다. 그것이 당신의 뜻이었고, 둘째 아들은 당연히 받아들여야 했고, 둘째 며느리도 그래야 하는 것이었다.

시어머니는 맏아들에게는 제사를 물려줄 수 없었다. 그것은 자기의 권익이 손상되기에, 자기의 욕심을 지키려면 맏이는 피해야 했다. 그에게 제사는 왕권처럼 소중했고, 그 때문에 애착을 가졌고 집착했다. 그리고 둘째, 셋째, 넷째, 다섯째에게 맏이가 나쁜 놈이라고, 제사를 저버린 못된 놈이라 했다. 그것은 곧 자신을 지키는 일이며, 자신이 훌륭한 어미로 조상들을 위해 좋은 일을 하고 있음을 알리는 일이었다. 오랫동안 아들들은 어머니의 말이 옳다 했다. 맏이네 집은 나쁜 가족으로, 가정의 평화를 깨는 악의적인 가족으로 전락했다. 시어머니는 이분법으로 자기의 위신을 세웠고, 자신을 중심으로 가정을 지키게 했다. 그가 선하면 맏아들은 악이었다. 나는 처음에 적응하기 힘들었다. 평생을 효도해야 한다는 생각으로 효도했고, 시 댁에 충성을 맹세했다. 죽으라면 죽는시늉까지 했다. 그러나 어느 해 갑자기 왕따로 전락했다. 무엇이 잘못인지 몰랐다. 그렇게 세월은 흘러갔다. 우리는 현대판 이지매를 겪으며 세월을 보냈다.

그러나 그 억압과 악의, 관습적 제도와 도덕적 관념, 시어머니는 지배자고 나는 피지배자라는 의식은 모두 허상이었다. 나는 이제 무 섭지 않다. 오히려 나를 버려주어서 고마웠다. 나는 자유로워졌다. 시어머니가 뭐라고 하든 나는 내 할 일만 하면 되었다. 돈을 달라고 하면 돈을 주면 되었다. 제사를 가져가라 하면 가져올 것이고, 무엇 을 하라고 하면 그 일을 하면 되었다. 시어머니는 자기의 모든 것을 자기가 차지하되 둘째 아들네가 자신의 하수인이 되기를 바랐다. 그 러나 그것이 이루어지지 않자 그는 폭풍처럼 분통을 터트리며 온 집 안을 쑥대밭으로 만들었다. 그리고 맏아들을 붙들고 하소연했다. 맏아들에게 지원을 요청했다.

그렇게 집안은 계속 시끄러웠다. 원인은 시어머니 한 사람뿐이었 다. 시어머니 말고는 아무도 잡음을 내는 사람이 없었다. 그는 혼자 떠들고, 혼자 성질내며, 혼자 참을 수 없어 했다. 내쳤던 첫째 아들 에게 둘째 아들을 비방하며 자기의 진심을 알아달라고 전화로 호소 했다. 첫째 아들을 내칠 때는 나머지 아들들에게 '형은 나쁜 놈'이라 고 비방하며 왕따를 시키고, 이 집안을 망친다는 이유로 괴롭혀놓고 이젠 그렇게 애지중지하던 둘째 아들을 그렇게 대했다. 자기 말을 이

행하지 않는다고, 있을 수 없는 일이라고 욕했다. 당신이 없어야 가정의 평화가 찾아올 것이었다. 나는 멀리서 조용히 그들의 불화를 지켜볼 뿐이었다.

새벽 4시 30분 기상했다. 몸에 기운이 있으면 우리는 아침 운동을 갔다. 오늘은 간이용, 퍼블릭 골프장에 가기로 했다. 아침 식사로 과일, 개떡, 커피, 주스, 달걀을 준비했다. 승용차에 탔다. 남편이 운전했다. 한강을 지났고 서울역을 지났다. 이내 서대문을 지났고 은평구 쪽에서 건널목을 지나 산을 끼고 좁은 길로 들어갔다. 주차장에서 내가 먼저 내렸다. 아직 어둑했다. 차 문을 열고 달려나갔다. 맨 처음인줄 알고 얼른 티켓팅을 했다. 하지만 이미 골프백이 두 개가 세워져 있었다. 흰 골프백을 보자 남편은 이곳에 자주 오는 그놈이 이미 왔다고 했다. 나는 그 옆에 서성이는 젊은 사람들의 것이 아니겠느냐고 말했다. 그 흰 백의 주인은 성질이 고약했다. 처음 우리가 함께 공을 쳤을 때, 그는 사나운 개였다.

퍼블릭 코스는 사람이 오는 순서대로, 골프백이 놓인 순서대로 네 명이 한 조가 돼서 공을 쳤다. 우리가 갔을 때 이미 두 명이 있었고, 우리는 그들의 팀에 합류했다. 그곳은 다음날 시합에 임하기 전, 사람들이 연습 게임을 하며 적응하러 오는 곳이었다. 한 번 실수를 해도 캐디나 손님들이 실수한 사람을 배려해서 한 번 더 칠 수 있게 해줬다.

처음 흰 백의 주인과 만난 날, 나는 첫 그린에서 공의 속도를 알기 위해 그린 끝에서 살짝 공을 굴려보았다. 그런데 흰 백의 주인인 그놈이 갑자기 자기가 퍼팅할 때 소리를 내 방해했다며 성질을 냈다.

나는 당황했다. 지나가는 사나운 개가 갑자기 달려들어 물어뜯는 느낌이 났다. 나는 주눅이 들었다. 그리고 속으로 욕했다. 이곳은 어차피 연습게임을 위한 곳인데…

흰 백의 주인은 얼굴이 험상궂었다. 그는 자신이 이곳의 주인인 것처럼 행동했고, 케디를 자기 하인처럼 다뤘다. 눈꼴시었다. 하지만 시작된 게임이라 피할 수도 없었다. 나는 점점 그놈의 피해자가 되어 갔다. 그놈으로 인해 내 몸은 경직되었다. 공을 치면 엉뚱한 곳으로 날아갔다. 남편은 속이 상했다. 하지만 나는 스스로를 어찌해 볼 수 없었다. 마음이 흔들려 공이 제대로 맞지 않았다. 나는 마음이 편하고, 고요해야 공이 제대로 맞았다. 공을 치면 공이 쉽게 공중으로 나가줘야 하는데 공은 계속 땅바닥으로 굴렀고, 땅속으로 떨어졌다. 나도 어쩔 수가 없었다. 몸과 마음이 따로 움직였다. 속에서는 알 수 없는 분통이 터졌다.

그에 비해 그놈은 매번 파, 버디를 쳤다고 즐거워했다. 그리고 어찌나 잘난 척하고 온갖 모션으로 캐디에게 자신을 뽐내는지 봐줄 수가 없었다. 다른 팀은 누가 버디를 하면 파이팅을 외쳐주고 칭찬하며, 그의 기를 받는다고 손을 맞대고 다시 한번 파이팅을 외쳐준다. 그러나 우리 팀은 그가 버디를 하건 말건 아무도 그에게 말을 걸지 않았다. 그는 혼자만의 잔치를 벌였다. 나는 그 게임을 끝내고 다시는 짝으로 만나고 싶지 않았다. 그날은 망친 게임이었고, 돈이 아까운 운동이었다. 그런데 이번에 다시 그놈의 흰 백이 우리 팀에 붙어 있다는 것이다. 남편은 아무래도 그놈의 백인 것 같다고 했다. 나는 다시 마음이 불편해졌다. 결국 남편의 말대로 같은 팀이 되었다. 그리고 그날, 그놈은 공이 제대로 맞지 않았다. 죽을 쒔다. 그놈은 제대로 맞는 것이 하나도 없었다. 마지막에 같은 팀 여자가 홀에 공을 넣었다. 우리는 마지막에 다시 그 홀에 퍼팅을 해서 넣는 경우가 많았다. 그놈은 그 여자에게 당신의 공을 홀에서 빼달라고 했다. 그 여자가 느리게 천천히 가서 자기 공을 꺼냈다. 그리고 그놈은 자기 공을 그 홀 속으로 넣으려고 퍼팅을 했다. 그러나 홀 속으로 들어가지 못했다.

그놈은 매 홀마다 우리 팀에게 잔소리를 했고, 게임을 관장하려 했으며, 우리에게 지시했다. 그놈은 우리 팀 모든 짝들을 불편하게 만들었고, 자신의 고집을 들어주길 요구했으며, 함께하는 팀원들을 괴롭혔다. 그놈을 만나면 어이없는 일이 일어났고, 잘난 척하는 그의 모습에 혐오감이 일어났다. 지금 앞에 있는 이 팀도 이놈을 피했으리라. 우리 앞에 있는 그의 백을 보고 나는 우리의 백을 더 뒤에 놓았다. 그리고 뒤에서 따라온 팀에게 먼저 치라고 말했다. 우리는 더 늦게 치겠다고, 즐겁게 칠 수 있는 사람들과 치겠다고 했다. 그놈은 날마다 그 골프장에 왔으니, 일찍 오는 사람들은 그놈을 피하고 싶었으리라.

*

올해, 지독한 감기가 나를 괴롭혔다.

대개 감기는 잠깐 머물다가 지나간다고 생각했다. 그런데 이번에는 달랐다. 다른 때처럼, 나는 찜질방에서 휴식을 취했다. 뜨거운 물에 몸을 담갔다. 오랫동안. 그리고 찬물에 살짝 몸을 식혔다. 다시 찜방에서 휴식하고 몸이 더워지면 냉탕에서 몸을 식혔다. 그렇게 여러 번 온탕과 냉탕을 번갈아 가며 사용했고, 몸의 흐름을 원활히 했다. 한 시간 반쯤 지나고 가족이 식당에 모였다. 맛있는 요리를 시켰다. 모두가 즐겁게 식사를 했다. 나는 전혀 음식을 먹지 못했다. 입맛이 없었다. 이튿날도 나는 음식을 먹는 것이 즐겁지 않았다. 몸이 찌뿌둥하면서 무거웠다. 서서히 감기몸살 기운이 몸에서 일어났다. 마른기침이 나왔다. 몸의 기운이 떨어졌다. 밥은 먹을 수 없었다. 맛있는 것을 먹자고 식구들이 나들이를 갔다. 모두가 제각각 음식을 시켰다. 나도 맛있을 것 같은 칼국수를 시켰다. 하지만 막상 음식이 나오니 나는 한 젓가락도 먹을 수가 없었다. 몸에서 거부했다. 그 후 나는 체력과 기운이 떨어지면서 자리에 누웠다. 목이 부어올랐다. 침을 삼킬 수 없었다. 밤에 기침이 심해졌다. 나는 몸살 약을 먹었다. 그 다음 날, 기력이 더 떨어지고 몸살 기운 때문에 열이 났다. 나는 먹을 수 없었다. 기침은 더 심해졌다.

나는 병원에 갔다. 내과에서는 주사를 놓아주지 않았다. 약만 삼일 치 처방했다. 나는 그 약을 먹었다. 빈속에 약은 힘들었다. 억지로 우유만 데워서 먹고, 위를 자극하지 않으려 했다. 위통이 심해져서 먹는 일 자체가 힘들었다. 나의 몸이 먹는 것을 거부했다. 나는 '그래. 인간이 죽는 것은 먹지 못해서겠구나.'라고 생각했다. 시골에 사는 둘째 동서가 나에게 안부 차 전화했다. 내 목소리를 듣고 그는 날달걀을 먹고 들기름을 먹어보라고 말했다. 그러면 부은 목이 가라 앉는다고. 나는 그의 말대로 날달걀에 앞뒤로 구멍을 냈다. 그리고 입으로 쪽쪽 빨았다. 비릿한 누런 액체가 입속으로 들어갔고, 목구멍으로 넘어갔다. 예전에 친정아버지가 집에서 수시로 드시던 모습이었다. 생달걀을 먹는 것은 나에게 기절초풍할 일이었다. 그러나 지금 나는 그것을 약으로 먹었다. 다시 들기름 한 수저를 먹었다. 목으로 넘어갔다. 무엇이 몸속으로 들어가니 기운이 나는 듯했다. 든든했다. 덕분에 약을 먹을 수 있었다. 그 다음부터 때가 되면 나는 다시 생달걀과 들기름으로 요기를 했고, 약을 먹었다.

며칠을 그렇게 버텼다. 밤이 되면 기침은 더욱 심했다. 아무래도 함께 자는 남편이 걱정되었다. 일주일 후 여지없이 남편이 나에게 감기몸살을 받아 나와 똑같은 일을 겪어야 했다. 그도 먹지 못했다. 기침과 가래는 그를 괴롭혔다. 병원 처방으로는 쉽게 사그라들지 않았다. 음식을 먹을 수 없어서 새 음식을 했지만 결국 버려야 했다. 매끼니 때마다 새 음식을 장만했지만 먹지를 못했다. 그도 결국 날달걀과 들기름으로 목을 달랬다. 어느 때는 닭을 압력솥에 삶았다. 기운이 나라고 마늘을 한 웅큼 넣고, 파를 듬뿍, 생강, 월계수 잎을 넣어 푹 삶았다. 그리고 매실주로 입맛을 돋게 했다. 일단 먹도록 노력했다. 그리고 약을 먹고 일찍 잤다.

2주째, 감기가 완전히 떨어지지는 않았지만 거동하는 데 지장은 없었다. 연말연시 모임에 참가해서 함께 할 수 있었다. 나이를 먹는

다는 것은 아픈 것에 익숙해져야 하는 일이었다. 뿐만 아니라 아픈 것에 대한 내성을 길러야 하는 일이기도 했다. 나이가 많다는 것은 아픔을 참고, 견디고, 병원 처방을 받으며 치료하고, 생활하는 것을 받아들이는 것이라 생각했다. 한 친구는 건강했다. 그는 아픈 곳이 없었다. 그러다가 그에게 갑자기 통증이 찾아왔다. 그는 어쩔 줄을 몰라 했다. 아직 아플 나이가 아니라면서 그는 스스로에게 화를 냈고, 화를 참을 수 없어 했다. 그리고 아파서 움직일 수 없자, 결국 그는 119를 불러서 병원으로 이동했다고 말했다.

감기로 남편이 내과에 갔다. 내가 그를 설득한 탓이다. 그는 절대로 스스로 병원에 갈 사람이 아니었다. 나는 말했다. 자동차도 십년 쓰면 탈이 생긴다고, 이번에 우리 자동차 타이어 네 개 다 갈았잖느냐. 우리도 몸을 육십 년 이상 썼으니 카 센터에서 차를 수리하듯, 우리 몸도 병원에서 치료해야 하며, 병원과 친해져야 한다 했다. 그렇게 설득하여 남편을 내과에 데려갔다.

의사는 그에게 물었다. 건강 검진을 했냐고. 의사는 '올해는 짝수 해에 태어난 사람들이 검진을 받는데 이번 달이 마지막 검진 달인데요?' 했다. 남편은 한 번도 안 했다고 말했고, 의사는 그럼 하시라고 답했다. 그 의사로부터 처방전을 받아들고 나는 남편을 데리고 병원을 나왔다. 그리고 약국에서 약을 지었다. 나는 그 즉시 다른 건물 5층으로 남편을 데리고 갔다. 그곳은 건강검진 센터가 있는 병원이었다. 나는 이튿날 검진하겠다고 예약을 했다. 그리고 문진표와 각자 검진용 똥을 받아올 용기를 받았고, 이튿날 아침을 먹지 말고 오라

301

는 지시를 받은 뒤 집으로 왔다.

그는 십 년 이상 검진을 해보지 않았다 했다. 부하직원들만 건강 검진하게 하고 자신은 빠졌다고. 나는 이해할 수 없었다. 다음날 우리는 검진을 끝냈다. 의사는 수면 내시경을 보여주었다. 남편의 위는 심하지는 않지만 헐어 있고 식도염이 있다고. 약 먹을 정도는 아니지만 조심하라 했다. 나도 비슷했다.

병원을 나오면서 남편은 이만하면 되었다고 스스로를 위로했다. 아마 무서워서 검진을 안 한 모양이었다. 평생 직장을 다니며 대한민국 술은 다 먹을 만큼 지나친 과음이 자신의 병을 키웠을 것으로 예상했던 모양이다. 그런데 그는 문진표를 체크하며 자신감을 가졌다. 그는 먼저 일주일에 4~5일 테니스를 쳤고, 일주일에 한 번씩 등산을 했다. 그리고 그는 아침과 저녁에 한 시간씩 산책을 하고 있다는 것과 아픈 곳이 없으니 스스로 병원에 갈 필요가 없다 생각했다. 병에 대해 세부적인 사항은 일주일 후 나타나겠지만, 나는 그가 나이 들어 병원과 친숙해지며 살기를 바랐다.

*

어느 때에는 신나게 글을 쓰고 싶지만, 어느 때에는 '내가 이 글을 써서 뭐해?'라고 말하곤 한다. 아무것도 하고 싶지 않거나 쓰고 싶지 않을 때, 나는 난감했다. 이러면 안 되는데…. 그럼 나는 뭘 하고 사나? 무엇을 재미로 삼고 사나? 그동안 글 쓰는 것 자체가 재미졌는데, 이제 와서 쓰는 것이 싫다니?

나는 기도한다. 무엇이든 나에게 재미있는 무언가가 나타나서 참을 수 없게 해달라고. 재미있게 하는 것은 나를 행복하게 할 것이기 때문이라고.

*

1978년 3월 중순. 함께 근무한 조 선생이 철원군으로 전근했다. 우리는 친했다. 조 선생은 인간답고, 순수하며, 유머가 많은 선생이었다. 그는 마음이 심약했으나 자신에게서 일어나는 갈등을 스스로 힘겹게 극복하려 애썼다. 그는 상대방에게 헌신했으며, 따뜻했다. 그래서 나는 그를 좋아했다. 그는 키가 아주 작았다. 학생들의 키가 그 선생의 키를 능가했다. 남학생은 그보다 컸고, 머리가 조 선생님의 머리 위에 있었다. 선생님은 나약한 들꽃의 잎사귀처럼 바람결에 흔들렸다. 반면 남학생들은 억새처럼 강했다. 그래도 그들은 서로 잘 어울리며 공부했다. 작은 막대기를 들고, 막대기로 학생에게 지시했고 나약한 힘을 막대기에 의지하며, 칠판을 쳤고 학생들을 지휘했다.

얼굴은 하얀 우윳빛에 얼굴은 해맑았다. 둥근 안경 너머로 가는 눈을 뜨고 함박웃음으로 나를 반겼다. 가냘픈 목소리로 나를 부르며, 팔장을 끼고 복도를 거닐었다. 우리는 즐거웠고, 눈빛만으로도 대화를 이어갈 수 있었다. 1학년 교실과 2학년 교실, 3학년 교실이 있는 2층 복도를 오르락내리락하며 운동 삼아 함께 걸었다. 밖에는 소사가 교실 건물 사이에 매달아둔 체크인 열쇠로 나무로 된 교실 건물을 누군가 불을 질러 태울까 걱정하며 순찰하고 있었다.

아직 교실에서 청소하는 학생들을 둘러보고 문단속을 잘하라고 일렀다. 우리는 팔짱을 끼고 다시 교무실로 돌아가 준비가 되는 대로 퇴근하고 했는데… 그런 조 선생이 타 지역으로 전근을 가니 마음이 쓸쓸했다. 나는 그와 함께 간단한 송별회를 했고, 작은 선물로 아쉬움을 달랬다.

그해, 분명 봄은 오고 있었다. 새싹이 움텄고, 집집이 둘러친 탱자나무 울타리, 개나리 울타리에서 봄 냄새가 울렸다. 따뜻한 햇살이 분명 나를 비추었다. 갑자기 내 몸속에서 희망이 솟구쳤다. 나에게 뛰듯이 달려오는 꿈과 희망이 생겼다. 저 멀리 야산의 그림자, 운동장 끝자락에 움트는 잔디밭. 햇살을 따라 기어오르고 싶다는 욕망이 일어났다. 높은 산을 오르고, 온몸에 땀을 흘리며, 산에서 일어나는 차가운 봄바람으로 흘리는 땀을 식히고 싶었다. 그것은 그동안 내가 가졌던 일상의 찌꺼기를 날려버릴 것 같은 느낌이었다.

그러나 그 마음도 잠시, 나는 다시 현실로 돌아와야 했다. 내 옆에 있는 김 과장님이 나를 호출했다. 과장님은 꼼꼼하고 철저했다. 교육청 문건 처리 문제로 나를 들볶았다. 그는 토씨 하나하나를 지적하며 다시 쓰라고 야단쳤다. 나는 신경이 곤두섰다. 할 일이 너무 많았다. 어떤 일을 먼저 해야 할지 몰랐다. 거기에 나는 덤벙대는 편이었다. 그래도 수업은 중요했다. 문서 처리에 밀려 수업을 소홀하게 할 수는 없었다. 모르겠다. 일단 수업부터 하고보자는 마음으로 수업에 들어갔다. 다른 선생님들은 학생들에게 자습을 시켰다. 그리고 문건을 처리했다. 나는 그것은 아니라고 생각했다. 수업을 마치고 돌아오니 김 과장의 얼굴에 나를 향한 분노가 있었다. 문건 처리가 늦다고. 나는 다시 말없이 문건 처리에 힘썼다. 승진을 해야 하는 그에게 있어, 내가 처리하는 문건이 내가 하는 수업보다 중요했던 것이었다. 어쩌면 나는 직급이 있는 선생들의 심기를 불편하게 해서 그들로부터 받은 평점이 낮을 지도 몰랐다.

오늘 오이 마사지를 했다. 옆에 앉은 여 선생님이 나에게 강조했다. 약혼한 남자를 만나기 전에 마사지를 해주는 것이 예의라고. 너무 무관심하거나 맨얼굴로, 꾸미지 않고 만나면 안 된다고 했다. 나는 웃음이 나왔다. 나는 그런 것을 싫어했다. 그러나 그의 말을 들으며 마사지를 했다. 그 주 주말에 나는 약혼자를 만났다. 그는 진실했다. 착하고 성실한 사람으로 느껴졌다. 내가 체력이 있는 한 나도 그에게 최선을 다해야겠다는 마음이 들었다. 우리가 결혼할 때까지 새로운 어려운 일이 생기더라도 잘 극복하는 힘을 가지기를 바랐다. 그는 강해 보였다. 어려운 일들을 잘 극복할 수 있을 것 같았다. 그는 책임감도 강해 보였다. 그는 말이 없었다. 그는 바위처럼 듬직하고 믿음직스러웠다. 나는 그를 따르고 호응해 주면 될 것으로 보였다.

우리는 만나서 걸었다. 밥을 먹었다. 시내를 돌아다니며 건널목을 건너고, 시장을 구경하고, 극장 통로를 거닐었다. 끝으로 음악을 들으며 커피를 마시고 헤어졌다.

집으로 와서 나는 반성회를 가졌다. 내가 그 남자에게 실수한 것은 없는지를. 그러면서 잠들었고 새벽녘에 다시 학교로 출근했다.

*

2016년 12월 12일. 나는 살이 떨렸다. 뭐를 할 수가 없었다. 지금 상황에서 벗어나야 뭔가를 할 수 있을 것 같았다. 오늘의 핫뉴스는 '그것이 알고 싶다'였다. 그동안 정치계에서는 '박근혜 하야'와 '박근혜 퇴진'을 외치고 있었다. 국민은 촛불집회를 했고 정치계는 야당이 집권당이 되기 위해 여당과 싸웠다. 국민은 여당 편이나 야당 편으로 갈렸고, 사회는 혼란스러웠다. 나는 종북 세력에 의한 야당 편의 편집증으로 여당 편을 들었다. 나라를 통째로 북한 김정은에게 갖다 바칠 수 없다고. 박근혜 정권은 종북 세력이라며 야당을 북을 쳤고, 보수 국민들을 자기편끼리 집합했다. 그리고 촛불 집회는 법치국가를 외쳤고, 법으로 선거했다. 국회의원들은 불참 1, 찬성 234, 반대 56, 무효 7로 표결을 마무리 지었다. 결국 12월 9일, 탄핵 가결로 끝이 났다. 박근혜 정권은 국정 능력을 잃었다. 나는 지나친 촛불집회가 못마땅했다. 각자 자기 일을 충실히 하는데 무슨 놈의 집회냐고. 먹고살기 바쁜데 집회를 할 시간이 어디 있느냐고. 경제는 안 좋아지고, 사람들은 먹고 살기 힘드는데….

가끔 TV를 보면 뉴스는 온통 박근혜와 최순실 사건을 언급했다. 최순실은 박근혜의 멘토였다.

- 최순실이 장관, 총리, 국무위원들의 임명을 좌지우지했다.

- 최순실이 한마디 하면 대기업들이 수백억씩 돈을 냈다.

- 박 대통령의 연설문을 최순실이 고쳤다.

이런저런 사건을 종합하면, 분명 박근혜는 대통령이 아니었다 그는 분명 최순실의 로봇이었다. 그것이 하루아침에 이루어진 게 아니었다는 사실에 나는 기절했다. 그의 아버지 박정희 시절부터 뿌리가 내렸고 지금까지 왔다는 게 사실인 것이다. 그가 대통령으로서 직무를 볼 수 없을 때, 세월호의 진실이 새롭게 조명되고 있었다. 그동안 보수 국민들은 종북 세력이 세월호를 정치적으로 이용했다고 했다. 그러나 그 진실을 보면 청와대와 국정원이 짜고 학생들을 수장했고, 생매장한 것이었다. 그래야 최순실의 아버지 최태민이 부활한다나? 이것은 고대 멕시코의 마야 문명이 그대로 재현되고 있는 것이었다.

나는 어제부터 잠이 안 왔다. 온몸의 살이 떨렸다. 어떻게 이럴 수가 있는가. 박근혜는 인간이 아니었다. 어디까지 가야 할 것인가. 이것이 진실이라면? 상상할 수 없는 사건일 것이다. 세월호가 침몰할 때 청와대는 기다렸다. 죽어가는 인원만 체크했다. 배가 전부 가라

앉기 5분 전에 대통령의 지시가 내려왔다. 사람들을 구하라고. 그리고 죽은 인원만 파악했다. 사건은 이랬다. 2014년 4월 15일 인천 연안 여객 터미널을 출발해 제주도로 향하던 여객선 세월호가 2014년 4월 16일 진도 인근 해상에서 침몰하면서 승객 300여 명이 사망하거나 실종된 대형 참사.

분명히 구조할 수 있었는데 구조를 안 했다는 것, 세월호를 일부러 암초에 부딪혀서 침몰시켰다는 것. 인양 작업을 안 하고 있다는 것. 모든 작업에 한국인이 참여하지 못하게 말린 것. 중국 사람들을 통해서 통제하는 것. 죽은 아이들의 부모들이 침몰된 사고 지역을 가기만 하면 통제하는 일 등. 끝없는 미스테리가 꼬리를 물고 있었다. 나는 야당 패거리들이 정치적으로 이용하고 있다고 생각했는데, 이 스토리를 오히려 청와대와 국정원이 서로 협조해서 정치적으로 이용했다니. 지금도 사건은 계속 진행 중이다. 나는 20세기에 이런 수장 사건이, 그것도 어린 학생 300명을 희생시킨 사건이 일어나리라곤 상상도 못했다. 제발 아니기를 빌었다.

나는 이 나라가 돌아가고 있는 것이 신기했다. 구원파들이 나라 전체를 조작해서 만들어내는 것 같은 신기 있는 사건들이라니. 몇 년 전, 구원파 유병언 사건으로 유명한 세모그룹 사건과도 연관이 있을 것 같았다. 그렇게 똑똑한 독일 국민이, 그렇게 훌륭한 국가가 어떻게 히틀러 한 사람에게 휘둘려서 유대인을 학살하고, 국민을 감시하고, 탄압했는지 이해할 수 없다 했는데… 20세기 한국에서 어떻게 있을 수 없는, 있어서는 안 되는 이런 사건이 진행되고 전개되었는지…. 나는 계속 온몸이 떨리고 살이 떨렸다. 보수를 자처하는 친구들은 이 사실을 몰랐다. 친구 ㅂ은 촛불집회로 대통령의 직무수행 정지를 안타까워했고. 친구 ㄱ은 '내가 탄핵에 반대하는 이유(김진태 의원의 글)'를 카톡으로 보냈다. 그리고 보수연합 국민 총궐기 집회 사진도 카톡으로 보내왔다.

나는 말할 수 없었다. 계속 진실이 왜곡되고, 진실을 파헤치다가 죽은 최 경위 사건 등이 사실로 나타났던 것이다. 청와대와 국정원이 결탁하여 세월호 인양작업을 중지시키고, 비밀로 묻으려 했던 사실들이 과연 어떻게 전개될 것인지 우리는 계속 지켜봐야 했다. 무섭게 몸집이 커져서 이제 어찌할 수 없는 마피아 집단처럼 그들은 정치, 경제, 사회, 문화 등 다방면에서, 그리고 모든 국가기관에서 그들의 권력을 비밀리에 행사하고 있는 것처럼 보였다. 나는 박근혜 집단이 무서워졌다. 시민들에게 구걸해서 먹고 산다는 ㅂ시장, ㅇ시장, ㄱ, ㄴ, ㄷ야당들도 박근혜 집단의 악랄한 수법을 따를 수 없다고. 이제 어떻게 진실이 밝혀질지 주목해야 할 상황이었다.

아직 우리 친구 보수파들은 종북 세력을 건제해야 한다고 야단이었다. 그런데, 그것도 맞는 말이었다. 하지만 이 문제는 단순하지 않았다. 종북 세력에 더해 유사종교 집단과 사이비종교 집단이 나라를 흔들고 있다는 데 문제가 있었다. 그들 때문에 종북 세력이 그나마 덜 문제가 되는 집단으로 변질된 것이다. 사이비종교가 뿌리를 내려서 정계, 재계, 법계, 연예계를 꽉 잡아서 흔들고 있기 때문이었다. 알만한 사람들은 사이비종교, 그중에서도 구원파 일원인 것으로 보왔다.

진정, 국정이 어떻게 돌아갈 것인지 나는 알 수 없었다. 지금 우리는 어두운 소설을 쓰듯 미궁으로 계속 빠져들어 가고 있는 것이다. 이제 어느 놈이 진실을 말하고 있는 것인지 몰랐다. 박근혜 대통령이 말하는 것은 이제 전부 거짓으로 보였다.

보수파 친구들은 걱정한다. 안보를 첫째로 말하는 대통령을 뽑았으면 한다고. 나도 안보를 책임지는 대통령이 뽑히기를 바란다. 그런데 지금 사회는 너무 혼란하다. 진실이 보이지 않는다. 탄핵으로 온나라가 쑥대밭이 되어가고 있다. 광화문 거리는 두 달째 촛불시위를 벌이고 있다. 언론은 하나같이 집회 숫자에 집착했다. 그것도 뻥튀기면서. 그 숫자는 언론의 권력을 말하는 것인가. 구호는 탄핵과 하야였다.

2002년 12월 대선 때 이회창 아들 병역 비리를 기반으로 한 '김대업 사기극'. 당시 좌파세력은 이회창을 떨어뜨리고 노무현을 당선시키기 위한 정치 공작으로 이 사기극을 부풀렸다. '아니면 말고' 방식의 의혹으로 좌파가 톡톡히 재미를 본 사건이다. 이명박 대통령 시절 광우병 촛불시위가 광화문을 뒤덮었다. 미국산 쇠고기를 먹으면 뇌에 구멍이 생기고 사지를 비틀며 죽어간다고. 8년이 지난 지금, 미국산 쇠고기 먹고 광우병 걸린 사람은 없었다. '아니면 말고' 의혹은 이제 한국 정치를 지배했다. 자기들의 정치 지배를 위해 좌파들은 촛불시위를 이용해 그들의 정치판을 짰고 그들의 잔치로 만들었다.

촛불시위는 좌파들의 편향된 정치사상을 시민이라는 구조체에 씌워 목적과 목표달성을 위한 조직체로 만든 것이었다. 민노총, 전교조 등의 자금을 동원해 선량한 시민들을 선동했다. 이제 갈 때까지 가고 있는 것이다. 나라 전체가 흔들리고 있는 것이다.

조선일보 기사에 나타난 '거제의 비명'을 보면, 서서히 나라가 땅속으로 침몰해 가는 느낌이 났다. 국내 조선업의 87%를 치지하는 경남의 거제, 통영, 고성 등에서 조선업 종사자들이 해고와 임금체불로 일자리를 잃었다. 육칠천 명이 일자리를 잃었고, 근로자 일만 명 이상이 임금을 못 받았다. 특정 지역이 무너지면 뭔가 대책이 나와야 한다. 그런데 탄핵에 가려져 '한국판 디트로이트'가 될 수 있을 것이라고 걱정했다. 부동산 붕괴, 산업위기, 조선업 불황에 탄핵이니 뭐니 하며 나라 전체가 어수선해서 식당 하는 사람들은 죽을 맛이었다. 어느 논설위원 말대로 집이 통째로 떠내려가는데 세간 돌볼 정신이 있을 리 없었다. 전문가들이 하는 말 중에 '다음 대통령 임기는 누가 해도 최악일 것'이라는 말이 있다. 이럴 때 주도권을 쥔 야권은 탄핵 민심을 타고 '박근혜의 정책이라면 모두 뒤집겠다'고 선언했다. 문재인은 '국가 대청소'를. 안철수는 '부패 기득권 세력과의 전면전'을.

갈수록 정치적 언어는 강해졌다. 나는 그들의 언어가 무섭다. 진정 국가를 위하는, 진실된 자는 찾을 수 없었다. 우리는 통치자가 싫다. 나라를 지배하겠다는 자들이 밉다. 쉽게 통치자나 국회의원이 되고 싶다면 각자 돈 내고 봉사했으면 좋겠다. 선거를 할 필요가 없다. 하고 싶은 사람들은 십억 이상을 국가에 지불하고 봉사했으면 좋겠다. 국가를 집어 먹으려 하고, 권력을 나누고, 죽을 때까지 돈과 권력을 누리려 하지 말았으면 좋겠다. 나라를 위해 돈을 내고 봉사하는 것. 그것이 바람직하다는 생각을 했다.

나는 이제 조용하게 살고 싶었다. 방송이 시끄럽든 말든 관심을 끄고 싶었다. 나는 그쪽으로 전문가가 아니니 멀리서 세상이 돌아가는 대로 지켜볼 뿐이다. 제발 긍정적으로 일이 마무리되기를 빌 뿐이다.

*

오늘은 즐거운 남편의 친구 집을 방문했다.

나는 다음 해를 축복하자는 뜻으로 케이크를 샀다. 그리고 작은 초 일곱, 굵은 초 하나를 주문했다. 우리가 우리 집 근처로 이사 오라 했고, 그들은 그렇게 우리 동네로 이사 왔다. 그 집 주인은 남편의 고등학교 동창이었다. 우리는 함께 이곳에서 십오 년을 살았다. 살면서 많은 시련을 겪었다. 그 전부가 지금은 지나간 세월 속에서 묻혔다. 그러나 그 과정은 길고 쉽지 않았다. 우리는 인간이 가지고 있는 질투, 시기를 거쳐, 사랑에 이르기까지 오랜 세월과 시련을 함께 겪어 왔다.

십육 년 전 어느 해, 남편의 고등학교 동창들끼리 부부 모임을 가졌다. 우리는 교대역 한정식 집에서 만났다. 내가 우리 집으로 이사 온 다음 해였던 것으로 기억한다. 나는 남편 친구 부부와 식사를 하면서 우리 집 근처로 이사 오라고 간곡히 말했다. ㅇ친구는 강북 쪽 ㅂ동에, ㄱ친구는 강북의 ㅇ동네, ㄷ친구는 강서 쪽 ㄷ동네에 살았다. 나는 그들에게 간곡하게 말했다. 이쪽은 강남의 한 귀퉁이라고. 나중에 좋은 곳으로 부상할 것이라고. 내가 처음에 이곳을 선정한 것은 지방학교로 강의를 나가기 좋아서였다. 시댁과 친정으로 가기가 편해서이기도 했다. 나는 한 달에 두어 번씩 가족 행사, 제사, 명절 등에 참가했는데, 이곳은 교통이 편리해서 편했다고. 그 친구들에게 이사 오면 이점이 많음을 설명했다. 그중에서도 강서 쪽에 사는 ㄷ친구에게 그들의 회사가 이쪽에 있으니 이곳으로 이사 오면 시간과 자동차 기름값 등 경제적으로 이득이라는 것을 강조했다. 그의 회사는 교대 쪽에 있었다. 그는 아침·저녁 출퇴근하는 데에만 2~3시간을 사용했다. 차가 막히면 더 걸렸다. 그것은 시간 낭비라고. 우리 집에서는 걸어서 15분 걸린다고. 기름값도 절약된다고 했다. 친구들은 모두 큰 집에서 살았다. 살림이 많아서 그들은 안 된다 했다. ㄷ친구는 부부 둘이서 살았다. 아이는 유학을 갔다. ㄱ친구는 어머니를 모셔야 되고 두 아들이 있어서 안된다 했다. 나는 아들에게 학교 근처 오피스텔을 얻어주라 했다. 아들들은 조금 있으면 군대 가니까 말이다.

그들은 그들의 머리로 그들의 생각만을 고집했다. 그들은 자기의 틀을 깰 수 없었다. 그런데 이튿날, 갑자기 ㄷ친구의 부인이 우리 집을 방문했다. 며칠 후 ㄷ친구는 우리 옆 동 아파트를 샀고 그곳으로 이사를 왔다. 우리는 즐거운 마음으로 반겼다. 서로 밥도 먹고 반가워하며 즐겁게 지냈다. 동창들은 모두가 대기업 임원이었고 월급도 많았다. 삶은 나보다 훨씬 풍족했다. 남편은 고급 관료였지만, 월급은 적었다. 게다가 시댁의 생활비와 여러 보조금을 보태야 했다.

나의 삶은 팍팍했다. 여기로 이사 올 때 융자금도 많이 받았다. 친구들은 알뜰해서 현금 저축이 많았다. 반면에 나는 현금이 없었다. 가계 부채와 그 이자, 시댁 생활비, 애들 학비를 충당하며 사는 것만으로도 힘에 겨웠다. 그래도 나는 방학이나 여름 휴가가 다가오면 미리 적금을 넣고 휴가비를 만들었다. 그것이 나의 최대 행복이었다. 힘이 있을 때 여행해야 한다는 것이 내 지론이었다. 나이가 적을 때 한국에서 가장 먼 곳을 여행해야 한다고 남편에게 강조했다. 나이가 많아지면 가까운 곳을 찾자 했다. 그해 여름, 우리는 러시아로 휴가를 가기로 했다. 그리고 산책 중에 ㄷ친구에게 말했다. 다음 날 산책 중에 그를 만났는데, 그 친구는 우리보다 빠른 날로 여행 날짜를 잡았다 했다. 가장 비싼 여행지인 괌으로 간다 했다.

'어~ 이게 뭐지? 그들은 없었던 여행을 갑자기 잡는 것으로도 모자라 우리보다 먼저 가는 것은?'

그랬다. 그는 분명 우리보다 돈도 많았고 부유했다. 그런데 해외 여행을 가는 사람들은 아니었다. 우리가 여행 가는 것을 그들이 시샘했다는 느낌이 들었다.

그 부부는 시샘이 많았다. 내 눈에는 말이다. 그 친구는 경제적으로 우리보다 수준이 높고 매사 풍요롭고 삶의 여유가 많았다. 그들은 모든 부분에서 우리를 이기고 싶어 했다. 그런 것이 나에게 말할 수 없는 불편함으로 나타났다.

그즈음, 그 부부와 나는 골프 레슨을 받기로 했다. 우리 사이의 보이지 않는 갈등이 나타났다. 그들은 꼼꼼하고 철저했다. 나는 허술하고 대충대충 즐겼다. 나는 꼼꼼하고 철저한 것을 못 견뎌 했다. 우리가 함께 공을 치면 나는 그들의 완벽한 공치는 폼에 숨이 막혔다. 그들은 완벽함을 추구했다. 나는 그것이 또 보이지 않는 경쟁심의 스트레스로 나타났다. 그들은 골프에 집중했고, 집착했다. 그들은 골프 스코어에도 집착했다. 공을 칠 때면 남편 친구는 자기 부인에게 참견했고 간섭했다. 그들은 날마다 공치러 다니는 것에 집착했다. 그의 부인은 클럽회원끼리 조를 짜서 자기들의 조직을 만들었고, 멀리 다른 곳으로 여행하며 공치는 것에 집중했다.

세월은 빠르게 흘러갔다. 나는 그들에게 상관하지 않았다. 우리는 서로 바쁘게 생활했다. 나는 아직 학교에 충실해야 했고, 골프에 집중할 만큼 경제적으로나 시간적으로나 여유롭지 못했다. 또다시 시간은 흘러갔다. 남편이 퇴직하고 이직했다. 다행히 회사 회원권으로 골프를 칠 수 있었다. 남편은 친구 부부를 초대했다. 그 사이 그들은 잠시 골프를 그만두었다 했다. 그래도 남편 친구는 오랜 경력을 살려 함께 골프를 쳤다. 오랜만이라 그들의 실력은 제대로 나타나지 않았다.

그 이후 그 부부는 다시 골프에 열중했다. 그렇게 시간이 많이 흘렀다. 그들은 골프 선수에 가까운 수준의 달인이 되어갔다. 그들을 따라가다 보니, 세월 따라 우리도 골프에 익숙해졌다. 필드에 가면 나는 모든 것이 자유롭기를 바랐다. 안 되면 안 되는 대로 잘 되면 잘 되는 대로. 그러나 마음은 그렇지 못했다. 상대방에게 집착하고 간섭하며, 스스로를 자책하는 경우가 많았다. 나도 인간이기에, 스스로를 어찌할 수 없는 일이 자꾸만 생겨났던 것이다.

그러나 세월은 모두에게 많은 것을 용서했다. 그들의 나쁜 습관은 그들의 일상으로 보였다. 그것은 좋으면, 좋은 대로. 나쁘면 나쁜 대로 그들의 습관일 뿐이었다.

세월은 우리에게 여러 가지를 겪게 했다. 우리가 슬플 때 그들은 우리를 위로했고, 그들에게 기쁜 일이 생기면 우리는 그들을 축복했다. 우리는 서로 위안과 위로, 축복을 함께하는 동반자이자 같은 길을 걸어가는 친구가 되었다. 이제 이곳으로 이사 온 뒤에 지난날 만큼만 살면, 우리는 이 지구를 떠날 사람이었다. 우리는 더 이상 많은 욕심을 부릴 필요가 없었다. 우리는 지금 이만큼만, 아프지 말고 건강하게 살면 좋겠다고 생각했다.

*

어느 날, 나는 컴퓨터를 쳐보겠다면

서 그 앞에 앉았다. 그런데 내 머릿속이 하얗다.

쓸 말도 없고 할 말도 없었다. 이런 때는 난감했다. 왜 하얗기만 한 것인가? 몸은 무거웠다. 눈은 퉁퉁 부어 있었다. 적극적인 하고 싶은 말이 없었다. 나는 책을 폈다. 『몽테뉴의 수상록(1533~1592)』을 더듬었다. 가운데 페이지에 나타나는 진한 밑줄이 나타났다. 그곳을 나는 다시 한번 되새겨보았다.

법률이라는 것만큼 끊임없이 동요되는 것도 없다. 나는 태어난 이래, 이웃나라인 영국 사람들이 우리가 항구성을 주고 싶지 않은 정치 문제에 관해서 뿐만 아니라 세상에 있을 수 있는 가장 중요한 문제인 종교에 관해서도 법률을 서너 번 뜯어고치는 것을 보았다. 나는 그것을 보며 수치와 울분을 느꼈다. 왜냐하면 이 나라와 내 지방 사람들이 옛날에 대단히 친밀한 관계를 맺고 있었고, 우리 집에도 아직도 옛날 인척 관계의 흔적이 남아 있기 때문이다. 그리고 우리 지방에서 전에는 마땅히 사형을 받아야 했던 일이 어느새 합법적으로 되는 것을 보았고, 마찬가지로 불확실한 전쟁의 운수에 따라서 우리의 정의가 불의로 취급되고, 인간의 일과 하나님께 대한 대역죄로 몰려 투옥되었으며, 몇 해 안 가서 사정이 본질적으로 뒤집히는 경우도 보았다.

나는 이 대목을 통해 분명 그 시대나 지금 시대나 법률은 똑같은 지경임을 시인하고 싶었다. 60~70년대 활동했던 반공 세력은 21세기인 지금 비애국자로 추락했고, 오히려 공산주의를 찬양하는 자들이 애국자로 추앙받으며 권력자가 되었다. 천안함 포침 사건(2010년 3월 26일 북한 잠수함의 어뢰 공격으로 침몰)을 두고 남편의 동기인 야당 국회의원이 남한이 만들어낸 사건이라고 말했을 때, 나는 그를 죽일 놈이라고 생각했다. 불법 기습공격으로 이창기 준위를 비롯한 46명의 젊은 용사들이 희생되었고, 구조과정에서 한준호 준위가 순직하였는데 당의 이익을 위해 자신을 버리고 국가를 버리며 북한의 소행이 아니라 했다. 이런 놈들이 정치계에 너무나 많다는 사실에 나는 살이 떨렸다. 그들은 지금도 계속 북한을 찬양하고, 자신의 권력을 존속시키기 위해 혈안이 되었다. 그들의 하수인은 그들을 필두로 자신의 입지를 굳히기 위해 꼭두각시가 되어 그들을 찬양하고 있는 것이다. 국가가 어디로 갈 것인가를 생각하면 잠이 오지 않았다. 나는 빌었다. 제발 전쟁이 일어나지 않기만을 바랐다.

소시민인 우리는 우리의 삶에 충실하면서 나라의 질서에 힘이 되길 빌 뿐이다. 선량한 국민은 적어도 권모술수에 능한 쓰레기 같은 정치인과는 다르다. 정말 정치계, 법조계, 그 밖에 권력이 있는 곳은 쓰레기가 줄지어 있음을 국민은 알고 있는 것이다. 단지 그들의 힘을 업으려는 자들이 또 다른 힘을 만들려고 해서 나라가 썩어가고 있는 것에 속이 탔다. 이 시대는 조선시대, 당파싸움으로 나라 꼴이 엉망인 시대와 너무 똑같이 가고 있는 것이다.

내가 어렸을 때, 엄마는 돈을 모으려고 애썼다.

겨울이 되면 엄마는 뜨개질을 해서 돈을 벌었다. 동네 아줌마들은 검은 기와집으로 모였다. 변두리 소도시 마을의 집은 대부분 초가집이었다. 우물이 있는 기와집은 부잣집이었다. 마을 중심에 있는 기와집은 우리 옆집이었다. 우리 부모보다 연배가 더 많은 형님뻘 집이었다. 그 아줌마를 사람들은 영자 엄마라 불렀다. 영자 엄마는 그 동네의 대장이었다. 그가 못마땅하면 온 동네가 시끄러웠다. 사람들은 영자 엄마에게 집중하면서 피했다. 우리는 그 집에서 물을 길어다 먹었다. 물의 질은 좋지 않았다. 사람들은 더 멀리 무슨 모래에 걸러 먹는 우물로 물을 길으러 가기도 했다. 대부분의 집이 우물을 파던지 펌프를 박아 펌프물을 받았다. 사람들은 그 기와집 우물을 사용하지 않으려 애썼다.

하지만 겨울이 되면 사람들은 영자네 집으로 모였다. 그곳에서 사람들은 뜨개질 물량을 배급받았다. 회사에서 공작용 실을 나누어주고 스웨터를 짜게 했다. 엄마는 어느 때는 뒤판만 짰다. 또 다른 때는 소매만 짰다. 조끼를 짜고, 바지를 짰다. 짜다 남은 실이 모였다. 동네 아줌마들은 밤을 새워 뜨개질을 했다. 집에서 쓰는 전기료를 아끼기 위해 영자네로 엄마는 이동했다. 잠을 자다가 문득 깨서 엄마를 찾으면 엄마가 없었다. 나는 무섭다고 울었다. 내가 울면 동생도 울었다. 울음소리에 영자네 집에서 엄마가 왔다. 이튿날 영자 엄마는 나를 혼꾸녕을 냈다. 다 큰 것이 무어가 무섭냐고. 나는 영자 엄마가 싫었다. 엄마는 반찬값 버는 재미로, 스웨터 짜는 일을 즐거워했다. 겨울 내내 그렇게 잔돈을 버는 것은 엄마의 기쁨이었다.

가을이 되면 엄마는 바빴다. 외갓집으로 가서 농사를 거들고 농작물을 얻어왔다. 쌀, 콩, 깻잎, 도라지, 고구마, 호박, 찹쌀 등 먹을 것 대부분을 조달했다. 그 대신 외삼촌들은 우리 집에서 학교를 다녔다. 초가지붕도 모두 외갓집에서 조달하여 새짚으로 엮었다. 엄마는 아버지가 타오는 월급을 한 푼도 쓰지 않았다. 엄마는 돈을 모으고 모았다. 엄마는 돈을 아꼈고, 철저히 모았다. 그리고 어느 날, 사람들이 좋아하는 큰 기와집을 사서 시내 쪽으로 이사를 왔다.

시내 쪽 디근자 기와집은 크고 웅장했다. 세를 놓을 방도 많았다. 여러 개 방 중에서 몇 개는 학생들 하숙을 치렀다. 하숙을 치르면서 그들은 하숙비를 쌀로 주었다. 엄마는 그 쌀을 돈으로 바꾸었다. 엄마는 돈 모으는데 달인이었다.

나는 겨울 바지가 항상 허름했다. 골덴 바지는 너덜너덜했다. 새 양말을 신은 적이 없었다. 고모네랑 만나면 고모네 언니, 동생들은 새 옷에 새 신발, 새 양말을 신었다. 우리 형제는 허름한 옷과 허름한 신발, 다 떨어져서 기운 양말들을 신었다. 고모가 목욕탕에 데려가면 나는 죽을 맛이었다. 속내복이 내복이 아니었다. 한쪽 다리가 낡아서 기웠다. 그렇게 기워서 덧댄 헝겊 조각이 원판 내복보다 더 컸다. 나는 그 덧댄 헝겊 조각이 상거지처럼 보이는 것이 싫었다. 나는 그 모습을 숨기고 싶었다. 나는 얼른 옷을 벗어서 뭉쳐놓았다. 엄마의 마음도 감추고 싶었다. 나는 겨울 방학 때마다 그런 모습으로, 번번이 그런 마음을 가지고 살았다.

겉모습도 마찬가지였다. 그러나 나는 너덜대고 덧댄 겉옷이 일상이었기에 그것에 대한 부끄러움을 몰랐다. 그러다 어느 날, 친척이 나를 데리고 어디든 함께 데려가면 그 친척들은 덧댄 내 바지를 보고 힘들어 했다. 그 모습이 흉했던지 아버지는 보너스가 나오면 엄마 몰래 내 옷을 사주려고 나를 데리고 시장으로 갔다. 그러면 아버지와 나는 신나게 시장통을 누볐다. 우리는 맛있는 것을 사서 먹었다.

나는 속으로 엄마의 지독한 아낌을 경멸했다. 엄마는 아버지에게 함부로 돈을 쓴다고, 그러면 안 된다 했다. 그 후 그 악착 같이 모은 돈으로 엄마는 아버지 친구의 집을 인수했다. 그리고 고모부에게 그 집을 하숙집으로 설계해 달라고 부탁해 그곳을 새 하숙집으로 만들었다. 방이 많은 집을 지었고, 세를 놓고 하숙을 쳤다. 엄마는 돈을 솔찬히 모았고 자식 교육에 헌신했다. 그러나 돈은 엉뚱한 사람이 썼다. 엄마의 자랑스런 장남이 암으로 쓰러졌고, 병수발이 시작되었다. 의료보험도 없던 시절이라 병은 돈을 불렀고, 엄마 쌈짓돈, 목돈 전부 장남의 목숨을 건지려고 소비했다. 그래도 그의 사랑하는 큰아들은 저 세상으로 가버렸다. 그 후 또다시 엄마는 열심히 돈을 모았다. 쌈짓돈, 목돈을 만들었다. 아버지가 퇴직할 때쯤, 이번에는 아버지에게 폐암 진단이 내려졌다. 다시 몇 년 동안 엄마가 번 돈과 퇴직금이 전부 병원비로 지출되었다. 엄마가 모은 돈 모두가 사라졌을 때 아버지는 이 세상을 하직하셨다. 그래도 어머니에게 남은 집이 2채나 있었다. 그걸로 남은 동생들과 그럭저럭 살았다. 그러나 새로 들어온 며느리는 돈을 이낄 줄 몰랐다. 요즘 사람 같은 헤픈 사람이었다. 결국 엄마의 집은 모두 불 타버린 재처럼 날아가 버렸다. 인생은 그런 것이라고 들었다. 버는 사람과 쓰는 사람은 다르다고.

이제 엄마는 89세가 되었다. 시골 외할머니댁에서 외할머니를 모셨고, 혼자 산 지가 어느새 삼십 년이 되었다. 그는 아직도 돈 모으기 달인이었다. 내가 매달 보내주는 삼십만 원을 모아 거의 일억 원으로 만들었으니 말이다. 당신은 뭘 먹고 어떻게 살았는지 알 수가 없는 것이었다. 다달이 30만 원이면 일 년에 360만 원, 그렇게 30년이 지나면 일억 팔백만 원이 된다. 그는 손자들에게 일천만 원씩 그의 아들, 딸에게 일천만 원씩 빌려주며 살고 있는 것이다. 엄마의 인생 철학은 죽음이 찾아올 때까지 아껴 쓰는 것. 그것이 당신의 철학이었다.

엄마는 말했다. 아무리 귀해도 목숨만큼 귀한 것은 없다고. 오랜 세월 그가 겪은 궂은일들은 모든 사람들이 겪어야 하는 일인 것이다. 사람은 죽음을 향해 걸어가며 살아야 하는 것임을. 살아가면서 언제 어떤 일이 있을지 모르니 아껴야 함을. 엄마는 자기 철학인 '아끼고 또 아껴야 한다.'는 것을 누누이 말했다.

그는 시골에 사는 독거노인들이 자식들에게 돈을 타서 병원에 누워 링겔을 맞고 있는 꼴을 보면 욕을 했다. 설탕물을 먹으라고. 거들려고 오는 복지사를 보고 국가가 망가지고 있다고. 그 복지사들 주는 돈 전부 국가 돈 아니냐고. 농촌에 노인정을 새로 지어도 엄마는 욕했다. 멀쩡한 노인정을 왜 또 새로 짓느냐고. 국가가 돈 지랄을 한다고.

엄마는 막내딸이 항상 못마땅했다.

- 저것은 툭~ 하면 버려버리고.

- 툭~ 하면 쓰레기통에 넣어 버려.

그의 막내딸은 아들을 둘 낳고 잘 살았다. 사위는 공무원이었다. 엄마가 이것저것을 만들어 가고 뒷마당에서 재배한 콩, 나물, 호박, 가지, 파 등을 뽑아 바리바리 싸 들고 가면 막내딸은 좋아하지 않았다. 막내딸은 나물들을 귀히 여기지 않았다. 막내딸은 소시지나, 육고기를 더 좋아했다. 또한 막내딸은 집이나 부엌살림이 깨끗한 것을 좋아했다. 그날 먹은 남은 음식은 모두 쓰레기통으로 들어갔다. 그래야 그릇도 깨끗하고, 냉장고도 깨끗했다. 엄마는 그런 막내딸이 싫었다.

- 야 이년아. 아껴야 잘 살아. 그렇게 먹을 만한 것도 다~ 버리면 벌 받아. 이년아.

둘은 만나면 싸웠다.

- 아이고… 엄마 인생은 엄마대로 살고. 내 인생은 나대로 사는 거야.

- 그렇게 잘 사는 년이 허구헌 날 엄마한테 돈 꿔 달라고 하냐? 전세비 올려줘야 된다고 하드냐?

둘은 싸우면서 만났고, 싸우면서 서로를 찾았다.

- 아이고 저년 또 버린다 버려.

- 또 이사 가냐? 또 버리겠네. 또 사들이겠네. 저년 못 말려.

- 이사는 돈 안 드냐?

- 대충 살아야 돈이 모이지. 그렇게 쓸고 닦으면 돈이 날아간다 드라.

- 대충 닦아야 돈이 몬지처럼 모여든다는데, 저것은 그걸 몰라요 몰라.

엄마는 큰딸인 나에게로 와서 막내를 욕했다. 나는 먹던 것, 먹었던 것을 덮어서 새로 만든 음식에 곁들여 음식을 차렸다. 엄마가 가져온 풋나물을 살짝 데쳐서 전부 냉동실에 넣었다.

- 아이고 그라야지 돈이 모여드는 걸, 걔(막내)는 몰라야.

- 그것들 집에 가면 나는 굶어야 한다니까? 냉장고에 먹을 게 없어야. 전부 싹 버려가지고서 먹을 게 있어야지.

- 너네 집은 열 명이 와도 먹을게 있구만. 그것이 왜 그 모양인지를 모르겠구만.

- 한 뱃속에서 나와도 천양지 차이가 나는구면.

엄마는 돈을 아꼈고, 돈을 귀하게 여겼다. 뭘 사주려고 해도 늘 거절했다. 그래도 엄마의 입맛은 특별했다. 다른 할머니가 찾지 않는 햄버거를 좋아했고, 닭튀김, 김밥, 우동, 잡채, 불고기, 피자 등을 좋아했다. 여행을 많이 다녀서 그런 음식에 길들여졌나 하는 생각을 했다. 어느 날 우리 가족들(우리 가족, 남동생 가족, 여동생 가족)이 양평시장으로 나들이 갔다. 제부가 한 번 점심식사를 내겠다기에 각자의 취향을 말했다. 난 보리밥, 누구는 칼국수, 우동, 수제비, 순댓국, 육개장 등등. 그런데 엄마는 성질이 났다. 당신은 그날 모처럼만에 우아한 식당에서 식사를 할 요량으로 기대가 컸던 모양이었다. 맨날 먹는 보리밥, 수제비가 싫어서 짜증이 났나 보다. 얼굴상이 찌그러지고 신통이 났으며, 얼굴에 부이기 치밀어 있었다. 그 당시 나는 엄마를 이해할 수 없었다. 순하고 지독한 엄마가 왜 그럴까를.

나는 이제야 당신을 이해하게 되었다. 나이가 들어 나도 노인이 되고 보니 감기에 걸리면 보통 한 달씩 몸에서 떠나지를 않았다. 감기 기운은 사람의 입맛을 없앴다. 약을 먹을 수가 없으니 먹는 것 중에서 입맛이 돋는 것을 찾아야 했다. 날마다 먹는 것과의 싸움이 일어났다. 살맛이 난다는 것은 맛있게 먹는 것이어야 했고, 몸을 지탱하는 힘이 있어야 했다. 그래서 엄마의 입맛이 까다로워졌고, 짜증이 났으며, 먹을 수 없었던 것으로 이해했다.

그는 돈을 아꼈지만 구십의 나이가 되어 까다로워진 입맛은 어떻게 할 수 없었다. 그래서 돈이 들지만 자기 입맛에 맞는 음식을 찾아 값을 지불하며 즐겼던 것이다. 그래도 당신은 음식값으로 일만 원을 넘기면 안 되었다. 가끔 외삼촌은, 큰누나가 자기 학교 다닐 때 밥을 해주었다며 용돈을 주었다. 외숙모가 하숙을 치르면서 조카들에게 용돈을 챙겨주었다고 사업하는 조카들이 용돈을 챙겨 보내왔다.

- 이 세상은 공짜가 없는 기여.

- 누가 그놈(고모 아들 땡깡쟁이)이 사업해서 나에게 명절에 용돈을 보내준다고 했더냐?

- 저세상이 지옥인 게 아니라 살아서 나쁜 짓을 하면 이 세상을 지옥같이 살다가는 기여. 그렇게 못되게 살면 벌을 받는 기여.

- 어떻게 남을 뜯어먹으려고만 하는지 몰라야.

엄마의 속바지로 들어간 돈은 나오지 않았다. 그 속에서 오랫동안 머물렀다. 엄마는 글자를 정확하게는 몰랐다. 외할아버지는 아들만 공부시켰다. 할아버지는 딸들을 집 속에 숨겼다. 왜놈들에게 들키지 않으려고 애썼고, 짝을 맞춰 시집을 보냈다. 그래서 엄마는 몰래 학교에 갔고, 자기네 친할아버지에게 붙들려서 집으로 끌려왔으며, 종아리를 맞았다. 학교에 가지 말라고. 엄마는 돈을 위해 셈을 어찌어찌 알아갔다. 명확히 쓰지는 못하지만 읽어가며 빠르게 의미를 파악했다. 그의 머리는 돈을 빠르게 기억했고, 정확히 셈했다.

엄마는 누구에게 얼마를 꿔주고, 얼마를 받아야 하며, 언제쯤 돈이 나온다는 것을 머릿속 장부에 정확히 기록했다. 그는 막내딸에게 꾸어준 돈도 잘 기억했다. 딸이 생각해서, 조금씩 은행이자를 쳐서 주었다. 엄마는 달 치, 날짜 치를 셈해서 당신의 머릿속에 기억했다. 막내와 싸울 때 그는 자기가 얼마 손해인지를 밝혔다.

- 엄마 병원비는 내가 줄 이자 비용으로 대신 내줄게.

- 그래라.

- 야, 그년이 내 병원비 이자로 치른다드라?

- 아이고, 잘됐네. 엄마는 정말 능력자요. 자식들 괴롭히지 않고.

- 그래도 야, 그거 이자 못 미쳐야.

- 그게 어디유? 그 이자 안 준다 하면 어쩌려고?

- 그거는 아니지야, 저 새집 진다고 엄마 돈을 떼어먹으면 그게 사람이냐?

- 그렇기는 하네요.

그는 심장 시술로 스텐트를 네 개 박았다. 그리고 당신이 직접 지불한 시술비를 보며 기뻐했다. 나름 새끼들 하나도 괴롭히지 않는다고 좋아했다. 세월은 빠르게 지나갔다. 그날이 그날이면서 시간은 흘러갔다. 엄마는 나름 자신의 떠나는 길을 준비해야 했다. 처음에 당신이 갑자기 아프면서 몸에 통증이 일어났다. 당시 나는 학교생활로 바빴다. 학생들 교육 시키랴, 내 논문 써서 발표하랴, 내 자식 공부시키며 돌보랴, 집안의 모든 일, 시댁 일, 친정 일 등 허드렛일부터 모든 것을 해야 하는 상황이었다. 그때 엄마가 갑자기 통증을 호소했다. 좀 한가한 막내 여동생이 시골에서 자기네 집으로 모셔왔다. 동생은 우선 가까운 한방 응급실로 모셨다. 의사는 별거 아니라고. 노인성 병이라고. 엄마는 화가 났다.

- 그게 무슨 병원이냐? 무슨 놈의 의사가 그렇게 쌀쌀맞냐? 여기도 아프고, 조기도 아파 죽겠는데?

- 할머니, 할머니는 노인성 병입니다.

엄마는 의사가 시원찮다면서 아픈데 침도 안 놔준다며 의사를 욕했다. 다음 날 나는 동생에게 말했다. 엄마 병원비는 내가 다 낼 테니 엄마가 원하는 병원으로 모셔가라고. 동생은 그래도 그 병원을

한 번 더 찾겠다고 했다. 결국 시원찮다는 그 한방을 다시 찾았다. 못마땅한 얼굴로 의사를 대면했을 때

- 침도 안 놔주고, 아픈 곳을 왜 치료해주지 않느냐?

의사는 할머니가 호랑이 가죽을 삶아 먹어야 나을 것 같다면서 엄마를 혼냈다. 노인이 노인답지 못하다고. 엄마는 삐졌다. 그곳은 갈 데가 못된다고 욕했다. 다시 외래 병원을 찾았다. 주변에서 제일 큰 병원으로, 건물이 웅장하고 멋진 곳을 찾았다. 병원 수속을 밟았다. 피검사, 소변검사 등등 무수한 검사들을 받았다. 그리고 육인용 방에 입원했다. 날마다 검사하면서 주변 침대의 환자를 눈여겨 보았다. 엄마 옆 침대의 할머니는 스물네 시간 동안 누워 있었다. 눈도 뜨지 못했다. 모로 누워만 있었다. 환자들은 눈을 맞추며 서로 이야기했다. 나는 시간을 내서 먹을 것을 챙겨 들고 입원실에 들렀다. 같은 병실 환자들에게 먹을 것을 나누어 주었다. 병원은 계속 병명을 찾았지만 특별히 나타나지는 않았다. 가슴이 답답하고 이곳저곳이 아프다고 엄마는 말했다. 좁은 공간에서 막내는 집을 오가며 병 수발을 했다.

거의 일주일이 지났다. 갑자기 엄마는 퇴원할 테니 당신을 시골로 데려다 달라고 했다. 병원에 엄마가 퇴원하겠다 했더니 안 된다면서 수속을 밟아주지 않았고, 나쁜 부위를 수술해야 한다고만 말했다. 병원과 우리는 싸웠다. 퇴원하겠다고. 안 된다고. 돈이 아까운 엄마는 갑자기 별별 생각을 다 했다. 옆 침대 할머니가 3년째 누워 있는 꼴을 보니 이런 것이 아니라는 생각을 한 것이다. 지금 되돌려 생각

하니 그 당시 엄마는 혼자 있을 때 몸 어딘가에서 통증을 느꼈고 병원을 왔다 갔다 하다가 통증이 멈췄던 것이다. 거기에 아마 갑자기 자기 혼자 죽음을 맞을지도 모른다는 두려움이 왔기 때문에 자식들에게 아프다고 소리쳤던 것으로 보였다. 그런데 이 병원에서, 3년째 모로 누워서 눈도 못 뜨고 죽어가는 할머니를 보았다. 그 할머니는 링겔만 맞았다. 자식들은 허드렛일과 노동을 해서 병원비를 대고 있다고. 일 년에 한두 번 병원에 들른다는 것을 듣고 엄마는 많은 것을 배웠다.

그 후 십여 년이 흘렀다. 엄마는 아픔에 대한, 자기 나름의 면역성 체계를 갖췄다. 아프다고 소란을 피우되, 결코 자신을 드러내지 않았다. 죽음을, 다른 사람의 죽음처럼 자신의 죽음을 받아들이려 했다. 그래도 막내랑 만나면 투닥거렸다.

– 엄마는 아프면 요양원으로 가야지 늙은 언니네 집으로 가면 안 돼.

– 알았어, 이년아. 더러워서 안 간다 이년아.

나는 엄마에게 전화할 때, 찬물에 밥 말아 먹지 말고 꼭 달걀하고 우유를 챙겨 먹으라고 간곡히 말한다. 내가 부쳐주는 단백질들을 챙겨야 아픔이 덜하고 병원을 덜 갈 거라고.

어느 봄날 엄마에게 전화했다.

– 야, 아무래도 몸이 많이 아프다.

– 그럼 병원에 갈거유?

– 아니야. 너한테만 말하려고.

- 아이고. 조금 있으면 엄마 88세 미수 잔치해야 하는데…. 그것은 지나고 가서야지. 그리고 막내 끝임이 이모가 한턱 낸다는 것도 자시고 가셔야 되는데….

- 너한테 미리 이야기도 해야 것다. 신협에 저축한 것이 얼마 있고, 새마을 금고에 저축한 것이 얼마 있어야. 나머지 누가 천만 원, 누구 천만 원, 막내가 천만 원 가져갔으니 꼭 받아라.

내가 죽거든 네가 잘 챙겨서 당신 아이들이 힘들 때 주라고. 한꺼번에 갸가 다 가져가게 하지 말라고.

- 알았어요. 걱정 마시고 열심히 돈을 셈하세요. 그래야 치매 안 걸리지요.

엄마는 아직도 돈 셈을 열심히 했고, 머릿속에 자기 돈을 정확히 계산했다. 분명, 그것은 당신의 두뇌 세포를 활성화해서 치매를 막을 것이었다.

*

밤새 비가 왔다.

여름이든 겨울이든, 비나 눈이 몇 년 동안 오지 않았다. 와도 찔끔 찔끔 애기 오줌 누듯 조금씩, 감질나게 왔다. 그런데 이번은 달랐다. 주루룩주루룩 쏟아졌다. 아침에 창을 열었다. 현관을 열었다. 창밖에 보이는 작은 언덕에 있는 나무들이 젖어 있었다. 가지에 빗방울이 맺혀 이슬방울로 똑똑 떨어졌다. 등성이 바닥은 낙엽으로 덮여 있었다. 현관 밖 언덕에는 푸른 소나무가 촘촘히 서 있었다. 우리 집은 그야말로 숲속의 집이 되었다. 나는 우리 집을 사랑했다. 작고 볼품없지만, 나에게는 최고의 집이었다. 요즘 들어 옆집, 앞집, 윗집, 아랫집 대부분 사람들이 이사를 나갔고, 새로운 사람들이 이사를 왔다. 그들은 자기 집 짐을 몽땅 들어냈고, 새로 가구를 들여놓았다. 나는 이사 올 때 도배만 했다. 이 집은 삼십 년이 넘었다. 우리가 이곳에서 십오 년을 살았다. 남편 친구네는 이사 올 때 한 번, 중간에 다시 한두 번 더 리모델링을 하더니, 이번에는 사위가 온다며 리모델링을 했다. 사람들은 새 것을 좋아했다. 자기 취향에 따라 새 아파트로 이사를 가면서 몇 천을, 일억을 들여 공사했다. 그럴 때 나는 속으로 그들을 욕했다. '미친 것들. 돈이 썩어나나 보다.'라고. 사람들은 베란다를 놔두지 못했다. 공사해서 거실로 만들었다. 그곳을 개조해서 거실과 합쳐, 더 넓은 거실로 이용했다.

반면 우리 집 베란다는 음식 창고였다. 한쪽 구석엔 김치 냉장고를. 창 밑에는 선물로 들어왔던 난이나 화분, 수석(돌)들을 진열했다. 그 안으로 온갖 술과 매실청이 가득하다. 감, 사과, 도라지, 생강, 더덕, 우엉, 돼지감자, 파인애플, 민들레 등 술과 효소를 만들어 두었다. 그 안쪽으로 고추장, 된장, 막장, 집간장 등이 줄지어 있고, 안방쪽 베란다에는 큰 항아리 속에 동치미를 담가서 창가 끝에 놓았다. 동치미는 우리 가족이 먹는 음료수였다. 항아리 밑바닥에 강화도에서 사 온 무를 소금에 절여 넣었다. 그 위에 배추를 소금에 살짝 절이고 헹궈서 대여섯 포기를 무 위에 넓게 펴서 덮었다. 다시 그 위에 쪽파, 마늘, 배, 생강, 양파, 다시마 등을 베보자기에 싸서 둘둘 말아 삐져나오지 않게 해서 배추 위에 놓고 큰 돌로 눌러놓았다. 그리고 그 항아리에 소금물을 아주 짜게, 염도를 높게 해서 물을 가득 채웠다. 그렇게 한 달이 지나면 엷은 분홍색에 하얀 이끼가 낀, 시큼털털한 동치미가 되었다. 그것을 물통에 찬물과 적당히 섞어 냉장고에 넣고 마시면 소화제로 최고였다.

동치미 항아리 양옆에도 무언가 많이 있다. 한쪽에는 커다란 종이 박스를 놓고 그 안에 온갖 잡곡을 다 넣었다. 찹쌀, 수수, 검정 쌀, 율무, 보리, 조, 노란 콩, 검은콩, 녹두, 참깨, 들깨, 렌틸콩, 귀리, 강황 가루, 도토리 가루, 보릿가루 등. 다른 박스에는 온갖 약초가 가득하다. 영지버섯, 차가버섯, 상황버섯, 우슬뿌리, 느릅나무 껍질, 헛개나무, 마가목, 대추, 감초, 오가피나무, 오미자, 오미자잎, 오미자 뿌리 등.

다른 쪽에는 오래전에 담은 황석어 젓갈과 무엇인지 알 수 없는 플라스틱 김치통이 차곡차곡 항아리 옆에 쌓여 있다. 또한 양파즙, 배즙, 인삼즙, 마른 취나물, 다양한 목욕탕용 세면도구, 세탁 도구 등도 있었다. 벽 쪽에는 일 년 전에 산 소금가마와 자질구레한 여러 가지 식품과 마른 곡식 등으로 가득 찼다. 이곳은 일 년 내내 먹고 마실 음식 재료가 놓여 있다. 나는 이곳에 있는 재료를 이용해 음식을 만들고, 재료가 줄어들면 다시 채운다. 남편은 그것이 못마땅했다. 다른 집은 호텔같이 깨끗하다고. 우리 집은 지저분하고 자기 취향이 아니라고. 그 말을 듣고 나는 많은 고민을 했다. 사람들은 자기 집을 리모델링 했다. 나는 하늘을 보았다. 하늘을 보면서 나를 되돌아보았다. 친구들은 우리 나이가 많다고. 남편들도 나이가 많다 했다. 우리가 갑자기 죽으면 슬플 것 같다고. 그러면, 남편들은 돈만 열심히 벌다 죽게 되는 것이라고, 그것은 더 슬플 일인 것이라고.

그래, 남편이 소원을 들어주자. 리모델링을 해보자. 그렇게 결심을 하고 인테리어 업체 사장에게 부탁했다. 우리 집을 리모델링 하겠다고 말했다. 그러자 사장은 집을 한 달 비워 달라 했다. 비용도 꽤 많이 들었다. 다른 사람들보다 두 배나 비싼 견적이 나왔다. 바닥재가 낡아서 다시 홈을 파 보일러를 깔아야 된다 했다. 그날부터 나는 심적인 부담이 컸다. 비용도 그렇고 한 달을 외지에 가서 감옥살이를 해야 한다는 것은 보통 일이 아니었다. 밤에 잠이 오지 않았다. 며칠이 지났다. 남편도 심적으로 힘들어했다. 결국 남편은 리모델링을 하지 않겠다고 선언했다. 나는 반가웠다.

- 그거유 그거. 새면 밑에 집 고쳐주면 되고요. 벽이야 얼룩진 부분을 하얀 물 페인트로 대충 칠하면 됩니다. 지저분한 것은 버리고, 낡은 것도 버리고. 이 집이 얼마나 좋으냐고요. 여름이면 시원하고, 겨울이면 따뜻하고. 비닐 바닥이라 터지고 떨어진 곳도 없고요. 나 같으면 사실 죽을 때까지 살아도 끄떡 없어요.

그날로 리모델링을 취소했다. 나는 리모델링 비용 중 일부를 남편의 통장으로 넣어주면서 다짐을 했다.

- 절대 다시는 리모델링을 요구하지 말라고요. 집에 대한 불평을

삼가 하세요.

나는 신났다. 깨끗한 대리석과 아름다운 집에서는 내 마음대로 음식을 해 먹을 수 없었다. 두꺼운 후라이팬을 버려야 하고, 업소용 솥단지를 버리고, 소쿠리, 채반, 양은 다라, 플라스틱 다라 등을 버려야 집이 살 것이었다. 거기에 항아리 고추장, 된장 등도 작은 병으로 옮겨 냉장고에 두고 먹어야 했다. 들기름과 참기름도 열병씩 베란다에 쟁여 놓고 먹는 나는 새집이 싫었다. 나는 한 달간 다른 낯선 지역에서 살지 않아도 되는 것이 너무 좋았다.

그런 일이 있은 후, 갑자기 일교차가 심해지면서 감기에 걸렸다. 감기는 무서웠다. 한 달 내내 떨어지지 않았다. 병원에서 주는 약에도 끄떡하지 않았다. '그래, 우리도 나이가 있는데.' 병과 친구 하며 살아야 한다고 생각했다. 하지만 밥을 못 먹으니 죽을 맛이었다. 그때 많은 생각이 들었다. 그중 하나가 역시 리모델링을 안 한 것은 다행이라는 것이었다. 낯선 곳에서 이 추운 겨울을 나다가 죽을 것만 같았으니까.

남편 친구들로부터 어느 날 갑자기 부고 메시지가 날아왔다. 수명이 긴 시대라 해도 죽을 사람은 다 죽었다. 그의 친구들은 술을 좋아했고, 술을 좋아하던 친구들은 하나같이 일찍 죽었다. 특히 양주나 소주같이 독한 술을 좋아하는 이들은 그렇게 빨리들 갔다. 남편도 평생 술을 낙으로 살았다. 직장에서, 사회에서, 친구들이나 가족들과 함께. 대한민국 술을 원 없이 먹었으니 이제 자제하라 했다. 그리고 맥주나 막걸리로 바꾸라고. 다행히 지금은 스스로 노력하고 있었다. 목숨만 살아서 병실에 누워 있는 꼴은 가족을 괴롭히는 일이 아니겠느냐고 나는 그를 협박했다. 그러나 남자들은 스스로 쉬고 노는 것이 힘들어 보였다. 딸아이는 말했다.

- 아빠같이 훌륭한 사람이 집에 있는 것은 국적인 낭비야.

- 아빠는 에너지가 많아서 아픈 곳이 많을 수밖에 없어요.

- 야, 유대인은 60이 넘으면 무조건 쉬어야 한다고 했어. 열심히 살았으니 나머지 인생을 즐겨야지.

- 나도 그렇게 생각한다. 스스로 즐기며 행복하게 살아가는 것이 행복이야.

나는 가끔 다른 사람들의 삶을 엿보았다. 나이가 많은 70이 넘은 사람들을. 그들(내 주변 사람들)은 아직도 직장을 고수했다. 그들 스스로 돈을 많이 버는 것에 집착했고, 환경상 그럴 수밖에 없었다. 좋은 집에 좋은 차, 그리고 그들의 자식들에게 경제적인 지원을 해서 자식들을 편안하게 하려고 했다. 그게 아니면 그들의 부인들이 돈에 대한 집착이 강해서 직장을 끝낼 수 없는 것이었다. 나는 그들의 인생이 슬펐다. 좀 부족하게 살고, 부족하게 먹더라도 자신의 인생을 즐기며 살다가 가는 것이 행복한 것이 아니냐고. 사람들은 평생을 일했기 때문에, 일을 안 하고 살면 죽을 것 같다는 강박관념을 가졌다. 그것은 병적인 것이기도 했다. 우리 막내 이모부는 결국 칠십이 넘도록 돈만 벌다가 죽었다. 나는 가슴이 저렸다. 막내 이모는 그것을 당연시했다. 칠십 넘은 남편이 돈을 벌다 죽었음에도 괜찮다 했다. 이모는 돈에 대한 집착이 강했고, 돈만 중요하게 여겼다. 나는 그런 사람들의 삶이 어리석고 불쌍했다. 돈 아끼다 쓰지도 못하고, 돈만 모으다 가는 인생이 안타까웠다.

*

저녁을 서둘렀다. 큰딸네 집에 가기 위해서였다.

내가 담은 꽃게장과 동치미 국물을 우유 통에 담았다. 순무 동치미 국물은 연분홍색이었다. 꼭 붉은 자몽주스 같았다. 아름다웠다. 동치미 국물을 생수와 섞어서 마시면 혈관을 튼튼히 하고 혈압을 낮춘다고 전문가가 말했다. 그 사실을 딸을 만나서 알려주고, 주의하라고 말하고 싶었다. 그리고 손자들도 좀 보려고.

딸네 집 초인종을 눌렀다. 문이 열렸다. 손자와 손녀가 뛰어나왔다. 볼에 뽀뽀를 했다. 나는 신을 벗었다. 그런데 현관 바닥이 가득 차서 볼 수가 없었다. 신문지, 맥주캔, 운동화, 구두, 비닐 조각, 애기 것, 어른 것, 쓰레빠 등등….

안방으로 들어가는 통로 위에는 가방, 장난감, 책, 먹다 만 과자, 비닐 조각, 핀, 빈 와인 병. 작은 방에는 온통 옷과 가구가 씨름을 하며 엉켜 있었다. 책은 책대로, 카드놀이 팩과 이불과 곰돌이, 장난감들이 온 집안에 뒤집혀서 무엇이 무엇인지 알 수 없었다. 부엌은 쳐다볼 수도 없었다. 음식과 그릇이 서로 엉켜 있었다. 프라이팬, 잡다한 오물, 수저, 그릇, 냄비, 밥그릇 등이 무질서하게 뒤집혀 있었다. 나는 숨이 막혔다.

벽은 벽대로 난장판이었다. 벽지는 온전하지 않았다. 박박 찢기고 각종 낙서가 춤을 추었다. 손자들은 이불 위에서 곰돌이를 안고 TV에서 흘러나오는 만화영화를 보고 노래하며 즐거워했다. 안방도 마찬가지였다. 물건들은 모두 폭격을 맞아 쏟아진 피편조각처럼 흩어져서 제각기 자리를 차지하고 있었다. 소파 위나 방바닥에도 빈 곳이 없었다. 옷가지는 옷가지대로 춤을 추었다. 책은 책대로 서 있거나 누워 있었다. 자동차 장난감, 곰 인형들은 흩어졌다 모였다 했다. 베란다도 무엇으로 가득 찼다. 말리는 빨래와 빨아야하는 빨래들로 가득했고, 쓰레기 창고처럼 알 수 없는 것으로 가득했다.

나는 정신이 어지러웠다. 어떻게 해야 하나? 내 딸은 아무렇지도 않았다. 내 딸을 나는 이해할 수 없었다. 우리 딸이 어떻게 해야 자극을 받고 깨달을 수 있을까? 나는 걱정이 많았다. 어미로서 딸에게 어찌하라고 말할 수는 없었다. 아무리 하라고 해도 알아듣지 못했다. 나이가 사십이 되어 가는데 말하기도 그랬다. 참말로 큰일이었다. 사실 나도 정리의 달인은 못 되고, 지저분하게 살기는 했다. 교직 생활에 충실하려 애쓰다 보니, 집안 정리는 맨 마지막으로 돌렸기에 소홀히 할 수밖에 없었다. 당장 공부해서 학생들 가르치고, 논문 쓰는 것이 급선무였다. 집안일도 먹는 일에 더 치중하며 살았다. 정리는 뒷일이었다. 그래서 우리 큰애가 그 모양일 것이었다. 나는 반성해야 했다.

그렇게 마음속으로 괴로워하고 있는데 딸애가 나에게 자신의 고통을 호소했다.

- 엄마 나는 동생 때문에 못 살겠어. 어쩌면 그렇게 동생 ㅅ이 융통성이 없는지 모르겠어.

- 실내 동호회(테니스) 회원들은 거의 이모 나이인데 ㅅ이 누구를 빼라 해. 지가 그곳에서 대장이 되고 싶은 거야. 나는 그 아줌마들을 뺄 수가 없는데.

- 왜냐하면 처음 나를 그곳에 끼워주었고 오랫동안 함께한 멤버라서. 근데 그 사람을 끼우면 저는 안 한다네.

- 너 속을 썩이면 ㅅ을 빼. 데리고 다니지 마.

- ㅁ만 데리고 가면 지 맘에 안 든다고 똥 씹은 얼굴을 하고… 나는 아줌마들 눈치 보랴, 동생 ㅅ 눈치 보랴.

- 나 정말 미치겠어요.

- 그래, ㅅ을 빼라. ㅅ은 저 혼자 남자들하고 치게 해.

- 저도 여자들하고 안 맞는다고 하더라구.

- 그럼 너는 화요일 모임만 주선해. 거기서는 남자가 있어서 성질 안 낸다며.

- 그래서 그랬어. 화요일 모임만 책임지고 주선하겠다고 했어.

- 그래. 그곳에서 만난 남자랑 결혼시켜보자.

- 그러면 땡큐지요 뭐.

- 그래. 우리 노력해 보자.

- 어떤 언니가 그랬어요. 아무리 나쁜 동생이라도 아프지 않고, 죽

지 않으면 감사하라고. 그 언니, 동생이 죽고 멘붕 상태가 왔고, 우울증 벗어나는데 힘들었다 하더라고요.

　나는 인생이 무엇인가를 생각했다. 또, 산다는 것은 무엇인가를 생각했다. 산다는 것은 할 말을 못하는 것이고, 하고 싶은 이야기를 하지 못하는 것이라는 생각을 했다. 나는 내 큰딸에게, 내 큰딸은 동생 ㅅ에게, 하고 싶은 이야기를 못하고 있으니 말이다.

*

　　　　내가 선머슴에 가깝다면 남편은 낭만적인 사람이었다. 크리스마스가 다가오면, 남편은 무슨 추억을 생각하며 자기식 축하 파티를 계획했다. 나이가 들어가면서, 우리는 겨울이 되면 많이 아팠다. 감기에 걸리면 한 달 내내 기침을 했고, 목이 부었다. 밤에는 잠을 잘 수가 없었다. 이번에도 그랬다. 크리스마스가 다가왔다. 남편이 아파서 축~ 처지는 모습이 안됐다.

　- 우리 강화도에 갈까?

　- 그럼 좋지.

　- 그럼 빨리 자기 혼자 병원에 갔다가 약을 지어오세요. 나는 그 사이에 준비할게요.

　- 동사무소 일 보러 가야 한다며? 같이 갔다가 가지.

　- 그러면 시간이 걸리니까. 모든 것 싸서 준비하고 동사무소에 갔

다가 즉시 강화도에 가면 좋을 것 같아서요.

- 그래? 그러지 뭐.

곧바로 그는 정수기 물을 몇 병 받았다. 그리고 병원으로 갔다. 그는 강화도에 가는 것이 좋은 것인지 몸을 빠르게 움직였다. 생기가 돌고 눈에 기운이 돌았다. 그렇게 기운이 없고 힘이 없어서 축 처진 것처럼 보였는데…. 우리 큰 딸 ㅈ은 아빠가 훌륭하셔서 더 큰 일을 해야 하는데 그렇지 못해서 더 몸이 안 좋아지는 것 같다 했다. 나는 아니라고 했다. 쉬는 것도 공부라고.

나는 강화도에 갈 채비를 서둘렀다. 컴퓨터, 책, 두꺼운 옷, 과일, 빵, 달걀, 치즈. 길 가면서 점심때가 되면 먹을 기내식(차 안에서 먹으며 가는 것)으로 전날 먹던 샤브샤브 수제비를 데워서 보온 통에 넣었다. 남편은 병원에 들러 약을 지어왔다. 핸드폰 충전기를 비롯해 잡다한 것을 배낭에 넣었다. 먹을 반찬, 물 등을 챙겨 차에 넣고 주민 센터로 갔다. 일을 보고 다시 강화도로 향했다. 올림픽대로 김포공항 방향은 한산했다. 역 방향은 차가 가득 찼다. 계속 빠르게 달렸다. 1시가 넘어갔다. 빈 공터에서 보온 통을 비웠다. 사 먹고 싶어도 나는 사 먹을 수 없었다. 맛있다고 식당에서 음식을 시켰지만, 나는 하나도 먹을 수 없었던 적이 한두 번이 아니었다. 맛있을 거라고 보온 통에 싼 음식을 나는 하나도 먹을 수 없었다. 그래도 돈 주고 시킨 음식이 아니라 다행이었다.

나는 요즘 먹는 것이 가장 중요했다. 입맛이 없어서 먹을 수 없으니까. 우선 먹어서 소화를 시켜야 약도 먹을 수 있고, 활동도 할 수 있으니 말이다. 먹지 못할 때 대체할 식품이 있어서 대신 맛있게 먹을 수 있으면 다행이었다. 어느 때는 어릴 때 먹었던 소위 초딩 입맛 (초등학생이 좋아하는 입맛)을 즐기면서 맛있게 먹었다. 프라이팬에 버터를 듬뿍 바르고 그 위에 식빵을 굽는다. 구운 식빵 위에 설탕을 솔솔 뿌려서 먹으면 그렇게 맛있을 수가 없었다. 옛날에 SK 회장이 죽을 때, 뜨거운 여름인데도 팥이 많이 들어간 붕어빵을 먹고 싶어 했다고. 기사가 서울 시내를 훑었는데 없었다고. 결국 그 회장님은 붕어빵을 못 먹고 돌아가셨다 했다. 그 말이 나는 사실로 느껴졌다. 사람은 결국 못 먹어서 죽을 거라고. 아니 먹을 수 없어서 죽는 것으로 여겨졌다. 그래서 늙은 엄마가 먹는 것에 까탈을 부릴 수밖에 없음을 처음으로 이해했다. 어느 날 엄마를 시골에 차로 모셔다드린 적이 있었다. 가는 길에 내가 말했다.

 - 무얼 먹을까요? 계속 음식점을 찾아보세요.

 - 선지국, 칼국수, 삼겹살, 집밥 집, 메밀국수, 매운탕….

 - 언니, 돼지고기 삼겹살 먹을까?

 - 먹을 만한 데가 없네.

 - 엄마, 뭘 먹고 싶어요? 제부는 뭐 먹을 거예요?

 - 삼겹살 먹지요.

우리는 삼겹살집으로 갔다. 동생은 넉넉히 5인분을 시켰다. 그런데 엄마는 하나도 드시지 않았다.

 - 나는 갈비탕이 먹고 싶다.

동생과 나는 엄마를 미워했다. 그냥 드시지 않는다고. 한때는 그냥 드시면 좋겠다고 생각했다. 하지만 당신은 그 뻣뻣한 삼겹살을 먹을 수 없었던 것이었다. 결국 나는 다시 그 식당 주변을 찾아 갈비탕을 주문해서 드시게 했지만, 엄마가 엄마답지 못하다고 툴툴댔다. 지금은 나도 엄마와 비슷한 과에 속하게 된 것이다. 사람은 그 나이가 되어야 그 나이 사람을 이해했다.

우리는 다시 강화도 쪽으로 진입했다. 초지대교 밑은 바닷물이 들어와 가득 찼다. 물이 철철 넘쳤다. 다른 때는 바닷물이 빠져 진흙일 때가 많았다. 들은 모두 쉬고 있었다. 봄을 위해 땅도 쉬어야 했다. 부지런한 농부는 미리 논에 두엄을 뿌려놓았고, 조금 덜 부지런하더라도 두엄 비닐 팩을 논두렁 사이에 쌓아놓았다. 군데군데 검은 비닐이 밭을 덮었고, 죽은 고추나무가 말라붙은 채 밭을 지켰다. 주인이 고추 농사를 망쳐서 거두지 않아 그대로 서서 죽었다. 주인도 불쌍하고 고추나무도 불쌍했다.

우리는 외포리 항으로 갔다. 바닷물이 항 입구를 가득 채웠다. 고기잡이배들이 항구에 둥둥 떠 있었다. 주중이라 손님이 없었다. 젓갈 시장은 불빛만 찬란했다. 선주들도 미리 알고 고기잡이를 하지 않았던 모양이다. 휴일은 선주들이 고기를 잡아와서 시장에 살아 있는 물고기를 비롯한 온갖 것이 뻘떡대고 있었을 텐데…. 오늘은 선주들이 여유롭게 가게를 지켰다. 나는 그곳에서 얼구젓, 명란젓, 마른 새우를 사서 우리의 작은 빌라로 돌아왔다. 벌써 오후 3시가 되었다. 이곳은 조금 있으면, 모든 사람들이 거동을 하지 않았다. 사방에 불이 꺼졌다. 그들은 돈이 아까워 전등을 켜지 않았다.

- 어두워지기 전에 산책을 먼저 합시다.

- 그럽시다. 우선 볼일을 보셔요.

나는 난방과 가스, 모두를 점검하고 스위치를 올렸다. 가스가 나오지 않았다. 나는 가스 저장 창고로 내려갔다. 주변에 붙은 전화번호와 가스통에 찍힌 전화번호를 적어왔다. 전화했다. 여러 곳에 전화해서 가스기사를 호출했다. 가스를 고치고 나서 우리는 산책을 했다. 호수는 바다처럼 물로 가득했다. 농사를 짓지 않으니 한강물이 그대로 쌓였다. 사진을 찍었다. 사진은 바다처럼 찍혔다. 하늘은 은회색으로 찍혔고, 멀리 찍힌 산들은 스위스의 산처럼 보였고, 호수 역시 스위스의 맑은 호수 못지않았다. 남편은 좋아했다. 그는 이곳에 오면 힐링이 되었다. 바다와 호수, 산을 보면서 마음을 달랬다.

집에 가자마자 강화도 쌀로 하얀 쌀밥을 지었다. 따끈한 쌀밥에 얼구 젓갈을 올려 입에 넣으면 최고의 맛이 났다. 뜨거운 하얀 쌀밥에 파란 배추김치 잎을 밥 위에 올려 먹으면, 그 맛 또한 잊을 수 없었다. 뜨거운 하얀 쌀밥 위에 깻잎 장아찌를 넓게 펴서 밥을 감싸서 먹으면 그렇게 행복할 수가 없었다. 이 빌라는 여전히 추웠다. 겹겹이 옷을 껴입어야 했다. 그 덕분인지는 몰라도 내가 어렸을 때 연탄방에서 먹던 밥의 맛을 느낄 수 있었다. 이런 것이 소울 식품(soul food)이 아닐까. 마치 치료가 되는 느낌? 어쨌든 그렇게 먹고 느끼니, 정신적인 충만함이 느껴져 나는 행복했다.

그날 밤, 기온은 영하 8도로 내려갔다. 남편은 보일러 기온을 올렸다. 아무리 높여도 17도 이상은 되지 않았다. 그래도 방바닥이 냉골은 아니었다. 따뜻했다. 베란다 창문으로 들어오는 바람은 세찼다. 남편은 커튼을 달지 않았다. 밖으로 보이는 풍경이 시원해서 좋아했다. 처음에 이사 왔을 때 전 주인은 베란다 창에 하얀 종이팩을 발랐다. 밖에서 안을 들여다보지 말라고. 나는 그것이 답답했다. 나는 그 백지를 모두 뜯어서 없앴다. 창 너머에 보이는 경치가 시원했다. 내 마음이 넓어졌다. 지나가는 사람들도 보였고, 앞 동의 불도 보였고, 옆집 소나무와 멍멍이도 보였다.

- 이거야 이거. 내 것을 다~ 보여주고, 다른 사람들 것도 보는 거야.

- 내 것을 보여주니까 더 큰 세상이 보이잖아.

그 후 우리는 노천 유리창을 고집했고, 속 것을 모두 보여주었다. 내가 차를 타고 2층인 내 집 베란다 창을 들여다봤다. 잘 보이지도 않았다. 어느 사람이 관심을 가지겠는가? 우리는 모두 착각 속에서 살고 있는지도 모른다. 남의 시선을 의식할 필요가 없는데 다른 사람의 눈치를 보고 내 생각을 더하는 것으로 보였다. 유리창을 가리지 않고, 남을 의식하지 않는 것이 자연인처럼 사는 것이라 생각했다.

나는 벽 쪽을 보고 책을 폈다. 그리고 신나게 책을 읽었다. 남편은 음악을 틀었다. 그는 기침이 심했다. 기침약을 먹고, 남편은 베란다가 있는 동남쪽으로 머리를 두고 누웠다. 나는 벽 쪽인 서북쪽에 머리를 두고 엎드려 책을 보았다. 갈수록 바람이 세차게 창틈으로 들어왔다. 바닥에 전기요를 깔아서 방은 더 따뜻해졌다. 창밖은 캄캄했다. 뒤에 있는 빌라는 불이 다 꺼졌다. 할머니 할아버지들은 전기를 아꼈다. 해가 떨어져서 어둠이 짙어도 불을 켜지 않았다.

초저녁이 한밤중이 됐다. 남편은 내게 머리를 동남쪽으로 해야 한다고, 그것이 복이 들어오는 길이라고 했다. 나는 그러겠다고 답했다. 한밤중, 남편은 기침이 더욱 심해졌다. 기침이 숨을 막히게 했다. 숨이 넘어갔다. 이러다 숨 막히는 게 아닌가 생각했다. 이러다가 큰일 나겠구나 싶었다. 이제 아프면 강화도에 오지 말아야겠다고 생각했다. 119를 불러서 병원 가는 것도 큰일이고. 약을 다시 먹이보자고. 뜨거운 물을 먹자고. 바람이 머리와 코로 직접 들어오니 머리를 벽 쪽으로 하고 잠을 자자고. 남편은 그날 밤 약을 두 번 더 먹고 나서야 잠을 잘 수 있었다.

새벽 6시. 시계가 온 지구를 흔들듯이 종을 쳐댔다. 깜짝 놀란 남편이 알람시계를 껐다. 자기는 마니산 등반을 크리스마스이브의 잔치로 정했다고. 밥 먹고 가자고 했다. 밖은 캄캄했다. 따뜻한 밥을 지어 김치와 미역국, 김, 얼구 젓갈로 식사를 했다. 주먹밥을 만들어 점심으로 챙겼다. 뜨거운 차를 보온 물통에 준비했다. 치즈, 삶은 달걀, 빵, 과일도 준비했다.

마나산으로 갔다. 주차장에 사람들의 자동차는 없었다.

- 크리스마스이브에 누가 오겠냐구요.

- 글쎄. 사람이 없네?

- 이렇게 추운 날 왜 남자들은 내복을 안 입나 모르겠어. 자기가 이팔청춘인 것으로 아나 봐요.

남편의 입술은 파랬다. 감기 기운에 몸이 찼으리라. 그러거나 말거나 남자들의 고집은 어쩔 수가 없었다. 입장료를 끊고, 산을 올라갔다. 초입부터 남편은 등산복과 실랑이를 했다. 오래전 비싸게 준 등산복이 낡아서 앞 자크가 떨어져 나갔다. 등산복의 뒷허리쯤에도 짜깁기로 꿰맸다. 나는 그 옷을 이제 바꿀 때라고 말했다. 이십 년이 넘었으니 말이다. 하지만 그는 아직도 성성하다고 했다. 앞 자크를 올리는 후크가 부러졌을 때, 그곳에 그는 문방구에서 산 철핀을 박고 기뻐했다. 손잡이로 제격이라고. 그 철핀심을 당겨 자크를 올리면서 잘못 옷이 집혀 끙끙거렸다. 어떻게든 수선을 하려고 그는 계속 철핀을 들고 용을 쓰고 있었다. 나는 답답했지만 참고 산속으로 올라갔다. 남편은 한참을 실랑이를 하더니 끝을 냈다고, 고쳐서 즐겁다고 했다.

산을 올라가다 보니 대형 왕릉 같은 산소가 보였다. 나는 그 묘를 보고 비웃었다. 이렇게 산 중턱에 왕릉을 세워야 하는 것인지. 바닥에는 돌로 삼층 석탑 테두리를 올렸다. 그 위에 작은 산처럼 보일 만큼의 묘 덮개를 만들었다. 인간의 욕심이 보였다. 뒤에서 젊은이들이 뒤따라 올라왔다. 사람들이 많이 올라왔다. 저 멀리 보이는 바다엔 안개가 자욱했다. 풍경이 흐릿한 추억 사진처럼 희미한 마을과 섬, 도로가 엉켜 보였다. 햇빛이 비치니 추위가 살짝 가셨다.

참성단에 올랐다. 하늘은 맑고 프르렀다. 제단은 깨끗했다. 그곳에서 속으로 기도를 했다. 모두가 건강하길. 모두가 평안하길 빌었다. 거기에서 천천히 바다를 보고 마을을 본 뒤 하산했다. 계곡물은 많았다. 엊그제 비가 온 탓이리라. 물이 많으면 내 마음은 부자가 되었다. 이렇게 맑은 물이 산속에 가득 차다니. 기쁜 마음으로 걸을 때, 남편은 크리스마스 성탄 축제를 마니산에서 했다고, 축배를 든 기분이라고, 무언가 큰일을 했다고, 생산적인 일을 했다고 즐거워했다.

*

십이월이 되면 노인들은 아픈 곳이 많았다.

우리 친정엄마는 계속 아프다고 호소했다. 날씨는 춥지, 밖으로 나갈 수는 없지. 서너 평짜리 공간에 자기가 쓸 짐을 가득 채웠으니 한두 평 남짓한 공간에서 먹고 자고 해야 한다는 것인데, 그 일은 결코 쉽지 않으리라.

- 아파죽겠어야.

- 그럼 병원에 모셔갈까?

- 아녀. 그렇다는 얘기야.

- 먹는 것을 잘 드셔야 돼요. 엄마는 맨날 밥을 물에 말아서 약 먹듯 홀랑 마셔버리잖아.

- 속이 쓰리고, 어지럽고, 미식미식해야.

- 너무 아프면 진통제라도 드셔야지.

- 내가 알아서 할겨. 그런 줄 알라고 전화했어.

- 너무 아프면 병원에 가서서 진통제 주사 맞으셔야지요.

- 하여간 전화 끊는다.

머칠 후 엄마는 다시 나에게 전화했다. 막내 동생인 ㄹ에게 전화가 왔다고. 콘도가 예약되지 않아서 자기 집에서 가족이 모이기로 했다고. 그 다음날 나는 당신의 가족증명서를 떼기 위해서 주민등록증과 도장을 가져오시라고 전화를 했다. 그러나 전화는 불통이었다. 핸드폰과 집 전화 모두 받지 않았다. 혹 병원이라도? 다시 연락을…. 그러나 받지 않았다. 결국 막내에게 전화했다.

- 응, 언니.

- 엄마, 연락이 안 되네?

- 응, 지금 오빠가 모시고 올라오고 있어. 거의 우리 집에 다 왔다고 전화 왔어.

- 그래? 엄마 신분증은?

- 다 챙겨 올거유.

- 그래.

콘도 예약에서 탈락했는데, 대기 순번 2번이었던 것이 순서가 되어 예약되었다고 연락이 왔다. 나는 우리 가족에게 그 사실을 알려주었다. 엄마는 '이것들이 겨울 스키장을 안 가나?' 하고 속이 탔을 것이었다. 엄마는 30년 동안 우리와 함께 여름과 겨울, 일 년에 두 번씩 콘도로 가족여행을 떠났으니 그 시기가 되면 가족여행을 기다리고 기다렸다. 남동생은 출장 가는 길에 시간 있을 때, 엄마를 미리 여동생 집에 모셔다 놓을 것이다. 그는 십 년 전, 아니 십오육 년 전에 이혼했으니. 그들은 여동생 집에 모여 이바구를 했을 것이다.

머칠 후 엄마가 나한테 전화했다. 그렇잖아도 집안일을 끝내고 막 엄마에게 전화를 하려고 하던 참이었다.

- 나여 나.

- 응, 엄마. 몸은 괜찮아요?

- 그려. 여기 와서 좋아졌어.

- 다행이네유.

- 글씨, 내가 와서 요양원으로 보내 달랬지. 그런데 그것이 안 된다잖아? 그것이 글쎄, 이 동네 요양원이 많으니까 많이 아프면 요쪽에 보내드리고 자기가 왔다 갔다 한다더라구. 그것이 하두 툭하면 요양원 보낸다 해서 나도 그래서 간다고 했지. 그랬더니 안 된다고 하더라고.

- 엄마, 요양원 가면 못 나와요. 그냥 우리 집에서 열흘. 지루하면 막내 집에서 열흘. 이렇게 보내다가 외숙모같이 집에서 돌아가시는 게 낫지.

- 그건 그려.

- 이제 이번 주 토요일 큰도 갔다가 우리 집에서 열흘 지내시고 다시 막내 집, 그리고 우리 집에서 구정 쇠고 날씨 따뜻해지면 가시면 되유.

- 근데 오니까 그년이 내가 좋아하는 검정깨 고물 인절미를 해서 냉동실에 넣어 놓았고, 글씨, 비싼 우유도 사놓고, 토마토를 썰어서 설탕을 솔솔 뿌려서 팩에 넣어 놓았더라구. 소족을 푹 고아 기름기 싹 빼서 끓여서 식탁에 나란히 차려놓고 출근 했어야.

- 잘했네요. 막내 딸 잘 두었네요.

- 이제 속도 안 씨리고, 어질병도 가라앉았어야.

- 그거 봐. 엄마 맨날 물에 밥 말아 먹으면 안 된다니까? 단백질인,
두부, 달걀, 콩, 우유를 먹고, 약을 먹어야 된다구유.

- 그런 가벼.

엄마는 오랫동안 전화를 했고, 자신을 요양원으로 보내지 않는다
는 사실을 기뻐하며 전화를 끊었다.

*

2003년 7월 23일 일본 학회 참석. 아
침부터 비가 쏟아졌다. 비를 맞으며 공항으로 이동했다. 공항
에서 실랑이가 벌어졌다. K대학의 J교수가 문제였다. 여권 만료로 여
행을 할 수 없었다. 결국 그 교수는 비행기를 탈 수 없었다. 나는 그
교수를 싫어했다. 그 교수는 자신이 훌륭하고 유명하며 대단한 존재
라는 것을 온몸으로 나타내면서 다녔다. 사실, 우리가 주관하는 이
학회와 그는 학문적으로 관련이 없었다. 그렇지만 학회장님은 그가
유명하고, 일본을 잘 알며, 일본어를 잘해서인지 초빙을 했다. 그는
지방에서 올라온 학회 회원들을 무시했다. 어째서 그는 그렇게 온몸
으로 자신의 모든 것을 잘난 척하며 뜨거운 에너지를 내뿜는지 이해
할 수 없었다.

학회 회원은 많았다. 나는 처음으로 학회의 지원을 받아 일본학회에 참가했다. 솔직히 이렇게 공짜로 학회를 갈 수 있다는 것이 기뻤다. 저녁 6시 50분, 도야마에 도착했다. 여기도 비가 몹시 왔다. 공항은 깨끗했다. 버스를 타고 호텔로 가는데 시가지도 깨끗했다. 나는 일인용 호텔 방을 배정받았다. 그곳도 깨끗했다. 짐을 풀었다. 저녁식사는 각자 해야 했다. 상가를 돌며 좋아하는 음식을 찾았다. 내가 좋아하는 일본식 우동은 없었다. 식당은 많았다. 우동 정식은 800엔으로 맛은 떨어졌다. 보통 250엔~850엔. 초밥 종류는 1300엔부터. 나는 우동정식을 먹었다. 내 취향은 아니었다.

식사 후 편의점을 들렀다. 과자는 보통 80엔. 물과 과자, 주스를 합쳐서 400엔 정도를 계산했다. 호텔로 들어와서 TV를 보다가, 샤워를 하고 잠을 잤다. 그곳에서 아침 해는 일찍 떴다. 잠을 설쳤다. 거리로 나왔다. 주변에 편의점과 상가가 많았다. 호텔 뒤편에 전철, 기차 등의 선로가 깔려 있었다. 도로도 버스노선이 많았다.

다음 날. 하늘은 맑고, 햇살은 따가웠다. 한국의 9월, 고추 말리는 햇살같이 따갑고 살을 팠다. 호텔은 '부산 전철역'에 위치해 있었다. 꼭 한국의 지명 같았다. 지상 전철은 모양이 버스 같았다. 전철 요금은 200엔. 한국 돈으로는 2000원이었다. 무척 비쌌다. 전철로 좌회전 한 번, 우회전 두 번으로 3구간을 지나면 부산대 정문이 있다. 그곳에서 내려 5분 정도 걸었다. 집들은 야트막했다. 약간 외진 듯했고, 영국 런던의 외곽에 있는 게스트하우스를 기억하게 했다. 가는 길에 약간 큰 강물이 흘렀다. 물은 맑았다. 도시도 아담하고 작지만 모두 깨끗해서 좋았다.

학회장으로 들어갔다. 입구에서 자기 소속을 기록했다. 그곳은 한자를 많이 썼다. 나는 한자표기가 자연스럽지 못했다. 손끝이 떨렸다. 내가 잘못 쓰지 않았나 하고 걱정이 됐다. 자리에 앉았다. 논문집을 받았다. 아침 9시 30분부터 오후 6시 30분까지 쭉 논문을 발표할 것이었다. 나는 그들의 논문 잔치에 들러리로 왔을 뿐이지만, 그들 속에서 그들의 언어를 이해하고 그들의 잔치에 낄 수 있음에 행복했다. 그 속에서 나 자신의 위상이 올라간 듯한 느낌을 받았기에, 나는 그들 잔치에 박수를 보냈다. 지금 생각하면 하나의 허상에 내 허상을 만나게 해서 나를 극대화하려는 헛짓이었지 않나 생각했다. 나는 진실로 내 나름대로 앞선 교수들의 학문을 따르려 노력했는데, 그 학문의 진실… 아니, 진리가 구체적으로 어떻게 진실한 진리가 되는 것인가는 알지 못했다. 하여튼 그 당시 나는 헛된 꿈을 찾아 그것을 진리로 알고 그들의 집단 속에서 로봇처럼 움직이고 박수를 쳤던 것이었다.

학회는 지루했다. 일본 학문은 이해할 수 없었고, 알아들을 수도 없었다. 일본에서 유학한 교수가 일본어를 번역했고, 우리에게 전달했다. 학회 임원진들은 학문적인 것과 다르게 일본어를 번역해서 전달하는 그 Y교수를 임원진보다 윗사람으로 대우했고, 그 때문에 Y교수가 학회의 주역이 되었다. 나는 그런 것이 못마땅했다. 학문과 일어 통역자는 다른 차원이라 생각했다. 그 Y교수는 연배가 나와 비슷했다. 얼굴은 갸름하고 키가 컸다. 눈은 총알처럼 까맣고 동그랗게 빛이 났다. 외모가 수려한 편이었다. 그는 모 대학의 일본어학과 교수였다. 나는 호칭만 교수지 만년 강사였다. 그 학회는 나를 지극히 미미한 존재로, 어쩔 수 없이 참가시킨 존재로 생각할 것이었다. 사실 Y 교수도 정교수인지, 부교수인지, 강사인지 잘 모른다. 다만 우리 학회에서 그를 주요 인사로 대접했고, 그는 그 대접을 받았을 뿐이다. 그렇다고 내가 그를 시기하고 질투하지는 않았다. 그와 나의 삶은 다르다고 생각했다. 그는 결혼하지 않은 독신이었기 때문일 것이었다. 단지 그의 태도가 거만하고, 상대방을 비하하면서 자신의 위상을 드러내려고 하는 느낌이 싫었을 뿐이다. 어디를 가나 학회장님을 보좌하면서 임원진들의 입맛에 맞게 행동하려는 꼴도 보기 싫었다. 그것은 내가 그 임원진들의 인정을 못 받아서 그랬을지도 모른다.

그러나 나는 임원진들과 눈만 마주쳐도 도망갔다. 그들과 함께 존재하는 것이 싫었기 때문이다. 그 학회 회장은 대단했다. 우선 못해도 K대학 국문과를 졸업해야 하고, 석사, 박사, 그리고 80세가 넘어서도 논문을 발표해 수록된 논문이 엄청 많으며, 학문적인 업적이 대단해야 했다. 물론 그 노학자를 따르는 후배 교수진들도 많아야 했다. 나는 단지 그들의 학문 업적에 들러리로 박수치는 것을 영광으로 생각했다. 그들의 학문적 언어를 알아듣고 이해할 수 있는 것 자체를 즐겼다. 그런데 덤으로 나를 공짜로 일본 학회에 참석할 수 있게 해줬다는 사실에 감사했던 것이다. 이곳의 학회 생활은 외로웠다. 다른 학회는 자기와 맞는 후배들과 함께 학회를 참가하기 때문에 심적으로 즐거운 것이 많았다.

보통 다른 학회에서는 학문적으로 빡세게 논문을 발표하고, 발표한 것을 노교수한테 지적받으며 혼났다. 세미나 시간은 힘들었지만 쉬는 시간과 식사 시간은 즐겁고 행복했다. 학회 일정이 끝나고 오후가 되면, 개인적인 이야기를 주고받았다. 애들 이야기나 부모, 남편의 험담을 하고, 영화나 책 이야기를 하며 이바구를 즐긴다. 다시 저녁 늦게 세미나가 끝나면 맥주를 한 잔씩 즐기며 행복한 이야기로 하루를 마무리한다. 그리고 다음 날 발표자들에게 힘을 실어주면서 격려해준다. 그에 비해, 일본 학회 참여자는 모두 잘난 사람들이었다. 나는 그들과 어울리지 못했다. 아침은 호텔의 조찬이었다. 음식은 푸짐했다. 점심은 학회 중에 도시락으로 배달되었다. 깜짝 놀랐다. 날생선 토막이 그대로 주먹밥에 올라가 있었다. 나는 절대로 먹을 수 없었다. 결국 굶어야 했다.

오후 세미나도 길었다. 모처럼 만난 학회였고, 열심히 준비한 교수들은 자기 것을 모두 발표해야 했다. 발표는 길고 지루했다. 각자의 배당 시간을 훌쩍 넘겼다. 그 때문에 저녁 시간이 상대적으로 짧아졌다. 저녁 식사 후의 발표도 장난 아니게 길었다. 발표가 끝났을 때는, 이미 시간이 늦어 있었다. 그날 호텔로 오자마자 씻고 자야 했다. 젊은 교수들은 실력이 축적되었고, 그들만의 학문적 업적을 높이려 애썼다. 그들은 나이든 나를 딱하게 생각했으리라.

다음날, 그들 중 K교수와 Y교수는 나에게 조언을 해주었다. 식당에서 식사를 함께 하면서 그들은 말했다.

- 선생님, 15세기와 16세기 자료를 정리하세요. 원본을 읽고, 언해

를 읽으세요. 그리고 고대어를 함께 연구하세요.

그들의 말은 맞았다. 연구해서 기회를 포착하라고. 그러면 능력이 생긴다고. 그래도 나에게 관심을 가져준 것이 고마웠다. 힘들지만 조금씩 학문적이나, 인간적으로 가까워지고 있음에 즐거웠다.

다음 날. 날씨는 흐렸다. 아침 6시에 일어났다. 7시에 식사를 했다. K교수와 학회장과 임원진 교수들이 함께 이야기했다. 나는 그 곁에서 그들의 이야기를 들었다. K교수의 부인은 10년 동안 교사를 했다. 그리고 퇴직했다. 그런데 그 부인이 이제 와서 교직에서 물러난 것에 대해 아쉬워 하고 있다고 했다. 학회장도 말했다. 학회장의 부인도 일을 했다고. 그의 부인도 새벽 5시부터 밤 10시까지 아동복 브랜드를 가지고 장사했다고. 학회장은 지금 부자였다. 강남의 좋은 곳에 5층 건물이 있었다. 꼭대기는 회장님 집이고, 4층은 변호사 사무실과 학회 사무실을 두었다. 2층, 3층은 어린이 영어 학원이고 1층은 식당이었다. 그만한 빌딩을 소유할 수 있었던 것은 아마도 부인 덕이리라 생각했다.

학회장님은 다른 노 교수님보다 유연했다. 융통성도 있었고, 다른 교수님들과의 유대 관계도 좋았다. 그러나 당신의 학문적 성취에 대한 반항은 용서하지 않았다. 같은 동료 후배 교수라도 자신의 학문적 대립은 용서하지 않았다. 학문에서 당신의 반대편 입장에 서서 논쟁을 벌이면 그는 열풍과 폭풍으로 변했다. 그는 그 사실을 참을 수 없어 했다.

그의 후배로 학문적 지위가 높은 S교수도 똑같은 사람이었다. 자기의 학문적 성취에 의문을 제기하면 자기식 학문을 고수했다. 그들은 편협적으로 자기 것에만 집착했고, 문제를 제기한 사람들을 어떻게든 쓰러트렸다. 그들은 고집이 대단했다. 자기들만 가질 수 있다는 학문적 오만도 심했다. 물론 그들이 열심히 연구하고 노력하는 것은 모두가 인정했다. 그래도 남을 비하하는 듯한 그들의 태도에는 혐오감이 일어났다. 그들은 아마 경제적인 자유와 학문적인 자유를 겸비해서 그런 속성을 지니게 되었을지도 모른다. 그런데 그것에 인격적인 것을 겸비하면 더 좋았을 것으로 나는 생각했다.

그렇다고 그 교수들만 이상한 것은 아니었다. 학문적으로 그 교수들을 따르지도 못하면서 오만과 독선으로 고집을 부리는, 열심히 연구하지만 업적은 없으면서 대우만 요구하는, 학문의 깊이는 없는데 자신의 학문적 입장만을 강요하는 교수들도 있었다. 나는 그들의 싸움에서 그들의 것을 배웠다. 학문적인 것을 배웠고. 인격적인 것, 그도 아니면 그들의 대립을 배웠다.

학회는 즐거웠다. 나 자신의 학문을 구축할 수 있을 것 같은 예감이 들었다. 그 학회 임원진이자 노(老) 교수인 K는 여러 학문의 영역을 넓혀주었다. 학문적으로 일어와 중국어가 왜 필요한지 알려주었다. 원시종교를 통한 학문, 백제와 신라 문화를 통한 언어문자를 각인시켰다.

나는 학회를 통해 새로운 학문적 자세를 배웠다. 그리고 K교수와 J교수가 말해준 조언을 문장으로 써두기로 했다.

1) 불경 문헌 15~16C 자료 〈시 주 지리〉, 명칭, 이름을 차자표기로 나타낸 것을 찾아 정리할 것.

2) 언해본이 아니고, 〈법화경〉에 토가 달린 것과 〈원각경〉에 토가 달린 것을 비교하여 정리할 것(단 한문에서 모르는 부분은 언해본으로 확인하고 비교해서 정리할 것).

3) 경서에 ㅣ타ㅏ는 토를 정리할 것.

4) 정리정돈해서 그곳에 나타나는 문제점을 발견하고, 그것으로 내가 발표할 논문을 한두 편 꼭 써서 학회에 제출할 것.

5) 책은 국립 중앙 도서관에서 빌린다. 경서, 언해본, 구결, 이두, 향가 등을 비교 검토해서, 그들 사이에 나타나는 공통점을 정리해둔다.

6) 한문만 토 달린 것을 정리해 둔다.

7) 백제 연구 자료로 이체자가 있었을 것이다. 이체자 자료로, 지명, 인명이 있었고, 백제만의 이두문이 있을 것으로. 그러니까 백제식의 한국 표기를 이두형식으로 가졌을 것임을 확인하는 것을 나의 연구 작업으로 선정하자. ① 어순 ② 백제식 단어 ③ 조사 발달 이전 단계 등을 연구하자.

학회 3일 째날 아침. 날씨는 맑았다. 온몸이 찌푸둥했다. 아무래도 생리가 터질 것처럼 몸이 쑤셔왔다. 먹구름이 뭉쳐 더운 기운을 움켜쥐고 지상을 꾹꾹 눌러 사람들을 괴롭히는 상태가 내 몸 상태였다. 현기증이 나면서 어질어질했다. 생리는 여성만이 가지는 고통일 것이다. 화장실에 갔다. 여지없이 생리가 터졌다. 차라리 그것이 몸의 순환을 도울 것이었다. 불편하지만 식사는 해야 했다. 호텔 식당 창가에서 혼자 먹었다. 편하고 좋았다. 그런데 내 뒤쪽에 Y교수가 음식 선택할 때부터 계속 따라붙었다. 여러 가지로 그는 불편했다. 그와 부딪히는 것 자체가 불편했고, 만나는 것도 불편했다.

학회에서 그는 존경받는 인물이었다. 열심히 연구하는 학자로서도 훌륭했다. 그는 S대학 출신이고, 선배, 후배와 잘 어울려 그들의 집단은 단단하고, 뜨거웠다. 학문적 경지가 높은 이들로 똘똘 뭉친 대단한 사람들이었다. 그러나 나는 Y교수만 보면 그냥 피하고 싶었다. 그는 덤벼드는 얼음덩어리로 느껴졌고, 마주하면 얼음 덩어리가 날아와서 부딪힌다는 느낌이 들었다. 기운이 서늘하고 온몸이 오싹 오그라들게 했다. 때문에 나는 되도록 그와 떨어졌고, 혹여 마주치면 고개를 빨리 숙여 땅을 보고 지나갔다. 그런 그가 내 뒷자리에서 밥을 먹으니 밥이 들어가질 않았다. 대충 식사를 마무리하고 자리를 떴다.

오늘은 立山(Tage Ya Ma)로 산행을 하기로 일정이 잡힌 날이었다. 산행이 잘 되어야 할 텐데…. 우선 피로회복제를 먹어두었다. 부산역 근처를 조사했다. 시장, 대형 슈퍼, 조그만 빵집, 인형가게, 문구점 등 다양한 가게가 많았다. 슈퍼에는 흰 쌀밥을 팩에다 넣어 팔았다. 신기했다.

학회 4일째. 오늘도 가을 하늘같이 날씨가 맑았다. 햇살은 뜨거운 물에 살이 데워질 정도로 뜨거웠다. 아침 식사는 혼자 했다. 호텔 식당에서는 노교수들만 식사를 했다. 아~ 이제 나도 늙은 축에 들어가는 건가? 젊은 사람들은 나타나지 않았다. 몸 상태는 계속 좋아지지 않았다. 현기증도 약간씩 일어났다. 어제 간 산행은 장관이었다. 정상에는 이 한여름 날씨에도 눈이 쌓여 있었다. 산등성이는 흰 회벽으로 도배하듯 하얗게 눈으로 덧칠되어 있었디. 산 정상의 높이는 3,015미터. 우리는 버스로 2,450미터까지 올라갔다. 계곡에는 호수가 보였다. 짙은 초록색 호수가 아니었다. 짙푸른 검정색과 초록색이 함께 빛나는 호수였다. 맑고 깨끗했다. 이곳은 유럽의 스위스 같았다. 그곳은 산소가 부족했다. 현기증이 일어났다. 경관은 정말로 아름다웠다.

정상 가운데서 흰 연기가 피어 올라왔다. 지독한 구린내가 났다. 유황 냄새라 했다. 지독한 냄새였다. 산으로 오를수록 뭉게구름과 흰 연기가 피어났다. 김이 서리면서 유황 냄새가 짙어졌다. 버스로 올라가는 길은 쉽지 않았다. 길은 구불구불하고, 오금이 저리도록 가파른 오르막길이었다. 금방 굴러떨어질 것 같은 낭떠러지 같은 길을 버스를 타고 오랫동안 올라가야 했다. 그렇게 정상에 올랐을 때, 나는 천하를 얻은 것처럼 기뻤다. 모두가 눈을 밟으며 환호했다. 이 뜨거운 여름에, 눈이라니 말이다.

그곳에서 한낮을 보내고 하산했다. 저녁은 각자 먹고 싶은 것을 사서 먹기로 했다. 나는 일본 음식이 맞지 않았다. 호텔 식당의 달걀 요리도 너무 달달해서 역겨웠다. 일본 라면 역시 돼지기름이 국물

위에 둥둥 떠 있었고, 그 아래에 라면이 담겨 있었다. 그것도 내 입에 맞지 않았다. 일본 모찌 같은, 팥 앙꼬가 들은 종류를 찾았다. 차지고, 팥이 듬뿍 들어있어 맛깔스런 것을 찾았다. 비슷해 보였다. 한 입 베어 물었다. 비릿했다. 달지도 않았다. 이것도 아니었다. 나는 고민했다. 차라리 맥도날드 햄버거가 나을 듯싶었다. 햄버거를 주문했다. 세트에 6100원. 우리나라보다 비쌌다. 그래도 다른 일본 음식보다는 나았다. 먹을 수 있었다. 선물용으로, 화운데이션, 핸드폰 걸이 등을 샀다. 모두가 텍스를 다시 붙였다. '이건 뭐야?' 하며 기분이 나빴다.

저녁 식사 후 산책을 했다. 공원에서 S교수를 만났다. 산책을 하며 이런 저런 이야기를 했다. 그 교수는 저 남쪽 지방의 대학 교수였다. 마음이 착하고 고왔다. 인간적으로 정이 많았고, 매사 적극적인 교수였다. 학문적으로는 나처럼 미미했다. 학회 임원진들은 지방의 중진급 교수들을 영입해서 학회가 번창하기를 바랐다. 학회가 번창해서 자기들의 권익이 늘어나길 바랐는지, 아니면 어떤 학회의 면모를 극대화하고 싶은 것인지 나는 잘 몰랐다. 나는 지도교수가 박사학위 받을 때 많은 학회에 참여해서, 그들이 공부하고 연구하는 분위기를 익히라고 했던 것을 스스로 실천하고자 한 것이었다.

이 학회는 학회 중에 가장 열심히 심혈을 기울이는 학회였고, 열심히 연구하는 교수님이 많았다. 그들은 세미나를 하며 자기 이론을 주장하며 싸웠다. 후배 교수들은 그 노 교수들의 후배였고, 그들을 존경하며 연구했다. 방학이 되면 지방에서 영입한 교수의 학교에서 그 학교 총장의 지원을 받아 세미나를 개최했다. 나는 십 년이 넘어가면서 그 학회의 이모저모를 알게 되었고 그들의 암투를 보게 되었다. 그곳에서 열심히 연구한 후배들은 임원진 교수들의 입맛에 맞는 대학교수로, 마치 배정 받은 듯이 나타났다. 나는 확실한 증거도 없었고 이면 사정도 알 수 없었다. 그러나 그 학회서 열심히 연구한 강사나 제자들은 다 다른 대학교수직으로 자리를 잡은 것이 확실했다. 그 때문에 3월이 되면 세미나실은 술렁댔다.

나는 그들의 힘으로 강사를 하지 않았다. 나는 내 힘으로 강사직을 할 수 있었다. 전국적으로 강사는 넘쳐났다. 그러나 강의할 곳은 없었다. 박사는 넘쳐나는데 일자리가 없는 것이었다. 나는 지방 국립대학이라 박사 학위를 따면 강사직은 자동으로 주어졌다. 그러나 그것도 계속할 수는 없었다. 길어야 6~7년. 요즘은 5년으로 줄었다고 했다. 박사 학위를 받은 후배는 많았다. 그러나 정규 교수직에 오른 사람은 없었다. 모두가 강사로 일했다. 내가 사랑하는 후배 교수는 평생을 강사로 먹고살았다. 남편도 박사지만 직업은 없었다. 생물학 박사로 줄기세포와 관련된 연구를 하는 연구자이지만 그가 가질 수 있는 직업은 없었다. 나는 그 후배가 안타까웠다. 실력은 있는데 그들이 안주할 자리가 없는 것이다. 강사 자리도 수업 기간이 끝나면 쉽게 배정받지 못했다. 남은 자리를 지도교수들이 편익대로 애제자들에게 나누어 주었기 때문이다.

내 지도 교수와 그 후배의 지도 교수는 달랐다. 연구 학문이 다르고, 나이도 한참 달랐다. 내 지도 교수는 학문적으로 존경을 받았고, 열심히 노력했다. 그 후배의 지도 교수인 H교수는 학문보다 당신의 직위를 유지하는 것에 집착했다. 제자들도 그런 것을 위한 일에 힘썼다. 학교는 항상 학문적 분파가 일어났고, 교수들의 보이지 않는 알력과 학업적, 혹은 행정적인 권력에 힘쓰는 교수들로 나뉘었다. 각자 독자적이고 학문적인 입지를 굳혀서 타 학교의 학자들이 그를 인정하고 학회에서 존경하며, 서울의 우수한 학자들로부터 학문적 교류 대상으로 인정받는 교수는 모두가 존경했다. 그러나 오로지 자신의 학교 직위에만 집착하고 자신의 세력을 쌓으려고 자기와 닮은 제자들을 억지로 만들어서 물의를 빚는 교수도 적잖이 많았다. 학교 권력에 집착해서 얻은 그런 교수의 세력은 다른 교수들의 제자들에게 불이익을 주었다. 학교에서 편성되는 연구비도 자기네 제자들에게 연구 작업을 주고 나누어 먹었다. 어느 때는 제자들이 연구한 업적에 함께 했다며 지도 교수와의 공저로 논문을 발표하기도 했다. 제자들도 황당했지만 이권을 위해 그들은 공존할 수밖에 없었다. 간혹 그의 제자가 논문에 탈락해도, 그 지도교수는 온갖 수단과 방법을 동원해서 졸업시켰다. M교수는 밑에 제자를 집사로 사용했다.

- 아무개야, 우리 집 애 영어 숙제 좀 해 줘라.
- 아무개야, 작은애 수학 좀 봐줘라.
- 아이고 집 문단속을 못했네, 너 좀 갔다 와라.
- 논문을 깜박하고 잊었네.
- 어디서 무엇 좀 갔다 줘라.

- 청소 좀 해줘라.

- 애를 어디에다 데려다줘라.

그 M교수의 조교는 그의 시종이 되어야 했다. 그의 손발이 되어 있어야 그에게 특혜를 받을 수 있었다. M교수는 연구를 등한시했다. 정교수 직책만 고수하면서 자신의 평가에 쓸 논문은 그의 조교가 연구한 자엄에 공저자로서 자기 이름을 기입시켰다. 박사 학위를 받았지만 강사 직책만을 받은 사람들은 정교수들의 밥이었다. 그들의 눈치를 보고 그들의 심기가 편안하도록 대우해야 했다. 만일 눈에서 벗어나면 강의 시간을 배당받지 못했다. 강사 생활은 서글펐다. 매 학기마다 교수들의 평안을 물었고, 그들의 적당한 환심을 사는 노력을 해야 했다. 교수들의 연구실을 찾아가야 하는 것이 기본적인 예의였다. 문안 인사를 하지 않으면 괘씸죄로 걸려 탈이 날 수 있었다. 지도교수는 그야말로 신 같은 존재가 되었다.

나는 그런 상황이 싫었다. 그러나 그런 것들을 견뎌야 살아날 수 있었다. 사회로 말할 것 같으면 정교수들은 갑질이 대단했다. 그런 것을 몸으로 받을 때 나는 지옥 같은 느낌을 받았다. 그래도 나는 견뎌야 한다고 스스로를 다스렸다. 나는 나이로 십 년이나 어린 후배와 박사학위를 함께 받았다. 그 후배들은 학문적으로 동년배가 되었다. 후배들은 두 부류였다.

- 아이고 웬 선배가 나이 들어 들어와서 내 밥그릇을 나눠 먹는 거야?

- 선생님, 우리 이번에 학회 갈 때 함께 가요.

- 이것도 준비하지 않으면 어떡해요?

- 선생님, 내가 도와줄게요.

- 아이고, 고마워요.

- 저번에 고마웠어요. 이번에 내가 점심 살게요.

- 그럼, 모든 조교 다 데려와도 괜찮죠?

- 그럼, 그럼요.

각자의 입장을 고수하는 후배는 나에게 심적인 고통을 주었다. 앞에서의 행동과 뒤에서 하는 행동이 정반대였다. 그들은 철저히 자기 중심적으로 행동했다. 그들을 보면 가슴 속 깊이 얄미운 미움이 나타났다. 그들은 현실적인 사람들로 변했다. 어느 계열의 교수가 자기들에게 유리한 이권(학문적 지원비)을 줄 것인가를 잘 알았다. 학문이 아닌 학교의 권력을 손에 쥔 사람들이 누구인 것인가. 나는 그들이 모두 혐오스러웠다. 그러나 나는 그들을 비난할 수 없었다. 우리는 모두 가난한 학생일 뿐이었다.

학회 5 일째.학회 세미나가 5일이 되니 지루했다. 집으로 가고 싶었다. 다행히 우리는 어제저녁 교토(京都)로 이동했다. 시내는 복잡했다. 옛 수도인지라 사람이 많았다. 우리는 석산사로 들어갔다. 그곳은 기도하는 장소였다. 기도하는 사람이 많았다. 나도 그들을 따라 기도했다. 교토의 거리를 거닐면서 우리는 기온이라는 거리로 옮겼다. 그 거리는 특별했다. 일본 전통 옷을 입고 다니는 사람들이 많았다. 거리는 화려했다. 멋진 전통 옷들이 즐비했다. 그곳 사람들이 소설 속 사람들로, 거기에 있는 가게는 소설 속에 등장한 가게로 보였다. 화려하게 수를 놓은 옷들이 고급스럽게 진열되었다. 오가는 사람들의 화려한 전통 옷은 옛날의 기녀 같은 느낌을 주었다. 길가에서는 맛있게 만들어진 고로케를 팔았다. 나는 줄 서서 기다려서 150 엔에 샀다. 뜨거운 고로케를 먹었다. 그러나 나는 그것을 먹을 수 없었다. 내 입맛에 맞는 것이 아니었다. 소스가 내 입맛과 달랐다. 그것은 일본식 고로케였다. 나는 서양식 크로켓이 입에 맞았다.

다시 우리는 버스를 탔다. 교토 대학 인문 과학 연구소로 들어갔다. 그곳은 한자 정보센터 기능을 한다고 했다. 그래서인지는 몰라도 주택가에 위치해 있었다. 이곳은 북경에 연합군 파병으로, 청나라로부터 받은 배상금으로 건립되었다. 중국의 여러 고서적을 보관한 서고가 있었다. 50만 권의 한자 장서가 있었다. 3층으로 된 웅장한 철제 책꽂이에 정말 잘 정돈되어 있었다. 가운데는 통풍이 잘 되게 했다. 그래서 책의 보존상태가 매우 훌륭했다. 청나라가 망할 때 학자들은 교토로 망명했다. 그들은 교토의 학자와 교류했다. 그리고 이곳이 청의 고증학 중심지가 됐다. 그것은 외무성 기관으로 지리, 철학, 언어, 미술 등. 세계적으로 제일 세세한 것을 발행할 수 있었다. 인터넷으로도 인용하게 되었다. 이곳은 중국 문학을 주로 다루며 철학, 종교까지 공동 연구를 해서 그 특성을 발표했다. 그들은 이주에 한 번씩 발표했다. 그들은 문헌을 꼼꼼히 읽어서 주석을 다는 것을 특색으로 했다.

그곳에서 학자들은 고구려의 수사 4개를 발굴했다. 그것은 고대 언어 비교의 중요한 자료였다. 교토 대학 인문 과학 연구소에서 학회

팀장들은 다음과 같은 사실들을 발견했다.

- 조당집 : 색인 (선종) - 선종어록에서 가장 오래되었다.

- 경부 : 좋은 해석이 많았다.

- 사부 : 중국의 지방지로 가치는 옛날보다 못했다.

- 총서 : 영인본, 원본이 불편했다. 옛날 가치가 있었다.

- 1층 : 대명률 열부해.

- 영락대전 실물 : 사건전에 영국이 쳐들어왔다. 영락(15C초 명나라 주태조 아
들) 대전에는 성점이 붙어 있었다. 이것은 음대로 베꼈다. 명나라가 망하
고 청나라가 궁중에 들어가서 약탈했다. 이때 복원해서 성점을 만들었다.
이것은 명나라 궁중에서 읽을 때 찍었다.

- 서하문 6권 : 예전에는 목각본으로 알고 있었으나 활자본이었다(북송
11C~10C). 징기스칸 때문에 죽은 서하 문화, 티벳 문화, 위그루 문화 등은
통치문자로 한자를 변형시켰다. 그들은 그림처럼 만들고 읽었으며, 원나
라 이민자들은 지금도 쓰고 있다고.

- 춘추좌전 : 송판, 원판. 연구소에서 오래된 책.

- 이학진함 : 원판글자.

- 음부근보 : 원판. 원~명나라 잘 편찬된 사전(주태조가 좋아함) 대동음부근오
의 원조

- '東'자 : 우리나라

- 로마시대 14세기 정도 선종 때 중이 가져온(불교, 유교, 시문 등) 것으로 중국
에서 얻어온 것으로. 옥편에 운서를 합친 것이었다.

- 남송판 : 후한서(외전 책 중 하나)는 불전이 대부분이었다. 그것은 선종 사원에 있었다. 후필로 주서가 달려 있었다.

- 책 크기가 작다 : 상업판으로.

- 책 크기가 크다(조선판) : 돈 생각 안 함. 영리 출판이 아니다.

- 평안시대 : 10C 절에서 구결문자가 보인다(마쯔못도) 불교 연구가 없었다.

- 대동서여기 · 훈전이 있었다. 12C 일본 티가 ㅐ 는 금지였다.

- 동대사 사본 : 굉장히 많았다.

- 에로시대 이후 17c 이후 정판이 많았다. 고활자, 목판 수가 많았다.

- 화엄경 6권 : 원나라 때 서하문의 책. 황조우에서 서하문을 쓰고 있다. 자료는 많다.

- 원나라 불교 책임자 서하사람(티벳) : 몽고 사람 밑에 많았다.

- 흑수성 : 문자가 많다.

- 갑인자(1434?) : 처음 엮은 책은 한국에 있다.

- 종합 도서관 10책 일부 : 비단 표지. 왕실에서 쓴 책. 세종이 직접 본 책. 한글이 20 글자(경험으로 보아 좋다).

- 갑진자 : 조그만 글자. 부수가 많은 글자. 지방으로 보내고 보급했다.

- 복각 : 원본과 같다. 종이가 다르다.

학회 임원진들은 연구소 직원과 학회 회원들을 위하여 거한 음식을 대접해주었다. 그곳에서 다시 식사를 하면서 학문적 업적을 토론했다. 우리는 다시 교토로 버스를 타고 돌아왔다. 호텔은 maruku-in 호텔로 숙소를 정했다고. 호텔 옆에는 편의점이 있었다. 호텔 식당에서 생선 비린내가 났다. 방은 무척 협소했다. 목욕탕은 우리 집 목욕탕의 삼 분의 일 정도. 물통에 물을 받아서 몸만 담갔다가 뺄 수 있는 정도. 어떤 여선생님도 간이 세수를 했다고. 호텔 방 벽에 붙은 침대는 내 몸 하나 간신히 뉘일 수 있을 정도. 반대쪽으로 팔을 뻗으면 TV가 손에 잡혔다. 통로는 내 몸 하나 왔다 갔다 할 정도였다. 이렇게 작은 호텔 방을 나는 보지 못했다. 여기서도 생선 비린내는 강했다. 구토 증세가 일었다.

학회 6일째. 맑았다가 비가 왔다. 이곳은 나라 지역이다. 아침 식사는 7시 30분경에 혼자 했다. 햄, 소시지, 달걀, 야채, 토마토 주스, 빵, 커피, 우유로. 우유는 되도록 많이 먹으려 했다. 단백질 보충도 하고 배탈도 나지 않아서 좋았다. 식사 후 산책을 했다. 지진 때문인지 건물을 높지 않게 지었다. 일반주택도 높지가 않았다. 단지 내 아파트는 깔끔했다. 고급주택으로 보였다. 가운데는 숲으로 정원을 조성했다. 숲에서 새들과 어울리며 나를 치유할 수 있었다. 이곳 주민은 부유해 보였다. 숲속에서 새소리가 아닌 다른 소리가 들렸다. 매미 같기도 하고 어떤 작은 새의 울음소리 같기도 한. 분명 한국의 새 울음과 매미 소리와 달랐다.

- 스즈꾸?
- 시즈꾸?
- 스지꾸?

새도 일본어를 하는지 새의 울음소리는 일본어였다. 좀 더 시끄러웠다.

호텔에서 우리는 9시 버스를 타고 홍덕사, 오층탑, 삼층탑을 돌았다. 다시 동대사를 들러 박물관을 빠르게 돌았다. 동대사 입장료는 5,000원, 박물관은 13,000원. 박물관 조각에 나타난 스님은 한결같이 얼굴이 서구적으로 조각되었다. 나는 한국적인 부처만 봤는데, 서구적 부처를 보니 이국적이라 이미지가 달라 보였다. 뭔가 내 기억 속의 부처가 깨지는 느낌이라서 혼돈의 심상이 일어났다. 조각품은 눈과 가슴이 무척이나 컸다. 동양적이지 않았다. 주석에는 파키스탄과 합작 작품으로, 스님들이 아마 그쪽 지역인 인도에서 온 듯했다. 공원에는 사슴들이 가득했다. 사슴은 사람을 따라다녔다. 먹을 것을 달라고.

오후에는 자료관을 들렀다. 회원들은 목판본을 확인했다. 나는 목판본의 의미를 몰랐다. 노 교수들의 관심 부분을 귀동냥으로 열심히 경청했다. 그들의 학문을 이어받기를 바랐다. 여기서 학문적인 귀가 뚫리기를 바랐다. 나도 새롭게 나만의 학문적 노하우가 생기기를 바랐다. 하지만 학풍이나 학문적 입지를 굳히려면 중국어와 일본어가 통용되어야 한다는 것만 알 수 있었다. 이제 슬슬 집에 가고 싶은 마음이 들었다. 여러 가지 서울 일들이 그리워져 갔다.

오늘은 아마 새로운 숙소로 이동할 모양이었다. '三丼~~奈'에서 묵었다. 방이 넓었다. 목욕탕도 넓었다. 즐거웠다. JR 나라역 근처에 있는데 자유시간이 주어졌다. 나는 다시 우리가 갔던 곳인 동대사, 홍복사, 정원, 박물관 등을 돌아보았다.

나는 어느 순간, 책갈피 속에 쌓여있던 수첩을 뒤적거렸다. 그것 속에는 내가 십오 년 전에 써놓은 일지였다. 그것을 읽으며 그때 당시의 일들을 떠올렸다. 그리고 그 기억들을 이렇게 적을 수 있었다. 그런데 나는 한 곳에 계속 집중하며 글을 쓸 수 없었다. 나 스스로 지루하고 재미없어서 힘들었다. 나는 이럴 때 잠시 다른 곳으로 이동해서 내 마음을 즐겁게 해야 했다.

나는 연말연시가 되면 마음이 뒤숭숭했다. 사람들이 그때가 되면 해맞이로 동해를 간다든가 스키를 타러 가면 나도 꼭 가야 할 것 같은 마음이 강하게 들었다. 그래서 나는 우리 가족을 중심으로 동생 가족과 친정엄마를 동반해서 반도 동쪽 언저리를 찾아갔다. 어느 때는 설악산 쪽으로, 또 어느 때는 홍천 콘도 쪽으로. 그렇게 세월은 갔고 역사는 오래되었다. 처음에는 우리 애들이 초등생일 때 남편 친구와 애들과 함께. 그 다음은 동생의 애들이 태어나고 백일이 된 직후였다. 백일된 그 녀석은 그날 밤 방이 덥다고 밤새 울었다. 모든 식구들은 그때 밤샘을 함께 했다. 악을 쓰고 우는 그놈 때문에 말이다. 그놈이 지금은 군대에 가서 국군 아저씨가 되었다. 이제 내 손자가 그 자리를 차지했다. 방이 뜨겁다고 우는 자리를. 그러더니 어느덧 세월이 가서, 손자 녀석도 수영을 하겠다고 허우적거렸다.

이제 항상 매해 12월이 되면 모든 사람들은 어딘가로 떠날 것이라는 기대에 내 발표를 손꼽아 기다렸다. 시골에 사는 친정엄마까지.

- 애야, 이번에는 어디로 가는 겨?

- 아이고 이것들이 왜 연락이 안 오는겨?

- 12월이 다 가는데?

- 할머니, 콘도 언제 가?

- 12월 말에.

- 야 신난다!

- 아무개야 너도 가는 거?

- 그럼요 그럼.

- 나는 오는 사람 안 막고, 가는 사람 안 잡는다, 야.

- 시간 있는 사람이 알아서 오든지 말든지.

- 각자, 수영복, 수영모, 수영 안경 지참해 주세요.

- 이번에는 양평 콘도로. 이박삼일.

우리 가족은 남편, 막내딸과 함께 먼저 떠났다. 12월 30일에. 출근하는 사람들은 모두 종무식을 마친 뒤에 오기로 했고, 휴가 얻은 자들은 함께 그곳으로 오면 되었다. 나는 신나게 즐기고 노는 것을 좋아했다. 양평은 가까웠다. 한 시간이면 도착했다. 양평군청에 가서 차를 주차시켰다. 그곳에서 휴식을 취했다. 화장실은 호텔 수준으로 고급스러웠다. 대리석으로, 따뜻한 비데를 사용하고 뜨거운 물로 손 씻으며 "야~ 우리나라 좋은 나라."라고 했다. 군청을 보니 이 고장은 부유한 사람이 많을 것으로 판단되었다. 우리는 시장을 한 바퀴 돌아보자고 했다. 큰 건물을 중심으로 시장을 돌았다. 옷가게, 구두, 패션 거리가 길목을 차지했다. 다른 골목은 음식 거리로 정육점, 튀김집, 롯데리아, 파리바게뜨 등으로 채워져 있었다.

다시 길을 따라 이동했다. 버스정류장은 할머니들로 가득했다. 주변은 강냉이 티밥 터지고, 호떡 만들고, 오뎅국 팔고, 붕어빵 굽고, 천막에서 두부, 시금치, 귤, 감, 사과를 팔았다. 나는 뜨거운 호떡도 먹고 싶고, 붕어빵도 먹고 싶었다. 그러나 그런 것을 다 먹으면 점심을 먹을 수 없을 터라, 우리는 발길을 돌려 점심을 맛있게 먹을 수 있는 곳을 찾았다. 다시 음식점 거리를 어슬렁거렸다. 남편과 딸은 오일장 순댓국을 먹겠다고 했다. 나는 비릿해서 먹을 수 없었다. 둘은 신나게 먹었다. 메뉴판에 옛날 순대가 있었다. 나는 그것을 주문했다.

 - 그거야 그거. 어렸을 때 할아버지가 잡아서 순대를 만들어 가마솥에 쪘던 거

 - 껍질은 돼지 창자였고, 속은 찹쌀과 파와 온갖 양념으로 버무려서 찐 것. 내가 아주 어렸을 때 먹었던 그것.

 나는 그 곱창을 정말로 맛있게 먹었다. 요즘 곱창은 먹을 수 있는 얇은 비닐 같은 것에 잡채 면과 돼지 선지를 양념과 버무려서 찐 것이었다. 질적으로 차이가 났다. 그것을 먹으니 맛도 있었고 추억도 떠올라서 나는 행복했다. 즐거운 여행에는 확실히 음식이 중요했다.

 우리는 다시 양평 콘도로 갔다. 이십 년 전 그곳이 아니었다. 주변은 호텔이 함께 더불어 서 있었다. 온천탕도 개발되었다. 콘도로 들어가서 방을 배정받았다. 아직은 입실할 수 없었다. 그래서 우리는 수영장으로 갔다. 입장료는 30% 할인이 되었다. 싸서 좋았다. 수영장은 실내에 있었다. 그것은 국제규격에 맞는 제대로 된 수영장이었고 아주 훌륭했다. 우리는 그곳에서 물놀이와 수영을 수십 번 했다. 온몸의 근육이 수압으로 풀려갔다.

다시 찜질방으로 옮겼다. 우리는 뜨겁고 차가운 물로 근육을 풀었다. 그리고 입실했다. 베란다 위에서 본 경관은 아름다웠다. 백운봉? 아니 무슨 산봉우리가 멀리 우뚝 솟아 있었다. 그 앞에 야트막한 산이 있었고, 그 앞으로 푸른 호수가 산 아래에서 얼음 호수로 변해 있었다. 호수와 이어져 있는 콘도 정원은 산책로인지 나무와 불꽃장식으로 아름답게 수놓았다. 조용하고 아름다운 곳이었다.

조금 있다가 막내 여동생이 어머니를 모시고 도착했다. 매제는 종무식을 마치고 온 터였다. 남동생은 내일 프랑스에서 오는 딸을 공항에서 데리고 오겠다고. 우리 집 맏딸, J네 가족은 종무식이 늦어 다음 날 새벽에 오겠다고 했다. 첫날 도착한 우리는 저녁을 먹자고 바닥에 신문을 깔았다. 친정엄마는 계속 말씀이 많았다.

- 야들아, 이것 좀 내놔라. 이거도 좀 내놓고.
- 이거는 저기 큰 형부 쪽에 놓고. 이건 작은 황 서방 쪽에 좀 내놓고.
- 이거 엄마가 한 코다리야.
- 아이고 맛있네요.
- 우리 엄마 훌륭해. 훌륭해. 코다리도 만드시고.
- 콘도 간다니까 글쎄 엄마가 코다리 사 오라잖아 그래서 사다 줬더니 엄마가 만들었어.

우리는 고기를 굽고 막걸리를 먹고 싶은 사람은 막걸리를 먹고, 맥주를 먹고 싶은 사람은 맥주를 먹었다. 우리는 온갖 이바구로 우리 자신을 치유하며 건배를 했고, 축하를 했다. 그리고 설거지를 하고 산책을 준비했다.

- 거시기, 퇴직을 하면 사위를 허름하게 보이면 안 되니까. 새 옷을 사 입혀야 해. 애야, 새 옷을 좀 더 사 입혀야 하는데.

- 엄마 좀 잔소리 좀 하지 마. 언니 이제 내일모레면 칠십이 될 거라고. 엄마 잔소리 땜에 못 산다니까?

- 아이고, 이년아. 나는 그래도 할 말은 해야 혀.

- 애들아, 밖에 나가려면 옷들을 단단히 입고 가. 감기 들라.

밖은 온통 불꽃으로 장식되었다. 작은 반짝이 알전등이 꽃길을 만들어, 산책길로 이용하게 했다. 그 꽃길은 별꽃 세계가 되었다. 그곳에서 산책하는 사람들은 공주님과 왕자님으로 재탄생했다. 그곳은 분명 동화의 나라였다. 우리도 동심으로 돌아가 꿈속을 걸었고 사진을 찍으며 추억을 만들었다. 우리는 샛길을 따라 다른 산책로로 이동했다. 가로수에 빨간 홍시 전등이 주렁주렁 매달렸다. 정말 환상적으로 아름답게 만들었다.

산책로 옆으로 샛강이 흘렀다. 어둠 속에서 물은 졸졸 흘렀다. 건너편 들녘 가운데로 기차가 지나갔다. 우리는 그 어둠 속을 향해 손을 흔들었다. 조금 있다가 더 빠른 전철이 어둠을 가르며 빠르게 지나갔다. 나는 사진을 찍었다. 번개 같은 빛의 선을 그으며 빠르게 지나갔다. 날씨는 싸늘했다. 홍시 전등 불빛을 따라 우리는 느리게, 느리게 거닐었다.

지나가는 길에 캠핑장 불빛이 보였다. 그 옆으로 넓은 인조 축구장이 넓게 펼쳐 있었다. 우리는 축구장을 돌았다. 그리고 뛰었다. 맑고 시원한 공기를 마음껏 들이마셨다. 다시 되돌아서 샛강 뚝을 걸었다. 갑자기 호텔 남성 노천 사우나가 나타났다. 모두가 놀랐다. 벌거벗은 사람들이 유리창을 통해서 물과 함께 비쳤다. 우리는 해도 해도 너무하다며 소리쳤다. 누가 보면 어떡하느냐 했다. 반투명하게 만드는 장치를 해야 하지 않느냐고. 우리는 호텔 사우나를 지나 마을 입구까지 걸었다. 그리고 다시 숙소로 돌아왔다. 우리는 카톡 사진으로 손자를 불렀다.

- 우리 어디 있게?

- 몰라요. 여기 콘도야. 좋겠지?

- 너 내일 새벽에 온다며? 잠자지 말고 빨리 와라?

이튿날 새벽에 손자들은 잠을 머금고 달려왔다. 현관으로 들어오며 입이 즐겁게 벌어졌다. 즉시 신문을 깔고 아침상을 차렸다. 아침은 김치 콩나물에 두부 채를 넣은 시원한 김칫국으로, 밥 말아서 밑반찬과 함께 먹기로 했다. 밥을 먹은 뒤 두물머리 쪽에서 산책을 하기로 했다. 그러다가 너무 멀어서 다시 시골 시장 쪽을 탐방하기로 했다. 모두 차를 군청에 주차시켰다. 시장통을 걸었다. 버스정류장 간이 의자에 앉았다. 따뜻했다. '이래서 어제 할머니들이 정류장에 북적였는가 보다.'라고 생각했다.

이 골목, 저 골목을 탐방했다. 애기들이 배고프다고 하면 오뎅을 사 먹고, 튀김을 샀고, 뺑티밥(뻥튀기)도 샀다. 우리는 요기를 위해 칼국수 만두집으로 갔다. 각자 메뉴가 달랐다. 제부는 떡만두, 대부분은 만둣국으로. 조개 넣은 국물이 맛깔스러웠다. 어머니 줄 만두를 두 팩 샀다. 이것저것 사서 콘도로 돌아왔다. 오자마자 프랑스 파리를 84일 동안 여행하고 온 조카가 들어왔다. 모두가 환호했다.

- 이모, 이모, 이모다.

- 봉 쥬르~느

- 어? 너 불란서 식이야?

우람한 체구의 여자가 들어오면서 입으로는 프랑스식 인사로, 몸은 10키로 늘어난 서양거구가 되어 몸체만한 여행용 가방과 함께 방으로 들어왔다. 그는 오자마자 가방을 풀었다. 프랑스 지도, 티켓, 자기가 오랫동안 그린 예쁜 화첩, 피카소 그림들이 쏟아져 나왔다. 물감 도구를 본 막내 동생은 눈을 번쩍 빛내면서 집착을 보였다. 그도 그림이라면 한가닥 하는 인물이라, 조카의 재능에는 찬사를 보내지만 자기만의 고집과 아집으로 인해 그림에 대한 욕심과 집착이 순간 일어났다. 그 욕심은 잠시 참을 수 없는 울림으로 솟구쳤다. 그러나 어쩌랴. 조카는 이십 대이고 저는 오십 대 중반인 것을. 인간은 나이와 상관없이 욕심은 욕심대로 자신의 본성으로 나타날 것인 것을….

조카는 파리지엔느로 통했다. 파리지엔느는 모두에게 향내 나는 석고를 하나씩 선물했다. 석고를 사다가 예쁜 조각을 했고 향료 기름을 넣어 구웠다고. 묘한 향이 났고, 벽걸이로 써도 될 정도로 아름다웠다. 그는 칭화대(중국) 조각과 졸업생이었다. 그곳에서 그 향료 조각품을 만들어서 파리에 아는 지인들에게 선물했다고. 그는 보는 시각이 우리와 달랐다. 프랑스 지역을 순회하며 그곳의 명물을 사왔다. 와인을 사 왔고, 치즈를 사 왔다. 그것도 종류가 다양했다. 빨강색에 둥그렇게 생긴 애기 치즈, 네모난 것, 타원형, 동그랗고 커다란 것, 네모지고 길죽하며 딱딱한 치즈, 부드럽고 짠맛을 가진 치즈 등을 사 왔고 그것을 나누어 주었다.

파리지엔느가 갑자기 붉은 종이 뭉치를 폈다. 이 뭉치가 자신의 가슴을 찔렀다고. 어느 지역에 갔더니 완전한 한국의 땅콩엿을 팔았다. 별거 아니라고 생각해 샀다. 계산대에서 계산을 하는데 십만 원이었다. 한국 같으면 엿판을 통째로 살 수 있었을 것이었다. 계산을 할 것인가 말 것인가 고민했다고. 그러다 결국 샀다고. 우리는 그것을 칼로 져며 먹었다. 맛있었다. 눅진한 밀크에 아몬드 같은 견과류를 넣어 버무렸는데 맛이 좋았다. 누군가 다시 물었다.

- 너 할머니 거는?

- 물론 준비했지. 할머니, 이거.

파리지엔느는 할머니에게 오만 원권 지폐를 주었다. 할머니는 좋다고 그 돈을 받아 챙겨서 주머니에 넣었다. 그는 한국에 오자마자 점심으로 양평시장에서 라면을 먹었다고, 그것이 먹고 싶어서 죽을 뻔했다고 했다. 한참을 우리는 이바구하고 즐겼다.

- 야, 우리 수영장에 가보자.

- 나는 안 갈텨.

- 수영장과 찜질방이 붙어 있으니까 엄마는 뜨거운 물에 물 마사지 하셔요.

- 그런거여?

- 난 찜질방.

- 난 수영장.

- 입장은 함께하고 각자 알아서 가고 싶은 곳으로 가면 돼.

우리는 모두 지하 수영장, 사우나 입구로 갔다. 막내 네와 파리지엔느 네 식구들은 찜질방으로. 우리와 큰딸 네, 손자들은 수영장으로. 각자 수영할 사람들은 수영을 했고, 찜질 팀은 찜질을 했다. 손자 웅은 겁이 많았다. 얕은 곳에서 땅바닥을 기며 수영하는 모습을 보였다. 나는 수영장을 왔다 갔다 했다. 그러면 몸이 뭉쳐서, 아팠던 근육이 수압으로 풀어져서 몸이 부드러워졌다. 수영을 잘할 필요도 없었다. 그저 물속을 왔다 갔다 하면서 물을 즐기면, 한방의 지압 효과를 누릴 수 있는데 사람들은 그것을 몰랐다. 가까운 내 친족들에게도 그렇게 설명하고 싶지만 그들은 그런 것을 무시했다. 허기사 내 남편도 설득하기가 힘들 때도 많은데…. 좋다는 것을 사람들은 외면했다. 자신이 가진 생각만을 추구했다.

나는 어떤 때 답답하고 힘들었다. 우선 내가 문제였다. 상대방에게 좋은 것을 강조하다 보면 목소리가 커지고, 결국 나만 나쁜 사람이 되었다. 나는 그런 내가 싫었다. 강요할 필요도 없고, 강요한다고 들을 사람들도 아니라는 것을 왜 진작 모르는 것일까? 그렇다. 그것은 나에게 문제가 있는 것이다. 그들이 편하게 그들의 길을 가게 하면 되는 것인데. 그들에게 내가 가는 길이 좋다고, 내가 가는 길을 따르라고 하는 것이 문제인 것이다. 이럴 때 나는 책을 읽으며 반성한다. 내가 보는 책, 『탄트라, 더없는 깨달음(오쇼 강의)』을 훑어본다.

나는 책을 읽으며 나의 길을 깨달으려고 노력한다.

이원성을 초월하는 것이 왕다운 견해로다. 산란함을 정복하는 것이 왕의 수행이로다. 좋은 생각이 들어오건 나쁜 생각이 들어오건 그대는 항상 주시자로 남아라. 무득(無得)의 경지를 얻어라. 그대가 준비되면 깨달음은 별안간에 찾아온다.

나는 나 스스로 왕의 길을 선택하기로 했다. 나는 가족들 각자가 왕처럼 살기를 바랐다. 이렇게 모이는 것도 각자가 알아서. 오는 사람 안 막고. 가는 사람 안 잡는다고. 이것이 우리의 삶이라고.

수영과 찜질을 하고 모두가 방으로 모였다. 방바닥에 신문을 깔고 고기를 구웠다. 한쪽에서는 쇠고기를. 다른 쪽에서는 돼지고기 삼겹살을. 밑반찬을 진열했다. 김치에 코다리 찜, 동치미 국물, 오징어채 볶음, 멸치볶음, 무생채 나물, 상추, 깻잎, 고추, 마늘. 모두가 둘러앉았다. 막걸리, 맥주, 소주 등 좋아하는 것으로 각자가 컵에 따르고 축배를 들었다. 올해의 마지막 날을 보내면서 내일, 내년을 위한 건배를 외치며 음식을 즐겼다. 식사가 끝나고 다시 주변 산책을 했다. 마지막으로 노래방에 들러 젊은이들의 춤 잔치로 끝을 냈다.

다시 방으로 왔다. 통자 방에 요를 차례로 깔았다. 모두 열세 명이 누워야 했다. 거실 식탁을 베란다로 내놓고, 식탁을 벽 쪽에 붙이고, 의자는 현관 쪽으로 옮겼다. 요를 줄로 세서 깔았다. 가로로 다섯, 세로로 둘, 침대에서 셋. 지그재그로 둘씩 붙어서 누웠다. 친정엄마는 계속 재야의 종소리를 들어야한다고 했지만. 피곤한 사람들은 이미 곯아떨어진 뒤였다. TV는 어느새 열, 아홉 … 셋, 둘, 하나를 세고 종을 울렸다. 그리고 2017년 새해를 알렸다. 새해 신년 음악이 흘러나왔다. 우리는 모든 전등을 껐다.

- 응~ 응~~ 아이고 다리야~

- 응~~ 응~~ 아이고 팔이야 ~

- 밤이면 이렇게 아파서 잘 수가 없어. 아이고~ ~

나는 일어났다. 엄마의 발을 주물렀다. 밤새 구시렁거려서 잠을 잘 수가 없었다.

- 그만두어 주무르지 마.

- 아프다며.

- 그런거지, 뭐.

- 엄마, 죽음이 무서워유?

- 아니 아무렇지도 않아. 이제 시골 동네 다~ 죽었어, 야~ 내가 죽으면 그쪽 집들은 아무도 없웅게.

- 엄마가 아프니까 우리 집에 있다가 음력 설 쇠고 내려가요. 또 음력 설 때 올라올 거잖아요.

- 그러지 뭐.

그리고 엄마는 잠이 들었고, 아무 소리 없이 아침까지 잤다. 왠지 당신이 사랑하는 아들과 외손자가 아닌 자기 친손자들, 특히 파리지엔느와 그 언니가 있어서 엄마는 아프다고(물론 아프겠지만), 더 어린 양처럼 하는 거 같은 느낌이 들었다. 당신에 대한 관심을 불러일으키는 것으로, 아프다는 것만큼 효과적인 방법은 없을 테니까 말이다. 나는 속으로 엄마가 얄밉다는 생각이 살짝 들었다. 이 양반의 태도가 못마땅했다.

아침은 일단 국에 밥을 말아 먹는 것으로 대신할 수 있을 터였다. 국은 중요했다. 사람이 많아서 두 곳에다 끓였다. 국물을 잘 내야 맛이 있기 때문에 신경을 써야 했다. 디포리, 마른 표고, 다시마, 새우, 파 뿌리, 무, 파, 양파를 넣고 푹 삶았다. 다시 신 김치, 콩나물을 넣고 끓였다. 한소끔 끓인 것에 시금치, 두부 체를 넣고 소금과 양념장인 맛장을 넣어 간을 했다. 밥을 모듬으로 퍼 놓고 국을 개인 그릇에 퍼 주었다. 아이들은 김에 싸서 밥을 먹게 하고 식구들은 각자 알아서 먹었다.

- 국이 맛있다. 잘 끓였구나!

- 고모 맛있어요.

- 엄마, 맛있어요.

- 맛은 여럿이 먹으니까 맛난 거야.

- 이것이 진정한 행복인 거야.

- 가족 모두가 모여서 밥 먹고 얼굴 보는 게 진정한 행복 아니겠니?

- 그거야, 그거. 맞아, 엄마.

- 야, 나 너희 집 안 갈란다. 난 작은 사위 집이 편하다. 네 집은 큰 사위도 집에 있고 작은 것도 집에 있고, 너도 바쁘고… 더군다나 자기 손자도 있을 거니 나 안 갈란다.

- 막내야, 나 너희 집이 편하다. 시간 날 때 데려가 줘라. 막내네 모두 출근하면 나 혼자 있어서 편하다.

- 그러서요. 그럼 엄마 이거 용돈 하서요.

- 아니다. 그러잖아도 너 너무 돈 많이 썼는데…. 안 받을 란다.

엄마는 입으로 안 받겠다고 하면서 손으로는 이미 돈을 받아서 주머니에 넣었다. 모든 식구들은 엄마의 그 모습을 보며 웃었다. 밥상을 치웠다. 하나씩 가방을 챙겼다. 차 밀린다고 먼저 떠날 사람들은 떠나라고. 모두가 하나씩 떠났다. 우리는 맨 나중까지 남아서 뒤처리하고, 정산했다. 그리고 떠났다. 이제 다시 새해의 행복은 시작되었다.

학회 7일째. 나라에서 계속 머물렀다. 호텔 식사도 진력이 났다. 사 먹는 일도 싫었다. 집에 가고 싶고, 먹는 것도 한식을 먹고 싶고…. 시장 탐방을 했다. 제법 큰 슈퍼마켓을 찾았다. 그곳에는 별별 것이 있었다. 내 취향에 맞는 것도 있었다. 우선 양상추를 샀다. 그리고 흰쌀밥에 오이를 사서 숙소로 왔다. 사온 것들을 씻어서 고추장에 쌈을 싸서 먹었다. 개운한 입맛이 나를 만족스럽게 했다. 나는 계속 먹었다. 그것은 한국식 식사였다. 달달하고, 니글니글하며, 속이 미식미식 하던 것이 개운한 고추장으로 뱃속을 시원하고 칼칼하게 만들었다. 이렇게 자기에게 맞는 음식으로 만족한다는 것이 이 나라에서 쉽지 않았다. 배가 불렀다. 아무래도 과식을 한 듯했다. 다시 주변 사찰과 정원 등을 산책했다. 이곳의 부처상은 대부분 서구적이라는 것이 특이했다. 다시 시간이 나자 학회에서 문헌 조사로 시간을 보냈다.

학회 8일째. 새벽에 식사를 했다. 나라에서 교토로 버스를 타고 이동했다. 거의 여덟 시간 이상이 걸렸다. 교토로 와서 하루 종일 문헌을 조사했다. 황금으로 그린 그림이 환상적이었다. 은으로 적은 글씨는 색상이 모두 변해 있었다. 측천 문자를 비롯하여 여러 가지 고문헌 한자를 고찰했다. 경서공부를 해야 문자 연구에 도움이 될 것이었다. 문자 연구는 새로운 학문 분야였다. 모두가 연계성을 필요로 한 연구작업이었다.

자유시간이 주어졌다. 숙소는 우라시마 호텔이었다. 공간은 비좁았다. 목욕탕과 침대, TV가 놓여 있는 공간은 선박에서 쉴 수 있는 일인용 방과 똑같았다. 우리 집이 좁다고 했는데, 이곳에 비하면 우리 집은 넓은 벌판으로 여겨졌다. 내 집이 있음에 감사했고, 이보다 넓어서 감사했다. 무엇이고 불편하고 고생해야 감사할 줄 아는 사람이 된다는 생각을 했다.

식사 후 J선생이 전화했다. P교수, S교수(학회 임원진 교수)들과 동행해서 시내 탐방을 하자고. 그러자고 했다. 우리는 택시를 탔다. 긴자로 갔다. 화려했다. 오가는 일본인을 살펴보았다. 분명 한국인과는 달랐다. 두상이 좀 우그러진 느낌? 매끄럽지 못하고 약간 언벨런스했다. 아무래도 한국인 두상이 매끄럽게 잘 빠졌다. 좀 더 잘 생겼다고나 할까? 아무튼 그렇게 느껴졌다. 긴자에서 미쯔꼬시 백화점을 들렸다. 가방이 이십오만 원 정도, 티셔츠가 육만오천 원 정도니 강남 신세계 백화점과 가격이 비슷했다. 긴자에서 히비야(日谷) 쪽으로 가 1층 경향식 집에서 식사를 했다. 돈가스로 만든 샌드위치와 팥빙수, 커피를 주문해서 먹었다.

히비야에서 jmbocho에 가서 고서점, 현대서점을 탐방했다. 교수님들은 많은 책을 샀다. 나는 사지 못했다. 글자도 몰랐고, 내용도 몰랐다. 아니, 무얼 사야 할지도 몰랐다. 나는 아직 학문의 경륜이 짧은 것이다. 오십이 넘었는데 이제 와서 일어를 공부하는 것은 효율성이 떨어진다는 생각이 짙었다. 우리는 다시 빙수를 먹고 잠시 쉬었다가 걸어서 Takebashi jct(竹橋)까지 갔다. 거기서 황궁을 구경했다. 그곳에서 전철을 타고 Monnakacha(門前神町)까지 와서 다시 택시를 타고 우라시마 호텔까지 왔다. 택시비는 1,100엔. 우리나라 돈으로 만천 원 정도. 한국에서 드는 비용의 두 배가 넘었다.

호텔은 매립지로 여의도 같았다. 물이 사방에서 호텔을 감싸고 있었다. 다리로 외부와 연결되었다. 거리가 멀었다. 교통은 불편했다. 온종일 책방을 다니면서 나 자신을 생각해 봤다. 진정한 내 학문의 길을…. 오십 넘어 남의 나라 언어에 집착해서 학문의 도를 얻는다는 것은 무리라고 생각하면서, 다시 학업에 대한 것을 정리했다.

- 한문을 더 열심히 해서, 경서 쪽에서 나의 학문의 길을 찾아보자.

- 어렵더라도, 천천히 몇 번씩을 되풀이해서 자신의 길을 익히도록.

- 고대종교, 원시종교, 고대역사, 풍속에 관심을 가지고, 원시 언어를 비교 고찰.

- 고대, 원시적인 경제활동을 어떻게 언어로 표현했는가? 사회를 지배하는 경제적 배경을 탐구하고, 언어적으로 어떻게 표현했는가를 고찰해 본다.

- 원시언어 중에서 경제적 생활에 미치는 관련 언어를 연구한다.

- 나만의 새로운 공부 방법론과 실천 계획을 개척해야 할 것이다.

- 다른 노 교수들의 연구 이야기를 귀동냥으로 들어서, 나에게 필요한 학문적 연구로 전용.

이곳에서 이제 마지막 날을 보내기로 되어 있었다. 모두가 호텔 근처에서 각자가 원하는 식사를 하라고 주최측에서 알려줬다. 우리는 근처 식당을 찾았다. 몇몇씩 소그룹이 이루어졌다. 우리 팀은 적당한 식당을 찾아 주문했다. 맥주 3병에 냉면 680엔, 고기가 1인분에 980엔으로 총 4000엔이었다. 그런데 식당에서 5000엔을 받았다. 돌아오면서 '어? 아닌데?' 생각해서 다시 식당으로 갔다. 그들은 500엔만 돌려주었다. 그들은 얼렁뚱땅 이상한 계산법으로 속였다. 일본도 정직하지 못한 부분이 있었다. 나는 이곳에 와서 생활철학을 배웠다.

- 경제는 고대나 현재나 모두가 중요하다고.

- 경제는 우선 자기 자신과의 관계를 지배한다, 그 다음 가족, 사회, 국가를.

- 그래서 경제는 1)나 자신의 자유를 구속할 수 있고, 2) 내 자신을 개척할 수 있으며, 3) 사회를 지배한다고.

난생처음으로 원조를 받아 학회를 참가했다는 사실을 나는 기억했다. 그리고 공짜였다는 것이 행복했다. 국가의 혜택은 그것이 처음이자 마지막이었다. 국가의 혜택을 주변 사람은 잘도 받더니만…. 갑자기 서운함? 아니면 속상함? 뭐 하여튼 국가를 위해 목숨을 바쳤는데, 국가의 비열함에 못 이겨 다른 나라로 이민 간 사람들이 얼마나 많았던가 말이다.

　나는 우리나라가 정치적인 사상 이념으로 국민을 배반하지 않고, 우리 국민을 보호하고, 마음 편하게 살게 하기를 빌었다. 사실 오천 년 역사 속에서 지금이 가장 황금기라고 생각했다. 그런데 지금 시국이 너무 시끄러워 불안했다. 초등학생 때 배웠던 조선시대의 노론, 소론으로 나라가 망했다는 그 시절과 어쩌면 그렇게도 닮았는지 말이다. 제발 나라가 안정되고 평안해서 국가가 발전하기만을 바라는 바다.

*

1978년 3월 말.

　일기를 쓴다는 것이 무모하다고 생각했다. 매번 같은 기록과 같은 시간, 같은 사건이 반복된다는 생각이 들었다. 중대한 일은 일어나지 않았다. 그날이 그날이고, 이날이 이날인 것처럼 보였다. 심심하면 서점에 들러 몇 권의 책을 샀다. 의욕은 생기지 않았다. 어떠한 감정의 굴곡도 생기지 않았다. 그리고 가끔 심심하면 약혼한 남자를 생각해 봤다. 그가 웃으면 백금 이를 박은 그의 모습을 기억했다. 백금 이는 그를 나이 들어 보이게 했다. 우리는 가끔 충돌을 일으켰고, 그 충돌이 완화되려면 시간이 걸렸다. 그가 착했다는 생각이 들면 잘못은 나에게 있다고 생각해보기도 했다. 우리의 시작은 힘들 것이고, 수많은 세월을 겪어내야 할 것이라 생각했다.

초저녁 살짝 잠든 사이 악몽을 꾸었다. 식은땀이 흘렀다. 약혼이라는 것은 나에게 상당한 무게를 지닌 일이었던 모양이었다. 시댁 식구들은 무거운 바윗덩이로 보였다. 더 큰 바윗덩이는 나를 짓눌렀다. 나는 그 바윗덩이를 지고 가야 할 인생일 것이었다. 바위를 이고, 지고, 함께 걸어서 서로가 조화롭게 극복해야 할 것이다. 그렇게 극복하는 것이 나를 살게 하고, 모두를 살게 하며, 희망과 꿈을 가질 것이었다.

머리를 흔들고 나는 벌떡 일어났다. 목욕을 했다. 마사지를 했다. 그 남자를 만나기 위해 몸과 마음을 깨끗이 했다. 내가 멋있으면 그 남자도 좋을 것이라고. 나는 원래 게으르고 멋에 허술하게 대처했다. 그런데 어느 날, 그 남자는 나에게 멋을 안 낸다 했다. 기분 안 좋게 들렸고 불쾌했는데, 사실 그런 모습은 나도 용서할 수 없는 일이었다. 그래 열심히 내 몸을 사랑해서 멋있게 하는 것이 마땅하다고 생각했고, 그것이 행복의 부분이라 했다.

3월은 많은 사건들이 지나간 달이었다. 약혼을 거쳐 우리의 약속을 굳게 굳히는 것이었다. 인생의 새로운 전환점을 형성한 시기였다. 결혼의 방황기를 끝맺은 특별한 달이기도 했다. 많은 어려움을 무사히 극복하고 서로가 호의적으로 다가가고 순종하며 어려움을 극복하고 새 삶의 터전을 마련하는 시기로 규정할 수 있었다. 이제 우리는 한 배를 타는 동지로서 서로에게 최선을 다하며 노를 젓고 앞으로 전진할 것이다. 따뜻한 마음을 서로 주고받으며 위로하면서 감사를 했다. 그리고 그는 군대에 입대했다. 입대하기 전 그네 집에서 만두 잔치를 벌였다. 약간 슬프기는 하였으나 국가의 부름에 자기의 의무를 수행하러 가는 길인 것이다. 즐거워 보이지는 않았으나, 그는 씩씩한 모습이었다. 그나 나나 의무와 책임은 철저하게 수행했다. 각자 자기 일에 충실하기를 기원하며 건강하라고, 우리는 손을 흔들고 안녕을 고했다.

시간은 빠르게 지나갔다. 나는 시험 기간으로 눈코 뜰 새가 없었다. 시험감독 시간이 되고 나서야 한가한 시간이 찾아왔다. 눈은 시험지를 보고, 머리는 그 남자를 생각했다. 군대에서 잘 하고 있겠지. 어떤 때는 시간은 더디게 갔다가 어떤 때는 또 빠르게 지나갔다. 시간이 나면 서점을 들러 책을 사고. 다른 여선생들과 라면을 먹으며.

그때 교무실 책상으로 편지 한 통이 왔다. 분명 그 남자의 것이리라. 반갑고 가슴이 뛰었다. 옆 선생들의 비웃음을 벗어나려고 얼른 책상 속으로 넣었다. 옆자리 선생님은 나를 골려 먹는 재미로 사는 분이었다.

- 어~ ㅈ 선생 연애하는 거 봤는데?

- 멋지던데?

- 어디서 밥 먹든데?

- 음악 다실에서 차 마시던데?

내가 있던 ㅇ읍은 좁았다. 번화가가 십자형으로 되어 있어 어디로 가든 뻔히 보였다. 식당도 갈만한 집 두세 군데뿐이라 가면 부딪혔다. 차를 마시러 가도 만났다. 길거리를 지나가면 학생들 눈에 금방 띄었다. 다음날 수업하면 학생들은

- 선생님 연애했어요?

- 선생님 연애했어요?

- 선생님 연애했어요?

이 구석 저 구석에서 소리치며 나를 골렸다. 수업을 강조하며 학생들을 억지로 다그쳐야 수업을 진행할 수 있었다. 수업 중 학생들이 필기를 할 때 나는 그 남자의 편지를 생각했다.

- 무슨 말을 썼을까? 어떤 투로 문장을 썼을까? 그 남자의 생각은 어떤 모습일까?

하여튼 궁금했다. 수업시간이 끝나고 교무실로 들어갔다. 주변에 다른 선생님들이 많아서 서랍 속 편지를 읽어 볼 수 없었다. 가슴이 뜨거워졌다. 손에 땀이 났다. 그래도 눈치로만 남선생들을 피했고 편지를 뜯지 못했다. 퇴근 시간이 임박하자 선생님들은 하나둘 퇴근을 했고, 동료교사들도 사라졌다. 이때다 싶어 편지를 부지런히 읽었다. 편지는 하오체로 적혀 있었다. 그 속에는 그의 친절과 친밀감이 묻어났다. 그의 문장은 잘 짜인 섬유처럼 완벽했다. 내 담당 과목인 국어 선생은 그가 해야 걸맞을 것 같았다.

*

새해가 되고 일주일이 되어갔다. 주중에 시골에서 올라온 친구 ㅈ이 밥을 먹자고, 친구 ㅈ의 시어머니가

97세인데 중환자실에 입원했다고. 친구 ㅈ은 친구 ㄱ을 부르자고 했다. 친구 ㄱ은 교직을 퇴직하고 큰딸의 애기를 서울에서 돌보고 있었다. 그래 그러자고.

다음날 우리는 친구 ㄱ의 손자가 다니는 어린이집 쪽 백화점에서 만났다. 친구 ㄱ은 애기를 어린이집에 맡겨야 하기 때문이다.

- 어디 갈래?

- 뭐 아무데나?

그러잖아도 ㅈ이 역사탐방을 좋아해서 딸아이에게 물었다. 역사탐방 가까운 데 없느냐고.

- 사당동 관악산 입구 관음사가 좋다나?

우리는 가 보자고 했다. 그런데 ㅈ은 경제성을 생각해서 택시 타는 것을 거부했다. 지하철은 갈아타니 싫다고. 그럼 버스를 타고가자 했다. 정류장을 찾았다. 보이지 않았다. 마을 버스정류장이었다. 친구 ㅈ은

- 여기에 정류장은 없어. 저 길 가운데로 가야 버스를 탈 수 있지.

- 그렇구나. 시골 사는 네가 더 잘 안다? 등잔 밑이 어둡다더니.

- 저기 사당 가는 버스다, 타자.

우리는 버스를 탔다. 버스는 리무진처럼 넓고 편안했다. 오르고 내리는 계단도 없었다. 쉽게 올랐고 쉽게 내렸다. 자리도 널널했다. 각자 의자에 앉았다. 차창 너머로 보이는 풍경은 화려했다. 맨날 지하철로만 이동해서 컴컴한 굴속을 오갔던 것과는 사뭇 달랐다. 특별히 버스 탈 일은 없었다. 무슨 볼일이 있을 때는 시간을 맞추기에 바

빠서 전철을 타야 했고, 더 급한 일은 승용차로 이동했던 것이다. 오늘은 여유롭게 관광을 하는 것이었다.

출근 시간이 지나 길도 적당히 막히지 않고 잘 빠졌다. 우리는 사당역에서 하차했다. 4번 출구를 찾았다. 그곳에서 관음사 쪽으로 이동하라고 딸애가 말했다. 예전의 사당이 아니었다. 번화가가 되어 복잡해졌다. 주택가는 빌라촌으로, 새로 지은 집들이 산 아래에 즐비하게 지어졌다. 도로를 중심으로 양 사이드에 줄을 지어 높게 지어진 곳이었다. 도로에는 쓰레기가 방치되어 있었다. 쓰레기는 동네를 허름하게 했고, 사람들을 누추하게 만들었다. 강남의 좋은 동네는 우선 주변 환경을 깨끗하게 만들었다. 조경과 길바닥이 정결해서 사람들의 품격을 높여주고 동네 품격도 높여 주었을 것이다. 어쨌든 이곳 주변은 지저분했다.

관악산 길을 따라 올라갔다. 도로가 서서히 가팔라졌다. 500미터쯤 오르니 일주문이 화려하게 서 있었다. 사찰에 들어가는 첫째 문은 일심(一心)을 상징하는 것으로. 세속의 번뇌를 불법의 청량수로 말끔히 씻고 일심으로 진리의 세계로 향하라는 상징이 있다고 들었다. 일주문을 중심으로 주변 산세는 온통 바위로 각을 세워 층층이 겹쳐 있었다. 바위 밑에 길을 냈고, 주차장을 만들었다. 우리는 길을 낸 도로를 따라 대웅전 쪽으로 올라갔다. 절 주위는 두꺼운 벽을 세워 눈살이 찌푸려졌다. 절다운 모습보다 황금 대문 같은 돈 냄새가 났다. 이곳의 신도들은 부자여야 하는 것처럼 보였다. 나는 소박하고 정적이며 성스러운 그 무엇을 찾고 싶은 마음이 강했다. 솔직히 실망스러웠다. 내가 찾고 싶은 곳이 아니었다. 어쨌든 계단을 지나 대웅전을 찾았다. 그곳에서 인증사진을 찍었다. 그 다음 경내 크게 서 있는 불상을 둘러보았다. 다시 에밀레종과 똑같은 종을 구경하고 그 옆에 서 있는 멋진 석탑을 둘러보았다. 그리고 딸애가 빌어달라는 주문을 속으로 빌어주었다.

절 주변을 돌고 돌아 시내로 들어왔다. 이곳저곳 점심 식사할 만한 곳을 찾았으나 결국 우리 동네로 다시 돌아왔다. 우리는 식당에서 옛날 불고기를 맛있게 먹고, 눈꽃 빙수를 먹으며 오랫동안 옛이야기와 지금 이야기를 즐겼다.

－ 야, 우리 참 좋은 인연은 인연이다 그지?

－ 그럼 그럼. 중·고등·대학 동창인데 이렇게 오래 연을 이어가고, 시골을 떠나 서울 한복판에서 만나 이야기하다니 말이다.

－ 그러게 말이야. 이 나이에, 요 정도 건강하게 서울 한복판에서 자리 잡은 우리는 성공한 거야, 성공.

－ 그래 우리 건강 잘 지켜서 가늘고 길게, 이렇게 행복하게 살자.

그리고 오후 세 시 반경 우리는 헤어졌다. 하나는 손자 데리러 어린이집으로 갔고, 또 한 친구는 시어머니 중환자실로 면회를 갔다. 나는 즐거운 마음으로 라켓을 들고 운동장으로 뛰어갔다.

남편의 삶은 고요했다.

　나는 친구도 만나고, 여러 가지 일도 소소하지만 해야 했으며, 이것저것 볼일이 많았다. 하지만 퇴직을 한 남편은 아침 산책을 하고, 저녁에 테니스를 치고, 저녁을 먹고 다시 저녁 산책을 했다. 그런 일만 반복적으로 계속하는 것은 지루해 보였다. 그는 누군가 만나자 해도 만나는 것을 피했다. 남자들은 만남이 없었다. 그의 삶은 고요했다. 당신이 좋아하는 책을 읽고, 뉴스를 보며, 중국 역사 드라마를 즐겼다. 그는 무엇을 하겠다는 마음도 없고 하고자 하는 마음도 없었다. 그것이 인생의 나머지 부분을 즐기는 방법이라고 나는 이해했다. 그런데 너무 조용히 오랫동안 아무 일 없이 존재하는 것을 보면, 말할 수 없는 빈 공존을 내가 그를 통해 느끼고 있는 것 같았다. 슬픈 것은 아니고, 비애도 아니며, 그렇다고 기쁘거나 흥분되는 것은 더욱 아니었다. 그렇다고 아무것도 없는 것도 아니다. 다만 그가 존재하고 있는 것이다.

　이제 그가 서서히 도를 깨달아 가는 것인지도 모른다. 우리는 조용히 숨 쉬고, 운동하고, 책 읽고, 잠도 잘 잔다. 그는 있는 듯 없는 듯이 함께 밥을 먹고, 말하고, 운동하고, 산책하며, 잠자는 것이 최대의 일인 것이다. 이런 것이 아마 우리에게 있어 최고의 행복일지도 모른다. 주변 사람들이 우리를 가만히 놔두고 있는 상태. 그 자체가 진정한 행복일 것이다. 불행은 주변 사람들이 우리를 괴롭히고 우리를 가만히 놔두지 않을 때였고, 그럴 때 가장 큰 불행이 일어나는 것이다. 예를 들어 친구 ㅂ의 아들은 세 번이나 사업을 해서 10억을 날렸다. 아들은 계속 사업을 하고 싶어 하고, 부모는 그런 아들을 말리면서 싸웠다. 또 다른 친구 ㅈ은 딸들이 시집을 가지 않고 계속 직장만 다녔고, 친구 ㅇ은 좋은 직장에 다니면서 높은 연봉을 받던 친구들이 시집가서 고생하는 것을 보고 결혼을 포기했다. 친구 ㅂ은 아들들이 장가를 가지 않아 캥가루 가족으로 계속 집에서 살아가고 있으며, 다른 친구 ㅂ은 96세가 된 시어머니를 계속 모시며 오줌 싸고 똥 싸는 시어머니를 보살펴야 했다. 마지막으로 친구 ㅇ은 친정 남동생이 어머니를 책임지지 않아서 그가 책임을 지고 친정 부모를 모시는데, 그 어머니가 주사로 연명하는 것을 벌써 십 년이 넘도록 지켜보고 있다.

해결할 수 없는 일들을 짊어지고, 해결하기를 바라면서, 우리는 살아가고 있는 것이다. 그리고 우리는 불행한 것을 껴안고, 그것이 삶이라 인정하고 살아가는 것이다. 그래서 우리는 가끔 지혜롭게 살아보자고 다짐한다. 지식이 아닌 지혜가 나 자신을 행복의 길로 인도할 것이라고 말이다.

*

공을 치러 코트로 갔다. 이미 네 사람이 짝을 맞춘 상태였다. 그들이 게임을 시작하면 나는 코트장 주위를 돌며 몸을 푼다. 라켓을 들고 걷다가 뛰다가 하며 게임이 끝날 때까지 워밍업을 해준다. 이럴 때 나는 하늘을 보며 걸을 때가 많다. 보통 하늘을 거의 보지 않지만, 코트장을 돌면서 하늘을 보면 마음이 편안해진다. 하늘을 보면 욕심이 사라진다. 가슴속에 쌓인 여러 가지 것들로 인해 가슴앓이가 일어나거나 욕심이 생겨서 참을 수 없는 것들이 하늘을 계속 쳐다보면 전부 사라진다. 분명 하늘의 넓은 품이 작은 마음을 품어주는 것이 아닌가 한다. 그래서 코트장에서 하늘을 보며 걷는 것이 나는 좋다. 아무 생각없이 하늘을 보며 걷다보면 내가 하늘이 되는 것이다.

걸으면서 이번 주는 너무 조용하고 지루했다는 생각이 들었다.

'아, 이럴 때는 친구를 만나 즐겁게 맥주 한 잔을 하는 거야. 사는 게 별거야? 즐거운 친구를 만나서 즐겁게 식사하고 이바구 하는 거지. 운동 끝나고 만나야지.'

그리고 그 다음 게임에 들어가서 신나게 공을 치며 게임에 열중했고, 한번 더 게임을 즐겼다. 온몸에 땀이 흘렀다. 상쾌했다. 나는 남편에게 연락했다.

- 우리 맥주 한 잔 하자. 저녁도 먹기 싫고 지루하니까. 자기 친구 K씨 부부를 부르자.

- 그러지 뭐.

남편의 대답을 들은 나는 곧바로 K씨의 부인에게 연락했다.

- ㅇ 엄마? 오늘 맥주 한 잔 하자고. 해도 바뀌었으니 새해 축배를 하자고.

- 좋아요. 그러잖아도 고민이 많았어요. 있다가 퇴근하고 맥주집

에서 만나요. 이번에는 우리가 살게요.

우리는 맥주집에서 만났다. K씨 부부는 할 말이 많았다. 우선 우리는 맥주를 주문했다. 새해 축배를 들었다.

- 미국에서 언니가 왔는데, 장기간 비행기를 타다가 허리에 문제가 생겨 휠체어를 타고 왔어요. 한국에 오랜만에 왔는데 어디 가지도 못하고 남동생 집에 있다가 우리 집에 와서 쉬고 있어요. 그런데 오늘 언니 친구가 우리 집에 놀러왔어요. 자기들이 퇴근하고 갈 수가 없어서 걱정했어요. 마침, 맥주 한 잔 하자고 해서 반가웠어요.

- 잘 됐네요. 촉이 좋아서 자기 네를 구했네요. 당신네 사위는 잘 다녀갔어요?

- 남편이 생기니 딸애가 미웠어요. 우리랑 항상 여행을 한 번씩 하고 갔는데 저희들끼리 일본 동경에서 4박5일 여행하고 한국에 왔어요. 한국에서 4박5일 있다가 갔어요.

- 저희들끼리 좋으면 됐어요.

- 그래도 얄밉더라구요. 딸이 30만 불씩 월급 타는데, 저번에는 그래도 이것저것 챙겨줬는데 이번엔 그런 것이 없더 라구요. 그것들을 만나러 호텔로 가니 사위가 내려와서 고개와 허리를 반 접으면서 "아버님, 어머님 안녕하십니까?"를 한국말로 크게 하더라구요.

- 그러면 됐네요. 훌륭하네요.

- 사위가 너무 게걸스레 먹는 것이 싫었어요. 열네 살 때부터 혼자 크고 어렵게 학교 다녀서 어른들을 상대하는 예절 같은 것을 찾아볼 수 없는 것이 싫었어요.

- 유태인들도 독립적으로 일찍이 내보낸다고 합니다.

- K 사장님은 유교적이라 그렇지요. 우리가 그렇게 배웠으니. 혼자 그렇게 살았으니 훌륭한 것이에요.

- 못 먹는 것이 없어요. 김치, 된장국, 떡국, 밥, 김밥 등.

- 그것이 좋지요 뭐.

- 한마디로 품격이 없는 것이 흠이더라구요. 신세계 백화점에서 제일 좋은 양복을 사 입혔는데 뚱뚱해서 영 폼이 안 나더라구요. 원래는 함께 광장 시장에 가기로 했는데 남편이 이것저것 신경을 쓰다 보니 몸살이 생겨서 저희들끼리 가라 했어요.

그들은 신나게 한국을 돌아다녔고, K씨 부부와 함께 이것저것을 사 먹었다. 그런데 딸은 한 번도 식사요금을 지불하지 않았다. 물론 K씨 부부가 내겠다고는 했지만, 다른 때 같으면 한 번씩 냈는데 남자와 둘이 살더니 한 번도 돈을 내지 않았다고. 섭섭한 마음들이 생겼다고 털어 놓았다.

K씨는 처음 사위를 보았을 때에도 불만이 많았다. 사위가 너무 뚱뚱하다고. 하루에 다섯 끼를 먹는다고. 연봉이 딸보다 훨씬 떨어진다고. 가진 것이 없다고. 그렇지만 딸이 좋아해서 어쩔 수 없었다고 했다. 딸은 결혼했을 때의 나이가 이미 꽉 찬 서른일곱이었다. 나는 결혼해서 좋으면 성공이라 했다. 우리가 사는 것이 아니고 딸의 삶이라고.

주변에서 결혼생활에 어려움이 생길 경우, 대부분 잘못된 만남이 많았고 그 근본적인 원인은 부모였다. 부모가 선택한 남자와 결혼했기 때문에 생기는 문제였다. 결국 자기가 선택한 삶이라 잘못되어도 자식은 그것을 원망하지 않았지만 말이다. 딸아이가 다니는 테니스장 멤버 Y가 정말 그랬다.

Y는 삼성맨(삼성을 다니는 사람)이었다. 집안은 부유했다. 아버지가 조그만 회사를 운영했다. Y는 한 스튜어디스를 좋아했다. 오래 사귀었다. 결혼하려 했는데 아버지가 반대했다. 결국 결혼하지 못했다. 아버지는 지방대를 나왔으나 능력이 있고 은행에 다니는 여자를 소개했다. 거역할 수 없어서 그 여자와 결혼했다. 아이가 안 생겼다. 간신히 시험관 아기를 낳았다. 번갈아 가며 아이를 돌봤다. 부인이 토요일 근무하는 날, Y는 아이를 데리고 키즈카페를 갔다. 아이는 다른 아이들과 함께 잘 놀았다. 그 아이들 중 한 아이의 엄마는 몸이 뚱뚱하고 못생겼다. 그러나 애를 헌신적으로 돌보았다. Y는 그 여자가 부러웠다. 진정한 엄마의 모습을 보고 자기 부인과 비교했다. 자기 부인은 아이에게 관심이 없었다. 오로지 자신의 출세에만 집착했다.

그 부인은 지방 대학을 졸업했다는 것에 대한 콤플렉스로 직장 출세에 집착했다. Y는 유학생이었다. 둘은 무엇인가 맞지 않았다. 이제 결혼 오육 년 차가 되었다. 결혼 생활은 보이지 않게 틀어졌다. 그들은 서로를 신뢰하지 않았다. 엄마는 아이를 찾지 않았다. 아이 또한 엄마를 멀리했다. 그래서 아이는 아빠만 찾았다. 그 여자는 분명 귀한 것을 잃어버리고 있는 것이었다. 그 여자가 출세를 위해 노력하면 할수록, 서서히 남편과 아이는 떠나가는 것이었다. 그렇게 해서 어떻게 백 세 인생을 온전히 살아가겠는가?

　이런 것을 보면, 결혼은 자기 정서에 맞는 사람을 선택해야 하며, 서로가 최선을 다해서 상대방을 사랑하고, 상대방을 위해 희생하는 삶을 살아야 하는 것이다.